조선조 長歌 가사의 연원과 맥락

윤덕진 지음

보고사

사미인곡도(思美人曲圖)

「사미인곡도(思美人曲圖)」

배와 김상숙(坯窩 金相肅)의 송강(松江) <사미인곡(思美人曲)> <속미인곡(續美人曲)> 번사(飜辭)와 한글 원문을 함께 실은 필사본 「사미인곡첩(思美人曲帖)」(서울대학교 규장각 소장)의 첫 장에 그려진 담채화이다. 한역은 1764년(영조 40)에 이루어졌으며 맨 뒤의 성대중(成大中) 제후(題後)[『靑城集』 권8, 「서배와소역사미인곡후(書坯窩所譯思美人曲後)」와 같은 글이다. 그림과 번사 및 가사 부분이 비단 바탕을 하고 있는데 반해 이 부분은 종이에 써서 덧붙였다]는 1790년 이후에 이루어졌으므로 이 첩책의 성립 연대는 그 사이가 된다. 책의 크기는 한 면이 40.7×27.5cm인데 그림은 펼쳐진 양면에 그려져 있다. 전면을 가리고 있는 산과 구름의 형상, 높은 누대에 올라 산 너머를 응시하는 인물, 그리고 꽃이 핀 정원 가에 자리한 전각-그 안에 박산향로(博山香爐)를 놓아 귀한 이의 거처임을 알린다- 등등이 〈思美人曲〉의 내용을 반영하고 있는 구도로 되어 있다. 다음 구절과 연관하여 읽을 수 있다.

> 님의게 보내오려 님겨신듸 브라보니
> 山산인가 구름인가 머흐도 머흘시고
> 千천里리萬만里리 길흘 뉘라셔 촛자갈고
> 니거든 여러두고 날인가 반기실가
> 호른밤 서리김의 기러기 우러녤제
> 危위樓루에 혼자 올나 水슈晶졍簾념 거든 말이
> 東동山산의 둘이 나고 北북極극의 별이 뵈니
> 님이신가 반기니 눈믈이 절로 난다
> 淸쳥光광을 쥐여내여 鳳봉凰황樓누의 븟티고져
> 樓누우희 거러두고 八팔荒황의 다 비최여
> 深심山산窮궁谷곡졈 낫フ티 밍フ쇼셔

이 책은 가사의 정체를 밝히려는 의도로 쓰기 시작하였습니다. 그러나, 맨 뒷장에 가서도 단정적인 어사를 사용할 수 없었습니다. 그치지 않는 의문은 영원을 대상으로 하는 것이라고 합니다. 가사에는 우리 민족의 숨결 맥박과 같은 가락이 숨어 있는지도 모르겠습니다.

집필의 방향은 긴 세월 지속된 가사의 흐름을 짚어보는 것으로 잡았습니다. 발생―신장―융성―쇠퇴의 생체적 맥락을 드러내어 보려고 하였습니다. 장가(長歌)로서의 면목을 세워보려고 조선조 이전부터 있어온 장가의 전통에 대한 언급으로부터 출발하였습니다. 한시사부의 가창을 장가 형성의 새로운 경로로 설정해 보았습니다.

이 책의 본론은 사대부들이 본격적으로 향유하는 단계서부터 기술되었으며, 그들이 주향유자로서의 권한을 내어 놓기 시작하는 대목까지만 다루었습니다. 그 이후는 종적인 시각보다는 횡적인 관련 아래 바라봄이 효과적이라고 생각하였습니다. 그 작업은 다음 과제로 남겨둡니다. 현재, 관련 자료의 배열은 마쳤으나 이를 엮어내는 일에 많은 품이 들어가야 할 듯싶습니다.

「송강가사」를 신장―융성기의 대표작으로 보고 이에 대한 점검을 통하여 가사 발전의 동인을 추적해 보려고 하였습니다. 송강 당대뿐만 아니라 후대까지 파급되는 영향을 검토하다보니 이 부분이 책의 중심 대목 역할을 하게 되었습니다. 「송강가사」의 발전 맥락이 곧 가사 발전의 축도가 됨을 볼 수 있었습니다.

이 책은 여러 선학과 동학의 직접 간접 교시에 의하여 이끌려 왔습니다. 장르론을 통한 가사의 정체 규명이 현재까지 치열하게 전개되어 왔지만 직접 인용한 곳은 80년대 이전으로 국한되고 말았습니다. 90년대 이후의 빼어난 장르론을 미처 다루지 못했습니다. 이 밖에 지나치고만 가사 관련 논저가 많을 터인데 밝혀주시면 보탤 기회를 만들어보겠습니다.

처음에는 재래식으로 시작한 자료 수집이 전산화의 속도에 힘입어 편리하게 진척되었습니다. 특히, 한국고전번역원의 『한국문집총간』 전산 자료를 요긴히 쓸 수 있었습니다. 앞서 가는 전산 시대의 성원이라는 자부심을 가져볼 수 있게 해 준데 대하여 감사드립니다. 교정을 함께 보고 색인을 자세히 만들어준 김형태 박사에게 고마운 마음을 전하며, 지금 같이 가고 있는 길이 언젠가는 높은 언덕에 당도하리라는 희망을 나누어 갖고 싶습니다. 고전시가 논저를 집중적으로 출간하는 보고사에서 책이 나오게 된 것을 보람차게 생각합니다. 사업이 번성하여서 시가 연구의 꽃을 부단히 피우기를 바랍니다.

이 책은 연세대학교 학술연구비의 지원에 의하여 이루어졌습니다. 지원해 준 학교 당국에 감사드립니다. 일민 선생께 계도된 연구 역정을 길찾기에만 허비한 데에 대하여 송구스러움을 느낍니다. 동학들과 함께 가는 앞길을 훤히 비추어주시기를 바라며 삼가 작은 성과를 영전에 올립니다.

이천구백팔년 칠월 매지서실에서
윤덕진 사룀

차례

조선조 長歌
가사의 연원과 맥락

0. 들어가는 말

　가사는 우리문학의 여러 종류 가운데에서도 해당 작품의 분량이나 갈래의 지속 기간으로 보아서 단연히 우위를 차지한다. 그만큼, 향유자들의 애호 정도가 높았다는 말인데, 이 갈래의 특성이 향유자들의 기질에 맞았기 때문일 것이다. 같은 시기에 공존하면서 여러 성격을 공유하기도 했던 시조와 아울러서 가사는 조선조를 일관하는 대표적인 율문 형식이다. 시조에 대한 당대적 명의가 "단가(短歌)" 곧 짧은 노래인 데에 대하여 가사는 긴 노래, 곧 "장가(長歌)"로 불렸다. "장가(長歌)"의 의미 범주는 분량에 대한 것으로만 설정되기에는 복잡한 양상을 보인다. 이에 대한 조선조 당대의 규정을 통하여 그 의미 범주를 재설정할 필요가 있다.

　지봉 이수광(芝峯 李睟光)[1563: 명종18〜1629: 인조7]이 1614년(광해군 6년)에 탈고한 『지봉유설(芝峯類說)』의 문장부 가사조(文章部 歌詞條)에는 장가에 관한 다음의 언급이 들어있다.

　　우리나라의 가사는 방언을 섞어 써서 중국의 악부와는 견줄 수가 없으니 가까운 때의 송순, 정철이 지은 것이 가장 좋으면서도 입에 오르내리는 데에 그쳤으니 아깝도다! 장가는 곧 〈感君恩〉〈翰林別曲〉〈漁父詞〉가 가장 오래 되었고 가까운 때의 〈退溪歌〉〈南冥歌〉宋純〈俛仰亭歌〉

白光弘〈關西別曲〉鄭澈〈關東別曲〉〈思美人曲〉〈續美人曲〉〈將進酒詞〉
가 세간에 널리 퍼졌다. 그 밖에 〈水月亭歌〉〈歷代歌〉〈關山別曲〉〈古別
離曲〉〈南征歌〉같은 따위가 매우 많다. 나도 또한 「朝天前後二曲」이 있
으니 장난일 따름이다.1)

　지봉(芝峯)은 장가(長歌)를 세 부류로 나누어 놓았다. 첫째, 유래가 오
래된 노래들. 둘째, 당대에 널리 퍼진 노래들. 셋째, 그 밖의 여러 종류
의 노래들. 첫째 치는 고려 중기 이래 선조까지 이루어진 것들이다. 곧,
〈감군은(感君恩)〉은 이미 세종조에 연행 기록이 보이며2), 상진(尙震)
[1493: 성종24～1564: 명종19]의 자작곡이라는 언급은3) 기존의 악곡
에 노랫말만을 개사하였음을 가리킨 것으로 보인다.4) 〈한림별곡(翰林別
曲)〉은 작품 내용으로 보아 고려 중기 이후 문신들의 연락(宴樂)에서 연
유하였음을 알 수 있다. 이 노래가 사대부들 간에 광범위하게 유통되었
음은 여러 기록으로 확인되거니와, 특히 퇴계 이황(退溪 李滉)의 부정적
언급5)을 통해서는 이 노래의 영향력이 크게 확대되어 있었던 사정을 짐

---

1) 我國歌詞雜以方言 故不能與中朝樂府比並 如近世宋純鄭澈所作最善 而不過膾炙口頭
　　而止 惜哉 長歌則「感君恩」「翰林別曲」「漁父詞」最久 而近世「退溪歌」「南冥歌」
　　宋純「俛仰亭歌」白光弘「關西別曲」鄭澈「關東別曲」「思美人曲」「續美人曲」「將進
　　酒詞」盛行於世 他如「水月亭歌」「歷代歌」「關山別曲」「古別離曲」「南征歌」之類
　　甚多 余亦有「朝天前後二曲」亦戲耳(李睟光,『芝峯類說』권14 文章部 7, 歌詞 條.)
2) 관습도감에게 전지하기를 "지금부터 중국 사신에게 위로연을 베풀 때에 정재가 없고
　　술만 마실 때는 〈낙양춘〉·〈환궁악〉·〈감군은〉·〈만전춘〉·〈납씨가〉 등의 곡조를 서
　　로 틈틈이 바꿔가면서 연주하도록 하라" 하였다. [세종24년 임술(1442: 정통7) 2월 22
　　일(계축):『국역 조선왕조실록』]
3)『星湖僿說』, 제15권「人事門」尙相 條에 "其臨終自銘曰 '起自草萊 三入相府 晚而學
　　琴 常彈感君恩一曲' 年七十三卒於正寢 感君恩者其自作譜云"
4) "매양 생신 잔치 자리에 대부인이 사뭇 뭇 음악을 물리치고 가자로 하여금 〈感君恩曲〉
　　을 부르게 하면, 공은 그 노래말을 미루어 풀어서 속곡을 지어 바쳤다." [鄭經世,「西平
　　府院君韓公行狀」,『愚伏先生文集』(민족문화추진회, 문집총간) 卷之二十 行狀] 등의
　　기록에서 개사의 사례를 확인할 수 있다.

작할 수 있다. 〈어부사(漁父詞)〉는 집구시(集句詩)로서 노랫말을 삼은
대표적인 경우로서 여말에 애호된 기록6)이 뚜렷하다. 집구시(集句詩)는
시대에 따른 변이를 보이며 적층되기 마련인데, 여말부터의 전승이 「농
암어부사(聾巖漁父詞)」(1549년)의 산정(刪定)을 계기로 하며 몇 단계의
변이를 거쳐 현전 십이가사(十二歌詞)로 정착되기까지의 경로가 장가(長
歌) 발전사의 주요시기를 포함하고 있다. 유래가 오래된 노래로서 위의
세 작품은 공통적인 특질을 지님을 볼 수 있는데, 연장체이며 정해진 악
곡을 기반으로 하는 개사(改詞)의 방식으로 재창작되었다. 연장체, 곧
하나의 정해진 악곡에 분련된 여러 연의 노랫말을 번갈아 얹어 부르는
방식은 고려속가에서 익히 보던 바로서 악곡과 관련하여 장가를 형성하
는 주요한 방식이다. 개사를 통한 재창작은 장가뿐만 아니라 단가(短歌)
에 있어서도 적용되는 조선조 시가의 일반적인 특질이므로 장절을 따로
하여 논할 필요가 있다.

　둘째 치, 당대에 널리 퍼진 노래들은 첫째 치와는 변별되는 특질을 지
닌다. 이들은 연장체라기보다는 불균정한 다수 연의 결합으로 이루어진
편사적(編辭的) 형식을 하고 있다. 따라서 악곡의 체제도 작품에 따라
변화하는 성향을 띤다. 송순(宋純)[1494: 성종23~1582: 선조15]의 〈면
앙정가(俛仰亭歌)〉(1533년 이후), 백광홍(白光弘)[1522: 중종17~1556:
명종11]의 〈관서별곡(關西別曲)〉(1555~1556), 그리고 정철(鄭澈)[1536:

---

5) 翰林別曲之類 出於文人之口 而肯豪放蕩 兼以藝慢戲押 尤非君子所宜尙 [「陶山十二
　曲跋」(1565: 명종20), 『退溪集』(민족문화추진회 문집총간―이하 총간으로 약칭함)]
6) 『益齋亂藁』卷第四 詩, 「悼龜峯金政丞永旽」; 『三峰集』卷之一 七言古詩 「題孔伯共
　漁父詞卷中」; 『陽村先生文集』卷之十一 記類 「漁村記」 등등에서 여말의 〈어부사〉 성
　창 사실을 확인할 수 있다. 특히, 金永旽에 관해서는 豹皮리는 歌妓가 사대부를 위한
　연행을 담당했으며, 孔俯(伯共: ?~1416: 태종16) 자신은 〈어부사〉의 善歌者로 드러나
　있어서 사대부 시가 향유 실상의 선례를 보여주고 있다.

중종31～1593: 선조26]의 가사들(1579년 이후)이 "세간에 널리 퍼졌음(盛行於世)"은 이 작품들과 관련된 기록이 풍부함으로써 확인된다. 송순(宋純)보다 한 세대 아래인 심수경(沈守慶)[1516: 중종11～1599: 선조32]이 『견한잡록(遣閑雜錄)』(1590년 이후)에서 송순(宋純)이 평생 노래를 잘 지었다[송공평생선작가(宋公平生善作歌)]고 평한 대목이 보여주듯 16세기의 선비들은 노래를 애호하였고 그 가운데에는 송순(宋純)처럼 직접 노래를 짓기까지 할 만큼 악률에 정심한 사람도 있었음을 알 수 있다. 백광홍(白光弘)의 〈관서별곡〉은 작품 안의 농밀한 시주 풍류(詩酒風流)가 가리키듯 이 시기 사대부들의 악곡 애호 분위기 가운데 지어졌으며, 이 분위기 속에서 지속적으로 향유되었음을 알 수 있다. 최경창(崔慶昌)[1539: 중종34～1583: 선조16]의 한시 〈기성문백평사별곡(箕城聞白評事別曲)〉[7]은 그가 북평사로 간 1568년쯤 지어졌으리라 추측되는데, 결구인 "한 곡조 〈관서별곡〉에 눈물이 수건 가득(一曲關西淚滿巾)"을 통해서는 악곡에 동화된 경지가 매우 깊음을 볼 수 있다. 정철(鄭澈)의 가사에 관련된 기록은 위의 두 경우보다 더 풍부한데, 악곡을 매개로 하여 정신적인 동화가 이루어지는 가운데 활발한 전승이 이어져 갔다.[8]

셋째 치에는 여러 부류의 노래들이 섞여 있으니, 〈수월정가(水月亭歌)〉는 관련 기록[9]으로, 〈역대가(歷代歌)〉〈남정가(南征歌)〉는 실제 작

---

7) 『孤竹遺稿』(총간), 七言絶句.

8) 송강가사의 전승은 뒤에 항목을 따로 하여 논함.

9) 「水月亭記」(『松江續集』雜著 / 姜沆, 『睡隱集』)「水月亭三十詠」(亭主 鄭澕作, 姜沆, 『睡隱集』에 실림). 종전에 宋寅의 한강 변 별업인 水月亭을 이 노래의 배경으로 보았으나 交誼가 있었던 李睟光의 『芝峯類說』에 宋寅에 관한 기사를 싣고 있는데도 가사의 작가를 밝히지 않았다는 점에서 「水月亭記」와 「水月亭三十詠」이라는 관련 기록을 지닌 鄭澕(1547～?)의 광양 별업인 水月亭을 이 노래의 배경으로 보는 것이 타당하다고 여긴다. (강전섭, 「수월정가와 수월정기의 작자 문제」, 『한국고전시가연구』, 경인문화

품으로써 둘째 치와 같은 부류임이 확인되고, 〈관산별곡(關山別曲)〉은 임형수(林亨秀)[1504: 연산군10~1547: 명종2]의 『금호유고(錦湖遺稿)』, 잡저(雜著), 「서관산별곡후(書關山別曲後)」에 반공부(潘公父)와 이문중(李文仲)이 함께 지은 8장의 송양(頌揚) 주제의 노래라 하였으며, 〈고별리곡(古別離曲)〉은 형식에 대하여 추단할 아무런 단서가 없으며 단지 가명(歌名)에서 애정을 주제로 한 것만이 확인될 뿐이다.

위와 같은 조감으로 판단할 때에 문장부 가사조(文章部 歌詞條)의 장가(長歌)에 관한 언급은 그 중심이 둘째 치, 곧 가까운 시기에 널리 퍼진 장가(長歌)에 놓여 있다. 이는 지봉(芝峯) 자신이 「조천전후이곡(朝天前後二曲)」이라는 연행 주제 작품을 통해 이 부류의 장가(長歌)[현재의 장르 구분에서 "가사"로 범칭하는] 향유에 가담한 사실로도 확인될 뿐 아니라 이후의 장가(長歌) 발전이 이 "가사"를 중심으로 전개되는 사실에서 재확인 된다. 17세기 중반에 지봉이 파악한 장가(長歌)의 구도는 첫째 치가 귀속되는 여말 선초의 악장에서 가장 활발한 향유 단계에 놓인 "가사"에 이르며, "매우 많다(甚多)"는 언급이 암시하듯 다양한 변모를 포함하고 있는 것이다. 시가사의 일반적인 시각이 악장에서 가사로 연계되는 형성기나 이른바 후기가사에 해당하는 18세기 이후의 국면에는 유의하면서도 16세기 이후 18세기로 넘어가는 중간 과정의 다채로운 발전 과정에는 특별한 관심을 두지 않아서 가사발전사를 순조롭게 설명할 수 없게 되었을 뿐 아니라, 나아가 18세기 이후의 국면을 단절적으로 파악하는 페단에 이르기도 했기 때문에 이에 대한 교정이 필요하다고 생각한다. 이 문제를 해결하기 위한 작업을 다음 장에서부터 펼쳐보도록 하겠다.

사, 1995. 참조)

I. 장가(長歌) 형성의 경로

1. 한시사부(漢詩辭賦)에 대한 가창

선초에 궁중에서 『시경(詩經)』의 시편을 가창했던 기록10)이 빈번한 바, 선초 악장 가운데 아악곡(雅樂曲)에 해당하는 것들의 선율을 주자(朱子)의 『의례경전통해(儀禮經典通解)』의 『시경(詩經)』 시편에 해당하는

---

10) 국왕연사신악(國王宴使臣樂) 왕과 사신이 좌정(坐定)하면 다(茶)를 올린다. 당악(唐樂)이 하성조령(賀聖朝令)을 연주한다. 첫 잔을 올리고 조(俎)를 올릴 때 이르러 녹명(鹿鳴)을 노래하되 중강조(中腔調)를 쓴다. 헌화(獻花)하면 황황자화(皇皇者華)를 노래하되 전화지조(轉花枝調)를 쓴다. 둘째 잔을 올리고, 첫번째 탕(湯)을 올릴 때 이르러서는 사모(四牡)를 노래하되 금전악조(金殿樂調)를 사용한다. 세째 잔을 올리면 오양선정재(五羊仙呈才)를 하고, 두 번째 탕(湯)을 올리면 어리(魚麗)를 노래하되 하운봉조(夏雲峯調)를 사용한다. 네째 잔(盞)을 올리면 연화대정재(蓮花臺呈才)를 하고, 세 번째 탕(湯)을 올리면 수룡음(水龍吟)을 노래하며, 다섯째 잔을 올리면 포구락정재(抛毬樂呈才)를 하고, 네 번째 탕(湯)을 올리면 금잔자(金盞子)를 읊고, 여섯째 잔을 올리면 아박정재(牙拍呈才)를 하고, 다섯 번째 탕을 올리면 억취소(憶吹簫)를 부르며, 일곱째 잔을 올리면 무고정재(舞鼓呈才)를 하고, 여섯 번째 탕을 올리면 신공(臣工)을 노래하되 수룡음조(水龍吟調)를 사용한다. 여덟째 잔을 올리면 녹명(鹿鳴)을 노래하고, 일곱 번째 탕을 올리고 아홉째 잔에 이르면, 황황자화(皇皇者華)를 노래하며, 여덟 번째 탕을 올리고 열째 잔에 이르면, 남유가어(南有嘉魚)를 노래하되 낙양춘조(洛陽春調)를 사용하며, 아홉 번째 탕을 올리고 열 한 번째 잔에 이르면 남산유대(南山有臺)를 노래하되 풍입송조(風入松調)나 낙양춘조(洛陽春調)를 사용한다. [태종 2년 임오(1420, 건문 4) 6월 5일 (정사): 『국역조선왕조실록』]

선율에서 차용했다는 사실을 참조하고[11] 『세종실록』의 〈녹명(鹿鳴)〉편 등의 악보를 살펴보면 『시경』 시편의 가창은 향악(鄕樂)과는 관련이 없는 중국식 음악 체계에 의한 것임을 알 수 있다. 그리고, 이러한 『시경』 시편 가창의 관습은 조선조 내내 지속되어 왔음을 확인할 수 있는데 궁중의 빈연에 소용되는 범위를 넘어서 사대부들의 한시(漢詩) 문화 향유 가운데 이 관습이 유지된 것을 볼 수 있다.[12]

중국식 음악 체계로 한시를 가창하는 것과는 별도로 전래의 향악 체계 하에서 한시를 가창하는 방식이 보인다. 여말 전승이 확인되는 〈어부사(漁父詞)〉가 이미 집구시(集句詩)로서의 면모를 보이고 있으며 선초에 들어서도 한시에 대한 가창이 다양하게 이루어졌다. 〈횡살문(橫殺門)〉은 두보(杜甫)의 칠언시(七言詩)인 〈증화경(贈花卿)〉에 현토하여 재배열한 노랫말인데 『시용향악보(時用鄕樂譜)』 등의 악보는 이 노래가 향악적(鄕樂的)인 성격이 강함을 가리켜 준다. 〈횡살문〉과 같이 『시용향악보(時用鄕樂譜)』에 실린 〈풍입송(風入松)〉, 〈야심사(夜深詞)〉 등의 한시체(漢詩體) 노래들도 다소의 당악적(唐樂的)인 요소가 있지만 전체적으로

---

11) 송방송, 『한국음악통사』, 일조각, 1984, 제4장 「아악의 정비 시대」 참조.

12) 金昌翕, 『三淵集』(총간) 卷之三十五 「日錄」 庚子 [1720: 숙종46] 三月 初十日에 "맑고 바람이 불다. 시내 가를 거닐다 본 두견화 봉오리 반쯤 핀 것이 좋았다. 〈鹿鳴〉편서부터 〈采芑〉편까지 읊었다. 〈鹿鳴〉 머리 장을 漢音으로 번역해서 느린 박절로 길게 읊으니 따로이 무한한 운치가 있었다. 매번 한 차례 읽을 적마다 곧 石磬을 쳐서 맞추니 더욱 옛 뜻이 살아났다." (원문 생략)라 했으며 "당시에 先君(朴趾源)의 선배인 金用謙 [1702: 숙종28~1789: 정조13. 金昌翕의 조카]은 나이가 많고 덕이 높았으며 사람됨이 간명하고 예스러웠으며 예로써 자신을 지켰다. 그는 선군과 渼軒을 만날 때마다 풍류가 넉넉했고 토론이 끊이질 않았다. 매양 農巖과 三淵의 言論과 風采를 거론하면서 분위기를 고조시켰다. 하나의 운치있는 일을 만나면 문득 벗들을 초대하여 즐거움을 삼았는데 곁에 옛 磬을 두고 늘상 중국어로 『詩經』의 〈關雎〉 〈鹿鳴〉 등을 읊을 때 경을 쳐서 선군에게 듣게 했다." [朴宗采, 『過庭錄』: 인용은 전통예술원 편, 『조선후기문집의 음악사료』, 민속원, 2002, 170면에서]는 기록도 있다.

는 향악(鄕樂)으로 보아 무방하다.13) 이같은 향악 계열의 한시체 노래들
은 한시(漢詩)를 향유하는 오랜 관습 속에 이루어졌다고 볼 수 있기 때문
에 그 유래가 상당히 소급될 수 있다. 그리고, 조선조에 들어서도 활발
히 향유되는 한시 문화 속에서 이러한 가창(歌唱) 관습이 지속되었음을
여러 기록들에서 알 수 있다.

우선 〈적벽부(赤壁賦)〉14), 〈귀거래사(歸去來辭)〉15), 〈양양가(襄陽歌)〉16),
〈장진주(將進酒)〉17), 〈여인행(麗人行)〉18), 〈비파행(琵琶行)〉19) 등 주로

---

13) 양태순, 「고려시대의 악과 악장」, 『고려가요의 음악적 연구』, 이회문화사, 1997, 19면.
14) 저녁을 타서 달빛을 따라 가다가 작은 배를 砥柱 아래 정박하여 놓았습니다. 같이
  노는 李老란 통소 잘 부는 자가 있어 술이 취하면 여러 곡조를 부르는데 弟도 또한 蘇長公
  의 〈前赤壁賦〉를 크게 불러서 화답하니 바로 凌儼羽化하려는 생각이 나는 것입니다.
  [申靖夏, 『恕菴集』(총간) 卷之八 「尺牘」〈與愼敬所兄〉: 원문생략]
    만년에 거문고를 좋아하여 항상 맑은 낮과 고요한 밤에 여러 곡을 타고 스스로 기뻐하
  셨다.(중략) 술 자신 뒤면 꼭 호기롭게 노래하는데 노래 소리가 맑고 씩씩하였다. 간혹
  陶處士의 〈歸去來辭〉와 蘇長公의 〈赤壁賦〉를 읊조리면 음절이 딱딱 떨어져서 듣는
  사람을 감동시켰다. [金聖鐸, 『霽山先生文集』(총간) 卷之十五 「行錄」〈從叔父適庵先
  生言行錄〉: 원문생략]
15) 선생의 小記에 이르기를 "聱巖翁이 처음 벼슬을 그만 두고 돌아가는 배를 빌려 한강을
  거슬러 오를 때에 하루 밤 묵어서 驪工에 이르렀다. 배 위에서 벗들을 만나 술로 즐기는데
  느리게 中流로 사앗대질 해 가니 가을 물이 맑고 깨끗하며 산들바람이 막 일어나매
  모시는 아이로 하여금 〈歸去來辭〉를 부르게 하였다. (하략) 『聱巖先生年譜』(총간) 卷之
  一, 「先生七十六歲」〈申宿到驪興 遇故人敍歡〉: 원문생략]
16) 맑음. 검수(劍水) 30리를 가서 점심 먹고, 서흥(瑞興) 40리를 가서 잤다. 서흥 관아의
  북쪽에 새로 지은 한 작은 정자가 있다. 여섯 모로 널찍하고 툭 트였는데 달빛을 타서
  올라가 거문고와 노래를 들었다. 한 어린 기생이 나이는 겨우 15세인데 황계사(黃雞詞),
  백구사(白鷗詞), 죽지사(竹枝詞), 권주가(勸酒歌), 노군악(路軍樂), 귀거래사(歸去來
  辭), 양양가(襄陽歌), 악양루기(岳陽樓記), 적벽부(赤壁賦), 관동별곡, 춘면곡(春眠
  曲), 오동추야가(梧桐秋夜歌) 들을 부르는데, 처음에는 앵무새가 지저귀는 것 같더니
  갑자기 학이 맑은 소리로 우는 듯, 앵두 같은 입술에서 속삭이듯 줄줄 흘러나오니 소녀
  중의 박식(博識)이라 하겠다. [朴思浩, 『心田稿(一)』(민족문화추진회 고전국역총서) 「燕
  薊紀程」〈己丑년 삼월이십팔일〉: 1829년(순조 29)]
17) 家家新釀滑如膠. 慰語淸眞破閱寥. 鷄臛氣香加桂滾. 魚湯味爽下梅調. 聖賢旣遇休
  辭醉. 齊冐周流勿讓勞. 少婢細歌將進酒. 劉公壻上有誰澆. [『梅月堂詩集』 卷之十

고전적인 한시사부(漢詩辭賦)를 택하여 가창하였던 기록이 여럿 보인다. 그 다음, 과거에 급제한 시를 가창하던 관습도 확인된다.[20] 현전하는 가집[21]에 실린 한시사부나 과체시(科體詩)들은 바로 이런 가창 관습의 흔적이라고 할 수 있다.

三, 詩「關東日錄」〈鄕飮〉]

　드디어 聾巖을 汾水 댁에서 뵈었다. 公은 문 밖에 나와 맞아들여 이끌어 앉혀 바둑을 두게 하셨다. 밥을 차리게 하고 잇달아 술을 내오더니 나 든 여종은 거문고를 타고 어린 여종은 아쟁을 켜게 하면서 혹은 〈歸來辭〉를 노래케 하며 혹은 〈歸田賦〉를 노래케 하고 혹은 李賀의 〈將進酒〉를 노래케 하며 혹은 蘇雪堂의 "杏花飛簾散餘春"을 노래케 했다. 그 아들 文樑은 字가 大成인데 모시고 앉았더니 또한 祝壽하는 노래를 불렀다. 나는 大成과 함께 일어나 춤추었다. 公도 또한 일어나 춤추었다. [周世鵬, 『武陵雜稿』(총간) 卷之七 原集, 「雜著」〈遊淸凉山錄〉]

18) (상략) 어제 처음으로 자네의 애첩이 〈麗人行〉을 읊는 것을 들었는데 자구마다 온당하고 곡조의 안배가 제 격에 들어맞아 전문적으로 잘 부르는 사람 같아서 그 소리가 金石 소리처럼 쟁쟁거리고 간드러졌네. [許筠, 『惺所覆瓿藁』(민족문화추진회 국역본), 「文集」18, 「尺牘」下, 〈沈重慶에게 보냄〉]

19) 남으로 온 세월을 나는 오래다고 기억하고 싶지 않다. 하루는 興海의 校院 儒生 십여 명이 술병과 찬합을 들고 와서 旅舍에 있는 나를 먹이고자 하면서 말하기를, "사월 팔일은 이른바 세속 명절이어서인지 멀리 유배 온 심회와 집을 그리워하는 마음이 보통 날보다 배나 더하기 마련입니다. 우리들은 이 까닭에 온 것일 따름입니다." 나는 말을 듣고 비로소 이 날이 명절인 줄 알았다. 이윽고 술과 장을 어우러지게 벌여 놓고 술잔을 들어 서로 권하였다. 그런데 눈으로 보기만 하던 고기와 죽순이 찬으로 들어오매 입에 맞는다고만 생각하고 더 마음에 두지 않았다. 권커니 잣커니 하다 취하고 저녁에 이르러서 자리를 파하였다. 파한 후에 오히려 말똥말똥하니 잠들지 못하여 머물러 여러 鄭과 술을 마셨다. 술 마시는 것은 내 좋아하는 바는 아니지만 그러나 또한 마지못해 그러하였다. 마침 玉娘이 거문고를 가지고 와서 〈歸去來辭〉〈琵琶行〉 등 여러 곡을 부르게 하였다. 객 가운데 한 사람이 취한 김에 일어나 춤추니 등불 아래 너울너울 춤추는 그림자가 또한 볼만 하였다. [『久堂先生集』(총간) 卷之十九 「箚錄」: 원문생략]

20) 대표적인 경우로, 李縡의 〈代李白魂誦傳竹枝詞〉나 申光洙의 〈登岳陽樓歎關山戎馬〉를 들 수 있다. 이 둘은 모두 과거에 응시하여 급제한 시로서 당대에 妓樓에까지 傳誦되었던 기록이 보이며 十二歌詞나 詩唱의 곡목으로 지금까지 전창되고 있다.

21) 漢詩 辭賦와 科體詩를 실은 가집은 『古今歌曲』(1764: 영조40 추정) 『雅樂正音』(18세기 추정) 『海東遺謠』(19세기 전반 추정) 등등을 들 수 있다. 漢詩辭賦와 科體詩가 국문 시조나 가사와 함께 실려 있는 모습이 이들이 가창된 사실을 확인케 한다.

한시사부를 우리 음악에 맞추어 가창하기 위해서는 우리말로 현토해야했던 것을 현전하는 십이가사(十二歌詞)나 시창(詩唱)의 경우에서 확인할 수 있는데 이 현토식 발성이야말로 한시사부 가창의 뚜렷한 표지라고도 할 수 있다. 18세기 이후의 가(사)집인『고금가곡(古今歌曲)』,『해동유요(海東遺謠)』등에 실린 한시사부는 비록 현토되어 있지 않지만 이들을 같이 실린 시조나 가사처럼 노래할 때에는 적절한 현토를 수반했으리라고 추측된다. 또한 이들 한시사부가 가집에 따라 다른 악조를 부여받고 있음은 시기에 따라 가창하는 방식이 변환하였음을 가리키는데 만일 중국식 악곡 체계에 의존했다면 이 변환은 있을 수가 없었을 터이다. 아래에 한시사부들이 가집에 실린 상황을 적시하여 이 변환의 정황을 보이도록 하겠다.

문학 형식		작품명	출현가집[22]	악조/표기법	관련기사	해당 연대
古典 漢詩 辭賦	七古 樂府	李白 將進酒	瓶歌(1031)	樂戱調		
			靑六(791)	羽樂時調		
			源國(593)	羽樂		
			雅正			
	七言 古詩	李賀 將進酒	瓶歌(954)	蔓橫	『梅月堂詩集』	1491~1493[23]
			瓶歌(1028)	樂戱調		
			靑六(541)	界二數大葉		
			靑六(795)	羽樂時調	『武陵雜稿』	1544[24]
			靑六(803)	羽樂時調		
			源國(450)	界三數大葉		
			源國(596)	羽樂		
		琵琶行	古今	無懸吐	『久堂先生集』	1653~1655[25]
		長恨歌	海遺	飜辭 (가사체)		
	七言 律詩[26]	黃鶴樓	海一(616)	蔓數大葉		
			靑六(849)	編樂		
			源國(628)	編樂		

古典漢詩辭賦	七言律詩	鳳凰臺	甁歌(1064)	樂戲調		
			海一(615)	蔓數大葉		
			靑六(848)	編樂		
			源國(627)	編樂		
		十載經營	甁歌(901)	蔓橫		
			海一(622)	蔓數大葉		
			靑六(604)	言弄		
			源國(474)	各調音		
		襄陽歌	雅正		『心田稿(一)』	1829
			海遺	懸吐		
	辭賦	歸去來辭	古今	無懸吐	『聾巖先生年譜』	1542(76세)
			雅正	無懸吐		
		赤壁賦	古今	無懸吐	『恕菴集』	1715[27] 이전
			海遺	無懸吐		
集句詩		漁父詞	古今	聾巖漁父詞	『益齋亂藁』	1367[28] 이전
			南原	聾巖漁父詞		
			海遺	聾巖漁父詞		
		瀟湘八景歌	南原	懸吐		
			申在孝	虛頭歌		
科體詩		竹枝詞	古今	無懸吐	『幷世才彦錄』	1702[29] 이후
			南原	懸吐		
		關山戎馬		詩唱	『石北集』	1750년경[30]

22) 歌番은 심재완, 『역대시조전서』를 따름. 가집 약호 및 성립연대는 아래와 같음.
　　甁歌=甁窩歌曲集(1790년대)
　　靑六=靑丘永言 六堂本(19세기 전반 이후)
　　源國=歌曲源流 國立國樂院本(1876년: 고종13)
　　海一=海東歌謠 一石本(18세기 후반)
　　古今=古今歌曲(1764년)
　　海遺=海東遺謠(19세기 전반)
　　雅正=雅樂正音(18세기 추정)
　　南原=南原古詞(1860년대)
　　申在孝=申在孝 판소리 장문(19세기 후반)
23) 주)17의 「關東日錄」이 지어진 것으로 추정되는 설악산 시절.
24) 중종 39년 先生 50歲 [『愼齋先生年譜』, 『武陵雜稿 附錄』(총간) 卷之二]. 주 17) 참조.
25) 久堂 朴長遠(1612: 광해군4～1671: 현종12)이 興海로 귀양간 사이. 주 19) 참조.
26) 이 밖에 가집에 실린 七言律詩는 杜甫의 〈江村〉 [海一(617) 靑六(629)] 〈秋興八首〉
　　[海一(619) 靑六(704)] 〈蜀相〉 [海一(620) 靑六(626)]과 杜小陵의 〈恨別〉 [海一(618)]

우선 이백(李白)이나 이하(李賀)의 〈장진주(將進酒)〉와 관련된 노래들이 풍부한 관련 기록을 지니며 전승되어 온 것을 확인할 수 있다. 특히, 이하(李賀)의 〈장진주(將進酒)〉는 선초부터 주연(酒宴)에서 애창된 것을 볼 수 있으며, 조선 후기의 가집에는 전편(10구)이 가곡창에 적합한 대개 4~6구로 분리된 여러 편의 작품으로 가창된 것을 확인할 수 있다. 시조 시형에 적합한 분량인 작품의 일부를 취택하는 작시 방식은 이백(李白) 〈장진주(將進酒)〉의 경우에도 적용되었는데 이런 작시 방식은 18세기의 가곡창이 연창(演唱)되던 단계의 산물이므로 매월당(梅月堂)이나 농암(聾巖)의 시대인 15~16세기에도 적용되었으리라고 보기가 어렵다. 15~16세기에는 그 시기에 적합한 연행 방식이 있었을 터인데 현재로서는 악보와 관련된 구체적인 정보를 갖지 못한 채, 단순한 방식의 연행―악조에 크게 제약되지 않기 때문에 전편을 연행할 수 있는 여유를 가지는 음영과 같은―에 의존하지 않았겠느냐는 추측을 할 수 있을 따름이다.31) 연행 방식의 차이 여부와 상관없이 궁중에서 정격의 악곡을 수

〈卜居〉[海一(621)] 飽照의 〈白紵曲〉 등등이다.

27) 申靖夏(1681: 숙종7~1716: 숙종42) 歿年. 주 4) 참조.

28) 益齋 李齊賢(1287: 충렬왕13~1367: 공민왕16) 歿年. 주 6) 참조. 이 책 34면 참조.

29) 陶菴 李縡(1680: 숙종6~1746: 영조22) 謁聖文科 丙科 合格. 주 20) 참조.

30) 석북 신광수의 주청부사 홍성원의 연행(1750경)을 보내는 시에 "聲如哀玉牧丹歌 二十三州冠綺羅 明月大同江上夜 關山一曲聽如何"의 自註에 "丹妓 善歌余關山走馬 故云"이라 하였으며 그 뒤 牧丹(1750경)이 서울의 梨園에 올라와 있다는 말을 듣고 수증한 三絶 시 중 제 一絶에 "頭白名姬入漢京 淸歌能使萬人驚 練光亭上關山曲 今夜何因聽舊聲"의 自註에 "余之西游 每携牧丹於湖樓畵舫間 燈前月下 丹妓輒唱余關山戎馬舊詩 響遏行雲"이라 하였다. [이가원, 「석북문학연구」, 『동방학지』제4집, 1959. 27면]

31) 단순한 방식의 연행에 관하여는 〈원시조〉인 〈단가〉가 민요에서 비롯되었으며, 비전문가도 부를 수 있는 쉬운 것이기 때문에 문헌자료에 남아 전하지 못하였다는 양태순 교수의 견해를 참조하였다. [양태순, 「정과정(진작)의 연구」, 『고려가요의 음악적 연구』, 이회문화사, 1997.] 또한, 가사의 제시형식의 본질을 음영으로 파악한 김학성교수의 견해가 참조할 만하다. 김교수의 지적대로, 음영의 본질은 가창과 완독으로 필요에 따

반하여 연행되던 한시사부들이 민간의 사대부 사이에서 향유되었다는 사실은 예악 중심의 가악관이 변모되는 사실과 더불어서 시가사적으로 중요한 의미를 지닌다고 할 수 있다.

〈십재경영(十載經營)〉은 무명씨의 〈별업고시(別業古詩)〉를 가창화한 것이라고 하는데, 이 작품은 향리에 별업(別業)을 지닐 수 있는 여건이 일반화된 사회사적 정황을 반영한 것으로 이해된다. 이 작품이 실명으로 남아있는 사실이 이런 사회사적 정황에 대한 간접적인 증언을 하고 있다. 어떤 재지 사족의 전형화된 일상사를 반영하고 있는 이 작품이 가창화되는 경로는 알려져 있지 않지만, 이 작품 또한 사대부의 시가 향유라는 일반적인 경로 속에서 전승될 수 있기 위해서는 악곡과 관련되는 몇 조건을 충족했어야 되었을 것이다. 뚜렷한 작자성이 부각되지 않은 채로 일반화된 내용의 한시(漢詩)가 전승되는 것은 의당 악곡에의 의존을 상정해야 하기 때문이다. 칠언율시(七言律詩)들은 표에 실린 외에도 많은 작품이 가집에 실려 있다. 이들은 모두 한 구(句) 7자(字)를 2, 3, 4자(字) 단위로 현토하여 자연스럽게 한 행을 만들어나가는 방식으로 정리되어 있다. 이렇게 8행의 노랫말로 정리된 형태가 가창의 조건에 부합되기 때문에 많은 작품이 가집에 나타났다고 본다. 원래 한시는 즉흥적으로 지어지고 낭송의 방식으로 연행되던 것인데 이 중에 휜전도가 높은 작품을 가창화시킨 것으로 보인다. 다음과 같은 기록은 한시 향유 방식에 대한 정보를 알려주고 있다.

　　　　문을 닫고 화로를 끼고 신보와 시를 짓는데 노기 백내가 노래를 질

라 전환이 가능한 중간적인 것이기 때문에, 일정한 선율적 변화 속에 진행되면서 가창과 구별하기 어려운 한시사부의 관례적인 음영은 독서 현장에서는 완독으로 주연의 자리에서는 가창으로 인식되어 향유될 수 있었을 터이다. [김학성, 「가사의 정체성과 담론」, 『한국고전시가의 정체성』, 성균관대학교 대동문화연구원, 2002.]

불러 매번 시를 짓자마자 곧 한 곡을 연주하니 운치가 대단했다.(闔戶擁
爐 與信甫作詩 老妓白梅善歌 每詩畢 輒奏一曲 極有韻致)[32]

이하곤(李夏坤)[1677: 숙종3~1724: 영조 즉위년]이 1722년(경종 2
년)에 지은 『남유록(南遊錄)』에 나타나는 위의 기사를 통하여 한시 향유
의 현장에 가인(歌人)이 수행하였고 즉흥적으로 한시를 가창화(歌唱化)
시키고 있음을 볼 수 있다. 시를 짓자마자 곧 연창할 수 있었다면 한시를
가창화하는 악곡이 관례화 되어있어야 한다. 뒤에 따로 논하겠지만 하
나의 정해진 악곡에 여러 개의 노랫말이 불리는 방식은 조선조 시가 연
행의 근간을 이루는 것이다. 대개 가인을 동반한 유연(遊宴)에서 악곡이
정해져 있음으로써 참석자들이 흥취의 방향을 예견할 수 있으며 환경의
변화에 따른 개사(改詞)만 이루어지면 또 다른 분위기를 유지할 수 있었
다. 칠언율시를 실은 가집에 나타난 단계별로 달라지는 여러 가지의 가
창 곡조는 이런 관례의 변해 나온 모습이라고 하겠다. 〈황학루(黃鶴樓)〉
와 〈봉황대(鳳凰臺)〉는 당시(唐詩)의 명편으로서 높은 횟전도를 유지해
나오는 가운데 가창화된 경우일 터인데 뒤에 시조창으로도 불리게 될
때에도 "우조질음(羽調叱音)"이나 "각시조(刻時調)" 등의 별다른 품격으
로 분류된다. 한시 가창(漢詩 歌唱)이 전승되는 범위가 이처럼 제한되어
있었다는 사실은 한시 향유가 특별히 양반 사대부 층에 의해 주도된 사
실과 관련이 있다.

사부(辭賦)가 가창의 주대상이 된 데에는 과시(科試) 등을 통한 높은
횟전도가 일차적으로 작용했겠지만 이른바 "유운산문(有韻散文)"으로서
의 문체적 특질도 크게 작용했으리라고 본다. 내면화를 지향하는 서정

---

32) 李夏坤, 『南遊錄』 11월25일 [이상주, 『담헌 이하곤 문학의 연구』, 이화문화출판사,
378면에서 재인용, 번역은 이 책을 참조하여 다시 함.]

한시의 압축적인 구조에 비하여 포서(鋪敍), 곧 이것저것을 나열하는 사부의 느슨한 구조가 특히 편사적(編辭的) 특징을 활용하는 장가(長歌)에 적합한 것으로 인식되었을 것이다. 〈귀거래사(歸去來辭)〉, 〈적벽부(赤壁賦)〉 등은 예거하기 어려울 정도로 많은 연행 관련 기록을 지니고 있는데 이들 작품의 명편으로서의 권위뿐만 아니라 〈귀거래사〉의 강호지향(江湖志向), 〈적벽부〉의 산수애호(山水愛好)와 같은 주제가 지닌 공감대에 연유한 현상일 것이다. 이들 정도의 연행 빈도와 높은 휜전도이면 이미 표의적 층위를 벗어나 음성언어의 상태로만 전달되는 정도에 이르렀을 것을 추측할 수 있는데, 가집 중에 한글로만 이들 노래를 기록한 것이 있어서 이 사실을 확인할 수 있다.[33] 집구시(集句詩) 또한 정해진 악곡을 충족하는 개사의 방식으로 축적 전승되어 왔다. 〈어부사〉에 관련된 전승 사실을 확인해 보면, 〈원어부사(原漁父詞)〉로부터 〈농암어부사(聾巖漁父詞)〉를 거치는 과정이 이 개사 방식을 따랐고, 뒤의 〈경산어부사(京山漁父詞)〉[34] 등도 이 방식에 의거했음을 알 수 있다. 이 같은 부분 개사에 의한 축적 전승은 향유자들에게 동일 문화에 귀속된다는 정체감을 주었기에 지속적으로 전승을 유지할 수 있었을 것이다.

과체시(科體詩)는 급제 이후의 유가(遊街) 절차에서 가창되는 관례 속에서 전승되었다. 다음과 같은 기록은 이 관례를 잘 반영하고 있다.

도암 이재가 지은 〈代李太白魂誦傳竹枝詞〉에 "乾坤不老月長在 寂寞江

---

33) 『시던위풍위국삼상』(규상각 소상)에서 한시사부의 한글 표기를 볼 수 있다. 또한, 『적벽부』라는 표제의 소가집은 〈赤壁賦〉를 한글로 옮겨 놓았다. 이런 예는 다른 곳에서 더 찾아질 것으로 본다.

34) 京山 李漢鎭(1732: 영조8~?)이 개사한 〈續漁父詞〉. 京山 자필본인 연민본 『靑丘永言』(1814)에 실려 있다. 京山의 개사가 일부 다른 가집에 보이는 것을 보아 일정한 전승 범위 내에서 19세기 〈漁父詞〉의 역할을 하였음을 알 수 있다.

山今百年" 등과 같은 많은 경구가 세상에 전한다. 도암의 자손이 과거에 합격하여 베푼 잔치에 광대가 와서 부채를 치며 유생 모양으로 이 시를 외우니 도암이 빙그레 웃었다고 한다.[35]

과체시의 가창에 관한 내용은 석북 신광수(石北 申光洙)[1712: 숙종38〜 1775: 영조51]의 〈등악양루탄관산융마(登岳陽樓嘆關山戎馬)〉를 통하여 확인된다. 이미 당대에 훤전되었음이 확인되며(각주 30번을 참조) 최근세까지도 평양 기루를 중심으로 애창된 흔적을 볼 수 있다.

이상과 같이 조선조에 들어서 한시사부(漢詩辭賦)가 가창화된 경로를 관련기록을 통하여 점검하면서 다음과 같은 두 가지 문제를 제기해 볼 수 있었다.

첫째, 한시사부가 가창된 유래는 조선조 이전으로 소급될 수 있겠지만 궁중악장에서 빈번히 사용된 이후 민간 사대부들의 유연(遊宴)에 관례적으로 습용되면서부터 시가사의 전면에 부각되기 시작하였다. 여기에는 16세기 이후의 국문시가에 대한 관심의 증대가 작용을 하였는데 결국 한시사부도 현토 내지는 한글에 의한 음성문자화를 통하여 국문시가의 영역에 편입된 것으로 볼 수 있다.

둘째, 이렇게 국문시가의 영역으로 편입되는 주계기는 향악(鄕樂) 중심의 악곡이라고 할 수 있다. 이미 궁중 악장에서부터 향악에 의한 한시사부의 연행이 이루어졌지만 사대부들에게로 시가 향유의 주역이 넘겨지면서는 당대에 시조시나 가사를 얹어 부르던 악조에 긴밀히 연관되면서 최종적으로 18세기 이후의 가집에 가곡(歌曲)이나 가창가사(歌唱歌詞)의 한 곡목으로 정착하게 된다.

---

35) 李奎象, 『幷世才彦錄』, 「과문록」. 번역은 『18세기 조선인물지』(민족문학사연구소 한문학분과 옮김, 창작과 비평사)를 참조함.

위와 같은 두 가지 문제를 보다 적극적으로 검토하기 위하여 다음 장부터는 사대부들이 국문시가를 향유하는 다양한 방식을 대입하여 보고자 한다.

2. 악곡을 수반한 연행

사대부들의 여흥은 한시를 수창(酬唱)하는 것이 위주가 되지만 보다 고양된 흥취를 누리기 위해서는 음악과 거기에 따르는 노래가 필수적이었다. 현전하는 조선 시대의 악보는 대부분 거문고 악보인데 곡목의 많은 것들이 성악곡임을 보아서도 이 사실을 알 수 있다. 사대부 여흥과 관련된 기록에는 반드시 거문고를 휴대한다는 단서가 붙은 것을 볼 수 있다. 거문고는 사대부 음악 풍류의 중심 악기로서 선율을 가늠하는 역할뿐만 아니라 노래의 반주 악기로서도 소용되었던 것을 확인할 수 있다. 16세기 후반에 이루어진 〈서호별곡(西湖別曲)〉은 악조가 표시되어 있는 희귀한 경우인데 처음에는 작자 허강(許橿)[1520: 중종15~1592: 선조25]에 의해 지어졌던 것을 양사언(楊士彦)[1517: 중종12~1584: 선조17]이 악곡화하였음을 허목(許穆)[1595: 선조28~1682: 숙종8]의 「서호사발(西湖詞跋)」을 통하여 알 수 있다. 〈서호별곡〉에 관련된 풍류 한사(風流 閑事)는 사대부 음악 향유의 일단을 보여주거니와 대개의 거문고 애호 상황에서는 이런 한사가 벌어질 수 있었으리라고 예상된다. 또, 이런 한사에는 〈서호별곡〉의 양사언처럼 음률에 정통한 이가 개입하기 마련인데 그런 이들은 대개 거문고를 연주할 줄 알며 악곡의 품격에 대한 기준을 세우는 일정한 음악관을 지녔다. 이렇게 사대부가 직접 풍류 현장의 중심에 있기도 하지만 많은 경우 악인(樂人)이나 가자(歌者)를 내세워 연행을 담당하게 했던 것을 볼 수 있다.

　다음은 주로 18세기 이후 가객들이 본격적인 활동을 하기 이전의 악인이나 가자에 대한 자료를 시기 순으로 늘어놓은 것이다.

歌人名	신분	특장 곡목	관련 기록	해당 시기
① 孔俯	사대부	漁父詞	陽村集[36]	1409년[37] 이전
② 玉生香	기녀	翰林別曲	세조실록 14년	1469년 4월1일
③ 李彦邦	武人	崔得霏女子歌[38]	惺所覆瓿稿[39]	1534－1567년[40]
④ 石介	宋寅의 歌婢	感君恩	題石介詩帖[41]	1588년[42] 이전
⑤ 碧桃	歌者	改詞에 能함	栗谷先生全書[43]	1580년[44]
⑥ 閔希顔 妾	기녀	松江歌詞	惺所覆瓿稿[45]	1604년[46]
⑦ 楊理一	歌者	關東別曲	石洲別集[47]	1612년[48] 이전
⑧ 銀介	李升亨의 歌婢	詩經 詩篇	광해군일기[49]	1618년
⑨ 七伊	기녀	思美人曲	東岳先生續集[50]	1637년[51] 이전
⑩ 玉娥	기녀	梅花曲	月沙先生集[52]	1635년[53] 이전
⑪ 洪桂石	歌者	漁父詞	同春堂集[54]	1633[55] 이후
⑫ 秋香[56]	기녀	思美人曲	玄谷集[57]	1649년[58]
⑬ 朴男	優人	才談	疎齋集[59]	1652년 이전[60]
⑭ 禹平淑	歌者	短歌[61]	韶濩堂集[62]	1674～1720년[63]
⑮ 遠昌	歌者	羽調靈山	石北先生文集	1748년[64]
⑯ 牡丹	기녀	關山戎馬	石北先生文集	1750년 무렵
⑰ 李東鎭	歌者	竹枝詞	雲橋酒店遇歌者李東鎭聽舊曲有感[65]	1760년 무렵

---

36) 權近, 「漁村記」

37) 權近(1352: 공민왕1～1409: 태종9) 歿年.

38) 崔得霏는 태종～세종조에 그 딸을 永樂帝에게 進獻하여 鴻臚寺 少卿이라는 벼슬을 받았으며 死後 致祭되는 영화를 누렸다. [『국역 조선왕조실록』 참조] 〈崔得霏女子歌〉는 이런 내력을 바탕으로 한 장가였으며 "모두 감동해서 눈물을 흘리게(滿座皆感涕)" 하는 반향으로 본다면 고국을 떠난 離懷가 주제를 이루지 않았나 추측 된다.

39) 공헌왕[恭憲王; 명종(明宗)의 시호] 때에 사인(士人) 이언방(李彦邦)이란 자가 노래를 잘했다. 가락이 맑고 높으니 감히 그와 재주를 겨루는 사람이 없었다. 일찍이 최득비여자가(崔得霏女子歌)를 불렀는데, 온 좌석이 모두 감동해서 눈물을 흘렸다. 서경(西京)에 유람했는데 교방(敎坊) 기생이 거의 이백 명이 되었다. 방백(方伯)이 열지어서 앉힌

다음, 노래에 능하거나 못하거나를 가리지 않고 도상(都上)에서 동기(童妓)까지 한 사람이 창(唱)하면 언방이 문득 화답했는데, 소리가 모두 흡사했으며 막힘이 없었다. 송도(松都) 기생 진랑(眞娘)이 그가 창을 잘한다는 것을 듣고서 그의 집을 방문하였다. 언방은 자신이 언방의 아우인 양 속이면서, "형님은 없소. 그러나 나도 제법 노래를 하오." 하고 드디어 한 곡조 불렀다. 진랑이 그의 손을 잡으면서, "나를 속이지 마시오. 세상에 이런 소리가 어찌 또 있겠소. 당신이 바로 진짜 그 사람이요. 모르기는 하지마는 면구(綿駒)와 진청(秦青)인들 이보다 더 잘하겠소?" 하였다.(권24, 說部 3「惺翁識小錄」下: 민족문화추진회 고전국역총서)

40) 명종조.

41) 夢賚元爲水月隣 兩翁分占一江春 君家奏樂吾家聽 絶勝屠門大嚼人
　　花無根蔕月無痕 白髮追思舊酒樽 莫漫行雲空自遏 爲予低唱感君恩
　　[鄭惟吉(1515: 중종10～1588: 선조21)『林塘遺稿』上 題詠錄]

42) 鄭惟吉 歿年.

43) 卷之二 詩 下〈大仲使謳者碧桃助餞席之歡 因其歸寄詩〉
　　寒江煙浪阻佳期 媚媚秋風一夕吹
　　試遣碧桃歌數曲 碧桃新唱摠吾詞

　　黃廷彧(1532: 중종27～1607: 선조40),『芝川集』卷之一 七言絶句〈戲贈碧桃香幷序〉도 동일인을 대상으로 한 것으로 보인다. 幷序에 "지난 삼십여 년 전에 내가 한번 孔巖에서 놀았는데 碧桃가 거문고를 가지고 따라와서는 배 위에서〈裵洋曲〉을 타는데 강은 맑고 달이 밝아 逸興이 飛動하니 참으로 勝事였다. 이제인즉 金陵의 시골집에 와 엎디어 있는데 碧桃가 桂陽에 있음을 듣고 불렀으나 오지 않고 편지로써 사양하기에 이 시를 써서 희롱하였다."라 한 것을 보아 노년의 碧桃가 사대부에게 종속만 되지 않고 독자적으로 처신할 수 있는 처지이었음을 알 수 있다.

44) 藥圃(字: 大仲) 李海壽(1536: 중종31～1599: 선조32)가 황해도 관찰사로서 1580년 12월 대사간이 되어 조정에 나가는 栗谷을 전송한 것으로 보임.

45)〈인백(仁伯)의 희(姬)의 노래를 듣다〉(인백은 민희안(閔希顔)이다. 희는 창성(昌城) 사람인데 송강가사를 가장 잘 불렀다.)
　　변방 가락 유달리 소리 웅장코 / 젊은 계집 얼굴조차 절묘하구나 / 맑은 성음 에일 듯이 달을 흔들고 / 긴 메아리 느릿느릿 구름을 넘네 / 처절하나 임 그리는 곡조라며 / 애련타 술 진하는 가사로구나 / 빗님을 만류하여 밤을 시새니 / 시름찬 나비 눈썹 찡글든 말든(塞曲聲偏壯 / 胡姬貌更奇 / 淸音揚月苦 / 逸響度雲遲 / 凄絶思君曲 / 悲涼勸酒詞 / 留君歌至曙 / 遮莫斂愁眉) [권1, 詩部 1,「遼山錄」,〈聽仁伯姬謳〉]

46) 許筠(1569: 선조2～1618: 광해군10)이 수안 군수로 부임한 해. 허경진,『樂人列傳』(한길사, 2005) 139면 참조.

47) 卷之一 七言絶句〈次思庵韻 贈楊理一〉

48) 權韠(1569: 선조2~1612: 광해군4) 歿年.

49) 10년 4월조 吏曹參判 유몽인啓. 이 중의 "그 아이의 집에 이들 詩篇과 古今의 歌詞로 된 책이 한 권 있는데, 모두 그 아이의 주인 李升亨이 오륙년 전부터 노래를 가르쳐온 것입니다(渠家有此等詩篇及古今歌詞一卷 皆主人李升亨, 自五六年所敎唱者)"란 대목으로 보아 여러 가지 노래(歌詞)에 능하였음을 알 수 있다.

50) 詩 〈聞玉娥歌故寅城鄭相公思美人曲〉

51) 東岳 李安訥(1571: 선조4~1637: 인조15) 歿年.

52) 卷之十七 「倦應錄」中 〈李子敏家酒席大醉 使子敏呼韻 輝世書之〉
　　名歌逢六一 新歲卽旬三 且作厭厭飮 仍成亹亹談。
　　淸詩子無敵 弱戶我何堪 一笛梅花曲 誰賡趙渭南。(是日新正十三 而老歌娼名七伊者亦來 故云六一。)

53) 李廷龜(1564: 명종19~1635: 인조13) 歿年.

54) 先生以退溪先生漁父詞。謄置冊中矣。及來黔潭後。逢著隣居善歌者洪柱石。使之唱之。乃曰。退溪此曲。實爲絶調。而如鄭松江關東別曲。亦是絶調。汝知此曲否。仍使之更唱松江關東別曲。俄而。漁人來獻江魚數尾。先生使之作膾。顧謂洪柱石曰。未知退溪, 松江時。亦有此風味否。(別集 卷之九 「附錄」, 〈遺事〉)

55) 同春堂 宋浚吉(1606: 선조39~1672: 현종13)이 벼슬을 그만 두고 향리인 文義縣 黔潭(倦丹淵)에 내려온 해.

56) 秋香은 長城 출신의 琴妓로서 谿谷 張維로부터 시(〈次卷首韻 贈鰲山琴妓 秋香〉)를 지어받은 이래 五山 車天輅(〈贈琴娘秋香〉), 東岳 李安訥(〈次許郞中韻 贈秋香 請諸公同賦〉), 白洲 李明漢(〈書長城妓秋香詩帖〉) 등 名儒의 贈詩로 詩帖을 이룰 만큼 명성이 높았다. 吳道一, 『西坡集』卷之八 詩의 「鰲山錄」序에 그 내력이 기술되어 있다.

57) 卷之三 五言律詩 〈龍湖舟中聞秋香唱思美人曲有感〉

58) 趙緯韓(1567: 명종22~1649: 인조27) 歿年.

59) 李頤命(1658: 효종9~1722: 경종2)의 문집. 卷之十二 「雜著」〈漫錄〉에 朴男이 淸陰 金尙憲을 웃게 한 기사가 있음.

60) 淸陰 金尙憲(1570~1652) 歿年.

61) 목에 피가 나도록 수련하거나 폭포 옆에서 放歌하는 방식 등이 판소리 광대의 행태와 유사하며 인거된 노래("夏禹氏之渡江兮 彼負舟者黃龍 北海天池 豈不足敖遊兮 而乃鬱鬱摧鱗 敗甲塵土中 嗟乎 今日摧鱗敗甲塵土中 死終死兮爾與儂")가 단가의 형태로 유추된다. 이 노래는 가집에 실린 다음 노래가 단가로 변형되기 이전의 원형이 아닐까 한다. "夏禹氏 渡江홀제 負舟ᄒᆞ던 져 黃龍아 / 滄海를 어듸 두고 半壁에 와 걸녓ᄂᆞᆫ다 / 아모리 興雲作雨ᄒᆞᆫ들 螻蜻갓치 보리라" [『靑丘永言』六堂本, 『歌曲源流』국립국악원본 등]

62) 卷九 「歌者傳」〈禹平淑〉

63) 숙종대.

우선, 이들의 신분을 보면 사대부[무인(武人) 포함]－기녀[가비(歌婢)
포함]－가자(歌者)[우인(優人) 포함]의 세 부류로 나뉜다. 사대부의 경
우 16세기 이전의 두 사례가, ①〈어부사(漁父詞)〉는 궁중 지근의 고관
[권근(權近), 정도전(鄭道傳) 등]을 향유층으로 하며 ③〈최득비여자가
(崔得霏女子歌)〉를 부른 이언방(李彦邦)은 무인(武人)으로서 평양의 기
녀 200명의 창에 화답하여 "소리냄이 모두 꼭 같아서 막힘이 없었다(發
聲皆恰同無窮已)"했으니 사대부 사회의 가악 향유 수준을 짐작할 수 있
다. 이 시기에 시가 작가로 등장하는 송순(宋純), 김구(金絿) 등등의 사대
부들은 특히 현장에서 즉흥적으로 작시하는 역량[66]을 보임으로써 음률에
도 정통함을 내비치고 있다. 거문고를 다룰 줄 앎으로써 성악과 기악을
넘나드는 가악 향유가 가능한 수준에서만이 즉흥적 작시가 가능했을 것이
다. 세조조의 ②옥생향(玉生香) 이후 기녀들이 사대부 가악 향유 현장의
중심에 있는 것을 확인할 수 있다. ④석개(石介)의 단계에 이르면 사대부
들의 증시(贈詩)로 시첩(詩帖)을 이룰 정도의 명성을 확보하게 된다.

여성 가인(歌人)들은 가비(歌婢)나 가첩(歌妾)의 신분 유지가 가능했
지만 중종조 이후 관아의 악인 수요가 제한되는 가운데 남성 가인(歌人)
들의 사회적 지위가 어떻게 보장되었는지는 미상이다. ⑤벽도(碧桃)를
통해서는 사대부들에게 종속만 되는 것이 아니라 독자적인 처신을 할
만큼 사회적 지위가 굳어지는 것을 볼 수 있다. 사대부의 소청을 거절하
는[67] 이면에는 예술적 개성이 심화된 연유도 작용했을 것이지만 그만큼

---

64) 石北 申光洙(1712: 숙종38~1775: 영조51)가 湖西 覆試에 장원한 해.

65) 金聖休(1710: 숙종36~?)의 筆稿(全 8장)에 들어있음. 졸고, 「金聖休 筆稿의 시가사
   적 의미」(『한국시가연구』제18집, 2005.)에서 이 자료를 다루었다.

66) 李睟光 의『芝峯類說』권14 文章部 7, 歌詞 條.에 각기 명종과 중종의 卽命에 부응하
   여 시조를 지은 기사가 있다.

67) 앞주 43)에 나오듯 黃廷彧의 부름에 편지로써 사양한다.

사회 경제적으로 독립할 수 있었기 때문에 그런 두드러진 행태를 보일 수 있었을 것이다. ⑦양이일(楊理一)이나 ⑪홍주석(洪柱錫)의 경우를 보면, 양반 사대부들의 유연(遊宴)에 종속된 처지이면서도 "봉군청창관동곡(逢君聽唱關東曲)"[권필(權韠), 〈차사암운 증양이일(次思庵韻 贈楊理一)〉]처럼 "군(君)"이라는 호칭으로 대접 받는다든가 "퇴계(退溪)나 송강(松江) 때에도 이런 풍미(風味)[물고기로 회를 쳐 먹는]가 또한 있었는가 모르겠다"[동춘당 송준길(同春堂 宋浚吉), 〈유사(遺事)〉]는 의사 교환의 상대가 될 수 있었다는 사실을 참조하면 적어도 한 개 기예인으로서 존중되었음을 짐작할 수 있다. 앞 선 ⑤벽도(碧桃)의 자존적인 행동도 같은 맥락에서 볼 수 있을 것이다. 시기가 뒤로 물러나지만 ⑰이동진(李東鎭)의 경우에는 사대부에게 노래를 가르친 것으로 되어 있는데 이런 사승 관계가 가능했던 것은 노래에 대한 인식이 달라진 데에도 연유하겠지만 그만큼 기예인으로서 존중되었다는 사실의 방증이 되기도 한다.

⑬박남(朴男) 이하 ⑭우평숙(禹平淑), ⑮원창(遠昌)의 존재는 독립된 기예인으로서의 면모를 뚜렷이 보여준다. 우선 이들의 연행 곡목이 사대부 품격의 한정된 부분에 제한되어 있지 않고 보다 유흥적인 취향을 띤다는 사실을 주목한다. 박남은 명창(名唱)이면서 재담(才談)에 능한 모습을 보인다. 재담이 순간적인 기지(機智)에 의한다는 사실은 즉흥적인 연행에 능한 모습으로 연관된다. 사대부들의 유연처럼 청중을 필요로 하지 않는 자족적 연행이 아니라 불특정 다수인 청중의 기호를 맞추어야 하는 무대 공간의 연행에 익숙한 모습을 떠올리게 된다. 원창은 당세에 듣기 드문 우조영산(羽調靈山) [우조영산당세희(羽調靈山當世稀)68)]

___

68) "稀"의 의미를 "부르는 사람이 적다" 곧, 보다 새로운 악곡에 밀려 이미 쇠퇴하고 말았다는 해석은 19세기 이후인 宋晩載, 〈觀優戲〉(1843)에 "靈山先聲"이 나오는 것으로 보아 적합하지 않다고 본다. 鄭來僑(1681: 숙종7~1759: 영조35)의 〈金聖基傳〉에도

에 능한 위에 〈춘면곡(春眠曲)〉과 같은 세속적인 곡목에도 익숙해 있음
을 알 수 있다. 그는 조재삼(趙在三)[1808~1866]의 『송남잡지(松南雜
識)』(1855) 권십(卷十) 「음악류(音樂類)」 〈영산(靈山)〉조에 의하건대 창
부(唱夫)로서 타영(打詠)에 능하다 했다. 여기서의 타영(打詠)은 비슷한
시기의 〈관우희(觀優戱)〉(1843)에 나오는 타령(打令)이 판소리를 지칭
함으로 보아 초기 판소리 자체, 또는 판소리 허두가(虛頭歌) [단가(短歌)
· 선성(先聲) · 초례(初例)]나 『송남잡지(松南雜識)』에서 영산 도두음(靈
山 到頭音)으로 지칭한, 〈죽지사(竹枝詞)〉와 같은 가사(歌詞) 따위의 판
소리에 인접해 있는 장가(長歌)를 가리킨 것으로 볼 수 있다. 박남(朴男)
이나 우평숙(禹平淑)이 17세기 후반에 이미 명창(名唱)으로서의 성예(聲
譽)를 지닌 독자적인 기예인이었다고 한다면, 18세기를 넘어서 있는 원
창(遠昌)이 사대부에게 증시(贈詩) 받을 만큼의 사회적 지위에 이르러
있다는 것은 확연한 사실로 받아들일 수 있다.

　위와 같이 장가 향유의 주체로서 연행을 담당하면서 일정 곡목에 대한
명성을 지녔던 이들을 살펴보면서, 처음에는 사대부들이 직접 연행을
담당하거나 또는 관기(官妓)나 관아의 악인(樂人)과 같이 사대부 사회에
종속된 이들을 부려 연행을 대신케 하다가 점차 이들 종속적인 연행자들
이 독립적인 위치를 점유하는 쪽으로 변화가 일어난 것을 알 수 있었다.
이런 변화에는 예술적인 경지의 심화라는 자체적 요인과 사회 인식과
같은 외부적 변화가 함께 작용했을 것이다. 그리고, 이 변화의 연속선상
에 중인 가객의 출현이 이어지는 것은 노래 곡목의 변화가 사대부 품격
에서 보다 세속석인 데로 진행한다든가, 연행의 조건이 사대부 유연과

琵琶로 靈山을 연주하여 사람들을 울게 하였다는 대목이 있는 것으로 보아 18세기 후반
까지는 靈山의 영향력이 쇠퇴하지 않았음을 알 수 있다. 여기서의 "秭"는 명창으로서의
기예가 絶世의 경지에 이름을 가리킨 것으로 봄이 옳다고 여긴다.

같은 폐쇄된 공간에서 불특정 다수의 청중이 참여하는 공개적인 무대로 옮겨간다든가 하는 사실과 함께 의당 있어야 할 현상으로 다루어 질 수 있을 것이다.

3. 사대부 장가 향유의 단계별 국면들

1) 집구시(集句詩)의 가창화(歌唱化)와 전승의 방향
　　－〈어부사(漁父詞)〉와 〈소상팔경가(瀟湘八景歌)〉의 통서(統緒)

(1) 〈어부사(漁父詞)〉

이제현(李齊賢)의 『익재난고(益齋亂稿)』권제사(卷第四) 「시(詩)」〈도귀봉김정승(悼龜峯金政丞)[영돈(永旽)]〉의 협주에 "본관취후 매영기표피가어부사(本官醉後 每令妓豹皮歌漁父詞)"라 되어 있으며『악장가사(樂章歌詞)』〈어부사〉의 제9장에 "풍류미필재서시(風流未必載西施)"라는 익재(益齋) 〈서강월정(西江月艇)〉의 종구(終句)가 인용되어 있는 것으로 보아 고려 말에 이미 〈어부사〉가 성창(盛唱)되었으며, 익재가 그 향유와 전승에 적극 가담하고 있었음을 알 수 있다. 이 전승의 맥락에 권근(權近)과 정도전(鄭道傳)이 공부(孔俯)를 연행자로 삼는 향유 단계가 닿아 있는 것이며 선초에 태조와 태종이 즐겼던[69] 〈어부사〉도 권근 등과 같은 단계의 향유이되 환경이 궁중으로 바뀌었을 따름이라고 할 수 있다. 16세기에 들어서의 〈농암어부사(聾巖漁父詞)〉에 관련된 여러 정보는 선초와는 다른 단계의 〈어부사〉 향유가 이루어지고 있음을 알려주고 있다. 우선, 이 정보의 근원지가 모두 지방으로 된 점[70]이 선초와 뚜렷이

---

69) 『조선왕조실록』 태종12년 4월 17일.

구별된다. 지방에서 들은 〈어부사〉가 서울에서는 이미 전승이 단절되었다는 퇴계(退溪) 〈서어부가후(書漁父歌後)〉의 증언은 궁중이나 중앙 관료에서 지방의 사대부들로 〈어부사〉 향유층이 변화한 사실을 가리킨다.

〈농암어부사〉 이후 〈어부사〉의 전승은 구전 단계에서 기록 단계로 변모를 보인다. 이미 밀양 박준(密陽 朴浚)이 편찬한 가집으로부터 드러나는 기록 전승의 단계는 농암(聾巖)의 개찬 작업으로 텍스트 고정 국면에 접어들어 이후 〈어부사〉의 전승은 주로 〈농암어부사(聾巖漁父詞)〉를 텍스트로 하였다. 18세기에 들어 병와 이형상(瓶窩 李衡祥)[1653: 효종4〜1733: 영조9]의 〈창부사(倡夫詞)〉(1700)나 경산 이한진(京山 李漢鎭)[1732: 영조8〜?]의 〈속어부사(續漁父詞)〉 등에서 변형을 보이지만, 둘 다 〈농암어부사〉 또는 〈도산유곡(陶山遺曲)〉을 계승함을 표방하고 있어서 원텍스트인 〈농암어부사〉의 영향권 안에 있음을 알 수 있다. 〈어부사〉 전승의 해체는 가명(歌名) 또는 가의(歌意)만을 남겨 놓고 다른 형식으로 이동하면서 이루어진다. 이미 고산(孤山)의 〈어부사시사(漁父四時詞)〉에서 노랫말과 악곡 양면에 거친 개찬을 시도했지만 이는 〈무이구곡가(武夷九曲歌)〉의 영향 하에 있는 도가(棹歌)의 전통과 〈농암어부사〉의 전승을 교묘히 배합한 점에서 완전한 형식 이동으로 볼 수는 없다. 19세기에 들어서 가사의 영역으로 〈어부사〉의 전승이 침윤하면서부터 사대부 향유의 전승 맥락이 서민 계층으로까지 파급되는 본격적인 형식 이동이 이루어진다고 볼 수 있다.

사대부적 성향의 가사집인 『잡가(雜歌)』(1821)에서는 아직 원텍스트

---

70) 退溪는 숙부인 松齋 李堣의 壽宴에서 〈漁父詞〉를 처음 듣고 서울에 올라와 다시 듣고자 하였으나 부를 줄 아는 이를 만나지 못하였고 풍기 군수로 내려가 [1548년, 48세] 聾巖과 교유하면서 노랫말의 개찬에 참여하게 된다. 한편, 聾巖은 제자인 黃俊良이 구해다 준 가집에서 〈漁父詞〉를 보고 이를 대본으로 개찬을 하는데 이 가집은 密陽 朴浚이 편찬한 것이라고 한다. 退溪의 〈書漁父歌後〉는 이 같은 향유 사실에 대한 기록이다.

인 〈농암어부사〉를 가감 없이 싣고 있지만『기사총록(奇詞總錄)』(1823)
『남훈태평가』(1863) 등 유흥적인 성향이 강해지는 가집에서는 노랫말
의 뜻을 손상하는 변개가 이루어지는데 이는 연행 정황을 그대로 옮겨서
새로운 텍스트를 만들어내는 적극적인 향유의 결과로 볼 수 있다.『가곡
원류(歌曲源流)』에 최종적으로 남아있는 모습도 비슷한 변개상을 지니
고 있음을 보면 유흥적인 요구에 부응하는 텍스트 변개라는 일전한 방향
을 감지할 수 있다. 이 방향은 원텍스트 및 원작자를 존숭하는 향유 자세
와는 거리가 있으며 악곡이나 연행자와 같은 연행 조건을 충족하는 데
전승의 목적이 있다. 한편, 〈상사가〉, 〈상사별곡〉, 〈추풍감별곡〉 등등
의 유흥적인 상사연정 가사를 싣고 있어서 세속화된 가사 향유상을 반영
하고 있는 가사집『장편가집(長篇歌集)』은 〈어부사〉라는 가명으로 〈강
촌별곡(江村別曲)〉의 이본을 싣고 있는데 유흥적이고 세속적인 이 가집
의 성향으로 말미암아 사대부 품격에 맞는 원래의 〈어부사〉는 수용되지
못한 것으로 보인다.

(2) 〈소상팔경가(瀟湘八景歌)〉

현존하는 〈소상팔경가(瀟湘八景歌)〉는 네 가지 유형의 대본을 가지고
있다. 첫째,『남원고사』에 실린 대로 이제현(李齊賢)의 한시 〈소상팔경
(瀟湘八景)〉[71]을 그대로 수용한 경우[72]인데, 이 경우는 한시(漢詩)를 가
창(歌唱)하는 관습과 긴밀히 연계되어 있었을 것으로 생각된다. 이제현
은 〈어부사〉의 전승에도 관여하고 있거니와 그의 〈소상팔경(瀟湘八景)〉
시(詩)가 원사의 손상이 없이 불린 데에는 〈어부사〉와 같은 악곡 선재

---

71) 原題는 〈和朴石齋尹樗軒用銀臺集瀟湘八景韻〉(『益齋亂藁』卷第三 詩)
72) 이에 대하여는 류재일,「이제현의 작품을 수용한 '남원고사'의 '쇼상팔경' 연구」(『연민
학지』제2집, 연민학회, 1994)의 검토가 이루어졌다.

(樂曲 先在)의 일정한 가창 방식이 전제가 되어야 한다. 이 경우는 현재 전창되지 못해서 가창 방식의 면모를 확증할 수는 없지만, 칠언한시(七言漢詩)에 현토한 형식이며 8장의 연장체라는 점 등을 고려하면 〈어부사〉의 가창 방식에 근접하는 것이 아니었을까 추정케 한다.

둘째는 신재효본 판소리 허두가 유형인데 여기서는 집구(集句)한 한시를 풀어서 가사 형식에 맞게 배열하였다. 매장의 후렴구로 "소상야우(瀟湘夜雨)[장(章)마다 팔경(八景)을 교체함]이안니냐"가 놓인 것이 『남원고사』본의 "쇼상야우경[장(章)마다 팔경(八景)을 교체함]이오니 이를 구경ᄒ랴ᄒ오"라는 후렴구와 유사하다. 또한, 팔경의 내용이 동일하다. 20세기 들어 정리된 『악부(樂府)』(1934) 등에 실린 같은 유형이 "연사모종(煙寺暮鐘)" 대신에 "황릉애원(黃陵哀怨)"을 넣은 것은 강호지락(江湖之樂)보다는 비극적인 애상 쪽을 택한 것인데, 이 변화 방향은 판소리의 연행 조건—예를 들면 흥행을 고려해야하는 사정 때문에 보다 호응 받을 수 있는 주제를 택한다—과 관련지어 해석할 수 있다.

셋째는 팔경을 8장에 배열한 연장체를 벗어나서 가사로 전환된 경우이다. 이 경우는 실린 문헌이 20세기 이후의 것[73]으로 확인되는 것처럼 가장 후대에 장르 이동을 하면서 가명만 옮겨간 경우로 파악된다.

위의 세 가지 외에 이후백(李後白)[1520~1578]의 〈소상팔경(瀟湘八景)〉(1534년 무렵)을 들 수 있는데 이는 8연의 연시조로서 형식상으로는 다른 세 가지처럼 긴밀한 관계를 파악할 수 없으나, 팔경을 주제로 한 연장체인 점에서는 첫째나 둘째의 경우에 가깝다. 첫째나 둘째가 한시의 가창화(歌唱化)나 집구(集句)의 방식에 의하여 작시(作詩)된 것과 비슷하게 가창(歌唱)의 요건을 맞추면서 소상팔경에 관련된 전고(典故)

---

73) 『歌集(二)』(1934). 이 밖에 연대 미상의 『은ᄉ가』 소재의 〈소상팔경〉(『역대가사문학전집』제13권)도 비슷한 가사체이다.

를 적절히 사용하였다. 이후백의 〈소상팔경〉이 지어진 10년 쯤 뒤에 임억령(林億齡)[1496~1568]의 〈번이후백소상야우지곡(飜李後白瀟湘夜雨之曲)〉이 지어졌다는 사실74)을 참조하면 이 연시조는 한시의 범주 내에서 생성 확대되었음을 알 수 있다. 이 연시조가 가창 대본으로는 시기상으로 가장 앞서는 것임으로 "한시 → 시조시 → 한시의 가창화 → 가사로 전이"라는 맥락을 그려보게 되는데 두 번째 단계와 세 번째 단계는 연장(連章)의 방식으로 장형화를 꾀하는 공통점을 갖는 장르 공존의 관계를 가지면서 나란히 진행된 것이 아닐까 한다. 셋째의 경우를 보면 장형화를 보다 신장하는 방식은 장내에서 사설이 확대되는 식으로 이루어졌음을 알 수 있다. 이 방식은 평시조에서 사설시조로 전이될 때에 적용된 것으로서 연장 방식과 아울러 장형화를 꾀하는 주요한 방식임을 알수 있다.

2) 연장체(連章體)를 통한 장형화의 방향
- 경기체가와 연시조의 역할

위의 항에서 살펴본 바와 같이 조선조 시가의 장형화는 악곡적 전제에 의하여 이루어진 관습이라고 할 수 있는 연장체와 연장체 내에서 매장(每章)의 사설을 확대해나가는 두 가지 방식으로 이루어졌음을 알 수 있다. 이미 선초의 악장문학(樂章文學)에서 연장체의 방식이 극대화된 사례를 겪은 뒤에 궁중 중심인 방대한 규모의 악장(樂章)이 민간 사대부들에 의하여 축소된 형태로 전승되는 것은 경기체가에 의하여 이루어졌다. 여기서 잠시 궁중에서 민간으로 악장문학의 향유권이 이동하는 경로를

---

74) 김신중, 「소상팔경가의 관습시적 성격」, 『고시가연구』제5집, 142면.

짚어본다.

선초의 악장문학을 관류하고 있는 사상은 기본적으로 예악(禮樂)에 관한 것이라고 할 수 있다. 제향(祭享)과 연례(宴禮)라는 두 종류의 의식에 쓰이는 가악(歌樂)들은 공적인 권위를 지니기 위하여 궁중에 제한되는 제도를 필요로 하였다. 악장문학은 이 제도에 맞추어 산출되어서 엄격한 형식적 기반을 지니게 되는데 특히 정격의 악률(樂律)에 대응하는 문학형식이 심각하게 모색되었다. 한글 창제 이후의 우리 말 악장뿐만 아니라 여러 차례의 개사(改詞)에 관여되는 한시사부(漢詩辭賦)들까지 모두 이 모색의 결과였다. 이 밖에 악기와 악제(樂制)의 정비도 일정한 예악 사상에 의해 조절되었는데 가악의 향유와 관련된 직접적인 문제는 악인(樂人)에 관한 것이었다. 악인의 수효를 규모에 맞추어 조절하는 일은 예악사상(禮樂思想)의 발현과 관련된 중요한 의미를 지닌 것으로 여겨져 이에 대한 논란이 선초부터 그침 없이 이어진 것을 볼 수 있다. 그런 가운데 궁중 밖의 사적인 연향(宴享)을 충족하기 위한 사대부들의 요구가 악인 수급의 경쟁으로 드러나는 현상은 시사하는 바가 많다. 이 현상에 대하여는 가악에 대한 사대부들의 기호 증대라는 사회사적 판정보다는 궁중 가악의 민간화라는 문화사적 의미를 부여함이 더 적절하다. 다음과 같은 증언을 통해 이 문화사적 의미를 음미해 볼 수 있다.

> "臣이 저력지재(樗櫟之材)로 6대(代)의 성화(聖化) 가운데에서 늙었으므로, 광망(狂妄)하고 참람(僭濫)함을 잊고서 속가[俚歌] 2章을 아울러 올리니 혹시라도 성상께서 한 번 보시게 되는 것이 老臣의 소원입니다. 그러므로 삼가 죽음을 무릅쓰고 올리는 바입니다." 하였다. 장가(長歌) 1장(章)과 단가(短歌) 2장(章)이 모두 속어[俚語]로써 섞여 있었다.[75]

---

75) 『국역 조선왕조실록』, 성종11년 10월26일.

불우헌 정극인(不憂軒 丁克仁)[1401: 태종1～1481: 성종12]이 만년에 올린 상소 관련 기사를 통하여 궁중과 민간의 가악 교류를 확인해 볼 수 있다. 정극인(丁克仁)이 올린 두 가지 노래는 『불우헌집(不憂軒集)』 의 관련 기록으로 볼 때에 경기체가인 장가(長歌)와 단형 악장(樂章)으로 파악된다.[76] 이 두 가지 노래는 궁중에서 연행되던 종류이며 『불우헌집(不憂軒集)』「행장(行狀)」의 "때때로 노래하고 읊조렸다(以時歌詠)" 는 구절에서 알 수 있듯이 치사(致仕)하여 환향한 사대부의 생활공간에 서도 연행되었다. 그러나 이러한 사적인 향유가 15세기까지는 사대부 사 회의 공인을 얻는 것이 쉽지 않았음을 "자현과대지사(自賢誇大之辭)"[77] 라는 당대의 평에서 알 수 있다.

16세기에 들어서서 서원(書院)을 중심으로 제례(祭禮)의 악장으로 사 용되면서 비로소 공인의 폭이 넓혀졌다. 1542년(중종 37) 주세붕(周世 鵬)의 백운동(白雲洞) 서원에서〈도동곡(道東曲)〉등이 연행되었을 때에 도 다소 간의 논란이 없지 않았으나 이미 공인된 단계에서 이루어 졌다. 그 직전인 1519년(중종14)～1531년(중종26) 사이에 남해에 귀양 가 있 으면서 지었던 자암 김구(自菴 金絿)의〈화전별곡(花田別曲)〉이 이른바 변격의 경기체가로서 후렴구를 자의적으로 개변하는 등 경기체가의 정 형적 틀을 크게 벗어난 것은 이미 사적인 향유가 일반화되었다는 사실을 암시한다. 그리고 이 맥락에서 권호문(權好文)[1533: 중종28～1587: 선 조20]의〈독락팔곡(獨樂八曲)〉이 변격으로서 실질적인 경기체가의 마지 막 작품이라는 사실을 바라보면, 궁중 악장으로서의 경기체가가 사대부

---

76) 每念天恩罔極。倚高麗翰林別曲音節。作不憂軒曲。先以短歌。以時歌詠其榮。申祝 上壽。[黃俊良,「有明朝鮮國故通政大夫行司諫院正言不憂軒丁公行狀」, 『不憂軒集』卷 首,「行狀」.]
77) 『조선왕조실록』성종11년 10월 壬申조에서 도승지 金季昌 등이 丁克仁의 상소에 대하 여 논평한 말 가운데 있음.

사회에 수용되어 변모해 온 경로를 조망할 수 있게 된다. 권호문 자신이 〈한거십팔곡(閑居十八曲)〉이라는 연시조를 지었던 사실에서 보듯이 사적인 향유의 범위가 넓어지면서 경기체가의 존립 기반이 흔들리며 다른 장르로의 대체가 불가피해 진 당시의 시가사적 구도를 그려볼 수 있다. 연장체인 경기체가의 장형시가(長型詩歌)로서의 위치가 연시조(連時調)로 넘겨진 상황을 살펴보는 것이 다음의 과제이다.

연시조는 본질적으로 시조 작품의 주제 통합에 의한 연첩으로 성립되므로 그 형성의 가능성은 시조 시형(時調 詩型) 성립서부터 열려 있었다고 볼 수 있다. 시조 형성기에 연행 현장에서 수창에 의한 연작이 이루어지거나 회고가처럼 동일 주제에 의한 연속적인 작시가 되풀이되었던 사실들이 연시조의 가능성을 시사하고 있다. 그러나 정해진 작품수의 결집에 의한 정형적 틀로서의 연작이 이루어지는 것은 육가계(六歌系) 작품인 〈이별육가(李鼈六歌)〉나 〈도산십이곡(陶山十二曲)〉에 이르러서 이다. 〈이별육가〉는 앞 시기의 〈동봉육가(東峯六歌)〉[78]와 같은 한시 육가(六歌) 형식에 연원을 두면서 당대적 관심사인 은거의 문제를 주제로 삼았다. 〈도산십이곡〉은 작자의 발문에서 밝힌 것처럼 〈이별육가〉를 형식의 바탕으로 삼았으면서도 내용에서 주자주의(朱子主義)의 시가표출(詩歌表出)이라는 전변을 꾀함으로써 이후 전승되는 육가계(六歌系) 시가의 모형적 전범으로 자리 잡았다. 사촌 장경세(沙村 張經世)[1547: 명종2~1615: 광해7]의 〈강호연군가(江湖戀君歌)〉로 이어지는 가운데 〈도산십이곡〉의 내용 형식 양면에 거친 선행 전범의 위치는 고정적이었다. 이처럼 고정적 전범을 모의하는 전승의 방향은 수자주의의 이념 성향에도 부합하는 것으로서 사대부 사회에서 폭넓은 수용을 마련케 하였다.

---

78) 『續東文選』제10권, 雜體.

주자주의에 관련된 시가 전승은 구곡가(九曲歌) 계열에서 더욱 확고해
졌다. 이 경우에는 그 형식적 근원이 주자(朱子)의 〈무이구곡가(武夷九
曲歌)〉에 있었기 때문에 이념 성향이 더 강화되었다. 한시나 국문시가뿐
만 아니라 회화로까지 전승의 범위가 넓혀지면서 특정 정치 집단의 이념
확인의 수단이 되기도 했다. 송시열(宋時烈)에 의해 주도되었다가 그의
사후 수제자 권상하(權尙夏)에 의하여 이어지는 〈고산구곡도첩(高山九
曲圖帖)〉의 제작은 서인(西人)의 노론(老論) 계열 문인들 가운데 이념 성
향이 뚜렷한 이들을 서별하여 〈고산구곡시(高山九曲詩)〉를 제작케 함으
로써 율곡추숭의 좌표를 확립하고자 한 의도에서 이루어졌다.[79] 시가
전승이 이념 성향에 동반되는 이 특별한 사실은 시가를 매개로 한 이념
확인이라는 해석보다는 시가 향유의 고양된 단계 마련이라는 해석 쪽이
시가사 내에서는 유효할 것으로 보인다. 이에 관하여는 「송강가사(松江
歌辭)」의 전승 맥락을 따지는 부분에서 구체적으로 살피고자 하거니와
노론 문인들이 높은 수준의 국문 시가 향유를 하기까지의 경과를 추출하
는 데 그 목표를 두어야 할 것이다.

이상과 같이 연시조(連時調)의 장형화(長型化) 방식이 장형시가(長型
詩歌)에 기여하는 바를 검토하면서 최종적으로 남는 의문은 연시조(連時
調) 형식의 극대화라 할 수 있는 〈어부사시사(漁父四時詞)〉 40장과 같은
형태와 보통 가사 사이에서 어떤 다른 형성 경로를 짚어낼 수 있는가이
다. 연시조 형식이 균정한 형태의 연(聯)이 중첩함으로써 이루어지는데
반하여 비련체로 표출되는 가사의 내부에는 불균정한 연들의 집적이 이
루어지고 있다. 이 형식상의 차이는 두 양식이 발화 표출되는 방식에도
영향을 미칠 터인데, 연시조가 외경(外景)은 바뀌더라도 발화의 정황은

---

79) 이 과정과 그 의미 부여에 대하여는 이상원, 「조선후기 〈高山九曲歌〉 수용 양상과
   그 의미」(『고전문학연구』 제24집)에 자세하다.

지속된다고 한다면 가사에서는 대상이 달라짐에 따라 발화의 양태도 변화를 일으킨다. 연시조가 대체적으로 단일 화자의 일관된 정조에 의해 시상을 이끌어간다면, 가사는 때로는 단수의 독백이다가 때로는 복수의 대화이며 혹간은 다수 화자에 의한 복합적인 발화도 이루어지는 것이 이 형식상의 차이에 말미암는다. 다음 장에서는 이 가사의 복합적인 양식이 형성되는 경로를 더듬어 보고자 한다.

Ⅱ. 가사의 정립과 발전

1. 가사의 정체 수립

가사체의 출발을 고려 말의 불교가사로 잡을 때에 필연적으로 대두되는 문제는 불교계의 장가(長歌) 전통이다. 김동욱이 「신라 행자염불(新羅 行者念佛) 및 설화(說話)」[80]에서 예거한 향도(香徒), 거사(居士), 연화배(緣化輩), 염불승(念佛僧), 문승(門僧), 가무승(歌舞僧) 등등에 관련된 여러 가지 가요들 가운데에는 불교가사로 접맥될 소지를 지닌 것들이 실재한다고 볼 수 있다. 김동욱은 또한 「용비어천가(龍飛御天歌)」나 「월인천강지곡(月印千江之曲)」의 서사(敍事)형식을 가사로서의 요건을 갖춘 것으로 보기도 하였다.[81] 이에 대하여 사재동은 〈원앙서왕가(鴛鴦西往歌)〉를 예로 들어 서사문맥을 수용하는 계기를 통해 가사체가 형성되는 과정을 논증하였다.[82] 사재동의 논의는 장가 형성경로의 일단을 밝혔다는 점에서는 의의가 있으나 2음보의 중첩에 의한 행형성을 기간으

---

80) 『진단학보』제23권, 1962.

81) 김동욱, 『국문학사』, 일신사, 1981, 142면.

82) 사재동, 「〈원앙서왕가〉의 실상과 위상」, 『한국문학유통사의 연구 Ⅰ』, 중앙인문사, 1999.

로 하는 〈원왕서왕가〉를 가사체의 절대적인 연원으로 파악했다는 점에
서는 재고를 요한다 하겠다. 사교수가 같은 자리에서 밝히고 있듯이 조
선조 전기의 대표적인 가사 작품들은 4, 6, 7, 8음보격을 자재히 사용하
고 있어[83] 〈원왕서왕가〉의 우수적 속성에 제한되는 단순한 형태와 차별
되는 모습을 보이고 있기 때문이다. 이런 다양한 형태적 면모는 『염불보
권문(念佛普勸文)』에 현전하는 〈서왕가(西往歌)〉에서도 확인된다. 뿐만
아니라 「용비어천가(龍飛御天歌)」 각장마다의 연형성 방식도 일관된 것
이 아니라 다양한 면모를 보이고 있다.

　요컨대, 가사체의 정체는 한 가지 방식으로 규정되는 것이 아닌 복합
적인 모습으로 드러난다. 이 특징은 성호경이 지적했듯이 "시상의 선형
적(線形的) 발전을 가능케 하는 확장성을 지니며, '독자적인 부분들의 복
합적인 부가 작용'을 구성 원리로 하기 때문에 부분들의 중요성이 강조
되는"[84] 비연체 장편으로서의 특징이기도 하다. 그리고 이 특징이 음악
과 결합될 때에는 삼강팔엽(三腔八葉)과 같은 "흩어진 가락들의 복합적
인 구성 양식"[85]으로 드러난다고 할 수 있다. 16세기 말에 이루어진 〈서
호별곡(西湖別曲)〉의 텍스트 형성 과정에서 음악이 관여한 흔적으로서
삼강팔엽의 악조 표시가 남아 있는 사실을 통해 가사를 가창할 경우에는
그 악조가 "흩어진 가락들의 복합적인 구성 양식"으로 드러남을 확인할
수 있다. 삼강팔엽은 악곡 전개의 순차적인 주종 관계는 성립하지만 11
개 악단이 각기 독립적인 것이어서 부분의 중요성이 강조되는 가사체에
적용하기에 적합한 것으로 인식되었을 것이다. 그러나 가사체는 장편화
에 기어하면서 음악과의 친연성·유사성이 적으며 노래함에 대한 지향

---

83) 위의 책, 596면.
84) 성호경, 『한국시가의 형식』, 새문사, 1999, 29면.
85) 양태순, 『고려가요의 음악적 연구』, 이회문화사, 1997, 165면.

이 약해져서 '구송적(口誦的)'인 특징을 지니기도 한다.[86] 〈회심곡〉과 같이 현전하는 불교가사의 연행에서도 이런 '구송적' 면모를 확인하게 되는데 악조의 엄격한 제한을 받지 않는 이런 연행 조건은 가사 형성기 서부터 실존했으며 그 연원은 김동욱이 앞서 지적한 신라 때의 불교가요 로까지 소급될 수 있으리라 짐작된다.

2. 가사 유형의 성립 과정

가사의 유형은 여러 가지로 나뉘어 있다. 주제별로 강호(江湖)·교훈 (敎訓)·기행(紀行)·송양(訟揚)·유배(流配)·애정(愛情)·현실비판 (現實批判) 등등이며 계층별로 사대부, 여성, 서민 등등의 분류가 가능 하다. 이 분류 항목은 전승 실체로서의 가사 작품을 정리하는 연구의 필 요에 부응하기도 하지만 가사 향유의 주요한 계기에 어떤 향유 실태가 있었느냐 하는 보다 실질적인 문제를 따질 때에는 단순한 성격상의 차이 로 나누는 이상의 접근이 필요하다. 하나의 유형이 성립하여 다수의 작 가와 작품에 의해 그 유형이 유지되기 위해서는 그 유형을 학습하고 재 창조하는 독서와 작시 과정이 반복되어야 하는데 이 과정이 이루어지는 일정한 향유 집단의 성립을 전제해야만 한다. 이미 불교가사의 향유 집 단이 불교계 내부에서 성립했던 사실을 확인한 바 있거니와 조선조에 들어서는 사대부 사회 내에서 사대부적 소양에 어울리는 주제에 해당하 는 유형을 창안하고 전승하는 향유 실태가 확인된다.

강호가사(江湖歌辭) 유형의 경우, 〈면앙정가(俛仰亭歌)〉를 향유 집단

---

86) 성호경, 앞의 책, 84면.

이 확인되는 첫 작품으로 들 수 있다. 흔히 "면앙정시단(俛仰亭詩壇)"으로 통칭되는 집단은 주로 호남의 담양 지역 사대부들이 중심을 이루어 한시사부(漢詩辭賦)의 외곽에 단가(短歌)·장가(長歌)의 국문시가 체계를 세워놓고 다수의 작품을 산출하고 있음을 보게 된다. 면앙정(俛仰亭)이라는 상징적인 장소를 중심으로 산출된 국문시가 외에 한시(漢詩)와 사부(辭賦) 그리고 산문까지 포함한 "면앙정시단(俛仰亭詩壇)"의 총체[87]를 〈면앙정가(俛仰亭歌)〉로 집약하는 통로는 주제와 어구의 공유 사실로 확인되는 바이다. 그리고 이 공유 사실이 "면앙정시단(俛仰亭詩壇)"의 실체에 대한 방증이 됨은 물론이다.

"면앙정시단(俛仰亭詩壇)"은 담양이라는 지역에 국한되어 있기에 〈면앙정가〉의 성립 사실에는 뚜렷한 근거가 되지만 지역적 범위가 확대될 경우에는 향유 집단을 새로 설정해야 한다. 심수경(沈守慶)[1516: 중종 11~1599: 선조32]의 『견한잡록(遣閑雜錄)』에 드러난 〈면앙정가〉 관련 기사[88]가 향유 정황을 세세히 제시하고 있는 것으로 보아 이 노래의 성립 시기와 비슷한 때에 이미 "면앙정시단(俛仰亭詩壇)"의 밖에서 향유되

---

87) 俛仰亭 주인인 宋純과 사승 관계로 묶인 奇大升(〈俛仰亭記〉) 林億齡, 朴淳, 高敬命 (이상, 〈俛仰亭三十韻〉)과 金麟厚, 林亨秀(〈書關山別曲後〉) 鄭澈(〈俛仰亭短歌〉 5수의 작자로 설정되기도 함) 林悌(〈俛仰亭賦〉) 등의 구성원에 의해 이루어진 관련 漢詩文들을 들 수 있다.

88) 가까운 때에 우리말로 장가를 지은 것이 많지만 오직 송순의 〈면앙정가〉와 진복창의 〈만고가〉만이 자못 사람의 마음을 끈다. 〈면앙정가〉는 산천과 산야의 그윽히 아름다우며 넓고 탁 트인 짓이며 정자 누대와 지른 길 번은 길의 높고 낮으며 돌고 에위진 모양을 또박또박 늘어놓아 사철의 아침 저녁 경치가 갖추어 쓰이지 않음이 없는데 문지를 섞이 써서 그 에위 돎을 다하였으니 진실로 볼만하고 들 만하다. 송공이 평생에 노래를 잘 지었는데 이것이 곧 그 중에 제일 낫다. (近世作俚語長歌者多矣. 唯宋純俛仰亭歌 陳復昌萬古歌. 差強人意.   俛仰亭歌則鋪敍山川田野幽夐曠闊之狀. 亭臺蹊徑高低回曲之形. 四時朝暮之景. 無不備錄. 雜以文字極其宛轉. 眞可觀而可聽也. 宋公平生 善作歌. 此乃其中之最也) [민족문화추진회, 국학원전에서 빌려 옴. 번역은 따로이 함.]

고 있었음을 알 수 있다. 한편, 홍만종(洪萬宗)[1643: 인조21~1725: 영조 원년]의 『순오지(旬五志)』(1678년 성책 추정)에는 다른 13편의 작품과 함께 평어가 실려 있는데 이 13편 중 송강(松江)의 작품에 해당하는 평어는 『동국악보(東國樂譜)』를 그 출처로 함이 밝혀졌다.[89] 『동국악보』는 제목으로 보아 가집인 듯한데 가집에 실렸다는 것은 그 작품의 향유가 보편화되었다는 사실을 가리킨다. 〈면앙정가〉가 『동국악보』에 실렸다는 확증은 없지만 보편화된 단계의 평어를 수반하고 있음은 이 노래도 이미 향유권이 지역적 한계를 훨씬 넘어선 단계로 가 있음을 알려준다. 1821년 필사의 가사집 『잡가(雜歌)』에는 『순오지』와 동일한 평어를 부기한 작품 전체가 실려 있는데 이 가사집의 출처가 영남 지역임을 보아서 그 지역까지 전승 범위가 확대되었음을 확인할 수 있다.

이와 같이 향유권이 확대되는 경로는 "지방A → 중앙(한양) → 지방B"로 도식화될 수 있는데 이러한 경로는 중앙왕권 집중제 아래의 대체적인 문화 전파 경로라 할 수 있다. 가사의 전파에도 중앙의 집약 및 재확산 역할을 확인할 수 있는데 중앙을 향유 공간으로 한 몇몇 작품을 통해서 그 작품을 중심한 향유 집단을 설정할 수 있다. 전게 『지봉유설(芝峯類說)』의 문장부 가사조(文章部 歌詞條)에 "가까운 때의 〈퇴계가(退溪歌)〉, 〈남명가(南冥歌)〉, 송순(宋純) 〈면앙정가(俛仰亭歌)〉, 백광홍(白光弘) 〈관서별곡(關西別曲)〉, 정철(鄭澈) 〈관동별곡(關東別曲)〉·〈사미인곡(思美人曲)〉·〈속미인곡(續美人曲)〉·〈장진주사(將進酒詞)〉가 세간에 널리 퍼졌다. 그 밖에 〈수월정가(水月亭歌)(水月亭歌)〉, 〈역대가(歷代歌)〉, 〈관산별곡(關山別曲)〉, 〈고별리곡(古別離曲)〉, 〈남정가(南征歌)〉 같은 따위가 매우 많다"라고 하였는데, "세간에 널리 퍼졌다"는 것은 지역적 향유

---

89) 강전섭, 「동국악보에 대하여」, 『국어국문학』제54호, 1971.

를 벗어나 중앙에까지 이르러 있다는 말로 풀이할 수 있다. 그 밖에 들은 다섯 작품은 그 "성행(盛行)"의 여파에 든 것일 터인데 이 가운데 〈수월정가(水月亭歌)〉는 그 실체가 미상이나 〈면앙정가〉의 예에 의하여 수월정(水月亭)이라는 정자를 중심으로 한 향유 집단을 설정해 볼 수 있다. 앞서 밝힌 것처럼 이 작품이 정설(鄭渫)[1547~?]의 광양 별업인 수월정을 배경으로 한 것이라면 이 작품의 전파 경로도 〈면앙정가〉와 유사한 것으로 볼 수 있다. 다만 이 작품이 일실된 것을 보면 다른 지방으로의 재전파를 가능케 할 만한 전승력을 갖추지 못한 것으로 볼 수 있다.

〈역대가(歷代歌)〉는 앞의 『견한잡록(遣閑雜錄)』기사에 "〈만고가(萬古歌)〉는 먼저 역대 제왕의 어질고 그렇지 못함을 펼쳐놓은 다음에 신하의 어질고 그렇지 못함을 펼쳐 놓았는데 대개 양절 반씨의 논을 근거로 말하고 그리고 우리말을 써서 곡에 맞추어 말을 채워 넣었으니 또한 들을 만하다. 사람들이 말하기를 복창이 삼수에 귀양 가 있을 때 지었다하니 그 이른바 재주가 덕보다 승한 것이다"[90)]라 했다. 이 작품의 삼수(三水)→중앙→타 지역의 전파 경로를 설정할 수 있는 것은 몇 개의 이본이 실재함으로써다.[91)]

〈남정가(南征歌)〉의 경우는 전쟁을 소재로 한 이색적인 주제라는 점에서 가사의 작품 세계가 확장되는 계기에 해당하는 작품으로 볼 수 있다. 이 작품의 연계선에 놓인 노계(蘆溪)의 〈태평사(太平詞)〉나 최현(崔晛)의 〈용사음(龍蛇吟)〉 같은 임란 체험 반영의 가사들이 이 작품과 유사한 분위기를 지님으로써 전쟁 송양(戰爭 頌揚) 가사의 선례로서 이 작

---

90) 萬古歌則先敍歷代帝王之賢否。次敍臣下之賢否。大槩祖述陽節潘氏之論。而以俚語填詞度曲。亦可聽也。人言復昌謫在三水時所作。眞所謂才勝德者也。(앞주 88)과 같은 곳.)

91) 강전섭, 「洋谷 陳復昌의 〈歷代歌〉 모색」, 『한국고전시가연구』, 경인문화사, 1995.

품을 들 수 있게 된다. 그런데, 이 작품의 작가 양사준(楊士俊)이 〈미인별곡(美人別曲)〉의 작가이면서 〈서호별곡(西湖別曲)〉의 성립에 가담하였던 봉래 양사언(蓬萊 楊士彦)과 형제지간이라는 사실은 많은 것을 시사한다. 양사준(楊士俊)은 무반이기 때문에 자기 형인 양봉래(楊蓬萊)와는 다른 성향을 지녔으리라는 선입견에 가려지기 쉽지만, 적어도 가사 작품을 통해서는 같은 향유 맥락에 속한 것이 감지된다. 〈남정가〉의 문체(어투)가 〈미인별곡〉과 〈서호별곡〉에 가깝기 때문이다. 이 문체의 특징은 한문전고(漢文典故)의 빈번한 사용, 주술의 거리가 먼, 늘어진 서술(만연체) 등으로 요약되는데 이런 특징은 〈면앙정가(俛仰亭歌)〉에서 「송강가사(松江歌辭)」에 이르는, 우리말 위주의 표현을 주로 하면서 대상에 대한 지시 관념이 명료해지는 특징과는 대별되는 것이다. 위와 같은 문체적 특징이 가사 연구에서 차지하는 비중이 적다고 할 수 없지만, 여기서는 주로 향유 방식의 파악을 통하여 유형을 구분하는 일을 다루기 때문에 악곡(樂曲)과 관련되어 있는 〈서호별곡〉쪽으로 문제를 이끌고자 한다.

〈서호별곡〉은 앞서 잠깐 소개한 대로 삼강팔엽(三腔八葉)의 악조 표시가 되어 있는 가사이다. 삼강팔엽의 악조는 〈정과정곡(鄭瓜亭曲)〉이래 〈처용가(處容歌)〉, 〈봉황음(鳳凰吟)〉, 〈용비어천가(龍飛御天歌)〉 등에서 써진 것처럼 조선 전기의 대표적인 음악 형식이라 할 수 있다. 현재로서는 이 형식이 조선 전기의 가사를 연행하는 데에 전반적으로 쓰였는가를 검토할 수가 없지만, 적어도 가사를 일정한 악조에 얹어서 부르는 대표적인 방식의 하나임은 확인된다고 할 수 있다. 〈역대가(歷代歌)〉 관련 『견한잡록(遣閑雜錄)』 기사에 "곡에 맞추어 말을 채워 넣음(塡詞度曲)"이란 말이 나오거니와 일정한 악곡이 선재하고 거기 맞추어 노랫말을 만들어내는 일은 가사 이전에도 우리 시가의 중요한 연행 방식이었다. 물론, 현전 〈역대가〉의 정연한 율격과 대비되는 〈서호별곡〉의 불균

정한 외형은 악곡의 차이에 따라 노랫말의 성격도 구별됨을 가리키고
있다. 양봉래(楊蓬萊)가 추구하였던 이상적인 예술세계[92]에서는 보다
세련된 형식이 요구되었을 것이기 때문에 〈서호별곡〉의 불균정한 외형
은 예술적 기교의 미숙련에서 온 부조화라기보다는 세련미를 추구하는
나머지의 재창조된 형식으로 봄이 합당할 듯하다.

　현전하는 조선조 가사를 문체로 대별하면, 먼저 ① 정연한 4음4보격,
② 음수 불균정의 4보격, ③ 음수 음보 모두 불균정함의 세 가지 율격으
로 드러나는데, ①은 〈낙지가(樂志歌)〉(1520년 경)에서부터 보인다. 조
선 후기의 여성가사서부터 〈합강정가〉와 같은 현실비판가사와 개화가
사에 이르기까지 이 율격이 두드러지거니와 이때는 악곡의 제한을 벗어
나 단순한 음영에 의존한 결과로 보인다. 여성가사의 향유 공간이 가정
을 중심으로 제한되어있었다는 향유조건이나, 현실비판의 선전 효용을
위하여 단순한 형식을 요청하였다는 주제 중심의 형식 제한이나, 개화
계몽의 언론 매체를 통한 전파 효과를 꾀하는 유통 방안 등등 각각의
조건이 단순한 음영에 결과한 정연한 4음4보격을 산출했다고 할 수 있
다. 〈낙지가〉의 단계는 조선 후기와는 구별되는 설명이 필요한데 앞마
디를 4자 한자성어로 하고 따르는 마디를 우리말로 하는 모양은 한시사
부(漢詩辭賦)나 집구시(集句詩)의 가창 방식을 우선 떠올리게 한다. 한
문(漢文)은 현토해야만 우리말의 노랫말이 되는데 〈낙지가〉의 경우는
이 현토가 극대화되어 술어부 전체가 우리말로 된 것으로 볼 수 있다.[93]

---

92) 蓬萊 楊士彦의 특히 시가와 관련된 高도의 예술성은 『芝峯類說』과 『星湖僿說』, 그리
　　고 『古今歌曲』에도 인용된 「金水亭石刻」 [綠綺琴 伯牙心 一鼓復一吟 鍾子是知音 冷冷
　　虛籟起遙岑 江月娟娟淸水深]을 통하여 엿볼 수 있다.

93) 예를 결구 부분에서 들어본다. "竹裏獨坐 彈琴ᄒ니 王摩詰이 故人이오 / 川邊盡日
　　訪花ᄒ니 程明道가 賢師로다 / 書不盡意 圖不盡情 이ᄂᆡ事業 뉘알소냐 / 仲長統의 樂志
　　論을 我亦私淑ᄒ여셔라"

②의 경우가 가사의 일반적인 율격형이라고 할 수 있는데 〈면앙정가〉를 시발로 「송강가사」를 거치는 사대부 가사 형식의 큰 줄기로 잡을 수 있다. 음보의 틀을 유지하는 한도 내에서의 음수 변화는 '독자적인 부분들의 복합적인 부가 작용'을 구성 원리로 하기 때문에 부분들의 중요성이 강조되는94) 가사 형식의 원리에 부합하는 현상이다. 〈면앙정가〉의 작품 특색으로 지적된 "흉중자유호연지취(胸中自有浩然之趣)"95)라는 개방적이고 활달한 분위기는 주로 우리말로 이루어진 데에도 연유하지만 율격의 외형은 유지하면서도 내부적으로 자유를 허용하는 열린 형식에 더 많이 기인한다고 본다. ①의 경우가 제약된 형식의 반복을 통한 주제 집중화에 의도가 모여 있다면 ②의 경우는 예측할 수 없는 형식의 전개상을 통해 제한되지 않은 인간 정신-낭만적이라고 환언할 수도 있는 내용을 표출하는데 의도를 둔다.

「송강가사」의 주제적 특징을 선계와 결부시켜 해석하는 시각은 주로 작자의 낭만적인 태도에 모아져 있지만, 이 주제적 성향이 형식을 통하여 발현되는 과정에 대하여는 별다른 언급이 없었던 듯하다. 그러나, 송강 이후의 사대부 가사의 형식적 주류가 내외 불일치의 형식적 개방성에 놓여 있다는 사실은 가사발전사를 올바로 이해하는 데 있어 중요한 의미를 지닌다. 「송강가사」 전승의 지속성이 이 형식적 개방성에 연유하기 때문이다. 서포 김만중(西浦 金萬重)이 지적한 "〈속미인곡〉이 더 높고 〈관동별곡〉과 〈사미인곡〉은 아직 한문전고를 빌어서 그 겉태를 꾸미고 있을 따름이다(後美人尤高 關東 前美人 猶借文字語 而飾其色耳)"라는 〈속미인곡(續美人曲)〉 포상(褒賞)은 단지 우리말로 되어 있는 특징만을 지적한 것이 아니라 형식적 개방성을 저해하는 한자어의 개입이 없는 유려

---

94) 주 84) 참조.
95) 洪萬宗, 『旬五志』 가사 평어.

한 표출 방식에 대한 것으로 이해함이 온당하다.

③은 조선 전기의 몇몇 작품96)에서만 두드러지는 특징이기 때문에 한 정된 설명이 필요하다. 아마도 거문고 애호와 관련되는 예술적 분위기 속에서 삼강팔엽(三腔八葉)이라는 고도의 악곡 형식에 부응하는 특수한 형태의 노랫말이 요청되었고 이런 노랫말들은 보편적인 전파 경로를 수 용할 수 없었기 때문에 몇몇 작품으로 한정되어 남게 된 것으로 본다.

위와 같은 세 가지 형태는 어떤 계기를 통하여 발전적으로 이어진다기 보다는 가사를 가창할 수 있는 세 가지의 기본 형태로서 연행 조건의 변화에 따라 수의적으로 변통하는 공존태로서 파악함이 적절하다고 본 다. 이 가운데 ②의 경우가 가사 향유에서 주류를 차지하게 되는 것은 ②가 지닌 특질이 가사 장르의 보편적인 성격에 부합되기 때문일 터인 데, 다음에는 ②의 중심에 놓였다고 할 수 있는 「송강가사(松江歌辭)」를 중심으로 ②가 지닌 특질을 좀 더 깊이 참구하되 형식 그 자체보다는 그 형식을 수용한 계층의 의식―낭만적인 문화 취향이나 주자주의적 정 치이념 등등―의 문제를 중심으로 살펴보고자 한다.

3. 「송강가사(松江歌辭)」의 역할

1) 「송강가사」의 성립 경로

「송강가사」에서 그처럼 빼어난 언어 구사를 할 수 있었던 배경에는 몇 가지 요인이 지적되어 왔다. 정인보는 "송강(松江)이 일찍이 그 매씨

---

96) 현재 확인되는 작품은 〈西湖別曲〉(許橿) 〈美人別曲〉(楊士彦) 〈梅窓月歌〉(李仁亨) 〈南征歌〉(楊士俊) 등이고 〈關西別曲〉(1555)에서도 유사 형태를 감지할 수 있다.

(妹氏)를 따라 궐내(闕內)에서 길리어 명종(明宗)의 애대(愛待)를 받았다 하였으니, 이때는 성묘성제(成廟盛際)가 멀지 아니하므로 궁중가악(宮中歌樂)이 후세(後世)의 비(比)가 아닐 것이라, 송강(松江)의 가사(歌詞)의 학(學)이 여기서 비롯하였는지도 모른다"[97]라 하면서 조선 전기의 시가 내지 음악 문화의 융성을 지적하였다. 이 단평은 근래에 음악문화를 바탕으로 시가의 생성 배경을 모색하는 작업[98]에 의하여 보완되었다고 볼 수 있다. 한편 송강의 성장 배경을 중심으로 담양 시단의 분위기가 가사 성립에 미친 영향을 지적하기도 하였다. 이쪽 논의는 "호남가단(湖南歌壇)"[99]이라는 일반적인 배경론으로 시작되었고 뒤에 "광라시단(光羅詩壇)"이라는 개념으로 특수화되었다. 또한, 송강의 개성과 관련된 작가론적인 접근[100]이 있기도 했는데 이 논의는 송강 당대 한시문학의 낭만적인 시풍으로 범위가 확대되어 논의될 수 있는 여지를 남겼다. 이미 면앙정시단(俛仰亭詩壇)의 구성원을 들어 말하는 대목에서 드러났거니와 그 밖에 삼당시인(三唐詩人)인 백광훈(白光勳), 최경창(崔慶昌)까지 넣은 호남출신 시인들이 전대의 송시풍(宋詩風)을 넘어서는 새로운 시풍인 당풍(唐風)을 주도했던 사실이 문학사에서 확인되는 바이다. 당풍의 주 내용이 애정, 몽환, 이국풍취, 선계동경 등으로 요약되는 것처럼 고전적

---

97) 정인보, 「國學人物論」, 『담원 정인보전집』2, 연세대 출판부, 1983, 59면.

98) 강명관, 「조선 전기 사대부의 음악 향유의 제 양상」(『조선시대 문학예술의 생성 공간』, 소명출판, 1999.)에서 보이는 음악 애호의 풍조 속에 시가가 편승 신장되는 과정을 모색한 연구가 이에 해당된다.

99) 정익섭, 『호남가단연구』(진명문화사, 1975), 박준규, 『호남시단의 연구』(전남대 출판부, 1998) 등이 유사한 시각으로 접근하였고 임형택, 「16세기 光・羅州 지역의 사림층과 송순의 시세계」(『한국문학사의 논리와 체계』, 창작과 비평사, 2002)에서는 이 배경론을 작품론과 결부시켜 구체화하였다.

100) 김사엽, 『정송강연구』(계몽사, 1950) 이래 최근의 박영주, 『송강평전』(중앙 M&B, 1999)에 이르기까지 주로 송강의 작가적 개성에 역점을 두어 작품 생성의 경로를 설명한 것이다.

규범을 일탈한 주정적 성향이 강화된 이 시풍을 고전주의에 상대되는 개념으로 낭만적인 것으로 규정함이 가능하다.[101]

위의 세 가지 경로를 다시금 상론해 보기로 한다. 우선, 송강은 장악원 제조(掌樂院 提調)의 이력이 말해주는 것처럼 음악에 대하여 조예가 깊음이 확인되거니와 시조 작품 가운데 악곡 소재인 것을 보면 구체적으로 음악을 애호한 흔적이 드러난다. 이 중에는 악기나 악조를 직접 드러냄으로써 연주 정황을 묘사한 것도 있으며[102] 소리와 관련된 사실을 정밀하게 시화한 것도 있다.[103] 송강의 한시에서도 청각적인 이미지 사용이 두드러지는 바, 이도 음악 애호와 연관시켜 해석할 수 있겠다. 음악적 소양이 문학 작품에 어떻게 반영되었을까를 짚어본다면 우선 시가 형식에 맞추어 말을 놓는 솜씨를 들 수 있겠다. 악곡이 선재하는 경우에 시어의 조사(造詞)는 악곡과의 조화를 목표로 해야 하는데 이 목표는 해당 악곡의 관습에 익숙한 이가 아니면 성취할 수 가 없다.[104] 「송강가사」에 대한 후대의 감상이 주로 악곡을 매개로 하여 이루어지는데, 고평을 가능하게 하는 감동은 악곡 형식과 조화를 이룬 시어의 내용에 말미암는 것을 볼 수 있다.[105]

---

101) 당풍의 낭만성에 대한 논의는 정민, 『목릉문단과 석주 권필』(태학사, 1999) 참조.

102) 거믄고 대현(大絃)을 티니 ᄆᆞ음이 다 눅더니 / ᄌᆞ현(子絃)의 우됴(羽調) 올라 막막됴 쇠온말이 / 쉽기ᄂᆞᆫ 젼혀 아니호되 니별(離別) 엇디 ᄒᆞ리

103) 거믄고 대현(大絃) 올나 한 과(棵) 밧글 디퍼시니 / 어름의 마킨 믈 여흘ᄋᆡ셔 우니ᄂᆞᆫ ᄃᆞᆺ / 어ᄃᆡ셔 년닙픠 디ᄂᆞᆫ 비솔ᄋᆡᄂᆞᆫ 이를조차 마초ᄂᆞ니

104) 任天常(1754~?)의 『郊居鎖編』上에 "鄭相公 澈은 歌詞를 잘 짓고 風情이 富饒해서 무릇 성대한 잔치를 만나면 스스로 別曲을 지어서 노래하는 기생에게 가르쳐서 창을 부르게 하면 모두 音節에 들어맞았다"(鄭相公澈 善爲歌詞 饒有風情 凡遇盛宴 自製別曲 敎謳兒發唱 皆中音節)라고 되어 있다.

105) 예를 여러 가지 들 수 있지만 특히 石洲 權韠이 〈장진주사〉의 전체적인 인상을 "옛날의 노래가 바로 오늘 아침을 말한 것임을 알 수 있구료(昔年歌曲卽今朝)"라고 하였을 때 그의 뇌리에는 악곡과 어우러진 〈장진주사〉의 통합된 청각 이미지가 생생하였던

한편, "광라시단(光羅詩壇)"이라는 특수한 분위기는 구성원을 중심으로 면면을 분석해 볼 때에 낭만적인 분위기의 시가를 산출할 소지를 충분히 보여주고 있다. 설명을 집중하기 위해 대표적인 인물을 들어본다면 사수 임형수(士遂 林亨秀)[1514~1547]가 될 수 있다. 명종 2년의 양재역 벽서 사건에 연루되어 30대 초반에 사사(賜死)된 사실이 가리키듯 그는 정치적 소용돌이 속에서 뜻을 펴지 못하고 희생된 불우한 인물이었다. 그의 높다란 기백은 동년 급제자였던 퇴계의 언급으로 알 수 있다.106) 문장을 소기(小技)로 여기는 자세며 회령 판관 시에 호인(胡人)

것이다.

106) 퇴계선생이 매양 임형수의 사람됨을 칭탄하여 말하기를, "참으로 기특한 사나이로다! 그 죄가 아님에 죽었으니 억울하구나! 억울하구나!"라 하여 탄식하여 마지않았다. 권충정공이 유배지에 있을 때, 형수가 죽음을 듣고 술을 불러 잔에 가득 채우고 여러 사발을 통음하며, "이 사람이 또한 죽었단 말인가?"라 하며 소리를 놓아 곡하였다. 사람됨이 외동도라지고 마루 높아 기운이 한 시대를 덮을 만 하였다. 일찍이 퇴계와 함께 독서당에 들어갔을 때 취하면 문득 노래를 부르고 시를 지었는데, 퇴계의 자를 부르면서 말하기를 "그대는 또한 사나이의 기이하고 장한 일을 아는지? 나는 곧 알고 있도다!" 선생이 웃으며 말하기를, "어서 말해보구려"하니 말하기를, "큰 눈이 온 산에 왔을 제, 검은 담비 갖옷을 입고 허리에는 흰 깃 달린 긴살을 차고 팔에는 백 근 각궁을 걸고 철총마를 탄 채 채찍을 휘둘러 샘물 골짜기로 치달려 들면 긴 바람이 골에 일고 왼 나무가 흔들려 떨 때 갑자기 큰 돝이 놀라 일어나 길을 잃고 달려가나니 문득 살을 뽑아 가득 당겨 쏘아 쓰러뜨려서 말을 내려 검을 뽑아 저미곤 곧장 늙은 가래를 찍어 불을 놓아 긴 꼬치로 그 살을 꿰어 구우면 기름피가 뚝뚝 듣는데 호상에 걸터앉아 잘라서 삼키며 커단 은사발에 가득 따라 벌컥 마시다가 얼근히 취할 제 우러러 보면 골짜기 구름이 흰 눈이 되어 솜처럼 조각조각 취한 얼굴에 나부끼어 지나니 이 가운데 맛을 그대가 어찌 알겠는가? 그대의 능한 바는 단지 붓놀림 작은 재주일 뿐이로다!" 하곤 드디어 무릎을 치며 크게 웃었다고 한다. 선생이 매양 그 사람됨을 칭탄할 때면 반드시 그 말을 이처럼 읊조렸다. 죽을 때, 도사가 사약을 받아 문에 닿아 재촉하니 드디어 조용히 집안일을 처리하여 두고 말하기를, "종이 울고 물시계가 다 됐으니 목숨이 경각에 달렸다함이 바로 이 때 일을 말함이구려"라 하곤 빙그레 웃고 나가 죽음에 임하였다.(退溪先生每歎林亨秀之爲人曰 眞奇男子也 死非其罪 冤哉冤哉 咄咄不已 權忠定在謫所 聞亨秀死 呼酒滿酌 痛飮數椀曰 此子亦死也 失聲而哭 爲人牢落軒昻 氣蓋一世 嘗與退溪同入書堂 醉輒呼歌賦詩 呼退溪字曰 君亦知男子奇壯事乎 我則知之矣 先生笑曰 第言之 曰 大雪滿山 被黑貂裘 腰帶白羽長箭 臂掛百斤角弓 乘鐵驄

을 포용하였던 너른 풍도는 당리로 점철된 당대에 용납될 수 없었다. 세계와의 괴리는 낭만적인 서정성의 계기가 된다. 임형수(林亨秀) 사후에 당대의 지기들이 보여준 애도의 공감대는 이 계기가 증폭된 것이며 실제로 구체적으로 애도하는 시조가 남아있기도 하다.107) 그러나, 여기서 주목하고자 하는 바는 개인에 대한 애도가 아니라 그런 공감대를 형성할 수 있었던 배경이며 또 그 배경 속에서 발전해나가는 집단적인 정서의 문학적 수용 과정이다. 〈관동별곡〉의 자연에 대한 반응이 단순한 찬상에 머물지 않고 인간 현세와 결부시켜 나타나는 모습이 그 과정을 잘 보여주고 있다.108) 그리고, 송강 사후에 추종자들을 중심으로 일어나는 송강 추숭의 공감대가 불우한 현실을 계기로 함을 같은 맥락으로 연계시켜 볼 수 있다.

불우한 현실을 계기로 하여 낭만적 서정성이 도출되는 과정을 「송강가사」의 주변을 대상으로 살펴볼 때에 구극적으로 당도하는 지점은 이런 정서적 계기가 실제로 문학형식을 통하여 표출되는 방식에 관한 문제이다. 앞서 몇 편의 시조와 한시를 통해 이 문제를 짚어보았거니와 이번

馬 揮鞭馳入澗壑 則長風生谷 萬木震動 忽有大豕驚起 迷路而走 輒拔矢引滿射殪 下馬拔劒屠之 仍斫老櫟焚之 長串貫其肉煮之 膏血點滴 踞胡床切而啗之 以大銀椀滿酌快飮 飮至醺然 仰看堅雲成雪 片片如綿 飄泊醉面 此中之味 君豈知之 君之所能者 只是翰墨小技耳 逐擊節大笑 先生每稱其爲人 必誦其言如此 死時 都事受賜藥到門而促 逐從容處置家事曰 鍾鳴漏盡 命在頃刻者 正道此時事也 莞爾而出就死 [林亨秀의 문집인 『錦湖遺稿』 부록의 「諸家雜記」에 있음.]

107) "어와 버힐시고 낙낙댱숑(落落長松) 버힐시고 / 져근덧 두던들 동냥직(棟樑材) 되리러니 / 어즈버 명당(明堂)이 기울거든 므서스로 비디려뇨"(『松江歌辭』에 원사가 있으며, 『河西全集』續編에 〈悼士逐寃死作短歌〉라 제한 한역가가 있음)

108) 한 대목 예를 들어본다면, 火龍沼를 찾아가 "쳔년(千年) 노룡(老龍)이 구비구비 서려이셔 / 듀야(晝夜)의 흘녀 내여 창히(滄海)예 니어시니 / 풍운(風雲)을 언제 어더 삼일우(三日雨)를 디련는다 / 음애(陰崖)예 이온 플을 다 살와 내여스라"하엿을 때 "음애(陰崖)예 이온 플"에 바로 희생된 동류들에 대한 동정이 들어 있다.

에는 가사 자체를 통하여 점검해 볼 차례이다. 〈관동별곡〉(1579)의 기행
양식에 대한 선행 작품인 백광홍(白光弘)의 〈관서별곡(關西別曲)〉(1555)은
여정을 줄거리로 한다는 틀에서뿐만 아니라 대상을 해석하는 시각에 있
어서도 유사점을 보여준다. 〈관서별곡〉의 전체적인 분위기는 두 가지
정조에 의하여 이끌린다. 호방한 풍류와 애상적인 사향(思鄕)의 두 가지
이다. 평양을 거쳐 의주에 이르기까지 북변의 명승을 배경으로 펼쳐지
는 연락(宴樂)은 "단순호치(丹脣皓齒)", "녹의홍상(綠衣紅裳)"과 같은 선
명한 인상의 시각 이미지를 통하여 형상화되었다. 후에 백광홍(白光弘)
과 동향인 고죽 최경창(孤竹 崔慶昌)[1539~1583]이 평양을 방문하여
〈관서별곡〉을 들은 감회를 적은 한시[109]를 통하여 〈관서별곡〉이 애창
되어 온 내력을 읽을 수 있다. "금수연화(錦繡烟花)", "능라방초(綾羅芳
草)"와 같은 풍치를 배경으로 들리는 〈관서별곡〉의 절조(絶調)는 애상을
자극하기에 충분하였을 것이다.

그런데 이 한시의 결구에 보이는 분출하는 애상의 근저에는 단순한
예술적 감흥 이상의 내력이 잠재해 보인다. 이 내력을 지시하는 내용이
고죽(孤竹)의 관서행(關西行) 송별을 계기로 지어진 옥봉 백광훈(玉峰 白
光勳)[1537~1582]과 정철(鄭澈)의 한시에서 보인다. 백광훈의 〈증최고
죽관서지별(贈崔孤竹關西之別)〉[110](1580)은 백광훈 44세시 박순(朴淳)

---

109) "錦繡烟花依舊色 綾羅芳草至今春 仙郎去後無消息 一曲關西淚滿巾"(〈箕城聞白評
事別曲〉, 『孤竹遺稿』 七言絶句)

110) 萬曆八年春 玉川子寓居洛城裏 薄祿不披飢 歸耕日日思田里 出門無所親 竹馬二三人
十日何曾一見顔 中夜念之三四歎 乃知萬事非人能 須臾飄散之四方 仙翁東去曾幾日
夫子又此關西行 聞說關西路萬里 何況郵官尙卑束 嚴霜三月無花草 陰風日夕吹人倒
都護臨邊擁萬騎 方伯周爰動千駟 塵埃滿面事追走 終年辛苦輪蹄後 欲望長安隔天日
幾處相思回白首 相思莫浪許 君不見天地從來一逆旅 人生百歲內去來 榮落猶寒暑 得
之不得皆命耳 敢以外物爲悲喜 且盡一杯酒 去作風月主 練光亭前淇江碧 百祥樓外香
爐秀 便思往問艤船子 屈指英雄定誰是 佳人解唱關西曲(伯氏佐幕時。留此曲) 郵僮尙

의 천거로 예빈시 참봉(禮賓寺 參奉)이 되어 서울에 있을 때 지어진 것이다. "죽마이삼인(竹馬二三人)"이 "수유표산지사방(奭臾飄散之四方)"하여 송강[선랑(仙郎)]은 강원도 관찰사로 나가 소식이 끊긴 터에 고죽(孤竹)마저 관서(關西)로 부임한다 하니 "대취고가(大醉高歌)"하지 않을 수 없는 정경이다. 옥봉(玉峰)은 이 정경을 자기 형인 백광홍의 〈관서별곡〉을 평양에서 들었던 체험과 겹쳐 놓아 정서적 파장을 증폭시켰다. 한편, 정철(鄭澈)의 〈차옥천자송고죽지운(次玉川子送孤竹之韻)〉[111](1580)은 위의 옥봉시(玉峰詩)에 화운한 것으로 전반부는 〈관동별곡〉의 취흥을 연상케 하는 이완된 정서로 이끌어가다가 후반부에 과거(무진년(戊辰年): 1568년)의 화락(和樂)을 회상함으로써 옥봉(玉峰)의 애상에 합류하게 된다. 무진년이란 이들 호남 사류를 중심하여 율곡 이이(栗谷 李珥), 아계 이산해(鵝溪 李山海) 등이 합세한 문인들이 이십팔수(二十八宿)나 팔문장(八文章)으로 호칭되며 그들이 지은 시문(詩文)은 『선사편(仙槎篇)』으로 불리던[112] 영화로운 시절로서 〈관서별곡〉의 "사친객루(思親客淚)"에

說當時事 春風聽曲倍悽然 流水浮雲三十年 知君此時偏相憶 相憶應題明月篇 明月遙 從東海出 仙翁去後音書絕 明年草綠好歸來 却喚仙翁重擧杯 擧杯勸明月 莫更照離別 江山不負人 花柳依舊春 大醉高歌洛陽客 從他喚作眞狂客(『玉峯詩集 下』, 七言古詩)

111) 玉川子家本在江南 何爲棲棲洛陽裏 行裝草草無定居 朝向西隣暮北里 長安無所親 呼 我爲故人 故人無復舊容顏 惟我東來君獨歡 君獨歡豈是知我者 我今孤露無遊方 仙山 東路海棠洲 白鷗送我鳴沙行 鳴沙擧目十餘里 日暮沙頭喧驛吏 棠花片片落芳草 花裏 征人方醉倒 醉倒人是觀察使 徒御紛紛擁千駟 朝朝暮暮烏兎走 樂事百年誰敢後 兒童 拍手也不妨 昨日少年今白首 玉川子相思在何許 持此詩之慰羇旅 詩之未足動君心 去 來榮落猶寒暑 然則前言戲之耳 太上無憂又無喜 今日我問酒 酒與我誰賓主 酒爲百味 之最長 我是凡民之俊秀 此語欲問孤竹子 浮碧練光何處足 孤臣不盡鼎湖淚 莫道戊辰 年間事 同遊皆是第一流 我亦當時最少年 揮毫百紙一時盡 後人强名仙槎篇 同時輩流 今散去 西海茫茫音信阻 春鶯已至人不來 我雖有酒誰共杯 手中杯天上月 年年長此別 長此別老盡 人老願不逢春 明年佳氣九華陌 却恐更作江南客 萬曆庚辰首夏 蟄菴居士 書于三陟之竹西樓(『松江續集』권1, 七言古詩)

112) "莫道戊辰年間事 同遊皆是第一流 我亦當時最少年 揮毫白紙一時盡 後人强名仙槎

대한 공감대를 이어받은 〈관동별곡〉의 생성 배경에는 호남 사류의 진출과 좌절이라는 정치적인 계기가 크게 영향을 드리우고 있음을 알 수 있다.

한편, 양미인곡(兩美人曲)은 이 정치적 계기를 애정 주제로 전화하여 보다 심화시킨 것인데 비유의 규모가 심대하고 어조의 조율이 정치하게 이루어져서 가사의 문학적 가치를 크게 고양시켰다. 〈관동별곡〉의 화자가 사제적 지성과 예언자적 지성113) 사이에 갈등하는 이지적 성격을 지녔다면 양미인곡의 화자는 애정을 갈구하는 정감적인 성격이 대조적으로 드러난다. 이별을 전제로 하는 비탄의 정서를 섬세한 여성(女聲)으로 표출하는 후대의 상사연정 가사에서 똑같은 화자를 만날 수 있다는 사실은 이 방식의 발화에 어떤 전통적인 요인이 관여하고 있음을 시사한다. 양미인곡의 선행 규범이 될 만한 가사 작품이 보이지 않는 가운데 송강의 천재적인 창안을 칭탄하는 것만으로는 이 전통적인 요인을 짚어낼 수 없다. 그러기에 앞서의 정인보와 같은 언급을 주목하게 되는데 이미 고려 속가에서 보이던 연정 주제에 송강이 익숙해 있었다고 보아야 할 듯싶다. 이는 막연한 추론이 아니라 시대에 제한 받지 않는 주제의 보편성이라는 점에서 볼 때 충분히 가능한 시각이다. 또한, 「송강가사」의 정감적인 진폭을 마련하는 수사적 기법이 고려속가에서 낯익기도 한 것이므로114) 이 시각은 교정되지 않아도 좋을 듯하다.

〈장진주사(將進酒辭)〉의 생성에 관하여는 위의 가사와는 다른 경로의

篇"(〈次玉川子送孤竹之韻〉)

113) 김윤식, 「정치와 문학」, 『한국문학사논고』, 법문사, 1973.

114) 예를 들면, 〈思美人曲〉의 "무심ᄒᆞᆫ 셰월은 물 흐ᄅᆞᆺ 흐ᄂᆞᆫ고야"의 "흐ᄅᆞᆺ"은 인간의 한계를 벗어나는 자연의 질서에 대한 영탄이 내포되어 있는데 이를 "가시ᄂᆞᆫ듯 도셔오쇼셔"에 내포된 인간 능력 이상의 것에 대한 기원과 결부시켜 읽을 수 있다. 이 "~듯(닷)"에 대하여는 이희승, 「일편단심」(『고시조와 가사 감상』, 집문당, 2004.)에 여러 예를 들어 놓았다. 이 밖에 언어적 세련미를 달성하는 데에서도 고려속가와의 관련을 짚어볼 수 있는 면이 있지만 이는 별고를 요한다 하겠다.

설정이 필요하다. 〈권주가(勸酒歌)〉 계열의 이 노래 역시 선행 작품을 볼 수 없기 때문에 후대의 〈권주가〉와 대조해 볼 수밖에 없다. 현재 남아 있는 〈권주가〉에는 두 종류가 있다. 가창가사(歌唱歌詞)인 십이가사(十二歌詞)의 한 곡목으로 올라 있는 〈권주가〉와 가사집 『잡가(雜歌)』와 『해동유요(海東遺謠)』 등에 실린 가사형의 〈권주가〉이다. 전자는 가장 이른 이본이라고 할 수 있는 『기사총록(奇詞總錄)』(1823)에 실린 비련체가 그 다음 단계 이본인 육당본 『청구영언(靑丘永言)』이나 『남원고사』 본들보다 두 배 이상 길이가 확대되어 있고 현전 십이가사(十二歌詞)나 『증보 신구잡가(增補 新舊雜歌)』(1915)에는 분련체로 남아 있는 것으로 보아 비련체의 장형에서 축약되어 나오다가 최종적으로 분련체로 귀착된 경로를 그려볼 수 있다. 그런데, 『기사총록』본에 〈춘면곡(春眠曲)〉이나 〈상사별곡(相思別曲)〉 등에서 빌어온 대목이 눈에 뜨임으로써 『기사총록』 단계에서 이미 가사가 유흥적인 성격으로 변모해 있고 유흥공간에서 여러 작품이 섞이어 향유되면서 노랫말을 공유하였음을 알 수 있다. 이런 유흥 편향의 풍조는 최종 귀착본인 가창 십이가사(歌唱 十二歌詞)의 한 곡인 〈권주가〉의 악곡적 특징에서 확인할 수 있다. 현전 십이가사의 〈권주가〉는 모두 4연인데 한 연을 12박의 악절에 배당하여 부르며 4연이 노랫말만 바뀌고 동일한 악곡을 사용하는 연장체의 특성을 보이고 있다. 비련체보다 더 노래 부르기 쉬운 형식을 지향하였음을 알 수 있다. 또 가성법을 많이 쓴다든가 요성이 폭 넓고 격렬한 등의 특징을 지녀서[115] 이 노래의 향유 분위기가 유락적임을 가리키고 있다.

〈권주가〉 계열의 노래는 삶의 무상을 사색함으로써 현세적 취락을 긍정한다는 공통 주제를 택하고 있다. 그러나 표출 방식에 있어서는 시대

---

115) 장사훈, 「십이가사의 음악적 특징」, 『한국전통음악의 연구』(보신재, 1975.) 311면 참조.

마다 차이를 보이고 있다. 〈장진주사(將進酒辭)〉는 죽음 쪽에 시편의 대부분 분량을 배당함으로써 전체적으로 어둡고 비장한 분위기에 지배되어 있다. 〈장진주사〉가 실린 가집에는 대개 석주 권필(石洲 權韠)[1569: 선조2~1612: 광해4]의 〈과송강묘유감(過松江墓有感)〉이라는 한시가 부기되어 있다.

> "빈 산 낡에 잎 진데 비마저 스산히 / 상국의 풍류가 예서 쓸쓸하군요 / 슬프다, 한 잔 술 다시 올릴 수 없다니 / 옛 적 부른 노래가 바로 오늘 말함이군요"(空山落木雨蕭蕭 / 相國風流此寂廖 / 惆悵一杯難更進 / 昔年 歌曲卽今朝)

결구는 특히 "뉘 혼 잔(盞) 먹쟈 홀고"에 초점이 맞추어져 있다. 송강의 문인(門人)으로서 그의 기주(嗜酒) 습벽을 잘 알고 자신도 애주하였던 처지로선 같이 술을 나눌 수 없는 죽음의 벽 자체가 비통 그 자체로 인식되었을 것이다. 〈장진주사〉는 여러 가집에 드러난 악곡적 귀속이 변화를 보이고 있기 때문에[116] 오늘날 남아 있는 악곡 형태를 원래의 것으로 볼 수는 없겠지만, 적어도 시가 구조와 악곡 구조의 관련은 원작과 큰 차이가 나게 바뀌지 않았으리라고 본다. 19세기 이후의 거문고 악보인 『삼죽금보(三竹琴譜)』에 실린 〈장진주(將進酒)〉를 보면 초장·이장(혼 잔 먹셔이다/쏘 혼 준 먹셔이다)까지는 계면조의 느린 곡태로 진행되다가 삼장부터는 계면조(界面調)와 우조(羽調)가 번갈아 가면서 빠른 곡태로 진행되고 있다.[117] 삼장 이하의 내용이 주로 죽음에 대한

---

116) 대개의 가집에 〈장진주〉 또는 〈장진주사〉로만 표기되어 있을 뿐이고 『槿花樂府』에만 "蔓橫淸"으로 악곡 귀속을 밝혔다.

117) 가명 아래에 "調臨과 장단을 같이 하되 초·이장은 界面이고 삼장은 여러 脚 중 혹은 界面이고 혹은 羽調이다"라 부기되어 있다.

인식이라는 점을 생각하면 곡조의 번복이나 빠른 절주는 전체적으로 변화 많은 인생의 무상감을 표출한 것으로 볼 수 있다. 말이 많아짐으로써 곡조에 굴곡을 가져오게 되는 이런 기법은 가곡의 농(弄)·악(樂)·편(編) 같은 데에서 재확인 되거니와 그 경우도 감정의 심한 굴곡을 악조의 변화로 표상하는 방법은 동일하게 적용되고 있다. 〈장진주사〉는 평탄한 악조 구성에 기반하는 시조시와 복합적인 악조의 결합태인 가사 양식 사이의 거리를 정확히 파악하고 있었던 악률에 정통한 송강이 중간 형식으로 계발한 작품이라고 볼 수 있다. 송강의 시조시 가운데에 〈장진주사〉에 근접하는 몇몇 작품118)이 보이고 또한 고려 속가 가운데에 이런 중간 형식의 원류로 파악될 만한 작품119)이 확인되기 때문에 〈장진주사〉의 성립 요인도 송강의 천재적 창안보다는 전통의 개신이라는 쪽으로 비중을 두고 설정해야겠다.

〈장진주사〉의 계통과 관련된 다른 경로는 장형 시가인 가사 쪽에서 찾을 수 있다. 『잡가(雜歌)』(1821)와 『해동유요(海東遺謠)』(19세기 후반) 등에 실린 가사형의 〈권주가〉는 일반적인 가사의 외형을 하고 있으며 "어듸셔 그로다 ᄒ거니와 나ᄂᆞᆫ 즐겨ᄒ노라"라는 시조 종장형 결사까지 갖춤으로서 아직 가창가사(歌唱歌詞)의 분련체로 이행하기 이전 단계에 해당함을 알 수 있게 한다. 그런데, 최근 발굴된 경오본(庚午本) 『노계가집(蘆溪歌集)』(1690년: 숙종 16년, 한음 이덕형(漢陰 李德馨)의 증손 이윤문(李允文)이 경북 영천에서 인간함)에 의하면 『잡가』와 『해동유요』 등에 실린 가사형의 〈권주가〉는 노계(蘆溪)의 〈권주가〉를 저본으로

---

118) "심의산 세네바회 감도라 휘도라 / 오뉴월 낫게즉만 살얼음 지픤 우희 / 즌서리 섯거 티고 자최눈 디엇거ᄂᆞᆯ 보앗ᄂᆞᆫ다 / 님아 님아 온놈이 온말을 ᄒ여도 님이 짐쟉하쇼셔"

119) 『고려사』악지의 〈蛇龍〉이 후대의 사설시조와 연계되는 맥락은 이미 여러 차례 지적 되었고, 또한 邊安烈이 〈不屈歌〉 같은 작품까지 이 맥락에 넣어서 사설시조의 발생을 논의한 이들도 있다.

한 것임이 드러난다. 노계의 〈권주가〉는 48행으로서 이백(李白)의 〈장진주〉를 용사(用事)한 서두부에 이하(李賀)의 〈장진주〉, 왕발(王勃)의 〈등왕각서(滕王閣序)〉, 두보(杜甫)의 〈곡강(曲江)〉 등에서 용사(用事)한 구절들을 덧붙였는데, "劉伶 墳土 上애 어닉 술이 니를런고 / 아믜라 다 그럴 人生이 산 제 노쟈ᄒ노라"라는 결사에서 보이듯 송강 〈장진주사〉의 유향이 적실하다. 경오본(庚午本)『노계가집(蘆溪歌集)』에서 밝힌 대로 이 작품이 한음(漢陰)의 제삼자 이여황(李如璜)[1590~1632]의 명으로 1632년에 지어졌다면 선행 전범이 될 만한 작품은 송강 〈장진주사〉외에 달리 없었을 것이다. 경오본(庚午本)『노계가집』에는 노계가 지은 〈상사곡(相思曲)〉도 있는데 여기에도 송강 미인곡(松江 美人曲)의 유향이 끼쳐 있음을 보건대 노계가사(蘆溪歌辭) 창작의 전범으로서 송강가사를 설정하는 것이 가능함을 알 수 있다.[120]

　송강 〈장진주사〉의 길이가 10행 이내의 단형이며 노계의 〈권주가〉가 48행이라는 점을 고려하면 송강-노계로 이어지는 〈권주가〉의 전승 경로는 동일 양식 내에서의 직접적 계승이라기보다는 다른 양식을 통한 굴절이 일어난 것으로 보아야 한다. 송강 〈장진주사〉가 가곡 가집에 지속적으로 실려 있음으로써 가곡 가창을 조건으로 하는 연행에 기반하고 있음을 알 수 있다면, 노계의 〈권주가〉는 가사집을 통하여 전승됨으로써 가곡창과는 다른 조건으로 연행되었음을 알려주고 있다. 『기사총록(奇詞總錄)』(1823)에 실린 비련체 〈권주가〉가 44행으로서 노계의 〈권주가〉에 근접하지만 내용상으로는 19세기 후반의 분련체 〈권주가〉와 동일하며 비련-분련의 차이만 남기고 있다. 이 형태 상의 근접은 송강 〈장진주사〉와 분련체 〈권주가〉에서도 찾아지는 것이기 때문에 동일 양

---

120) 이상의 庚午本『蘆溪歌集』에 대한 정보는 김석배 편, 『庚午本 '蘆溪歌集'』(구미문화원, 2006)에 의거함.

식 내에서의 계승을 위한 조건이 될 수 없다. 다만, 송강 〈장진주사〉나 분련체 〈권주가〉나 모두 악조가 정해진 정식 가창을 연행 조건으로 한다는 점에서 양식적 유사성을 짚어볼 수는 있다. 결국, 송강 〈장진주사〉가 모든 〈권주가〉의 시원이 되며 〈권주가〉의 두 가지 계통, 짧고 정해진 악조에 맞추는 가창에 적합한 쪽과 길고 정식 가창과는 차이 나는 느슨한 연행(가사의 연행 방식인 가창 혹은 음영)에 적합한 쪽 모두에 내용이나 형식 양면에 거쳐 영향을 드리우고 있음을 알 수 있다. 여기서 송강 이전의 선행 작품을 놓을 수 없음으로써 생기는 〈권주가〉 양식 창안의 문제는 전고 용사(典故 用事)에 이끌어 들인 중국 한시사부(漢詩辭賦)를 통해 해결될 수 있을 것으로 보인다. 앞장의 "한시사부(漢詩辭賦)에 대한 가창"에서 예거한대로 이백(李白)의 〈장진주〉나 이하(李賀)의 〈장진주〉는 여러 군데의 가집에서 악조 귀속이 명시된 상태로 실려 있기에 이들의 가창이 진작에 이루어져 〈장진주사〉의 가창을 위한 양식 창안을 촉발할 수 있었을 가능성도 짚어볼 수 있게 된다.

2) 「송강가사(松江歌辭)」의 주요 전승자와 그들의 역할

일단 생성된 「송강가사」는 주로 같은 정파의 지인을 중심으로 향유되면서 전승 범위를 확산시켜 나갔다. 처음에 당대의 교유자들에 의하여 향유되던 「송강가사」는 서인(西人)의 정치적 상황이 악화되면서 정치적 전언 내용을 담은 상징적 문건으로 다루어졌다. 당대 교유자들은 송강 문집(松江文集)의 초본이 되는 시문(詩文)과 아울러서 「송강가사」를 정파적 문맥으로 재해석하면서 후대에의 전승을 도모하였다. 시문은 당대에 이미 기록의 상태에 달해 있었기 때문에 편집 인쇄를 도모함으로써 전승을 위한 준비가 완료되었지만, 「송강가사」는 작시 단계에서 멀지 않은 시점에서 아직 구전 유통의 과정에 머물러 있었기 때문에 반복 향유를 통한 원본 확인의 작업을 필요로 하였다. 「송강가사」가 비로소 작가의 의도를 정파적 지향에 의하여 재해석한 정본의 모습을 지니는 것은 청음 김상헌(淸陰 金尙憲)이나 서포 김만중(西浦 金萬重) 같은 서인 영수들의 필사 제책 작업에 의해서였다. 이후 정본의 반복 필사에 의한 경전화는 송강 추숭의 분위기를 공유한 후대 서인들에 의해서 이루어 졌다. 제자 문인에 의한 지속적 향유와 그에 수반되는 관련 한시문(漢詩文) 제작이 「송강가사」 전승의 적층을 두텁게 하면서 송강 후손들의 가전본(家傳本) 정착 작업과 합류한 최종적 정본을 지향하는 전승 경로가 이루어져 나갔다. 이 전승 경로를 몇 단계로 나누어 각 단계마다의 전승가담자들을 구분하고 그들의 전승 관련 작업을 적시함으로써 「송강가사」 전승의 실체를 드러내 보려고 한다.[121]

(1) 당대 교유자들 - 상촌 신흠(象村 申欽)과 지봉 이수광(芝峯 李睟光) 그리고 이재 조우인(頤齋 曺友仁)

상촌 신흠(頤齋 曺友仁 象村 申欽)[1566: 명종21~1628: 인조6]과 지봉 이수광(芝峯 李睟光)[1563: 명종18~1629: 인조7]은 젊은 시절 함께 공부한 사이였다. 『상촌고(象村稿)』권36의 「서지봉조천록가사후(書芝峯朝天錄歌詞後)」에서 이때에 "장난삼아 가곡(歌曲)을 만들었다(戱爲歌

---

121) 최규수, 『송강 정철 시가의 수용사적 탐색』(월인, 2002) 가운데 「송강 시가 수용의 전개 양상과 기본 토대」에서 송강 시가 전승의 문제를 본격적으로 다루었다. 여기서 기본 자료의 배열을 마친 뒤에 「송강 시가 수용상의 미적 요소」에서는 전승을 유지한 요인을 점검하였다. "후손들이 지닌 가문의식"과 "서인계 인물 중심의 지지 기반"을 추출하였는데, 이 두 방향은 결국 작품의 예술적 가치가 높음에서 비롯함을 밝혔다. 한역 작업이 완성되는 19세기에 이르기까지의 전승 경로는 이로써 뚜렷하게 정리되었다고 할 수 있다.

曲)"했으니 어릴 적부터 이미 우리 시가에 익숙하였음을 알 수 있다. 1611년(광해3) 지봉(芝峯)이 주청부사(奏請副使)로 연경에 다녀와 〈조천 사(朝天詞)〉를 보여주었는데, "그 울림이 맑아 곱되 바름을 잃지 않고 예쁘되 훌륭함을 지나치지 않아서 높은 것은 졸아듦이 없고 느린 것은 지리함에 떨어지지 않았으니 비록 근세에 가곡으로 이름난 것이라도 모두 미치지 못할 것이다(其響瀏瀏 艶而不失於正 麗而不爽於雅 淸而不病於萎 婉而不落於靡 雖近世以歌曲名者 皆莫不及也)"라는 상촌(象村)의 평을 보면, 일정한 악률에 근거하고 있어서 가사 향유에 악곡이 차지한 비중을 알 수 있을 뿐만 아니라, 송강과 동시대인들이 가사를 향유하는 수준이 매우 높았음을 알 수 있다. 이 시기 향유자들이 자신들의 가사 향유에 전범으로 삼았던 것은 한문 악부(漢文 樂府)였다. 상촌이나 지봉(芝峯)들도 많은 악부(樂府) 작시를 통하여 이 전범을 충분히 습득하고 있음을 보여주고 있는 한편, 국문시가의 특수성을 배려한 새로운 양식 수립에 지대한 관심을 베풀고 있기도 하다. 상촌이나 지봉이 모두 한문 악부에 비하여 국문시가의 품격이 뒤짐을 부인하지 않지만 "그 정(情)과 경(景)을 모두 실어서 악조가 어울려 화합하여 사람으로 하여금 읊조리고 탄식하여 넘치어 신나서 사래 치고 발 구르게 하는 것은 곧 그 돌아감이 하나이라(若其情景咸載 宮商諧和 使人詠歎淫佚 手舞足蹈 則其歸一也)"[122]라 한 것을 보면 그 본질 면에서는 국문시가나 한문 악부가 대차 없다는 생각을 바탕으로 양자 간의 균등한 가치를 추구하였음을 알 수 있다.

상촌은 『청구영언(靑丘永言)』진본에 30편의 자작시조와 그 한역시에 아울러 「방옹시여서(放翁詩餘序)」라는 발문을 붙이고 있거니와 이 발문의 태도가 자작시에 대한 때문인지 방기적이지만, 작품을 조탁한 흔적

---

122) 〈書芝峯朝天錄歌詞後〉

에는 애정에 바탕을 둔 관심이 배어 있다. 이런 자세는 지봉의 경우에도
유사하게 나타나는데 자신의 〈조천록가사(朝天錄歌詞)〉를 장난(戲)일
뿐이라고 방기하지만 근세의 이름 난 가곡들이 기록에 남지 못하고 구전
에 그칠 뿐임을 아쉬워 할 때에는 애정과 관심을 표하기를 거리끼지 않
았다.123) 그런데 송강과 지근한 거리와 관계에 있었던 두 사람이 「송강
가사」에 대하여 아무 언급이 없는 사정을 어떻게 설명해야 할까? 여기
에는 아무래도 문학 이외의 다른 사정이 개입하고 있는 듯하다. 그 사정
은 다음과 같은 상촌의 언급으로 미루어 볼 수 있다.

 "공이 죽고 난 후에는 화색이 더욱 치열하여 당자들이 공의 관직을
 追論하면서 연줄연줄로 그 화가 파급되어 鉤黨보다도 더 가혹하였으며,
 늦게 난 後進으로서 조금이라도 공론을 주장하는 자가 있으면 곧 그를
 지명하여 중한 법으로 다스렸기 때문에 원근이 모두 그 바람을 타고서
 혀를 깨물고 입을 다문 채 공의 성명조차 아예 거론하지 못한 지가 30년
 이나 되었었다."124)

 송강 추숭의 기운이 재흥하는 계기가 되는 우암 송시열(尤庵 宋時烈)
의 「송강문집중간발(松江文集重刊跋)」[1674: 현종15]에서 적대당을 폄
하하면서 송강을 드높이는 당당한 태도와 대조적으로 이 글의 말미는
조심스러운 바람을 펼치는 데에 그치고 있다. 이런 자세는 10년 쯤 뒤에
쓰인 청음 김상헌(淸陰 金尙憲)[1570: 선조3~1652: 효종3]의 「송강유

123) 『芝峯類說』의 文章部 歌詞條에서 "우리나라의 가사는 방언을 섞어 써서 중국의 악부
 와는 견줄 수가 없으니 가까운 때의 송순, 정철이 지은 것이 가장 좋으면서도 입에
 오르내리는 데에 그쳤으니 아깝도다!(我國歌詞雜以方言 故不能與中朝樂府比並 如近
 世宋純鄭澈所作最善 而不過膾炙口頭而止 惜哉)"라 하였음. 주1)에도 실림.
124) 신흠, 「송강시집시」, 『국역 상촌선생집』제22권, 민족문화추진회, 1994, 323~324
 면. 이 글은 1622년(광해14년)에 이루어졌다.

고발(松江遺稿跋)」(1633: 인조11)에서도 별 차이를 보이지 않는다. 청음은 송강을 굴원에 비기면서 "좌도(左徒)는 비록 당시에는 불우하였지만 후세에 그 마음을 아는 태사공 같은 이가 있어서 그를 위해 논찬저술(論讚著述)하기를 해와 달로 빛을 다툴 만하다 했거늘, 아지 못괘라, 오늘날에 다시 공의 마음을 알아서 그를 위해 논찬저술(論讚著述)하여 후세에 전하기를 태사공 같이 할 이가 있을까. 오호라, 종내 그 사람이 없을 것인가? 종내 그 사람이 없지는 않을 것인가? 이를 장차 기다려 볼일이다"[125]라는 의문으로 글을 맺고 있다. 청음(淸陰)이 집에 가비(家婢)들조차 송강 〈사미인곡(思美人曲)〉을 외울 정도의 애호가였음을 감안하면 이 발문은 송강을 대표적인 당인으로 하는 자신의 정파가 몹시 불운한 사이에 지어진 것임을 알 수 있다.

　당시에 국문시가가 가지는 영향력은 충신연주(忠臣戀主) 주제에 제한될 경우를 제외하고는 긍정적이지 못하였고 상대를 폄하하는 부정적 문맥에서는 상당히 강하게 작용하였다. 한문사부를 가악의 일차적 대상으로 인식하는 풍토에서 국문시가를 향유하는 것 자체가 "시끄러운 단서를 일으킬[야기뇨단(惹起鬧端)-「도산십이곡발」]" 만하였기 때문에 드러내 넣고 「송강가사」를 칭상하는 일은 삼가게 될 수밖에 없었을 것이다. 국문시가에 대한 이런 신중한 자세는 지봉 이수광(芝峯 李睟光)의 경우를 통해 확인된다. 『지봉유설(芝峯類說)』의 문장부 가사조(文章部 歌詞條)에서 다루어진 국문시가들은 충신연주 주제로서 주제의 확정성을 가진 경우이거나[〈자상특사황국옥당가(自上特賜黃菊玉堂歌)〉] 혹은 적확한 고증이 된 한도에서 다루어졌다. 예컨대, 〈고공가(雇工歌)〉의 경우 선조

---

125) 左徒雖不遇於當時 而後世知其心如太史公者 爲之論讚著述 比之於日月爭光 不知今世復有之公之心而爲之論讚著述以傳於後如太史公者乎 嗚呼終無其人歟 終不無其人歟 是將有待焉

어제를 부인하고 허전(許銓) 작자설을 내세웠는데 이 주장의 바탕에는 당대의 중대한 정치적 사안이었던 토지제도에 대한 고려가 들어 있다.[126] 물론 이 고려에는 국문시가를 통해 야기되는 문제를 우회해 나가려는 당대의 일반적인 국문시가 수용 자세가 반영되어 있다.

결국 「송강가사」는 당대에 공개적으로 향유될 수 없는 조건에 처해 있었음을 확인하게 되었는데, 이런 정황 속에서 이재 조우인(頤齋 曺友仁)[1561: 명종16~1625: 인조3]과 같은 수용 자세가 드러나는 것은 다른 각도의 검토를 요한다. 조우인은 모두 4편의 가사를 남기고 있는데 이들이 송강의 가사에 대응하여 지어진 사실은 작자 자신에 의하여 표명되었다. 이재(頤齋)는 「송강가사」의 충실한 전승자였는데 특히 〈속관동별곡(續關東別曲)〉은 속작까지 표방함으로써 「송강가사」의 영향권에 가장 깊이 들어간 예로 들 수 있다. 〈출새곡후(出塞曲後)〉의 조우인과의 대화에서 조탁(曺倬)[1552: 명종7~1621: 광해13]으로 추정되는 치재(恥齋)라는 이가 그 당시 백광홍(白光弘)의 〈관서별곡〉은 관서 지역에서 이름이 났고 송강의 〈관동별곡〉은 관동에서 널리 퍼져 있었다[127]는 사실을 지적한 것은 그 두 사람이 두 가사의 향유자임을 가리킨다. 조우인은 〈속관동별곡서〉에서 〈관동별곡〉을 접한 소감을 "노랫말의 풍치가 우뚝하니 빼어나고 노래 가락이 둥글게 맑을 뿐만 아니라 줄줄 이어지는 수 천 마디가 느껴 분기하며 격동하여 올리는 생각을 다 그려내었으니 참으로 걸작이다. 반복하여 읊조릴수록 사람으로 하여금 부럽고 어여삐 여겨 마지못케 한다"[128]고 말하였다. 노랫말이 그를 실어 부르는 악조

---

126) 김용섭, 「선조조 고공가의 농정사적 의의」,(『학술원논문집』 인문·사회과학편 제42 집, 2003)에서는 지봉의 작자설 우회를 선조가 토지제도 논쟁에 휘말리지 않게 하려는 배려로 보았다.

127) 白詞則鳴於關西 鄭詞則播於關東.

128) 非但詞致俊逸 節奏圓亮而已 縷縷數千百言 寫盡感憤激昂之懷 眞傑作也 反覆吟詠

와 조화를 이루는 조어 솜씨와 아울러 정서의 구비를 곡진히 묘사한 의상을 높이 평가하였다. 김득신(金得臣)[1604: 선조37~1684: 숙종10]이 「관동별곡서(關東別曲序)」에서 "조우인이 〈관동별곡(關東別曲)〉을 듣고 표연히 세상을 버리는 흥취를 억제치 못하고 드디어 관동에 가 놀아 〈속관동별곡(續關東別曲)〉을 지었다"했을 때의 조우인이 표연히 세상을 버리는 흥취가 바로 이런 평가로 결과하였다. 「관동별곡서」에는 〈관동별곡〉의 전승에 관한 주요한 정보가 들어 있기에 끌어 읽어본다.

　　〈관동별곡〉은 정송강이 지은 것이다. 우리 집에 별곡을 부를 줄 아는 여종이 있어서 내가 어릴 적에 매양 듣고도 기이한 줄을 아지 못하더니 상투 올릴 때쯤에 들으니 비로소 기이하게 여기게 되었다. 정축[1637: 삼전도에서 청 태종에게 항복함] 전쟁 후에 관동의 실직[삼척]에 나그네로 놀러 갔는데 관동별곡을 부를 줄 아는 어린 기생이 있어서 늘상 죽서루에 불러들이어 들으면 맑은 흥취가 물결처럼 일어날 뿐 아니라, 또한 시문을 지으려는 생각이 막힘없을 듯하였으니 참으로 기이한 악곡이다. 백기봉의 〈관서별곡〉 무인 허전의 〈고공가〉 조현곡의 〈유민탄가〉는 모두 버금간다. 지난 날 서호의 지장사에서 책을 읽었는데 삼개월을 보내자 집 떠난 생각이 매우 기껍지 못하여 위로하여 거스르고자 하여 여러 중들을 불러 노래하게 했다. 한 중이 응하여 말하기를 "나는 〈관동별곡〉을 잘 부른다"하고 높은 소리로 부르는데 듣자하니 마치 구름 위로 솟는 듯하여 속에 품은 일이 타결되어 안정되었다. 그 후 여러 번 서원현을 지나다 歌妓를 만나 〈관동별곡〉을 청하여 들으니 대개 그 소리의 가늘고 예쁨이 실직 기생의 짝이 아니었다. 지난해에 館洞에 벗을 찾았는데 책상 위에 작은 책자가 있어 취하여 들척이니 곧 〈관동별곡〉이었다. 혹은 언자로 쓰고 혹은 문자로 썼는데 만약 내 기억력이 총명하였더라면 빌어 보아서 읊었을 터인데, 기억력이 매우 노둔하여 수백 번 눈으로

益令人歆艶之無已也

보아도 읊조릴 수가 없었다. 그러므로 어루만지고 그칠 뿐이었다. 조우
인이 〈관동별곡〉을 듣고 표연히 세상을 버리는 흥취를 억제치 못하고
드디어 관동에 가 놀아 〈속관동별곡〉을 지었는데 본 사람들이 칭상하였
다. 예전에 이택당이 나에게 말하기를 영남 문장은 조우인이 제일이라
하였음을 이로써 살필 수 있다. 〈속별곡〉도 반드시 기이할 것이나 보지
못하였으니 송강이 지은 별곡과 어떠한지 아지 못하겠다. 조우인의 별
호는 이재이고 송강의 이름은 철이다.129)

〈관동별곡〉(1579)을 어릴 적 들었던 백곡(栢谷)이 1637년 실제로 관
동 지역에 가서 〈관동별곡〉을 듣는 것을 계기로 본격적으로 〈관동별곡〉
향유에 참여하게 된다. 백곡은 그때 이미 〈관서별곡(關西別曲)〉, 〈고공
가(雇工歌)〉, 〈유민탄가(流民歎歌)〉 등의 가사를 향유한 경험이 있었으
며 여기에 〈속관동별곡〉(1623~1625)이라는 새 작품에 관한 전문이 추
가된다. 앞서 조우인이 〈관동별곡〉을 평가하는 기준이 악조의 개성에
있었고 김득신(金得臣)의 평가 기준도 거의 비슷한 것을 보면, 『동국악
보(東國樂譜)』에서 나온 "신악보지절조(信樂譜之絶調)"라는 평이 당대
향유자들이 공통으로 느꼈던 〈관동별곡〉의 빼어난 음악성에 대한 것임

---

129) 關東別曲。鄭松江之所作也。吾家有女隷能唱別曲。余兒時每聽之。不知爲奇。及
束髮聽之。稍以爲奇之。丁丑兵後。客遊關東之悉直。有少妓能唱關東別曲。常常
招邀竹樓而聽。不啻淸興如濤。亦且如有藻思之浩浩。眞奇由。白岐峯關西別曲。
武人許坱雇工歌。趙玄谷流民嘆歌。皆亞也。昔者。讀書于西湖之地藏刹。閱三個
月。旅懷殊不樂。欲慰溯。召諸衲子請唱歌。一衲子應曰。吾善歌關東別曲。勵聲
而唱。聽之若有凌雲之氣而懷事安帖。其後累過西原縣。遇歌妓請歌關東別曲而
聽。蓋其聲之纖麗。非悉直妓之匹也。頃年。訪友於館洞。丌上有小冊子。取之手
披。卽關東別曲也。或以諺字書。或以文字書。若使余記性聰明。借見以誦。而性
甚魯鈍。雖百遍目視。不能誦。故摩挲而止矣。曺友仁聽關東別曲。不制飄然遺世
之興。遂往遊關東。作續關東別曲。見者稱之。昔李澤堂謂余曰。嶺南文章。曺友
仁第一。以此揆之。續別曲必奇而不得見。未知與松江所作別曲何如也。曺友仁之
別號頤齋。松江名澈。(金得臣,「關東別曲序」,『柏谷先祖文集』冊五)

을 알 수 있다. 김득신이 느낀 〈관동별곡〉의 악곡적 특성은 "높은 소리
로 부르는데 듣자하니 마치 구름 위로 솟는 듯 하"(勵聲而唱 聽之若有凌
雲之氣)다고 지적되었거니와 이런 표현은 주로 높은 음역을 통해 강렬한
인상을 주는 악곡 관련 대목에서 찾아진다. 석주 권필(石洲 權韠)이 당대
최고의 〈관동별곡〉 창자(唱者)의 노래를 듣고 "그대를 만나 다시 관동별
곡 부르는 것을 들으니 금강산 만첩 봉우리를 거느린 듯하여라(逢君更唱
關東曲 領略金剛萬疊山)"[130)는 인상을 피력하였을 때에도 "금강산 만첩
봉우리를 거느린 듯하다"는 결구에 높은 음역과 관련된 인상이 담겨 있다.

　이재 조우인(頤齋 曺友仁)의 〈자도사(自悼詞)〉는 송강의 〈미인곡(美人
曲)〉에 대응되는 작품이다. 〈자도사〉의 형성 경로는 무엇보다도 조우인
의 망년우라고도 할 수 있는 택당 이식(澤堂 李植)[1584: 선조17～1647:
인조25]의 묘지명에 의하여 드러나 있다. 〈자도사〉는 조우인(曺友仁)이
61세부터 63세 시(1621～1623) 필화를 입은 것을 계기로 지어졌는데 그
과정을 이식(李植)은 아래와 같이 서술하고 있다.

　　공이 서울에 머문 지 몇 달만에 우연히 관의 일로 입직하였는데 옛
　궁궐이 거치 스산하며 오롯이 닫힘(荒寂幽閉)을 보고 감회(感懷) 한 장
　(章)을 지었는데 "물색이 쓸쓸한데(蕭條物色)" "영령이 나리려나(陟降英
　靈)" 등의 말이 있었고, 또 벽에 건 절구가 아울러 말이 완곡하고 뜻이
　풍자함이 있어서 듣는 이들을 느껍게 했지만, 같이 입직한 백대형(白大
　珩)·신의립(辛義立)들은 본디 이이첨을 무리지어 따르는 자라 공적을
　세워 진출하고자 꾀해 몰래 드러나게 하여 간농하니 이에 양사가 번갈
　아 소장을 올리기를 여적을 지키이 부도(不道)하냐고 부고하니 광해군
　이 진노하여 궁정에서 친국하였다. 공이 아뢰기를, "신이 예전에 감히
　일을 맡아 대전에 나갔을 때, 선왕의 옥색(玉色)을 우러러 바뢰니 소색

---

130) 〈次思菴韻 贈楊理一〉, 『石洲別集』권1 七言絶句

(素色)이 계셨는데 이제 옛 궁의 유적을 뵈옵고 저절로 비감이 일어 다만 이를 지었을 뿐이요, 다른 뜻은 없사옵니다." 하였다. 형문(刑問)을 받을 때에 말씨가 더욱 맵차면서 "선왕, 선왕, 선왕" 세 마디를 염호하는데 이때에 여러 신하들이 대전에 모시고 올라 있다가 모두 머리를 떨구고 끔찍해하는 기색이고 광해도 또한 점차 위의가 걷혀서 곧 삼 년을 감옥에 갇혔다 반정을 만나 풀려났다.[131]

이 대목이 〈자도사〉를 직접 언급하지는 않았지만 선왕[선조(宣祖)]에 대한 연군이 강조되어 있으므로 〈미인곡(美人曲)〉의 주제에 연계되어 있다고 할 수 있다. 택당(澤堂)이 국문시가에 대하여 언급한 자취는 보이지 않고 다만 그의 교유 범위에 드는 인물들[동악 이안눌(東岳 李安訥): 석주 권필(石洲 權韠)]이 송강가사의 충실한 계승자이며 〈유민탄가(流民歎歌)〉의 현곡 조위한(玄谷 趙緯韓)[1567: 명종22~1649: 인조27] 또한 교유 상대였으므로 「송강가사」 내지 국문시가의 향유권에 택당(澤堂)이 들어있다는 판단이 그릇되지는 않으리라고 본다. 여기서 서포 김만중(西浦 金萬重)이 "칠언시(七言詩)로 〈관동별곡(關東別曲)〉을 번역한 사람이 있는데 능히 아름답지가 못하다. 어떤 이는 택당(澤堂)이 소시에 지었다고 하지만 잘못된 것이다"[132]라는 언급을 〈관동별곡〉 번사의 진위 여부를 떠나서 택당이 「송강가사」의 향유권에 들어 있다는 사실 확인을 위한 방증으로는 삼을 수 있다고 본다. 그렇다고 한다면 택당의 가사

---

131) 公留京數月 偶攝官入直。見故宮荒寂幽閑。作感懷一章。有蕭條物色陟降英靈等語。又有題壁絶句。並詞婉意諷。聽者可感。而同直白大珩, 辛義立等。本李爾瞻徒隷。欲希功媒進。竊見士訐之。於是兩司交章。誣以護逆不道。光海震怒。親鞫于庭。公供曰。臣昔忝執事行殿。仰瞻先王玉色有素。今覩舊宮遺跡。自生悲感。率爲此作。非有他意。及受刑訊。辭氣益厲。連呼念先王三語。是時群臣侍殿上者。皆垂首慘色。光海亦些稍霽威。仍滯獄三年。遭反正得釋(李植,「右副承旨梅湖曹公墓誌銘 幷序」,『澤堂集』권6)

132) 金萬重,『西浦漫筆』.

향유는 송강을 거쳐서 이재(頤齋)로까지 이어진다고 할 수 있으며 위의
묘지명을 〈미인곡〉 관련 기사로 편입하는 일이 준거를 가지게 된다.

(2) 경모자(敬慕者)들 - 동악 이안눌(東岳 李安訥)·석주 권필(石洲 權鞸) - 과 추숭자(追崇者)들 - 지호 이선(芝湖 李選)·우암 송시열(尤庵 宋時烈)

앞서의 「송강가사」 향유자들이 송강 당대에 해당하여 주로 당대의 가
사 향유상 전반과 관련되어 살펴볼 수 있었다면, 송강 사후 경모·추숭
의 분위기 속에서 이루어지는 「송강가사」 향유상은 당대 향유상과는 다
른 면모를 띠운다. 송강이 불운에 찬 쓸쓸한 최후를 마친 후 그의 문인
(門人)이 중심이 되는 경모의 분위기를 극대화시키는 계기가 「송강가사」
를 통하여 마련된다. 주로 가창의 현장에서 느낀 감상을 시화한 몇 편은
청각적 인상에 지배되면서 악조를 통한 추상을 주 내용으로 하고 있다.

임전(任錪)[1560~1611]은 송강이 임진란에 창의하였을 당시 막사(幕
士)로서 활동하였으며 송강의 맏사위가 되기도 한 이로 칠언절구 〈의주
용강문여랑창정송노미인가감이유작(艤舟龍江聞女娘唱鄭松老美人歌感而
有作)〉[133]에서 "가는 소리 한 마디에 수건 한번 적시고(纖歌一唱一沾巾)"
로 시작하여 전편에 넘치는 비감을 미리 제시하였다. 여기서 가는 소리
[섬가(纖歌)]는 높은 음역에서 나는 여성(女聲)을 가리키겠으니 앞서
〈관동별곡〉에서 본 것처럼 악조의 기억은 높고 세된 소리를 통해 깊이
남는 생리를 지니는 것을 알 수 있겠다. 뒤따르는 "남은 소리 바람 타고
네가래 뒤채니 / 물 속에 누른 용도 절로 울 듯(餘響隨風轉綠蘋 / 泉下黃
龍猶自泣)"은 악조의 여운을 잘 묘사하였다. 결구 "애닯다 지난 날 마음

---

133) 『鳴皐集』 권2.

에 둔 이여(可憐當日意中人)"는 〈미인곡〉의 주제와 관련된 것이니 악조와 노랫말이 배합되어 전하는, 설명 이전의 생각이라 할 수 있다.

악조를 통하여 추억을 회상하는 한시는 송강가사 주변에서 지속적으로 지어졌다. 동악 이안눌(東岳 李安訥)의 〈용산월야문가희창고인성정상공사미인곡 솔이구점 시조지세곤계(龍山月夜聞歌姬唱故寅城鄭相公思美人曲 率爾口占 示趙持世昆季)〉[134]나 현곡 조위한(玄谷 趙緯韓)의 〈용호주중문추향창사미인곡 유감(龍湖舟中聞秋香唱思美人曲 有感)〉[135]은 모두 〈사미인곡〉과 관련된 작품이다. 전자에는 "벼슬하기 이전 지은 것"이라는 부기가 있으니 이안눌(李安訥)이 1599년(선조32) 함경북도 병마평사로 관직을 시작하기 이전, 송강 사후(1593년 이후)에 지어진 것으로 볼 수 있다. 그런데 시제에 "조지세(趙持世) 형제에게 보였다(示趙持世昆季)" 했으므로 후자와 동일 정황에서 지어진 것으로 볼 수도 있다. 전자에서 "슬프도다, 님 그리는 끝 없는 마음 / 세상에 오로지 아씨만이 아는 듯(怊悵戀君無限意 世間惟有女娘知)"이라 했을 때의 노래하는 아씨나 후자의 추향(秋香)[136]이 동일 인물이 될 수 있으며 그는 〈사미인곡〉의 본뜻을 악조를 통해 전하여 주는 가인(歌人)이다. 동악(東岳)에게는 〈문옥아가고인성정상공사미인곡(聞玉娥歌故寅城鄭相公思美人曲)〉[137] 이라는 작품도 있는데 그 속에 칠아(七娥)[칠이(七伊)]·석아(石娥)[석개(石介)]들이 〈사미인곡〉을 불러 왔으나 늙고 죽어서 옥아(玉娥)[아옥(阿玉)]만이 부를 수 있다[138] 했으니 〈사미인곡〉의 향유가 주로 가인(歌人)을 통하여 노래를 들음으로써 이루어졌음을 알게 한다.

---

134) 『東岳先生續集』 詩
135) 『玄谷集』권3, 五言律詩.
136) 秋香에 관한 사항은 앞 주 56)을 참조.
137) 주 134)와 같은 책.
138) 七娥已老石娥死 今代能歌號阿玉

노래를 통한 향유는 다른 송강가사에서도 마찬가지로 통용되었는데 석주 권필(石洲 權韠)이 가객을 통하여 〈관동별곡〉을 향유하였으며 김상헌(金尙憲)은 관동관찰사로 나가는 이를 전송하는 시에서 문채 풍류의 본보기로서 〈관동별곡〉을 제시하기도 하였다.[139] 그의 평어인 "청신(淸新)"[140]은 "악보(樂譜)의 절조(絕調)"라는 말과 의미를 공유한다고 볼 수 있다.

〈장진주사(將進酒辭)〉에 관한 시들은 죽음과 관련된 비장한 인상을 내세우면서 악조를 수용하는 방향이 전적으로 비감에 의해 지배되고 있음을 보여준다. 삼환 채지홍(三患 蔡之洪)[1683: 숙종9～1741: 영조17]은 〈문정송강사미인가(聞鄭松江思美人歌)〉와 〈제적료암(題寂廖菴)〉[141]을 통하여 〈사미인곡(思美人曲)〉과 〈장진주사〉를 노래를 통해 향유하고 있음을 보여주거니와, 「적료암기(寂廖菴記)」[142]에서는 송강(松江)의 분암(墳庵)에 "적료(寂廖)"라고 제명하게 되는 내력이 〈장진주사〉에 의한 것임을 밝히고 있다. 삼환(三患)은 송강 분묘 주변의 정경을 아래와 같이 묘사하면서 그 정경이 바로 〈장진주사〉에서 그린 것과 일치함을 확인하고 있다.

빈산의 끊어진 마루에 한 언덕이 황량한데 쑥덤불이 섬돌 마당을 뒤덮고 둔덕에 솔과 가래가 가려 빽빽한데 쓸쓸히 바람 불고 가는 비 내려 새 울고 짐승 짖으니 어느 하나 사람을 느끼우지 않는 것이 없었다. 한 잔 술로 예 부르니 저승은 어둡고 먼데 오로지 생각느니, 선생의 〈장진주〉 한 곡조가 바로 오늘의 경계를 그려낸 것이로구나.[143]

---

139) 〈贈關東按使尹仲素〉(『淸陰先生集』권2)

140) 關東歌曲最淸新 樂府流傳五十春 文采風流今寂寞 世間誰見謫仙人(위의 시 제3수)

141) 黃昏嗟失美人期 脩竹天寒獨倚時 一曲淸詞堪下淚 千秋哀怨我先知(〈聞鄭松江思美人歌〉,『鳳巖集』권2, 詩) 空山寂寂復寥寥 山下孤菴號寂寥 寂寥菴上相公墓 惟有淸風不寂寥(〈題寂廖菴〉, 같은 곳)

142) 위의 책, 권12.

"선생의 〈장진주〉 한 곡조가 바로 오늘의 경계를 그려낸 것이로구나 (先生將進酒一曲 正畫今日境界也)"는 석주(石洲)의 〈과송강묘(過松江墓)〉에서 "옛 적 부른 노래가 바로 오늘 말함이군요(昔年歌曲卽今朝)"라 읊은 것을 풀어 말한 것으로 볼 수 있다. 삼환은 이 의경의 일치를 "석주의 시는 노래를 듣고 느낀 것이요, (내가) 적료암이라 이름한 것은 시를 읽고 느낀 것이다(石洲之詩感於歌者也 庵之名感於詩者也)"라 하면서 〈장진주사〉의 향유가 노래로, 시로 이어지는 과정을 확인하였다. 노래는 가객(歌客)[가인(歌人)]이나 악조와 같은 가창 현장에 필요한 조건을 매개로 전달되는 연행물이라면, 시는 내면화의 계기를 통해 의상을 만들어 내는 창작물이다. 불운한 선배를 들어내 놓고 추숭하지 못하고 노래의 비탄 그 자체에 머물던 경모자들은 시세가 만회되어 비탄의 이유를 따져 말로 세워볼 수 있는 단계까지 기다려야 했다.

송강 추숭의 기치는 『송강집(松江集)』 중간(1674: 현종15)을 계기로 치올려진다. 여기에 발문을 쓴 우암 송시열(尤庵 宋時烈)의 논조는 양단론으로 송강과 적대자들을 구분하고 있다. "공을 옳다고 하는 자는 반드시 모두 군자는 아니로되 군자가 많고, 공을 그르다 하는 자는 반드시 모두 소인은 아니로되 소인이 많다(是公者未必皆君子而君子多也 非公者未必皆小人而小人多也)"라는 구절이 가리키듯 그 동안의 위축을 송강 추숭을 계기로 만회하려는 의도가 역력히 드러나고 있다. 우암(尤庵)의 문인이며 송강의 외증손이기도 한 지호 이선(芝湖 李選)[1631: 인조9~1692: 숙종18]이 우암의 논조를 보다 구체화하는 작업에 앞장섰음은 1677년(숙종3) 발간되는 『송강속집(松江續集)』의 우암 발문에서 드러난다. 이선은 우암의 지도 아래 이 속집의 초고를 마련하는 일을 주도하였

---

143) 空山斷原 一坏荒凉 蓬蒿埋沒於階庭 松檟翳鬱於岡壟 凄風細雨 鳥啼獸鳴 無非可以感人者 一杯招些 九原冥漠 追惟先生將進酒一曲 正畫今日境界也

으며 우암은 이선을 송강 추숭의 최적임자로 인정하고 있다. 1675년 우암이 예송(禮訟)으로 삭탈관직되어 위리안치된 정황 속에서 이루어진『송강집』중간이기에 그 편찬의 의도는 설치(雪恥)에 모아져 있는지도 모르겠기에, 우암이 그 발문에서 자객 형가(荊軻)를 들먹인 것도 꼭 의도가 있는 것으로만 읽힌다.

1689년(숙종15) 지호(芝湖)는 기사환국(己巳換局)으로 소론(少論)과 남인(南人)이 등용되자 우암의 복심(腹心)으로 지목되어 기장으로 유배를 가 3년 뒤 그곳에서 명을 마친다. 그 동안 지호가 「송강가사」를 정리하고자 여러 판본을 대조한 끝에 자신이 비정한 대본을 마련하여 손수 기워 썼다[선사(繕寫)]는 사실은 「송강가사」의 전승에서 매우 큰 의미를 지닌다. 지호 자신의 발문을 통하여 그 의미를 음미해 본다.

⑦ 오른 편의 〈관동별곡〉 〈사미인곡〉 〈속미인곡〉 3편은 곧 송강 상공 정문충공이 지은 것이다. 공은 시와 사부가 맑고 새로우며 놀래일 만큼 빼어나서 진실로 사람의 입에 오르내렸다. 그런데 가곡은 더욱 이제나 옛에 신기하고 빼어나서 장가 단가가 성히 전하여지지 않음이 없어서 비록 굴원의 초사 〈이소〉나 소동파의 사부라 할지라도 거의 이에서 넘어설 수는 없었다. 예나 지금이나 매양 그 목을 늘이어 높이 읊조리는 것을 들으면 성음이 맑고 깨끗하며 뜻이 문득 초탈하는 듯하여 깨닫지 못하는 새 그 너울너울함이 마치 허공을 타고 바람을 몰아 깃이 돋아 선계에 오른 듯하였다. 그 임금을 사랑하고 나라를 걱정하는 정성에 이르러서는 곧 또한 노랫말의 겉에 넘치려는 듯하여 사람으로 하여금 느껴 슬퍼해서 일으켜 탄식하게 하니 진실로 하늘에서 난 충의와 세대를 뛰어넘는 풍류가 아니라면 그 누가 이에 끼일 수가 있겠는가?
④ 슬프다, 공의 또렷한 절개의 성품과 바르고 곧은 행실로써 마침 당론이 크게 일어나 참소하여 얽어맴이 멋대로 행하여지는 때를 만나, 위로

해서는 임금에게 죄를 얻고 아래로 해서는 같은 조정 사람들에게 미움을 받아 떠돌아 귀양 다니며 거의 죽을 뻔하다 겨우 살아났는데 그런데 그 꾸짖고 나무람이 죽은 후에 더욱 심하였으니 옛날에 소동파가 당세의 재앙을 만나 걸린 것이 또한 심하다 하겠으나, 그러나 그 임금을 사랑하는 시사(詩詞)들은 오히려 지하에 있으면서도 탄상되었는데, 그런데 공은 곧 소동파에 견줄만하면서도 끝내 임금께 통하지를 못하였으니 도리어 그 불행이 어찌 심한 것인가? 청음 김문정공이 일찍이 공의 시말을 논하면서 좌도(굴원)의 충성에 빗대었으니 이는 진실로 알고 하는 말이었다.

㉰ 북관에서 예전에 공의 가곡을 간행한 일이 있었다고 하지만 다만 연대가 이미 오랜데다 전쟁에 불타 없어져서 드디어 그 전함을 잃으니 진실로 아깝다 하겠다. 내가 못난 몸으로 밝은 때에 죄를 얻어 하늘 끝에 칼을 차게 되어서 임금과 부모께서 멀리 떨어지니 실로 회포를 부칠 데가 없었다. 이에 못가에 거닐며 읊조리는 여가에 잠깐 이 세 편을 취하여 그릇된 곳을 바로 잡아 기워 써서 책상 머리에 두고 때때로 한번 씩 읊조리면 그 갇힌 시름을 물리쳐 보내는 데 도움이 없지는 않았으니 대개 또한 주부자『초사집주』의 남긴 뜻을 참람되이 본뜬 것이라 할 것이다.[144]

---

144) 右關東別曲, 思美人曲, 續美人曲三篇。卽松江相國鄭文淸公澈之所著也。公詩詞淸新警拔。固膾炙人口。而歌曲尤妙絶。今古每聽。其引喉高詠。聲韻淸楚。意旨超忽。不覺其飄飄乎如憑虛而御風。至其愛君憂國之誠。則亦且藹然於辭語之表。至使人感愴而興嘆焉。苟非公出天忠義間世風流。其孰能與於此。噫。以公耿介之性。正直之行。而適會薰議大興。讒搆肆行。上而得罪於君父。下而見嫉於同朝。流離竄謫。幾死幸全。而其所詬罵。至身後彌甚。昔子瞻之遭罹世禍。亦可謂極矣。然其愛君篇什。猶能見賞於九重。而公則並與此。而終不能上徹。抑何其不幸之甚歟。淸陰金文正公。嘗論公始末。而比之於左徒之忠。此誠知言哉。北關舊有公歌曲之刊行者。而顧年代已久。且經兵燹。遂失其傳。誠可惜也。余以無狀。得罪明時。受玦天涯。遠隔君親。實無以寓懷。乃於澤畔行吟之暇。聊取此三篇。正訛繕寫。置諸案頭。時一諷誦。其於排遣牢愁。不爲無助。蓋亦僭擬於朱夫子楚辭集註之遺意云。(「松江歌辭後跋」『芝湖集』권6)

㉮는 「송강가사」의 예술적 가치를 평한 곳이다. "매양 그 목을 늘이어 높이 읊조리는 것을 들으면 성음이 맑고 깨끗하며 뜻이 문득 초탈하는 듯하여 깨닫지 못하는 새 그 너울너울함이 마치 허공을 타고 바람을 몰아 깃이 돋아 선계에 오른 듯하였다"함은 시와 곡이 합쳐진 최상의 경지를 가리켰는데, 실제로 노래를 들은 감상에 바탕을 두었다. 이선(李選) 자신이 노래로서의 「송강가사」를 충분히 향유하고 있음을 말해주고 있는데, 〈이소(離騷)〉나 동파 시사(東坡 詩詞)보다 높이 평가하게 되는 근거가 노래로서의 특질에 있으며, 그 높은 경지는 "이제나 옛에 신기하고 빼어나"다고 지적되었다.

㉯는 「송강가사」의 전승자로서 작가 정신의 고결함을 논증한 곳이다. 불운한 작자의 생애가 보상 받지 못하는 현실을 개탄하면서 굴원(屈原) 의 충성이 자기희생으로 마감되었으나 〈이소〉의 가치는 오랫동안 인정 받고 있음에 빗대어 「송강가사」의 현재는 몰인정으로 불운하지만 장차 길이 추숭될 것임을 시사하였다.

㉰는 ㉯에 이어서 「송강가사」 전승의 구체적인 과정을 기술하였다. 북관(北關)에서 「송강가사」가 간행되었다 일실된 후로는 변변한 전승이 이루어지지 못하는 단계에서 주자(朱子)의 『초사집주(楚辭集註)』를 의방하는 자긍심을 가지고 가사 전승자이면서 송강 정신의 계승자 역할을 수행하는 자신의 책무를 확인하였다. 그릇된 곳을 바로 잡을 선행본이 있었을 터인데 그는 아마도 이선 주변의 가까운 당인(黨人) 중심으로 향유되던 유전본이었을 것이다. 이선은 이를 편집하여 정본을 수립하였으며 이것이 이후의 판본 중심으로 진행되는 「송강가사」 전승에 주요한 계기가 되었을 것이다.

(3) 「송강가사(松江歌辭)」 정본의 수립·보존 과정

현존하는 『송강가사』의 판본 세 가지 가운데 방종현본[145]과 관서본
(關西本)[1768년]은 같은 작품 배열 순차를 하고 있다. 이를 도식화하면
다음과 같다.

      ㉠ 〈관동별곡(關東別曲)〉-〈증관동안사윤중소이지(贈關東按使尹仲素履
         之)〉[김상헌(金尙憲)]-〈증양이(贈楊理一)〉[권필(權韠)]-『지봉유설
         (芝峯類說)』 문장부 가사(文章部 歌詞)조〉(발췌)
      ㉡ 〈사미인곡(思美人曲)〉-〈속미인곡(續美人曲)〉-〈청송강가사(聽松江
         歌詞)〉[이안눌(李安訥)]
      ㉢ 〈성산별곡(星山別曲)〉
      ㉣ 〈장진주사(將進酒辭)〉-〈과송강묘(過松江墓)〉[권필(權韠)])
      ㉤ 〈훈민가(訓民歌)〉(16수)
      ㉥ 단가(短歌) 9수
      ㉦ 〈주문답(酒問答)〉(3수)
      ㉧ 단가(短歌) 23수
      ㉨ 「이선 발문(李選 跋文)」
      ㉩ 「정실 발문(鄭實 跋文)」(방씨본에 없음)

이선의 발문(跋文)에 "오른 편의 〈관동별곡〉, 〈사미인곡〉, 〈속미인곡〉
3편"이라 하였으니 ㉢ 〈성산별곡〉은 이선 선사본 이후에 더하여졌음을
알 수 있다. 〈성산별곡〉에 관하여는 문곡 김수항(文谷 金壽恒)[1629: 인
조7~1689: 숙종 15]이 송강의 손자인 혼원 정리(混源 鄭㴐)[1619~?]에
게 차운한 기다란 시제를 통해 실상을 파악할 수 있다.

---

145) 방종현의 명명을 따라 "李選本"으로 불리웠으나 李選이 선사한 필사본과 혼동될 우
    려가 있으며, 아직 발간 경위가 밝혀지지 못하였으므로 발굴자의 이름을 따른 명명이
    적합하다고 본다.

　명양(창평의 옛 이름) 성산동에는 서하당 식영정이 있으니 석천 임공
이 일찍이 게서 지냈다. 물과 돌, 못과 누대의 아름다움은 모두 석천의
여러 시와 정상공 〈성산별곡〉에 나타난다. 한 때의 뭇 문사들이 오가며
읊조리고 구경하지 않는 이가 없었으니 그 풍류의 성대한 일은 지금도
아직 떠올릴 수 있다. 이미 거칠어 폐한 지가 백여 년이 되어 다시 옛
경관을 찾을 수 없다. 정군 리는 송강 상공의 손자인데 한 동리에 살면
서 일찍이 이를 슬퍼하여 드디어 옛 터에 나아가 들추고 치우고 덜고
헐겁게 하여 그 못을 한 길에 이르도록 고쳐 여니 곧 연뿌리가 흙 속에
서려 죽지 않고 있었다. 또한 기이하도다. 정군이 그 일을 기록하고 겸
하여 두 절구를 지어 보여 주었다. 내 평소에 석천의 풍치를 흠모하고
또 정군의 뜻을 아름다이 여겨 그 운에 차운하여 바로 주었다.146)

　정리(鄭泣)는 송강의 사남(四男)인 기암 정홍명(畸菴 鄭弘溟)[1582: 선
조15~1650: 효종1]의 아들로서 부친의 문집을 초·중간(1653: 효종
4~1684: 숙종10)할 때 주도하면서 노론(老論) 인사들과 송강 내지 기
암(畸菴) 추숭의 기맥을 상통하였었다. 또한 김수항(金壽恒)은 송강 추
숭의 선도사인 청음 김상헌(淸陰 金尙憲)의 아드님으로서 송강 손자와는
세교가 있는 처지이겠으며, 위의 시도 『기암집(畸菴集)』이 출간되는 사
이에 송강 유허를 탐방하면서 지어진 것으로 보인다. 이때에는 〈성산별
곡〉이 이미 알려져 있었으나, 아마도 창평(昌平) 지역에 한정되어 유통
되던 관계로 이선의 선사본에는 빠졌던 것으로 보인다.

　〈성산별곡〉의 경우에서 보듯, 「송강가사」의 전승에는 송강의 자손들

---

146) 鳴陽星山洞。有棲霞堂，息影亭。石川林公嘗居之。水石池臺之勝。具見石川諸詩
　　與松江鄭相公星山別曲。一時諸賢。無不往來吟眺。其風流盛事。今猶可想。已蕪
　　廢百餘年。無復舊觀。鄭君泣。松江相公之孫也。居在一洞。嘗嘅然於斯。遂就舊
　　墟。披制躪疏。改拓其池至一尋。則有蓮根蟠土中不死。亦異哉。鄭君紀其事。兼
　　賦二絶見示。余素慕石川風致。且嘉鄭君之志。次其韻却寄(『文谷集』권4)

이 주요한 역할을 하고 있다. 이들이 『송강가사』 전승에 기여한 역할을
세대별로 나누어 살피면서 관련 인사들을 거론하여 보겠다.

명호와 생몰년	松江과의 관계	역 할	관련 기록	관련 인사
畸菴 鄭弘溟 (1582~1650)	제4남	아들 鄭潝에게 신 본을 물려줌.	星州本 前跋文	金尙憲(『松江遺稿跋』) 權韠(<記夢>)[147]
混源 鄭潝 (1619~?)	손자 (弘溟의 子)	부친에게 물려받은 신본을 베껴놓음	星州本 前跋文	金壽恒(<星山別曲> 관 련시 창수)宋時烈(『畸 菴集重刊序』)
抱翁 鄭瀁 (1600~1668)	손자 (宗溟의 4남)	신본을 베끼게 명함	星州本 前跋文	宋時烈(『抱翁先生年 譜』[148])
芝湖 李選 (1631~1692)	외증손	<關東別曲> <思 美人曲> <續美人 曲>의 정본수립 (1690)	방종현본 발문	宋時烈(『松江續集跋』)
丈巖 鄭澔 (1648~1736)	현손(宗溟의 장남 瀁의 손자)	義城本 발간 (1696~1698)	星州本 前跋文	宋時烈의 문인
		關北本 발간(?) (1704)	關西本 跋文	
鄭洊 (1659~1724)	현손 (瀁의 손자)	星州本 草稿 繕寫 (1698)	星州本 前跋文	宋時烈(『答鄭長源』[149])
李徵夏 (1655~1727)	玄孫壻	黃州本 발간(1720)	星州本 前跋文	金昌翕(『與李季祥』[150])
鄭觀河(1685~?)	5대손 (洊의 子)	星州本 발간 (1747)	星州本 後跋文	
簫隱 鄭敏河 (1671~1754)	5대손 (3남振溟 孫)	<關東別曲>연행	『歌先祖關東別曲』	金鎭商(『息影亭奉次 主人鄭達夫』)
鄭鎭河	鄭敏河의 친형	<將進酒辭>연행	『將進酒辭飜辭跋』 (金春澤)	金春澤의 벗
念齋 鄭實 (1701~1776)	6대손 (澔의 손자)	關西本 발간(1768)	關西本 발문	李縡의 문인
時習齋 鄭棹 (1708~1787)	6대손 (3남振溟 孫)	飜辭(<思美人曲> <續美人曲> <星 山別曲>)	飜辭의 발문	蔡之洪의 문인

---

147) 『畸菴集』권1에 <十月小望 燈下讀石洲詩稿 一字一涙 倦而就寐 夢中 遂於山寺相値
宛如平生 據床弄環 賦詩酬唱 皆實事也 時以大酊侑我 我辭以病不能飮 談及仙釋 其言
頗長 可記者 余以禪門話頭 寄寓形象 終不及儒家窮格一事 洲翁答以云云 又論璣衡文

위에서 보듯이 송강 집안에서는 5세대에 거처 「송강가사」의 정본 수
립 작업을 해 나왔으며 정본을 수립한 다음인 6대손에 가서는 번사(飜
辭) 작업까지 아울렀음을 알 수 있다. 정본 수립 작업은 몇 단계의 과정
을 거친 것으로 파악된다. 첫 단계는 송강의 아드님들이 자제들에게 자
신들이 향유하던 신본을 전승하는 과정이다. 이 신본은 원사에 가장 가
까운 것으로 판정 받아 판각본 대본의 기초가 되는데 아드님들이 부친
송강의 원사를 베끼어 놓거나 암송하고 있었던 것이다. 이 첫 단계에서
는 송강 가문 밖에서 향유한 여러 대본도 포함되어야 한다. 김상헌(金尙
憲)[1570: 선조3~1652: 효종3]이 집안에서 여종들에게 외우게 했다는,
〈사미인곡〉이나 〈관동별곡〉 번사의 대본으로 사용했던 것들이 이에 들
어갈 것이다. 물론 권필(權韠)이나 이안눌(李安訥) 같은 송강 문인들이
기억하고 있는 대본도 함께 포함되어야 한다. 송강 집안 밖에서 향유되
는 대본들은 주로 사대부 사회에서 유통되면서 변개를 겪게 된 것으로
보인다. 성주본(星州本) 초고를 선사한 정천(鄭洊)이 재종형인 정호(鄭
澔)가 발간한 의성본(義城本)을 불신하게 된 것[151]이 아마도 의성본이
문중의 신본을 대본으로 하지 않고 사대부 사회에서 유통되던 대본을
택하였기 때문이 아닌가 한다. 혹시 정호가 우암 송시열(尤庵 宋時烈)의
문인으로서 초년에 접하였던 것이 이 변개된 대본이었던 사실이 의성본

字 不盡而罷 覺來悵感倍常 謾記于此〉라는 기다란 시제가 있음. 石洲 權韠과 鄭弘溟
의 관계를 알 수 있음.

148) 己丑先生五十歲修葺松江先生年譜 託于尤齋 更爲校正(『抱翁先生文集』권7)

149) 丁巳八月二日, 戊午八月十一日(『宋子大全』권103) 등 書에서 松江 관련 언급이 있
고, 『抱翁先生文集』 편찬에 관한 자문이 있다. 또 「與鄭長源」(甲子二月)에서는 산소
이전에 관한 자문이 있다.

150) 『三淵集』「拾遺」권17에 稱兄의 書가 여러 편 있음.

151) 我再從兄澔之宰義城也 爲是之慮 刊而行之 而惜其不能廣取諸本質其同異 有不足以
徵信於來後(鄭洊, 『松江歌辭 』 星州本 跋文)

의 대본 선택에 영향을 미치지 않았을까 의심해 본다.

두 번째 단계는 손자 항렬에서 초고본을 선사해 놓는 과정이다. 이 사본들이 뒤에 판각본의 대교 대본들이 된다. 이 과정에서 김수항(金壽恒)[1629: 인조7~1689: 숙종15], 송시열(1607: 선조40~1689:숙종15) 등 서인 중진 인사들이 송강 유허를 탐방하면서 송강가사의 존재를 확인하고 김만중(金萬重)[1637: 인조15~1692: 숙종18] 같은 이는 〈관동별곡〉을 번사하기도 했다. 물론 이 과정 중에도 동춘당 송준길(同春堂 宋浚吉)[1606: 선조39~1672: 현종13]의 경우152)와 같은 가사 향유가 지속적으로 이어졌다. 송강 가문 내에서의 선사 작업은 첫 단계의 연속으로서 뒤에 이루어질 판각본 발간의 기초가 된다는 의미가 있다. 이런 가운데 외증손이며 송강 추숭의 선봉에 서는 이선의 선사 작업은 이미 살펴본 대로 중요한 의미를 가진다. 이선이 취한 대본이 송강 가문 전승본과 어떤 관계에 있는 가를 밝히기 어렵지만, "북관(北關)에서 예전에 공의 가곡을 간행한 일이 있었다"는 발문의 증언을 통해 가문 전승본을 기초로 하는 성주본(星州本)과는 별개의 관서본(關西本) 계열의 성립이 그에서 비롯되었으리라는 시사를 받게 된다. 이선이 안타까워 한 망실된 북관본(北關本)은 이미 전승 첫 단계에서 이루어 졌기 때문에 원사에 근접해 있으리라 추측된다. 이 북관본을 정본으로 겨냥하고 이루어진 이선 선사본의 대교 대본에는 외증손으로서 접근이 용이하였을 송강 가문 전승본에 김만중(金萬重)과도 교유 관계에 있었던 처지에서『언소(諺騷)』까지 포함되었을 가능성이 있다. 이렇게 본다면 이선의 선사본은 두 번째 전승 단계인 선사 과정을 정리하는 작업으로서 다음 단계의 판각본 발간을 예고하는 의미를 지닌다.

---

152) 同春堂別集 卷之九「附錄」,〈遺事〉. 주 54) 참조.

세 번째 단계에 가서는 그 동안의 전승 축적을 바탕으로 공식 판각에 들어가게 된다. 판각의 첫 성취는 송강 현손 대에서 이루어지는 의성본(義城本)과 황주본(黃州本)인데 이 본들은 판본의 성립 과정에서 각기 다른 경로를 지니고 있다. 의성본은 송강 사후 백년이 경과하면서 송강 가사의 전승이 민멸될지 모른다는 우려에서 이루어진 작업이었다. 장암 정호(丈巖 鄭澔)의 관직 중용이라는 정치적 전환을 계기로 급속히 이루어진 작업이기에 여러 대본을 널리 수집하지 못하고 장암(丈巖) 주변의 얻기 손쉬운 대본을 중심으로 이루어진 듯하다. 성주본 초고를 가문 전승본 중심으로 마련한 정천(鄭洊)에게 불신되었듯이 의성본의 실체는 송강의 향리인 담양 지역을 중심으로 가문에서 전승되던 계통과는 다른 일종의 변개된 유전본이라고 볼 수 있다. 아마도 이 유전본의 계통 위에 중앙의 서울을 중심으로 사대부들 사이에서 유통되다가 지방으로 확산된 경로를 설정할 수 있을 듯하다. 그 경로 위에는 김상헌(金尙憲)[서울], 조우인(曺友仁), 송시열(宋時烈)[지방] 같은 전승자들이 서 있었을 것이다.

의성본에 비하여 황주본은 가문 전승본에 가까웠던 듯하다. 이징하(李徵夏)는 행적을 별로 남기고 있지 않지만 송강 가문의 현손서(玄孫婿)로서 가문 전승본에 가까운 위치에 있었고 청강 이제신(淸江 李濟臣)의 손자로서 김창흡(金昌翕)을 종유하였음에서 알 수 있듯이 송강 추숭의 정신적 기맥에 고추 다가가 있었다. 황주본은 의성본의 유전본적 한계를 극복하기 위해 시도되었으나 가문 전승본과는 다소의 차이를 보이고 있었던 듯하다.[153] 정천의 성주본 초고 작성은 이 두 본 간의 차이를 해결하기 위해 이루어졌다. 성주본의 발간자 정관하(鄭觀河)는 부

---

153) 姉兄李徵夏季祥氏 以淸江先生後孫 平日景慕我文淸先祖者有倍他人 而又能備詳玆
　　事本末 適通判黃州 取以刊布 其意非偶然也 抑後之覽者 或難卞兩本之眞贋 而眩於取
　　舍(鄭洊, 『松江歌辭』 星州本 跋文)

친 정천의 교정본을 발간함으로써 가문 전승본의 정착을 이루었다.

그러나『송강가사』의 실질적인 판각 작업은 관서본(關西本)에 와서 마무리된다. 관서본의 발간자 정실(鄭實)은 할아버지인 정호(鄭澔)가 함경도 관찰사 시절(1704: 숙종30)에 발간하였다는 판각본을 전문하고 있다가 관서관찰사로 부임하여 봉산(鳳山)에 사는 종친들이 가져온『송강가사』를 보고 이를 관북본(關北本)으로 인지한다.[154] 정실은 어떤 연유인지 가문 전승본에 대하여는 접근하지 못한 상태였다. 성주본 초고 선사자인 정천이『송강가사』판본의 계통을 소상히 파악하고 있었던 것과는 대조적이다. 정천이 정호(鄭澔)가 발간한 의성본을 실제로 보고 있는데 반하여 정실은 다만 관북본의 존재만을 확인하고 있는 사정은 두 사람이 상이한 계통의 전승 경로에 서 있었다는 반증이 된다. 현재 남아 있는 관서본(關西本) 계통에는 방종현본이 있는데 이 본은 관서본 말미의 정실 발문만을 빠뜨리고 있을 뿐 관서본과 동일본이기 때문에 정실이 본 관북본이 이 본일 가능성도 남아 있다. 성주본이 초고 작성자 정천의 발문을 지니고 있음에 반하여 관서본은 정실 자신만의 발문으로 되어 있기 때문에 정호가 발간한 사실이 정확히 확인되지는 않는다. 다만 관서본 계통이 공통으로 달고 있는 이선 발문은 방종현본의 발간자가 이 본을 구관북본(舊關北本)[정호가 발간한 관북본 이전에 북관(北關)에서 발간되었다는, 이선이 망실을 안타까워한 본]으로 인지한 것이 아닌가 생각케 한다.

성주(星州)본이 발간되어「송강가사」의 판본 정착이 일단락된 뒤에 자손들이 택한 전승의 행태는 연행을 통한 확인과 번사(飜辭) 작업이었다. 연행은 주로 송강 추숭자들과의 교유 속에서 이루어 졌다. 퇴어 김진상

---

154) 余按關西之明年春 鳳山宗人來河等 來視松江先祖歌詞一冊 此是**余**先王考丈巖府君 觀察關北時 入刊者(鄭實, 『松江歌辭』關西本 跋文)

(退漁 金鎭商)[1684: 숙종10~1755: 영조31]은 사계 김장생(沙溪 金長生)의 증손자로서 송강의 5대손인 소은 정민하(簫隱 鄭敏河)를 성산(星山)에서 만나 악률을 나누고 다음과 같은 시를 남겼다.

> 그대의 대소리 어찌 그리 내 노래에 맞는지
> 식영정 높아지고 뫼와 물은 맑개지오
> 속세 사람 와 몰래 들을까 저허하니
> 노래에 세간 마음 흘러들기 때문이라오[155]

시 속의 정황으로 보건대 퇴어(退漁)는 「송강가사」를 노래 부를 수 있을 정도의 음악적 소양을 지니고 있었고 소은(簫隱)[가은(歌隱)]은 명호대로 대를 받쳐서 악곡을 이끌어나갈 정도의 기량을 지니고 있었다. 퇴어(退漁)는 노론(老論)의 과격론자로서 정신적 지표인 송강을 흠모하는 나머지 노래의 표출로서 속뜻을 전달코자 하였고, 송강의 자손으로서 예술적 취향을 물려받은 소은(가은)은 퇴어의 속뜻을 이해하여 그를 악률에 부쳤다. 송강의 후손들이 어떻게 악률에 정통하게 되었는가에 대하여는 가계적 요인만을 지적할 수 있을 뿐이지만 「송강가사」의 첫 세대 전승자들이 악조를 통해 「송강가사」를 추상했던 사실에 비추어본다면, 「송강가사」의 본질에는 음악적 요인이 자리 잡고 있으며, 「송강가사」의 진정한 전승은 음악적 요인을 통하여 이루어졌다는 사실을 밝힐 수 있을 것이다. 다음과 같은 일화[시제(詩題)]도 음악을 통하여 「송강가사」의 본질을 전승해 나온 한 사례가 될 것이다.

기억하자니 예전에 나의 벗 정중여(진하)가 나를 용호 가로 찾아 왔을

---

155) 君簫何似我歌聲 息影亭高山水淸 恐有俗人來竊聽 曲中流入世間情(金鎭商,〈息影亭奉次主人鄭達夫(敏河)〉,『松江別集追錄』권2「遺詞」)

때였다. 술이 취하자 술병을 두드리며 그 선조 송강의 〈장진주사〉를 불렀다. 그러나, 몰래 그 속어로 된 것을 한하여 나에게 문자로 번역하기를 요청하였다. 내 비록 감히 할 수는 없지만 또한 조심하며 허락하였었다. 그리고 나서 옮겨 나아가지 못한 것이 이제 또 십년이 되었다. 그런데 중여는 곧 죽었으니 노랫말 가운데 "뉘 다시 한 잔 권할꼬"라는 것이 어찌 다시 느껍게 하지 않을 수 있겠는가? 중여의 아들 로가 또 임피 귀양지에 찾아와서는 마주 대하고 눈물을 철철 흘렸다. 드디어 번사하여 그에게 주었으니 대개 이로써 죽은 벗에게 묵은 약속은 지킨 셈이다.[156]

송강의 5대손인 정진하(鄭鎭河)와 그 아들 정로(鄭櫓)가 두 대에 거쳐 김춘택(金春澤)[1670: 현종11~1717: 숙종43]을 사귀는 매개를 〈장진주사(將進酒辭)〉가 하고 있다. 김춘택의 기억 속에 정진하가 부르던 〈장진주사〉의 악률이 남아 있고 정진하의 사후 아들 로(櫓)를 대하자 〈장진주사〉의 중심 구절을 떠올린다. 김춘택은 〈사미인곡(思美人曲)〉을 의방하여 〈별사미인곡(別思美人曲)〉을 짓고 그 제작 동기를 다음과 같이 말하였다.

이제 이 노랫말로써 제주 기녀 가운데 노래 잘하는 자에게 남기어 전한다면 뒤의 듣는 자로 하여금 그 노랫말로 인하여 그 뜻을 헤아릴 수 있게 하리니 이는 내가 아직 지기를 만날 수 있는 것이 된다. 이동악이 송강가사를 노래하는 것을 듣고 지은 시에 "슬프다, 님 그리는 끝없는 마음이어, 세상에 오로지 아씨만이 알고 있고나"라 하였으니 아씨가 진정 알고 잇다면 그렇다면 동악 같으면 아씨가 그 마음을 앎을 알았을 터이니 이는 송강을 아는 자이다. 어찌 알랴? 뒤의 군자들에 다시 또 동악 같은 자가 있지 않을 것을.[157]

---

156) 記昔吾友鄭重汝(鎭河) 訪余於龍湖之上 酒酣擊壺而唱其先祖松江公將進酒辭 然竊恨其爲俗諺。要余以文字翻之。余雖不敢。亦謹諾焉。旣而。遷就未果。今且十年。而重汝則亡矣。辭中所謂誰復勸一杯者。豈不重可感也。重汝子櫓又來訪臨陂謫所。相對泫然。遂翻辭與之。蓋以踐宿諾於亡友云。(金春澤, 『北軒居士集』권4, 「鵪山錄」)

"노랫말로 인하여 그 뜻을 헤아릴 수 있게" 한다 함은 노래의 본질을
담고 있는 것이 노랫말이라는 생각을 가리킨다. 앞서 〈장진주사〉를 노
래하는 것을 듣고 바로 그 노래의 본 뜻에 가 닿았던 경로와 다르지 않
다. 노래의 악률은 노래의 본 뜻을 실어 나르는 도구이고 노래가 사라져
도 남는 것은 노랫말이라는 생각이 노랫말을 존중하여 번사(飜辭)하는
데까지 이르게 하였다고 볼 수 있다. 자하 신위(紫霞 申緯)[1769: 영조
45~1845: 헌종11]는 〈소악부(小樂府)〉를 정리하면서 노래와 시의 관련
을 다음과 같이 설파하였다.

> 무릇 우리나라의 충신 지사, 학자 시인이나 고명한 이, 숨은 이들과
> 재주 있는 이, 어여쁜 여인이 뜻을 얻어 만나지 못하여 읊어 탄식하고
> 찡그려 신음하는 나머지에서 나온 것들을 여기에 간략히 갖추었으니 비
> 록 중국의 사곡과 더불어 다툼을 감내하지는 못하나 또한 거의 일대의
> 풍아에 남고 시인들이 빠트린 문장을 보충할 만하여 뒤에 보는 자들이
> 바람 불고 달 밝을 제 향 피우고 등 밝힌 데에서 시험 삼아 읊조린다면
> 반드시 대를 고르고 줄을 맞추는 것만 같지 못할 것은 아니요, 또한 반
> 드시 음률을 완상함이 있을 것이다.158)

자하(紫霞)는 우리나라 노래의 가치를 풍아(風雅)[시경의 문체, 곧 민
요와 연회악가(宴會樂歌)]에 비견하였고 한시(漢詩)로는 표현할 수 없는

---

157) 今以此詞。留傳於州妓之善歌者。使後之聽之者。得因其辭而究其意。是余尙可以
遇知己也。李東岳聞唱松江詞詩曰。惆悵戀君無限意。世間惟有女娘知。女娘固知
之。而如東岳。知女娘之知之。是卽知松江者也。安知後之君子。不更有如東岳者
歟。(金春澤, 『北軒居士集』권16. 「囚海錄」散藁, 〈論詩文〉)

158) 凡我朝忠臣志士 哲輔鴻匠 高明幽逸 才子佳人 得志不遇 出於吟嘆嚬呻者之餘者 略
備於此 縱不堪與黃河遠上之詞 甲乙於旗亭 亦庶幾存一代之風雅 補詩家之闕文 後之
覽者 於風前月下 香炷燈光 試一吟諷 未必不如品竹彈絲 而亦必有賞音者矣(申緯, 「小
樂府四十首幷序」, 『警修堂集』第十二冊)

경지를 그 특수한 영역으로 평가하였다. 음악적인 면에 있어서도 독자적인 특색을 가지고 있는 것으로 판단하였으니 이는 그 자신의 음악 체험에 의거한 판단일 것이다. 자하의 〈소악부(小樂府)〉 작시는 구극적으로 이 음악 체험의 재구를 가능하게 하는 악부시(樂府詩)의 효용에 그 목표가 두어져 있다. 〈소악부〉의 한시는 일종의 번사라고 할 수 있는데 축자적 말바꿈이 아니라 노래의 본질을 담아내는 과정이 번사라는 인식 하에서 이루어진 작업이었다.

송강 후손들의 「송강가사」 보존 전승의 마지막 작업이 번사였다는 사실은 번사의 본질과 관련하여 여러 가지를 시사한다. 후손들의 보존 의식은 존숭에 목표가 두어져 있으므로 최종 작업은 이 존숭의 극대점에 위치한다고 할 수 있다. 번사의 원의가 우리 노래의 가치를 제고하고 그 본질을 전달한다는 데에 있다는 점을 생각한다면 후손들의 송강 존숭은 제 목표를 찾아간 것으로 평가할 수 있다. 이 번사 작업은 후손뿐만 아니라 「송강가사」의 대표적인 애호자들에 의하여 일찍이 이루어 졌다. 다음 항에서는 이들을 중심으로 「송강가사」의 전승이 신장되면서 영향권이 확대되어 나가는 모습을 살펴보고자 한다.

(4) 「송강가사(松江歌辭)」의 애호자들 - 번사자(飜辭者)들

① 청음 김상헌(淸陰 金尙憲)[1570: 선조3 ~ 1652: 효종3]

〈관동별곡〉의 처음 드러나는 번사자인 청음 김상헌(淸陰 金尙憲)은 「송강가사」의 각별한 애호자였던 것으로 판단된다. 북헌 김춘택(北軒 金春澤)은 그 애호 정도를 다음과 같이 추량하였다.

여러 노래 중 정송강의 전후사미인사가 또 그 가운데 가장 나은 것이다. 일찍이 듣자하니, 김청음이 이 노래 듣는 것을 매우 좋아하여 집안의 여종들이 모두 외워서 익히게 하였다고 한다. 우리 집의 늙은 여종 춘대라는 자가 어릴 적에 청음에게 딸려 섬겼는데 늙어서까지도 아직 옛날의 일을 말하면서 능히 그 가사의 "나위 적막한 데 수막이 비어 있다" 등의 구절을 읊었다. 청음이 좋아함이 이 같음이 어찌 까닭 없이 그러한 것이겠는가?159)

청음(淸陰)은 『병와가곡집(瓶窩歌曲集)』 등 가집에 여러 편의 시조를 남기고 있거니와 이 가운데 〈가노라 삼각산(三角山)아〉는 병자호란 때에 지었다고 하는데 종장 결구의 "올동말동 ᄒᆞ여라"의 여운이 가라앉은 슬픔에 덮히기보다는 가벼운 기대를 떠올리면서 작품 전체를 음성적 미감에 지배되도록 한다. 이런 식의 기교는 시조의 작시 관습에 익숙한 처지에서 나올 수 있는 것으로 우리말을 능란하게 구사하는 송강 시조에서도 비슷한 특징을 감지할 수 있다. 한편, 〈사미인곡〉 애호자로서의 연군(戀君) 주제 수용을 관련시켜 보면 다음과 같은 작품이 찾아진다.

> 한슘은 ᄇᆞ람이 되고 눈믈은 細雨 되여
> 님 ᄌᆞᄂᆞᆫ 牕 밧긔 블거니 ᄲᅮ리거니
> 날 잇고 깁히 든 ᄌᆞᆷ을 ᄭᆡ와볼가 ᄒᆞ노라

이 작품과 유사한 정조를 청음의 형님인 선원 김상용(仙源 金尙容)의 시조에서 찾아볼 수 있다.

> 思郞이 거즛 말이 님 날 思郞 거즛 말이

---

159) 諸詞中如鄭松江前後思美人詞。又其最勝者。嘗聞金淸陰劇好聽此詞。家內婢使。皆令誦習。吾家老婢春臺者。兒時逮事淸陰。至老而猶道舊日事。能誦其羅幃寂寞繡幕虛等句 淸陰之好之如此 豈無所以然者哉(金春澤, 『北軒居士集』권16. 「囚海錄」散藁, 〈論詩文〉)

숨에 와 뵈단 말이 긔 더욱 거즛 말이
날갓치 줌 아니오면 어늬 숨에 뵈리오

자하(紫霞)의 「소악부(小樂府)」에 〈봉영언(奉靈言)〉으로 번사된 모습
도 그러하지만 같은 음성을 반복함으로써 느끼게 되는 흥겨움은 사랑의
번민보다는 초탈한 정서의 여유를 느끼게 한다. 이런 특징 또한 송강 시
조에서 질박한 어조로 토로하는 연정을 통해 확인된다.

이제 「송강가사」와 직접 관련된 사항으로 들어가 보면, 〈관동별곡〉
에 관한 기사가 두드러진다. 〈증관동안사윤중소(贈關東按使尹仲素)〉(『청
음선생집(淸陰先生集)』권2)는 1629년 윤이지(尹履之)[1579 ～1668]가
강원감사가 되었을 때에 지어준 4편의 시인데 그 제3, 4수를 보면,

    關東歌曲最淸新。 樂府流傳五十春。 文采風流今寂寞。 世間誰見謫仙人。
    鏡浦仙遊樂未央。 海山佳興欲淸狂。 江陵自古風流地。 好試平生鐵石腸。
    (〈관동별곡〉은 가장 맑고 새로워 악부에 흘러 전한지 오십 년이 되었
소. 문채와 풍류가 이제는 적막하니 세간에 뉘 적선인을 보겠소.
    경포의 신선놀음에 즐거움이 다함없고 산과 바다의 아름다운 흥취에
맑게 미치겠구려. 강릉은 예부터 풍류의 따히라 평생의 철석간장을 시
험하기 좋겠소.)

라고 하여 강원감사가 된 벗에게 〈관동별곡〉의 풍류를 권청하고 있음을
본다. 제3수에서는 그대도 한번 적선인(謫仙人)을 만나는 경지에 들어가
보라하고, 제4수에서는 자연의 아름다움과 기악(妓樂)의 빼어남을 즐겨
보기를 권하고 있다. 이런 자연완상과 가악풍류는 〈관동별곡〉에서 실현
된 것이므로 여기서의 권청은 결국 작품 세계를 재현하여보라는 의미가
된다. 〈관동별곡〉의 애호자로서 문학적 모형뿐만 아니라 작가 생애의

추수를 작품 안에서 구하고 있음을 본다. 그만큼 송강은 청음 시기의 후
배들에게 문학과 삶의 전범이 되고 있었다.

청음의 〈관동별곡〉 번사는 추존의 뜻을 되살려 원작품의 의도에 충실
한 방향을 택하고 있다. 거의 자구를 일탈하지 않는 역시에서 다른 번사
에서 오독된 송강의 원의도를 확인하게 된다. 예를 들면, 망양정에서 바
다를 멀리 내다보는 대목160)을 후대의 청호 이양열(青湖 李揚烈)은 "바
다 밖은 긴 하늘, 하늘 밖은 무엔가. 긴 그림자 놀라 뿜고 물결은 어둑신
히, 은하수 꺾어내어 천지에 나리는 듯. 오월에 백설을 어찌하여 지은
건고(海外長天天外何 脩景駭噴波晦暝 若折銀河下六合 五月白雪胡爲乎)"
라 번역하여 파도가 높이 치는 정경으로 해석하였고 현대의 주석에서도
"경파(鯨波)"라는 전고를 이끌어 청호(青湖)류의 해석을 확인하였는데
청음 번사의 이 대목을 보면, "하늘 밖 아득한데 무슨 물건 있는고. 긴
고래 떨쳐일어 물결을 박차누나. 꽥꽥대어 성낸 울음 사람 넋을 놀래키
니. 뉘 은산 바수어서 육합에 뿌렸는지. 오월 한 여름에 백설마저 날리
누나(天外茫茫有何物 長鯨奮湧蹴波浪 怒響哮鬱驚人魄 誰裂銀山灑六合 五
月鬭敎飛白雪)"이라 하여 원사의 의도대로 고래의 생태를 사실적으로 그
린 것으로 해석하였다. 이런 원의도의 충실한 파악은 청음 번사 전편에
일관하고 있으며 이는 청음이 〈관동별곡〉, 나아가 「송강가사」의 가장
충실한 해석자이기에 가능하였을 것이다.

② 서포 김만중(西浦 金萬重)[1637: 인조15~1692: 숙종18]

서포(西浦)는 〈관동별곡〉을 칠언시(七言詩) 88구로 번사하였다. 뒤에

---

160) "텬근을 못내 보와 망양뎡의 올은 말이 / 바다 밧근 하놀이니 하놀 밧근 므서신고
/ ᄀᆞ득 노흔 고래 뉘라셔 놀내관ᄃᆡ / 블기니 쌤거니 어즈러이 구ᄂᆞᆫ디고 / 은산을 것거
내여 뉵합의 ᄂᆞ리ᄂᆞᆫ 듯 / 오월 댱텬의 빅셜은 므스일고"

「송강가사」의 전승을 잇는 종조손 북헌 김춘택(北軒 金春澤)에 의하면 서포의 「송강가사」 애호는 〈양미인곡(兩美人曲)〉을 손수 베껴 『언소(諺 騷)』라 제책(題冊)할만큼 경도되어 있었다. 서포 자신도 "우리나라의 참 된 문장은 오로지 이 세 편뿐이다(左海眞文章只此三篇)"라고 할 만큼 「송 강가사」의 가치를 높이 표명하기도 하였다. 세 편의 가사 가운데에서도 순연히 우리말로 엮은 〈속미인곡〉을 더 높였으니 중국의 시문(詩文)을 본 뜬 당대의 작시 관습을 "앵무새가 사람말을 하는 것(鸚鵡之人言)"으로 폄하한 태도의 연장이다.

「송강가사」의 전승을 위한 서포의 세 가지 작업 ― 정본확립, 번사, 품 평은 뒤에 북헌(北軒)에 의하여 계승되거니와 정본 확립에 관하여는 서 포의 표제(表弟)인 이선과 공유하는 부분이 있다. 우선, 이들은 〈성산별 곡(星山別曲)〉을 제외한 3편만을 대상으로 한다는 점에서 같은 범위의 전승권에 들어 있다고 할 수 있다. 앞서 송강 후손에 의한 전승 과정에서 살핀 대로 〈성산별곡〉이 주로 담양 향리에서 유통되었던 관계로 이 지 역과는 직접 관련이 없었던 지호와 서포는 〈성산별곡〉의 전승에서 소원 하였다고 본다. 두 사람이 같은 전승권에 드는 데에는 인척 관계로 비롯 되는 전승 가담자의 구성이 작용하였으리라고 본다. 전승 가담자에 해 당하는 두 사람의 관련 인물을 들어본다면, 청음(清陰), 동춘당(同春堂), 우암(尤庵) 등을 들 수 있다.

청음은 송강 당대의 교유자들과 사후의 경모자들을 이어서 「송강가사」 의 전승 과정에 실질적인 역할을 하였다. 북헌이나 배와 김상숙(坯窩 金 相肅) 같은 다음 세대의 전승자들이 「송강가사」 향유의 전범으로 청음의 예를 들고 있는 점이 이 역할에 대한 방증이 된다. 「송강가사」를 향유하 는 청음의 면모는 "이 노래를 매우 좋아하여 아침저녁으로 부르고 읊조 린"[161] 것으로 드러난다. 북헌이나 배와(坯窩) 등은 정본이 확정된 첫 단계를 지나 「송강가사」 향유가 일상화된 단계를 전승의 두 번째 단계로 설정하고 자신들의 번사 및 품평(品評) 작업을 전승의 최종적인 단계로 인식해서 선행 전승의 전범적 향유자를 청음으로 설정하였다.

청음과 서포의 직접적인 관련 기록은 없지만 지호 이선(芝湖 李選)이 『송강가사』의 발문에서 "청음 김문정공(淸陰 金文正公)이 일찍이 공의 시말(始末)을 논하면서 좌도(左徒)[屈原]의 충성에 빗대었으니 이는 진실로 알고 하는 말이었다"라는 『송강집』 청음 발문의 대목을 인거하는 데에서 간접적으로 서포에 연계되는 통로를 설정할 수 있다. 이 통로는 서인의 당인 계통으로 형성되었는데 서포의 숙부인 김익희(金益熙)가 청음을 애도하는 문서162)의 작성자였다든가 청음의 족손인 김창흡(金昌翕)이 『서포집(西浦集)』의 서문을 쓴다든가 하는 과정을 통하여 후대까지 지속됨을 알 수 있다.

동춘당 송준길(同春堂 宋浚吉)은 이미 앞에서 언급하였듯이 「송강가사」의 지속적인 향유에 기여하였는데, 특히 검암(黔巖)의 가객 홍주석을 만나 〈관동별곡〉의 가창 전승을 확인한 점이 주목된다. 동춘당(同春堂)은 〈관동별곡〉의 악곡적 가치를 〈어부사(漁父詞)〉와 대등하게 인정하여 "절조(絶調)", 곧 여느 악곡과는 차별되는 특별한 세계를 지닌 것으로 평가하였다. 동춘당은 사계 김장생(沙溪 金長生)의 문인으로서 우암 송시열(尤庵 宋時烈)과 함께 사계(沙溪)의 사상적 계승자이다. 서인의 사상적 지주인 사계는 바로 서포의 조부가 되니 동춘당과 서포는 지근한 관련 안에 있었다고 할 수 있다. 또한 동춘당은 청음과도 긴밀한 관계를 지녔음은 문집에 나타난 여러 차례의 서간163)으로 확인할 수 있다.

<hr />

161) 甚愛此調 朝夕歌詠(金相肅, 「飜思美人曲序」) 淸陰金先生愛誦之 朝夕歌咏(成海應, 「思美人曲解」)
162) 「哭淸陰相公」, 『滄洲先生遺稿』권5. 「祭淸陰先生文」, 『滄洲先生遺稿』권15.

우암 송시열(尤庵 宋時烈)은 송강-청음에서 지호·서포로 이어지는 「송강가사」 전승의 계통을 잇는 중간 역할을 적극적으로 수행하였다. 이미 『송강집(松江集)』 중간(重刊) 발문이나 『송강속집(松江續集)』 발문을 통하여 살펴본 것처럼 서인의 사상적 지주를 송강에게서 찾고자 하는 의도는 송강 추숭의 극대화로 드러났다. 이 추숭의 자세가 직접 가사로 연계되는 자료는 없지만 송강 추숭 작업의 승계자인 이선의 가사 선사 및 품평을 통하여 간접적으로 우암의 「송강가사」 전승 가담을 확인할 수 있다. 우암의 시가에 대한 관심은 율곡(栗谷)의 〈고산구곡가(高山九曲歌)〉 번사를 통하여 확인된다. 〈고산구곡가〉의 번사자는 우암 외에 문곡 김수항(文谷 金壽恒), 제월당 송규렴(霽月堂 宋奎濂), 곡운 김수증(谷雲 金壽增), 삼연 김창흡(三淵 金昌翕), 수암 권상하(遂菴 權尙夏) 등으로 이들은 「고산구곡도」에 제시 작첩(題詩 作帖)하는 작업을 근 이십년에 거쳐 수행하면서 주자(朱子)의 학통이 율곡(栗谷)을 거쳐 우암에게 계승되는 적통을 확인한다. 이 학통 수립은 노소(老少)분당의 와중에 소론(少論)에 대한 사상적 우위를 점하려는 의도로 진행되었다.[164] 이 작업이 우암에 의해 발의 주도되고 수제자인 수암(遂菴)에 의해 완성된다는 사실은 우암의 시가에 대한 관심을 엿보게 한다. 주자(朱子) 학통을 전승하는 주요한 매개로서 〈고산구곡가〉를 삼았다는 것은 그만큼 이 노래의 가치를 높이 평가하였기 때문이다. 서포는 우암에 의해 「고산구곡도(高山九曲圖)」의 제시(題詩) 성원으로 지목되기도 했으리만치 노론(老論)의 중심인물로 인정되고 있었다. 서포의 송강가사 칭양 발언은 이와

---

163) 「上淸陰先生」이란 제하의 서간이 丙戌, 丁亥, 庚寅년 간에 이루어졌다.(『同春堂集』 권10)

164) 이상원, 「조선후기 〈고산구곡가〉 수용양상과 그 의미」(『고전문학연구』 제24집)를 참조함.

같은 정치사상의 배경에서 배태된 것으로 볼 수 있다.

③ 북헌 김춘택(北軒 金春澤)[1670: 현종11~1717: 숙종43]

「송강가사」 전승자 가운데 북헌만큼 원작자의 행로에 가까이 간 경우
가 드문 듯하다. 우선, 그는 숙종 대의 당쟁 가운데 겪는 정치적 부침과
그에 대한 대응 양상이 송강과 매우 유사한 면모를 보여주고 있다. 또한
서포를 매개로 이루어지는 가계를 통한 「송강가사」 전승은 그로 하여금
원작자와 자신을 거의 동일시하는 지경에까지 이르게 한 것으로 보인다.
북헌은 마침내 〈미인곡〉의 후속 작가가 되는데 제작 동기를 밝힌 글에
서 자신이 송강 〈미인곡〉에서 받은 영향을 밝히고 있다.

> 〈별사미인사〉라는 것은 내가 지은 것인데 언문으로 썼다. 대개 송강
> 의 전후 〈사미인사〉를 추숭하여 화작한 것인데 세 노래가 모두 군신을
> 남녀에 비유하였으니 대개 〈이소〉의 남긴 뜻에 기탁한 것이다. 그러나
> 천한 신하와 송강은 또 다름이 있어서 노래를 달리하였다.[165]

여기서 "송강(松江)과 다름이 있음"은 다른 글에서 다음과 같이 부연
되었다.

> 그 (노래)말은 송옹에 비해 더욱 완곡하고 그 가락은 송옹에 비해 더
> 욱 고뇌스러우니 곧 천한 신하가 오늘날 만난 재앙이 그러한 것이다.[166]

---

165) 別思美人詞者。吾所製。而以諺爲之。盖追和松江前後思美人詞也。三詞皆以君臣
取譬男女。盖託於離騷之遺意者。而然賤臣之與松江。又有不同。故別詞。(『北軒
集』권3, 「囚海錄」 詩: 문집총간)

166) 其辭比松翁益婉。其調比松翁益苦。卽賤臣今日所遭羅者然也(『北軒集』권16, 「論
詩文」: 문집총간)

"더욱 완곡하고 더욱 고뇌스러운" 특징은 몇 가지 작품상의 사실을 들어 지적되었다. 첫째는 〈별사미인곡(別思美人曲)〉의 내용이 북헌 자신의 실사에 기반했다는 점이다. 임금에게 올린 말씀에 "저는 비록 닫혀 갇히기 전에는 삼가 한 번의 명도 머물러 적셔 푸른빛에 가까이함을 얻게 하지 못하였으나 다만 가세와 처지가 저절로 소원함을 용납하지 않아서 태어나고 자라나 온전히 지킬 수 있었으니 그 은혜가 망극하여 애끊는 충심과 정성이 실로 조석으로 좌우에서 모시는 신하들보다 더함이 있었으니 항상 임금을 아끼기를 부모와 같이함으로 마음에 스스로 다짐하였사옵니다"[167]라 했다 하니 이 내용이 총애 입은 여인에 대한 총애 입지 못한 자신의 처지를 한탄하는 작중 화자로 그대로 전환되었다는 점이다. 이와 관련한 또 하나, 작중의 두 화자를 의복 용모로 대조하는 수법을 썼는데 이는 시세를 얻었음에도 임금을 향한 충심을 다하지 못하는 상대당 사람과 시세가 불리함에도 충심을 지키는 자신을 비유했음을 밝힌 점이다. 마지막으로 군신 관계를 남녀 관계로 전화한 것에 대한 석명은 "예전에 장님을 시를 읊게 한 것이 소리를 잘 내기 때문이었듯이 기생들이 군신의 의리는 잘 모르지만 남녀의 정은 잘 알기 때문에 정이 진실로 감분하여 그 발하여 소리를 하면 더욱 사람을 감동시키게 된다"[168]고 하였다.

북헌이 스스로 해명한 〈별사미인곡〉의 세 가지 특징은 실제로 송강의 〈미인곡〉과 관련해서는 드러나 밝혀지지 않던 특징으로서 이를 "노래를

---

167) 矣身雖不能以廢蟄之前。竊末科需一命。以獲近於淸光。而顧以家世處地。不容自疎生成保全其恩罔極之故。斷斷衷恨。實有加於朝夕左右之臣。常以愛君如父。自誓於心(위와 같은 책)

168) 古者令瞽誦詩。奚取於瞽。取其善於音。而妓亦習音者也。且君臣之義。非其所可知。而男女之情。乃其所備諳者。情苟感焉。則其發爲聲音。愈足以動人矣(위와 같은 책)

따로이 함(別詞)"의 근거로 삼을 수 있었다. 〈미인곡〉에 대한 전승 방식이 후속 작품을 생산해 내는데 있었던 것과는 다르게 〈장진주사〉에 대하여는 번사를 그 방식으로 삼았다. 이미 송강의 5대손인 정진하(鄭鎭河)와 그 아들 정로(鄭櫓)가 두 대에 거쳐 김춘택(金春澤)을 사귀는 매개를 〈장진주사〉가 하고 있음을 밝힌 바 있다.169) 김춘택의 기억 속에 벗인 정진하가 부르던 〈장진주사〉의 악률이 남아 있고 정진하의 사후 아들 로(櫓)를 대하자 〈장진주사〉의 중심 구절을 떠올리는 과정은 악률을 통하여 〈장진주사〉가 전승되는 과정을 선명히 보여준다. 그리고 이와 같은 악부시화(樂府詩化) 과정은 당대의 사대부 지식인들이 우리 시가의 총체를 보존하기위하여 사용하던 일반적인 것이었음도 자하 신위(紫霞 申緯)의 경우를 예거하여 지적한 바 있다.

북헌은 이 같은 재창작과 번사의 방식을 「송강가사」에 적용하면서 우리 시가의 특성을 깊이 인식한 사고를 보여주는데 이는 다름 아닌 그의 종조부인 서포의 입장을 심화시킨 것임을 알 수 있다. 「송강가사」에 대한 다음의 언급에서 『서포만필(西浦漫筆)』의 「송강가사」 추숭 입장을 재확인할 수 있다.

> 옛날 가사는 순임금의 〈갱재가〉나 고요 직설의 화답가 및 〈오자가〉등으로부터 주나라 시에 관현에 올린 것들까지 그 음률과 절주가 모두 음악에 맞아야했는데, 음악이 이미 망하고 노래의 음절 또한 상고할 수가 없게 되었다. 후세의 노래와 음악은 진실로 옛날의 노래와 음악이 아니지만, 그러나 그 절로 서로 어울려 맞는 것은 곧, 오늘이나 예나 같다고 해도 그르침이 없을 것이다. 우리나라 사람이 혹 옛사람을 흉내 내어 가사를 짓더라도 가리는 것은 사성뿐이어서 그 청탁허실에 맞는지

---

169) 앞 주 156) 부분.

는 캄캄히 알 수 없으니 어찌 능히 중화의 악률과 서로 맞을 수가 있겠
는가? 그 제나라 말로 노래를 짓는 것은 그것이 제나라의 악률에 스스로
맞는가 아닌가를 논할 것 없이 그 말뜻에 나아가면 혹은 멀리 들어내어
완곡하고 간절함이 많으니 진실로 사람의 귀를 움직이고 마음을 느껍게
할 수가 있는 것이 옛날의 가사를 흉내내는 것보다 낫기만 한 것이 아니
다. 그 시문의 여러 지음을 봄에 또 거기에 지나지 않을 뿐이니 다른
것이 아니라 참과 거짓의 가림이다. 여러 노랫말 중에 정송강의 전후사
미인사같은 것이라면 또 그 기준으로 볼 때 가장 뛰어난 것이다.[170]

서포에 의하여 표명된 「송강가사」의 가치는 "진문장(眞文章)"으로 요
약될 수 있거니와 이 가치가 북헌에게서도 받들어지고 있음을 본다. 또
한 서포가 "앵무새가 사람말을 하는 것"(鸚鵡之人言)으로 폄하하였던 중
국 시문(詩文)의 모방은 북헌에 의해서도 배격되고 있음을 확인한다. 참
과 거짓의 가림(眞與假之分)이라는 기준은 이 시기 한시(漢詩)의 새로운
사조였던 천기론(天機論)과도 결부하여 보다 깊은 사상적 배경 아래 이
해할 수 있다. 당대의 상대적 사조였던 천리론(天理論)이 이(理)에의 추
상 인식으로 구극적 실재를 확보하고자 하는 경향이 농후하였다면, 천
기론은 감각되는 현실세계가 곧 실재라고 보는 세계인식 아래 현실의
잡란상(雜亂相)을 인정하고 나아가 심미적으로 긍정하는 성향을 가졌
다.[171] 서포와 북헌이 국문시가의 이상으로서 지향했던 자연스러운 정

---

170) 古歌詞 自舜皐陶及夏五子所爲 至周詩之被管絃者 其音律節簇皆當合於樂 而樂旣亡
歌之音節亦無得以考焉 後世之歌與樂 固非古之歌與樂 而然其自相諧合 則不害謂今
猶古也 東人或效古人爲歌詞 而所辨有四聲 其中淸濁虛實 則昧然不知 何能與中華樂
律相合哉 其以本國言語爲之者 不論其自合於本國樂律與否 就其辭意 或多悠揚婉切
眞可以動人聽感人心者 不惟勝於效古之歌詞 其視詩文諸作 又不啻過之 無他 眞與假
之分也 諸詞中如松江前後思美人詞 又其最勝者(『北軒集』권16, 「論詩文」)
171) 이동환, 「조선후기 천기론의 개념 및 미학이념과 그 문예·시조사적 연관」, 『한국한
문학연구』제28집, 135면.

서의 유로와 꾸미지 않은 자국어로의 표출이 천기(天機)의 활발한 묘함 (天機活潑之妙)과 우리 인간 성정의 참됨(吾人性情之眞)을 시가의 이상 [도(道)]으로 보았던 농암 김창협(農巖 金昌協)의 시가관[172]과 합치되는 경로가 드러난다. 이 경로에는 서포(西浦)를 아껴서 『서포집(西浦集)』의 서문을 쓰기도 했던 농암(農巖) 바로 아래 아우인 김창흡(金昌翕)의 다음 과 같은 언급이 주요한 지표로서 놓이게 된다.

> 程朱의 말에 모두 이르기를 雅가 風보다 낫다고 한 것은 그 말이 모두 정당하기 때문이다. 그러나 내 사사로이 이르건대, 天眞이 드러나서 골라 늘어놓음을 받아들이지 않는 것은 거리의 사내아이들이나 골목의 계집아이들의 말투에 많이 있다. 만약 늙어 일가를 이룬 사대부가 붓을 적셔 초안을 잡는데 여러 차례 말을 다듬으면 말꾸밈새는 비록 그럴 듯 할지 모르지만 천기와는 다소 거리가 있게 된다. 이런 까닭에 동요에 흔적이 없는 것들은 대개 영험함이 많으니 그 정신에 닿는 대로 하고 골라 늘어놓지 않았기 때문이다.[173]

『서포만필(西浦漫筆)』의 「송강가사(松江歌辭)」 관련 대목에 바로 연결 되는 삼연(三淵)의 언급은 17세기 이후 송강가사를 평가하는 기준이 천 기론이라는 당대 신사조에 연유함을 가리키며 거꾸로 「송강가사」가 지 녔던 명작으로서의 선진적인 면모가 16세기의 천리론을 넘어서 다음 세 대의 변화를 감지하여 낸 데에 있음을 알게 한다. 그리고 이 변화의 흐름 이 18세기의 실학 사조에까지 가닿으면서 가집 편찬의 이론적 토대가

---

172) 詩歌之道 與文章異者 正以其多道虛景 多道開事 而古人之妙 却多在此 盖雖曰虛景開 事 而天機活潑之妙 吾人性情之眞 實寓於其間(金昌協,「與趙成卿」,『農巖集』권34)

173) 程朱之說 皆云雅勝乎風 以其語皆正當 而竊謂天眞露呈 不容安排 多在於街童巷女之 口氣 若老成士大大 濡毫起草 容或有累次點竄 則飾辭雖當 而稍與天機有間矣 以是之 故 童謠沒巴鼻者 槪多靈驗 以其神來而不安排也(金昌翕,『三淵集』권35,「日錄」)

된다는 조망까지 가능하게 함으로써 시대를 넘어서는 「송강가사」의 고전적 면모가 다시 부각된다고 할 수 있다.

④ 배와 김상숙(坯窩 金相肅)[1717: 숙종43~1792: 정조16]

배와 김상숙(坯窩 金相肅)의 처세 풍도는 기존 질서의 국외자로서 드러난다. 세간의 평가에 구애되지 않았으며 명리에 담박한 자세가 벗인 성대중(成大中)이 쓴 행장에 잘 그려져 있다.[174] 세속과의 불화는 일탈적인 면모로 드러나기도 하였다.[175] 명재상을 알아보지 못하는 의절(儀節)에 초탈한 모습에서 "예를 행하되 의절을 중시하는(禮焉而主儀節)" 속인과 다르게 "간소함을 좇아 예의 본질을 실현하는"(禮則從簡 禮之本耶)[176] 배와(坯窩)의 진면목을 볼 수 있다. 이처럼 외식보다는 본질을 중시하는 참된 선비로서의 처신과 『논어』와 『주역』 같은 고경전을 숭상하는 호고적 취향이 〈미인곡〉의 충신연주 주제에 친근하게 다가설 수 있게 하였다면, 〈미인곡〉을 한편의 예술품으로서 인식하여 그 번사 형식의 선택에 고심하는 모습에서는 예술 애호의 높은 취향을 엿볼 수 있다. 결국, 배와의 〈미인곡〉 애호와 번사 작업에의 투신은 세속과의 의도적 단절이 이루어진 상태에서 추구되었기에 문학 작품을 현실적인 대응의 수단이라기보다는 예술적 이상의 설정과 확인이라는 정신적인 가치 지향의 목표로 인식했다고 평가할 수 있다. 이 점은 청음 이래의 송강가사 전승자들이 당론(黨論)의 이념적 지표로서 「송강가사」를 내세웠던 단계와는 다른 모습이라고 할 수 있다. 배와는 서포의 족손(族孫)으로서 가계적

---

174) 成大中, 「坯窩 金公行狀」, 『靑城集』권9.
175) 徐公命膺爲副提學 嘗訪公仲兄議政公相福 言欲詣公 議政公曰子雖往 必無味 不若與吾談 徐公堅詣之 公果不識徐公 徐公自言姓名而亦不知 徐公出言曰以副提學 自告姓名 於是公見之(成海應, 『研經齋全集』卷之四十九, 「世好錄」金相肅條)
176) 成大中, 위의 글.

전통을 계승한 바탕뿐만 아니라 당대의 명필로서 서론(書論)에 정치한
예술가적 자질이 「송강가사」의 예술적 전승에 계기가 되었을 것이다.

배와는 「번사미인곡(飜思美人曲)」에 붙인 서문에서 「송강가사」 전승
자로서 자신의 역할을 표명하였다. 청음과 서포로 이어지는 전승의 계보
를 확인한 뒤에 자신이 그 계보에 충실해야함을 다음과 같이 토로하였다.

> "이제 내가 이 두 곡을 번역하였으니 비록 문사가 거칠고 누추하나
> 다만 한하는 바는 구원의 아래에 우리 세 부자로 하여금 꿇어 옷깃을
> 펼치고 여쭤보게 하지 못하는 것이다"177)

전승의 계보를 잇는 역할에 대하여는 성대중(成大中)[1732: 영조8～
1812: 순조12]이 확인하기도 했으니 "송강 청음(松江 淸陰) 두 노선생의
뜻이 공으로 인하여 더욱 드러나게 되었다"(松淸二老之志 因公而益可見
也)178)는 평어가 바로 그것이다. 앞서도 살핀 것처럼 송강－청음－서포
의 전승 계보는 바로 서인의 이념 확인의 상징적 경로 역할을 하였으며
이 계보를 잇는 일은 문학적 전승보다도 사상적 전달의 비중이 컸다고
할 수 있다. 그럼에도 불구하고 배와의 〈미인곡〉 수용 양상은 미적인
추구 아래 정치한 분석으로 드러난다. 「번사미인곡(飜思美人曲)」 발문
에서 분석의 방향을 제시하고 있는데 중심 논지는 충신연주(忠臣戀主)가
어떻게 상사연정(相思戀情)과 결합될 수 있는가에 모아져 있다. 이 문제
는 당대의 〈미인곡〉 수용자들에게 일반화 되어 있었던 듯, 성대중도 전
게 발문에서 이 문제를 심각하게 다루고 있다.

---

177) 今余飜此二曲 雖文辭荒陋 獨恨不能於九原之下 作我三父子 跪敷衽而質焉也
178) 成大中, 「書坯窩所譯思美人曲後」, 『靑城集』권8.

"그러나 몰래 일찍이 공에 대해 의심함이 있었으니, 공은 도를 지닌 이로서 영화와 쾌락과 슬픔과 즐거움이 마음에 들 수가 없었을 터인데 버림받은 부인과 내쫓긴 신하의 마음을 어떻게 알아서 노래에 올린 것이 이와 같은가 하는 것이었다."[179]

성대중(成大中)은 이 문제를 배와의 평소 행적으로 풀어 나갔다. 은둔의 본의가 당시 횡행하던 정치적 재난을 피하기 위함이라는 진심의 토로, 역사를 읽다 충간(忠諫)의 굴곡에서 격앙되어 눈물을 흘리기까지 하던 배와의 기질[180] 등등을 통해 배와 번시(坏窩 飜辭)의 미적 추구는 결국 송강 청음 등의 이념적 지향을 이어받은 것임을 확인하였다. 배와 자신도 이 문제의 결론을 다음과 같이 정리하였다.

"(곧은 신하와 매운 아내는) 그 마음이 슬프되 원망하지 않고 그 뜻이 아리되 분해하지 않나니 이런 까닭에 그 발하여 노래하고 시를 지음이 비록 매우 슬프고 애닲지만 저절로 평탄하고 온화한 소리가 있고 분격하는 말이 없으니 이를 어찌 억지로 해서 할 수 있을까보냐? 만약 다라운 지아비가 임금을 섬긴다면 곧 늘 총애와 오욕에 놀라고 득실에 근심해서 이미 부귀롭게 되었다가도 한번 꾸짖어 노함을 만나면 문득 원망하고 허물하는 뜻을 가져 전혀 충성하고 아끼는 마음을 두지 않나니 그들이 외로운 신하와 억울한 아내를 봄이 어떠하겠는가?"[181]

<hr/>

179) 然竊嘗有疑於公者。公有道人也。榮悴哀樂。無入於心。棄婦逐臣之懷。何由知之。而登之詞者若是耶。(위와 같은 곳)
180) 故見史之烈士忠臣致命立節 則必感慨激昂 有時出涕(위와 같은 곳) 見古孝烈忠義之蹟 輒感慨泣下 不能自已 於其相反者 憤嫉亦如之(「坏窩 金公行狀」,『靑城集』권9.)
181) (貞臣烈婦) 其心哀而無怨 其志傷而不憤 是以其發而爲歌詠辭賦者 雖甚悽惋而自然有平和之音 而無奮激之辭 是可强而爲之者哉 若鄙夫之事君也 則常以寵辱爲驚而得失爲憂 已當富貴矣而一遭譴怒 則輒有怨尤之意 而全無忠愛之心 其視孤臣寃女何如哉(金相肅,「飜思美人曲」序文,『松江別集』追錄 권1)

"평탄하고 온화한 소리(平和之音)"는 배와가 〈미인곡〉을 통해 추구하고자 한 목표이다. 이 소리는 우선 절제된 정서의 표출이지만, 이지에 의해 억지로 해서 되는 것이 아니라 우러나오는 정서에 의한다는 점에서 미적 이상이기도 하다. 서포가 발견했던 천기의 자발(天機之自發)이 이 미적 이상을 가리킨 것이며 그 상대적 부정항인 "평범하고 속됨의 다랍고 낮은 것(夷俗之鄙俚)"은 배와에 의해 총욕과 득실에 사로잡힌 다라운 지아비로 의인화되었다. 배와는 청음-서포의 유가적(儒家的) 미학의 규범을 계승하였으며 이 규범을 구체적으로 자기화하는 작업으로서 초사체(楚辭體)에 의한 번사를 택하였다.

『초사(楚辭)』는 온유돈후(溫柔敦厚)한 『시경(詩經)』의 문사와 가락에 비해 격앙강개(激昻慷慨)의 어조를 지니고 있다. 아름다운 음절로 이루어졌고 이를 악기에 맞추어 노래 불렀으며 격렬한 문사와 고무적인 제스처를 수반한 일종의 신성(新聲)의 창법으로 이루어진 것이 초사였다.182) 배와는 오칠언(五七言)의 한시로는 〈미인곡〉의 노랫말을 그려낼 수 없고 오직 초사만이 거기에 가까워 문자로 번역하여도 그 뜻을 잃지 않고 소리가 어울려서 노래 체제에 맞기 때문에 마땅히 초사체를 써야한다고 주장하였다.183) 배와의 번사는 어조사 "—혜(兮)"를 경계로 균등하게 배분된 초사의 본모습을 따르고 있어서 사음보격의 정연한 시행으로 이루어진 원사에 근접된 인상을 준다. 그리고, 배와는 이렇게 번역한 초사체는 그것을 읽어서 책을 덮고 눈물을 흘리며 그 슬프되 원망하지 않았던 이를 상상하게 된다는 점에서는 동방의 아녀자나 어린아이들도 다 아는 우리말로 된 〈미인곡〉을 읽었을 때와 똑같은 효과를 가지게 된다고 설명

---

182) 김해명, 「구장의 리듬 유형 연구」, 『중어중문학』 제29집, 217~218면.

183) 未可以五七言形容其辭意也 唯楚之騷響近之 欲飜之以文字 不失其旨 叶其音韻 合于辭章 則當用騷體而爲也(金相肅, 「飜思美人曲」 跋文, 『松江別集』 追錄 권1)

하였다.184) 고문헌에 정통한 배와로서는 초사의 운율을 구체적으로 알고
있었기 때문에 〈미인곡〉을 진솔한 초사체로 노래했을 때 나타나는 음성
적 효과를 우리말 노래로 연행할 경우와 대조해 볼 수도 있었을 것이다.

배와에 의해 〈미인곡〉의 번사 작업은 최상의 경지에 당도하고 이후
「송강가사」의 전승은 또다른 국면으로 진행될 예정이다. 담양 향리에서
후손들에 의해 불리던 「송강가사」가 서울까지 전파되고 다시 전국으로
확산되는 과정은 가사의 가창가사화(歌唱歌詞化)라는 문학사적 추세와
만나면서 「송강가사」도 가창가사(歌唱歌詞)의 한 곡목으로 편입되는 보
편화의 과정을 밟게도 될 것이다. 또한 전국 각 지역의 향반(鄕班)들이
「송강가사」를 통해 가사 장르의 향유에 가담하면서 새로운 사대부 가사
작품들을 지어내기도 하는 변화는 특정 지역의 특정 계층과 관련된 특수
한 사실로서 따로이 다루어져야 할 것이다.

---

184) 然忠愛之懷 托以寃女之詞 使千載之下讀其文者如誦屈子之辭 則掩卷流涕想像其哀
而不怨者 則庶可以同調幷傳而不可泯也(위와 같은 곳)

Ⅲ. 가사 향유의 확산 계기

1. 향촌(鄕村)에서의 가사 향유

조선 전기의 가사 향유가 중앙의 사대부들을 중심으로 이루어졌다면, 조선 후기에 들어서는 지방 향반(鄕班)들에 의한 가사 향유라는 변별적인 사항이 추가되어야 한다. 전기 가사의 향유 배경이 반드시 중앙에 국한되지는 않지만 유통의 일반적인 경로가 중앙을 거치게 되어 있고, 중앙으로 집적된 작품이 다른 지방으로 재확산되는 방식을 택하고 있다. 반년, 17세기 이후 지방에서의 가사향유는 전기 가사의 일반적인 유통 경로와는 달리 중앙과 떨어져서 일정한 지역 내에서만 유통되는 폐쇄된 경로를 택하게 된다. 이는 더 이상 중앙 관직에 희망을 걸 수 없는 향반들의 사회적 조건에 크게 연유 하였을 것이다. 유통 방식의 고립화와 더불어서 양식 내부에도 변화가 일어났는데 제한된 범위의 구체적인 언어 사용이라는 표징으로 드러나기도 하였다. 그리고 이 변화는 서민층의 가사 향유 가담이라는 발전사적 계기와 연계되어 있다고 볼 수 있다. 이같은 후기 가사 변화의 징후를 단초적으로 드러내는 작가는 노계 박인로(蘆溪 朴仁老)라고 할 수 있다. 노계 박인로에서부터 짚어나가는 것이 향촌 가사 향유의 전반을 조망하는데 편리할 듯하다.

1) 노계 박인로(蘆溪 朴仁老)[1561: 명종16~1642: 인조20]

「노계가사(蘆溪歌辭)」의 근원을 더듬기 위해서는 그의 생장 세거지인 영남 지역을 중심한 가사 향유 정황을 살펴봄이 필요하다. 호남 지역에서 면앙정 가사(俛仰亭 歌辭)를 원천으로 하여 「송강가사」의 생성 경로를 잡아볼 수 있듯이 영남 지역에서는 「퇴계가사(退溪歌辭)」를 바탕으로 「노계가사」가 형성된 과정을 추정해 볼 수 있다. 「퇴계가사」는 문헌적 실증 자료가 빈약하지만 전승에 관한 전문 자료는 풍부하며 또한 많은 이본을 보유하고 있기 때문에 작자성을 따지는 문제는 해결이 쉽지 않지만 적어도 가사 향유의 실상을 파악하는 면에서는 접근을 허락한다. 「퇴계가사」 가운데 「노계가사」에 연계될 수 있는 단서를 지닌 도덕가사인 〈권선지로가(勸善指路歌)〉와 강호가사인 〈강촌별곡(江村別曲)〉[〈낙빈가(樂貧歌)〉]를 우선 찾아서 접근해 보고자 한다.

〈권선지로가(勸善指路歌)〉는 홍만종(洪萬宗)의 『순오지(旬五志)』에 의하여 남명 조식(南溟 曹植)이 지은 것으로 비정되었지만[185] 간단하게 한 작가로 정리하기에는 이본 상에 드러나는 모습이 착종되어 있다. 일찍부터 남명(南溟)과 퇴계(退溪) 양 작자설에 의한 전승이 이루어진 듯, 퇴계의 『성학십도(聖學十圖)』에 붙여 실린 〈권의지로사(勸義指路辭)〉란 가명(歌名)의 이본이 있으며, 더구나 〈안택가(安宅歌)〉 또는 〈인택가(仁宅歌)〉 계열의 이종 이본으로 파생된 모습까지 보이기 때문에 그 전승의 실상이 쉽게 포착될 수 없게 되어 있다. 그러나 「노계가사」가 전반적으로 수용하고 있는 도덕 주제에 부합하는 〈권선지로가(勸善指路歌)〉를 명가(名歌)[또는 선가자(善歌者)]로서의 노계가 놓치지 않았을 것이기 때문에 다음과 같은 구절이 노계의 시조에 반영되어 있는 것을 소홀히 볼 수 없다.

---

185) 勸善指路歌 曹南冥所製 形容性理源委 指示道學蹊逕 實是儒家之指南.

誠意關 도라 드러 八德門 브라보니

크나 큰 흔 길이 넙고도 곳다마ᄂᆞᆫ

엇지라 盡日行人이 오도가도 아닌게오 (『蘆溪集』권3「歌」,〈自警〉)

초장이 〈권선지로가〉에 나오는 "三達德 묘든 길노 誠意關을 츳자 가셔 / 伊川의 비을 씌여 濂溪을 건너가셔"와 자구가 유사할 뿐 아니라 작품 전체의 의상(意想)이 길[도(道)]에 관련되어 있어서 〈권선지로가〉의 영향이 미쳤을 가능성을 두텁게 하고 있다.186) 이 〈권선지로가〉는 후대에 영조까지 관여하는 전승의 문제가 한 때의 조의(朝議)까지 올랐음을 보면187) 상당히 강한 전승력을 지닌 작품임을 알 수 있다. 이 전승력의 기반에는 안동의 도산서원을 중심한 퇴계 후손들의 가승이라는 특수한 사정이 놓여 있는데 노계의 접근 범위는 지역적으로 보아 아마도 도산서원 주변 전승권에 지근했으리라고 본다. 노계가 「퇴계가사(退溪歌辭)」의 전승권에 연계되는 직접적인 자료는 보이지 않고, 퇴계(退溪)를 사사하였던 한강 정구(寒岡 鄭逑)[1543: 중종38〜1620: 광해12]를 종유하면서 〈욕우울산초정가(浴于蔚山椒井歌)〉를 짓거나 한강(寒岡)에 종유한 여헌 장현광(旅軒 張顯光)[(1554: 명종9〜1637: 인조15]을 모시며 〈입암이십구곡(立巖 二十九曲)〉을 짓는 행적을 통하여 간접적인 통로를 설정해 볼 수 있겠다.

---

186) 〈自警〉 제하에 나란히 실린 "九仞山 긴 솔 베혀 濟世舟를 무어 닉야 / 길 닐흔 行人을 다 건닉려 ᄒᆞᆫ엿더니 / 사공도 無狀ᄒᆞ야 暮江頭에 브렷ᄂᆞ다"도 같은 求道 내지 濟世 의상으로서 〈勸善指路歌〉의 영향 범위에 드다고 할 수 있다.

187) 『조선왕조실록』 영조 22년 6월 24일과 26일에 거쳐 퇴계의 〈指路歌〉에 대한 조의가 있었다. 왕이 자신이 지은 〈指路行〉이 李滉이 지은 〈勸義指路歌〉와 합치된 사실을 지적하였고 이에 대하여 도산서원에 치제하자는 신하의 청을 받아들인다. 이에 대하여 여항 사이에 서로 전할 뿐이어서 선정이 지은 시인지 분명히 알 수 없으니 더 조사하자는 이견이 있어 왕이 도신에게 탐문토록 명하였다.

한편, 노계의 만년작으로서 평생의 가사 작시 역량이 총집되었다고도 할만한 〈노계가(蘆溪歌)〉(1636: 인조14)에는 다른 강호가사인 〈강촌별곡(江村別曲)〉에 있는 구절이 되풀이됨으로써 이 가사와 〈노계가〉가 전승 관련을 가졌음을 시사하고 있다.

낙딕를 비기쥐고 葛巾布衣로 釣臺예 건너오니 : 〈蘆溪歌〉
낙대를 두러메고 釣臺로 나려가니 : 〈江村別曲〉(『古今歌曲』)

瓦樽에 白酒를 박잔의 가득 부어
흔 잔 쏘 흔 잔 醉토록 먹은 後에
桃花는 紅雨 되야 醉面에 쏠리는딕
苔磯 너븐 돌애 놉히 베고 누어시니
無懷氏 적 사름인가 葛天氏 썩 百姓인가 : 〈蘆溪歌〉

瓦樽의 濁醪 걸너 박盞의 ᄀ득 붓고
淸風의 半醉ᄒ여 北窓의 누어시니
無懷氏 적 사룸인가 葛天氏 적 百姓인가 : 〈江村別曲〉(『古今歌曲』)

『고금가곡(古今歌曲)』이 영조40년(1764)에 완성되었다고 하면 〈노계가(蘆溪歌)〉 성립 연대와 한 세기 이상 거리를 가지게 되지만, 이미 홍만종(洪萬宗)의 『순오지(旬五志)』(1678: 숙종3년)에서 〈강촌별곡(江村別曲)〉에 대한 평어를 달고 있는 것으로 보아 〈노계가〉 성립 시기에 〈강촌별곡〉이 유통되었을 가능성이 있다. 『순오지』에서는 작자를 차천로(車天輅)[1556~1615]로 비정하고 있는데 『고금가곡』에서도 이를 따르고 있는 것으로 보아 동일한 전승 선상에 있다고 할 수 있다. 〈강촌별곡〉은 이후 다른 강호가사의 출현에 영향 받아 가명과 작자에서 착종을 빚는 복잡한 전승 과정을 거치게 되는데, 이미 〈노계가〉 당대에 다른 작품으로 어구 이동이 일어났던 사실에서 다가올 혼잡이 예견되었던 것이다. 19세기 중반에 이루어진 것으로 보이는 육당본 『청구영언(靑丘永言)』에 실린 〈낙빈가(樂貧歌)〉는 〈강촌별곡〉의 가명이 변개된 경우인데 작자 표기가 "퇴계 혹운 율곡(退溪 或云 栗谷)"으로 되어 있어 그 간의 복잡한 전승 경로를 암시하고 있다. 「노계가사(蘆溪歌辭)」가 퇴계 가문 전승과 어느 정도 관련을 가지고 있다면 〈노계가〉는 〈강촌별곡〉의 퇴계 작자설 전승으로 진행하는 경로의 초두에서 이루어졌다고 할 수 있을 것이다.

노계의 가사 향유 가담은 사대부들과의 교유를 통해 구체화 된 것으로 보인다. 『노계가사(蘆溪歌辭)』의 가명 부기에 나타나는 "짓게 했다(命 作)"의 주체에 해당하는 사대부들이 노계의 가사 창작에 계기를 마련해 준 것으로 볼 수 있기 때문이다. 그들 사대부들이 스스로 창작하지 않고 노계에게 미룬 데에는 몇 가지 당대 가사향유 정황과 관련된 사정이 개 재해 있는 듯하다. 우선은 국문시가를 짓는 일이 아직도 논란거리가 될 수 있는 사회 분위기를 꺼려서이다. 노계는 무반(武班) 출신으로서 이 관습으로부터 자유로울 수 있었을 뿐만 아니라 명가(名歌)[또는 선가자 (善歌者)]로서의 성예를 충족시켜야 하는 예술가적 책무도 안고 있었던 듯하다. 그렇다고 노계가 가객으로서의 독자적인 영역을 구축하고자 한 것은 아니었다. 노계의 지향은 유가적 도학자로서의 당대 사대부에게 맞추어져 있었기 때문이다. 예능인으로서의 가객(歌客)과 예술 수용자 로서의 사대부 사이에서 노계는 가사 작자라는 완충점을 찾고 이 완충점 을 자기 삶의 형식으로 삼고자 한 것으로 보인다. 가사를 통해 도의 본질 을 구현하려는 목표에 투철하였기에 노계의 형식적 시험은 다양하게 이 루어질 수밖에 없었던 듯하다.

노계가 가사 발전사의 전환기에 처하였다는 판정은 이미 내려져 있지 만 주로 현실인식의 심화라는 주제적 측면에 초점이 맞추어져 있고 가사 향유자로서 양식의 변화에 대응하는 면모는 주목 받지 못하였다. 〈누항사(陋巷詞)〉가 주제적인 면에서 각광을 받았지만 이를 양식적인 면으로까지 확대하기에는 동일한 성격을 지닌 다른 작품과의 관련이 주어질수 없었기 때문이었다. 최근에 『노계가사』의 원본이라고 할 수 있는 경오본(庚午本)『노계가사』가 발굴됨으로써188) 이 문제에 하나의 출구가열렸다. 〈누항사〉 가운데 문집에서 누락된 부분의 표현 양태를 이어갈수 있는 작품이 이 원본 가사집 가운데 들어 있기 때문이다. 〈상사곡(相思曲)〉과 〈권주가(勸酒歌)〉가 그 작품들이다. 〈상사곡(相思曲)〉은 송강〈미인곡〉에, 〈권주가〉는 〈장진주사〉에 대응하는데 직서하는 표현이 松江 쪽에 비해 두드러져 있다. 〈상사곡〉은 전승이 단절되고 〈권주가〉는『잡가(雜歌)』(1821년)에 확대본이 실려 있는데 확대의 방향이 직서 표현을 강화하는 쪽으로 이루어진 것을 보면 이 변화의 방향이 가사발전사에서 정해진 것이었음을 알 수 있다. 서민적 취향의 강화라는 발전사적 방향이 그것이다. 1831년에 간행된 『노계선생문집(蘆溪先生文集)』에서 아예 〈상사곡〉과 〈권주가〉가 빠져 버리는 것을 보면 서민적 취향을 수용하는 방식이 양반 취향과 극단적으로 대립 되어 가사 향유에 큰 굴절을일으킨 것을 확인할 수 있다. 원작자인 노계(蘆溪)는 후대에 전개될 이사단을 예비하였으되 온건하게 변화를 수용하는 쪽으로 처리하였다. 이렇게 본다면 「노계가사」의 주제사 내지 양식사적 구도는 이후 전개될사대부－서민의 향유층 대비에 균형을 맞추는 쪽으로 조절되어 있는 것으로 판정해야 할 것이다.

---

188) 김석배 편, 『庚午本 蘆溪歌集』, 구미문화원, 2006.

2) 갈봉 김득연(葛峯 金得硏)[1552: 명종7~1637: 인조15]

갈봉 김득연(葛峯 金得硏)은 안동 지역의 사대부 집안 출신으로서 자신에 이르러서는 향촌 은둔의 삶을 추구하였다. 『갈봉유고(葛峯遺稿)』에 실린 시조 63수와 가사 〈지수정가(止水亭歌)〉는 양적으로 압도하는데, 이 다작의 동인을 "재지사족으로서의 경제적 여유"[189]에 두거나 "향리에서 자신들의 사대부적 위상을 확인하고자 함"[190]에 둔 견해가 있었다. 이 밖에 작품성이 조야한 부분을 지적하여 동계(洞契)와 같은 모임에 즉흥적으로 수응하기 위한 조건을 추가하기도 하였다. 또한, 16세기 시가에서처럼 효용성이 중시될 경우의 제한된 용도를 벗어나 정서적 감흥이 있게 되면 자연스럽게 분출되는 새로운 작시 계기가 작용하였다고 보기도 하였다.[191] 여기에 한 가지를 더 보탠다면 악곡적 제한을 벗어나 문자 기록성이 강화되는 추세를 들 수 있겠다. 16세기까지의 시가가 전아한 품격을 유지한 것은 그 악곡이 궁중에서 파급된 정악풍(正樂風)이었기 때문이었다. 이런 악곡의 연주에는 악기와 악인(樂人)을 구비하여야했기 때문에 17세기 이후 향촌의 한미한 조건으로는 감당할 수 없는 것이었다. 16세기 이전에도 유배 등의 계기로 절속의 향촌에 떨어지게 되면서 전아한 품격을 유지하지 못한 사례를 볼 수 있었다.[192] 정악풍(正樂風)의 악곡을 일탈하면서 자의적인 율조를 창안해내는 과정은 크게

---

189) 이상원, 「16세기말~17세기초 사회 동향과 김득연의 시조」, 『어문논집』 31집. 고려대 국어국문학회, 1992.
190) 김창원, 「김득연의 국문시가」, 『어문논집』 41집, 고려대 국어국문학회, 2000.
191) 이상원, 「17세기 시가사의 시각」, 『조선시대 시가사의 구도와 시각』, 보고사, 2004, 75면.
192) 自菴 金緓의 〈花田別曲〉이 경기체가의 규격을 일탈하여 후렴구를 생략한 모습으로 드러나는 것을 한 예로 들 수 있다. 유배지인 남해라는 절속 공간이 작용한 것으로 볼 수 있다.

보아서 "이념적 긴장의 완화, 혹은 보수적 이상주의의 파탄을 예고하는 하나의 징표"193)로 파악함이 가능하다.

　일탈적인 율조에 의지하면서 예기되는 현상은 새로운 양식의 출현이다. 시조와 가사 사이를 넘나드는 동일 어구의 사용이나 가사의 장형화 (長型化)를 촉진하는 긴박한 호흡 등을 이 새로운 양식에 대한 예고로 볼 수 있다. 사설시조나 장편가사로 진행하는 시가사의 전개가 다음 단계에 준비되어 있기 때문이다. 갈봉(葛峯) 뿐만 아니라 앞으로 다루고자 하는 향반 작가들이 대체로 일탈적인 율조에 의지하는 성향을 보임은 시가사의 한 흐름으로 파악된다. 집단적 이념이 아니라 개인적 생활이 문학의 주대상으로 될 때에 공동의 이상을 상징하는 규범이 아니라 개인의 자발성을 계기로 삼는 일탈이 일어남이 필연적이다. 17세기 향반 작가들이 추구한 개인적인 작품 세계의 확립은 사회상의 변화를 따른 것이기도 하면서 내면에서 자발적으로 일어나는 새로운 양식에의 동경에 의한 것이기도 하다. 이들이 진행하는 시대에 처하였기 때문에 문학적 성취가 완비되지는 못했더라도 시가사의 다음 단계를 예비하는 면에서는 충분한 진전이 이루어진 것으로 볼 수 있다.

　김득연은 퇴계의 학통에 연결되는 도학자(道學者)적 면모를 지녔으면서도 향촌 현실에 적극적으로 대응하거나 자신의 삶을 방기하는 자세로 조망하는 여유를 보임으로써 이념의 추수적 계승에서 벗어나 세계를 나름대로 해석하는 자발성에 다가서 있었다. 그가 다가간 새로운 세계의 개진은 일정 시기의 특정인에 의해서가 아니라 점진적인 반복에 의해서 성취될 것이었다. 그는 전대의 강호시가를 모의하는 몇 건 외에는 불안정하다고 할 정도의 양식적 동요를 보여주고 있는데 이를 작품성의 저하

---

193) 신영명, 「보수적 이상수의의 계승과 파단 — 김득연의 강호시가 연구」, 『논문집』 18집, 상지대학교, 1997.

로만 볼 것이 아니라 시가사의 일정한 국면에서 충실하게 기도된 시험으로 평가할 필요가 있다. 이러한 양식적 동요가 시가사의 변동 국면마다 드러남을 확인할 수 있기 때문이다.[194]

3) 수남방옹 정훈(水南放翁 鄭勳)[1563: 명종18~1640: 인조18]

노계와는 지역적으로나 학연적으로나 단절되어 있는 조건에서 수남방옹 정훈(水南放翁 鄭勳)이 유사한 성향의 작품을 산출하였다는 사실은 이들이 시가 발전사의 동일 국면에 처하였다는 다른 조건으로 설명되어 왔다. 앞서 노계의 항목에서 지적한대로 이 국면은 사대부 취향에서 서민 취향으로 전환되는 것이다. 일상적인 구체적 언어의 사용, 작중 현실과 실제 현실의 근접, 다양한 화법의 사용 등으로 드러나는 「노계가사」의 특징은 정훈(鄭勳)에게서도 되풀이 되었다. 한 가지 노계와 구별되는 특징을 들어본다면 정서적 진폭이 더 굴곡져 있다는 사실이다. 〈탄궁가(歎窮歌)〉, 〈우활가(迂闊歌)〉의 영탄적 어조는 〈누항사(陋巷詞)〉의 체념적 자탄보다 더 강한 빛을 띠고, 〈용추유영가(龍秋游泳歌)〉나 〈수남방옹가(水南放翁歌)〉의 유일(悠逸)도 〈노계가〉의 담담한 풍정에 비하면 명암이 뚜렷하다.[195]

정서적 굴곡은 작가의 세계 인식으로 인한 투영이다. 정훈은 당대를

---

194) 개화기 시가의 작품성 저하를 같은 시각으로 볼 수 있다. 이를 분출하는 집단적 파토스에 의한 특수한 현상으로 해석한 고미숙의 견해는 시가사이 유사한 국면에 대입할 수 있는 일반적인 논리로 확대할 수 있다.(고미숙, 「한국 근대계몽기 시가의 이념과 형식」, 『대동문화연구』제33집 참조.)

195) 이를 〈俛仰亭歌〉로 비롯되는 호남 가사의 전통 선상에서 해석함도 가능하다. 그러나, 俛仰亭이나 松汀을 잇는 구체적인 경로는 찾을 수 없고, 蘆溪와의 경우처럼 작품 간에서 유사성을 찾으면서 시가발전사를 통해 이해할 수밖에 없다.

불안정한 시대로 인식하고 향리나 벗과 같은 친근한 데에서 위안을 찾고
자 했다. 서정성이 뛰어난 작품이 이런 친근한 소재를 통해 이루어 졌
다.196) 친근함에 의지하는 마음은 외롭고 쓸쓸한 것이다. 그리고 이 고
독은 시대와 사회와의 불화에 기인하기 때문에 내면으로 침잠하는 성향
을 가진다. 정훈이 안으로 지향하는 정서를 통해 얻어낸 소득은 앞으로
전개될 시가사에서 보다 심화되는 개인적 서정을 예고한다.

정훈이 조위한(趙緯韓)의 〈유민탄(流民歎)〉에 접근한 경로가 불분명
하지만 그에 호응하여 〈위유민가(慰流民歌)〉를 지었다면197) 당대의 가
사 유통에 절연되어 있지 않고 그 향유에 적극적으로 대응하였다고 할
수 있다. 〈유민탄〉이 실전되어 작품의 면모를 파악할 수 없지만, 『순오
지』에서 "어두운 조정의 정령이 번거로움과 여러 읍에서 징발하고 거두
어들임이 가혹함을 갖추어 말하여, 정협의 〈유민도〉와 서로 표리가 될
만하다"198) 함을 보면, 현실의 모순상을 구체적으로 예거한 것으로 파
악된다. 현곡 조위한(玄谷 趙緯韓)이 〈용호주중문추향창사미인곡유감
(龍湖舟中聞秋香唱思美人曲有感)〉199)을 지은 「송강가사」의 주요한 전승
자였음을 상기하면, 정훈이 「송강가사」에 연계되는 경로는 간접적으로
드러난다고 할 수 있겠다.

한편, 노계가 그러했듯이 정훈도 당대의 대표적 강호가사인 〈강촌별
곡〉의 어구를 차용하고 있음이 주목된다. 〈탄궁가(歎窮歌)〉의 "삼순구

---

196) 예를 〈月谷答歌〉의 시편들에서 들 수 있다. "예서 그리는 뜻을 제셔 아니 모로는가
  / 므던히 고은 님 덧업시 녀희올덧 / ᄒ로밤 더 새고 간 후에 다시 볼가 ᄒ노라"(제
  8편) 같은 경우에 "내적인 시 정신세계에서 형성되어 있기 때문에 무리가 없고 격이
  높다"(박요순, 『한국시가의 신조명』, 탐구당, 1994, 107면) 라는 평을 얻었다.
197) 見趙玄谷流民歎 卽作慰流民歌以悲之(朴世采, 「水南放翁家藏行蹟」)
198) 備述昏朝政令之煩 列邑徵斂之酷 可與鄭俠流民圖相表裏也
199) 『玄谷集』권3, 五言律詩.

식(三旬九食)을 엇거나 못 엇거나 / 십년일관(十年一冠)을 쓰거나 못 쓰
거나"는 〈강촌별곡〉(『고금가곡』)의 "삼순구식(三旬九食)을 먹으나 못 먹
으나 / 십년일관(十年一冠)을 쓰거나 못 쓰거나"의 변개이다. 이 사실은
정훈이 일정한 가사 향유권에 들어 있었음을 시사하는데, 시조인 〈월곡
답가(月谷答歌)〉가 벗과 수창한 것이었음을 상기한다면 향리를 중심으
로 한 집단이 먼저 상정될 수 있다. 월곡 정여활(月谷 丁汝活)은 정훈과
마찬가지의 포의지사(布衣之士)였다고 하니[200] 이들이 속한 향유권은
제한된 범위의 것이지만, 이 향유권에 속한 다른 교유 인사들이 관직 제
수를 통하여 이동하면서 다른 향유권과의 교섭을 가졌을 가능성을 상정
할 수 있다. 〈강촌별곡〉과 같은 전국적 유통 범위를 지니는 작품은 특히
중앙을 거쳐서 전파되어 오지 않았을까 한다.

4) 선석 신계영(仙石 辛啓榮)[1577: 선조10~1699: 현종10]

선석 신계영(仙石 辛啓榮)은 충남 예산에서 생장하고 광해 11년(1619)
뒤늦게 관직 생활을 시작하여 효종 6년(1655) 치사 환향한 뒤에도 예산
향리에서 지냈다. 그가 남긴 가사 〈월선헌십륙경가(月先軒十六景歌)〉나
〈전원사시가(田園四時歌)〉 등의 시조들은 작품의 내용으로 보아 모두
치사(致仕) 후에 지어진 듯하다. 월선헌(月先軒)은 예산 오리지(梧里池)
가에 있던 당우(堂宇)의 이름으로서 그 주변의 4계절 풍취를 16경으로
유형화한 데에서 이곳에 작은 지방 시단이 성립되어 있었으리라는 추정
을 하게 된다. 작품이 전개 방식은 〈면잉징가(俛仰亭歌)〉 혹은 〈성산별
곡〉과 유사하며 어구에서도 위 두 편과 공통점을 추출할 수 있다.[201]

---

200) 이상원, 「사족층의 분화와 정훈의 시가」, 『조선시대 시가사의 구도와 시각』, 보고
사, 2004, 192면.

선석(仙石)이 이들 작품을 접한 경로는 모호하지만, 중앙의 관직을 수행
하는 동안 이루어 졌을 가능성은 둘 수 있다. 또한, 경(景)을 중심으로
전개해 나가는 형식상의 공통점은 같은 유형 내에서 이루어진 관습을
전해 받은 것으로 볼 수 있다. 선석(仙石)이 이런 관습에 가까이 하는
과정은 몇 가지로 추정해 볼 수 있다.

　선석의 외조부 인재 홍섬(忍齋 洪暹)[1509~1576]은 〈원분가(冤憤歌)〉
를 지었으며 여성위 송인(礪城尉 宋寅)의 가기(歌妓)에게 준 시(詩)202)를
통하여 가악에 대한 깊은 관심을 보여주고 있다. 〈원분가〉는 홍만종(洪
萬宗)의 증언203)에 의하면 인재(忍齋)가 젊을 적에 권신(權臣)인 김안로
(金安老)의 모함을 받아 처참하게 고문 받고 벼슬을 앗겨서 거의 죽을
뻔하다가 살아나서 흥양(興陽)으로 귀양 가 지었다 했으니 본격적인 유
배가사라 하겠는데, 이 작품이 17세기 중반까지 유통되어 온 것을 보면
상당한 전승력을 지녔다고 할 수 있다. "그 원통하고 분한 일을 말했다"
(述其冤憤之事) 했으니 송강 〈미인곡〉처럼 우회적인 방식이 아니라 직접
심사를 토로한 것으로 짐작된다. 인재 이후의 유배가사가 임금을 향한
연군지정(戀君之情)의 서정적 발로에서 유배 과정을 기술하고 고초를 묘
사하며 심경을 직서하는 방향으로 전환한 사실을 보면 유배가사 발전에
있어서 〈원분가〉의 역할을 미루어 알 수 있다. 선석의 가사 제작에 관한
관습의 수용은 〈원분가〉의 직접적 전승과 더불어서 여성위 송인의 수월

---

201) 윤덕진, 『선석 신계영 연구』, 국학자료원, 2002, 75~76면.
202) 〈頤菴酒席贈歌者石哥〉, 『忍齋先生文集』 卷之一 詩七言絶句。"石哥"는 石介 또는
　　石娥로 불렸던 당시의 유명한 歌人으로서 鄭惟吉 李山海 鄭澈 등등의 당대 명류와
　　재상들이 수증한 시가 큰 책을 이루었다고 한다.(礪城君宋寅婢石介善歌舞。一時無
　　雙。洪領相暹作絶句三首贈之。鄭左相惟吉盧領相守愼金左相貴榮李領相山海鄭左相
　　澈李右相陽元及守慶連和之。他餘宰相亦多和。遂成巨卷。一沈守慶, 『遣閑雜錄』)
203) 冤憤歌 忍齋洪暹所製 公少時爲安老所陷 慘被拷掠 死而菫甦 竄于興陽 述其冤憤之
　　事 信不平之鳴也(『旬五志』)

정시단 풍류(水月亭詩壇 風流)에 간접적으로 다가간 데에서부터 출발했
다고 할 수 있다.

한편, 『선석유고(仙石遺稿)』의 행장에 다음과 같은 대목이 들어 있어
서 선석의 시가 향유가 일찍이 이루어진 것을 확인할 수 있다.

> 인척 중에 북인에게 붙은 자가 승문원 정자가 되어 바야흐로 잔치를
> 베풀어 사람들이 많이 모였는데 공을 대하여 교만한 기색이 있었다. 이에
> 공은 〈桃李孤松歌〉를 지어서 말하기를 "무성하게 핀 도리화야, 외로운 소
> 나무를 비웃지 마라. 잠시 동안 봄을 만나 저와 같이 화려하나 결국에 풍
> 상이 섞어 치면 누가 홀로 푸른 모습을 하겠는가"라고 하고 문득 술을 한
> 잔 마시고 가 버리자 이를 들은 사람들이 두려워서 숨을 죽였다.204)

〈도리고송가(桃李孤松歌)〉는 면앙정 송순(俛仰亭 宋純)이 을사사화 때
지었다는 시조 〈곳이 진다ᄒ고〉205)와 유사한 분위기를 지녔다. 시사(時
事)를 개탄하여 사물에 심정을 기탁한 경로가 동일하다는 것은 이 두 작
품이 시조의 유형적 전개에서 같은 맥락에 놓여 있음을 가리킨다. 이 사
실은 선석이 당대의 시조 향유상에 관심을 가지고 다른 이들의 작품을
수용하였음을 말해 준다. 또는 직언을 서슴지 않은 동일한 행동 유형의
작가적 개성에서 그 원인을 찾아볼 수도 있다. 이 행동 유형은 당대 사림
(士林)들의 사회적 양태의 하나라고도 할 수 있지만 대상을 다루는 방식
이라는 문학적인 각도에서 볼 때에는 선석이 선배 사림(士林)의 대상 인

---

204) 有姻親附北者 爲承文正字 方設宴盛集 接公有驕色 公作桃李孤松歌 曰盛開桃李花
　　莫笑孤松 暫時逢春如彼穠 終然風霜交 誰獨也琴容 却飮而去 聞者悚息(『仙石遺稿』「
　　附錄」)

205) 甲辰冬 遭內艱 廬墓 其翌年乃明廟乙巳也 文定垂簾 元衡益漲 多殺耆舊善類 與謀者
　　盡策僞勳 公雖在苫堊 未嘗不悲憤也 及丁未禫闋 作歌 曰有鳥曉曉 傷彼落花 春風無情
　　悲惜奈何(『俛仰集』권4 附錄「俛仰公諡狀」)

식을 계승하였다고 할 수 있다. 그러나, 두 사람이 지역적 연고 같은 매개항을 아무 것도 가지고 있지 않기 때문에 역시 중앙을 거치는 전파 경로를 통한 것으로 볼 수밖에 없다.

선석 시가 창작의 공간적 배경이 된 예산 지역 인근의 17세기 시가 향유상을 살펴보면, 1625년에 부여에서 지어진 「백마강가(白馬江歌)」[황일호(黃一皓)]는 4행 시연의 말미에 같은 여음이 반복되는 5행 1장의 9장짜리 연장체 시가이다. 뒷 시기에 분련의 양태를 보이는 가사가 나타나지만 이 규칙적인 연의 반복으로 특징 지워지는 여장체적 성격은 뒷 시기의 분련체 가사와는 다른 연행의 기반― 곧 악곡적 제한의 결과이리라 생각한다. 이 시기 시가의 연행을 제한하는 악곡적 요인은 주로 거문고 애호와 관련되어 있다. 「백마강가」는 5행 1장의 형식을 제한하는 어떤 악곡에 얹혀 불린 가사로 생각된다.

한편, 강복중(姜復中)[1563~1639]은 1638년, 1639년 양년에 거쳐 논산에서 「분산회복사은가(墳山恢復謝恩歌)」와 「위군위친통곡가(爲君爲親痛哭歌)」를 지었다. 위 두 작품은 각기 산변(山變)의 의송(議訟)과 병자호란에 관련된 송양(頌揚), 은일(隱逸) 주제의 가사로 주제 토로에 치우쳐 형식이 소략한 특징을 보인다. 이 모습은 형성기 가사에 나타났던 형식 내용 불균정의 징후로 보이는데, 가사의 형성기가 한참 지난 17세기 중반에서 이런 모습을 보이는 것은 문화 중심권에서 떨어진 창작 지역의 성격에 말미암는다고 보인다. 신계영(辛啓榮)의 「월선헌십륙경가(月先軒十六景歌)」는 위 두 가지 경우의 한계를 극복한 모습으로 나타난다. 비련체의 장형 가운데 연장체의 유흔을 내함하면서 내용과 걸맞는 세련된 형태미를 드러내는 이 작품에 이르러 이 지역의 가사 향유는 지방적 독자성을 확보하게 된다. 이를 발판으로 이루어지는 이 지역 가사의 계통은 한산 이씨(韓山 李氏) 집안의 가전 필사본으로 남아 있는

이운영(李運永)[1722~1794]의 『언사(諺詞)』에 실려 있는 다양한 유형
의 작품들이나 1764년의 일본 사행을 계기로 지어진 기행 가사의 집대
성, 「일동장유가(日東壯遊歌)」로 이어져 나간다고 볼 수 있다.

2. 「송강가사(松江歌辭)」 영향권의 확대

가사의 정립 과정에서 한 지방에서 생성된 개별 작품의 전파가 중앙을
거쳐 다른 지방으로 확산되는 경로를 추정한 바 있다. 「송강가사」가 가사
발전사에서 지니는 역할을 검토하면서 담양이라는 지방에서 생성된 작품
이 중앙의 향유권으로 침투하는 과정을 전승자들을 중심으로 그려보았다.
그런데 이들 전승자들 가운데에는 지방을 연고로 하는 이들이 끼어 있음
으로써 「송강가사」의 전파가 다른 지방으로 확산되는 경로를 살펴볼 필요
가 생겨났다. 이미 논의한 전승자들이 송강 추숭이라는 정파적 맥락으로
연계되어 있었는데 이 맥락이 후대에는 어떤 식으로 계승되는가를 살피기
위해 대표적 전승자들을 설정하는 방식으로 검토해보고자 한다.

1) 호곡 남용익(壺谷 南龍翼)[1628: 인조6~1692: 숙종18]

호곡(壺谷)이 송강가사 전승자들에게 연계되는 맥락은 『호곡집(壺谷集)』
의 관련 기록으로 쉽게 확인된다. 청음(淸陰), 동춘당(同春堂), 문곡(文
谷), 우암(尤庵) 등과의 교유지간에 이루어진 시편(詩篇)들[206]을 통하여

---

206) 〈淸陰金相國挽〉〈夜宿同春堂。先生請留詩。敬題一律〉〈與文谷同舟。會巡相于
　　斗湄。聞心甫先回〉〈束湖書堂成。與文谷金禮部久之，東里李亞諫長卿，西湖李中
　　丞幼能往會。醉後聯句〉〈銀臺直廬。次文谷韻〉〈扈駕溫泉。與文谷同宿。雨夜聯

호곡이 「송강가사」 전승에 가담했으리라는 추정을 할 수 있다. 그리고, 이 추정은 다음과 같은 시가 향유 사실을 통해 확증될 수 있다고 본다.

(가)
원성의 시월에 낙엽 지는 소리만
객사에 삼경 드니 밤빛 차구나

나랏일에 행역 멀다 논할까마는
나그네 신세에 세월 감이 아쉬워

송강의 별곡을 잔 멈추고 들으며
백주옹의 현판시를 촛불 잡고 읽노라

관청 잔치 끝나잖아 이미 취하니
두 신선 높은 노래 화답키 쉽잖구나[207]

(나)
군영에서 예전에 읊던 새 노랜

句。次劉長卿溫陽客舍韻〉(『壺谷集』권1, 七言律詩) 〈蓮池醉後。別同春先生還鄕〉(『壺谷集』권2, 七言律詩) 〈題尤齋先生新卜黃山寄齋 幷小敍〉(『壺谷集』권5, 五言律詩) 한 편, 『壺谷集』권5, 五言律詩에는 〈朗原君夫人遷葬挽〉도 들어 있어 朗原君과의 교유 가 있었음을 알게 된다. 朗原君(1640: 인조18~1699: 숙종25)은 진본『靑丘永言』에 30수의 시조를 남기고 있을 뿐만 아니라 거기 붙인 李賀朝의 발문을 보건대 스스로 편찬한 가집을 가지고 있었다. 尤庵 宋時烈이 朗原君夫人의 墓表를 썼었고 文谷 金壽 恒도 〈朗原君夫人遷葬挽〉을 지은 것을 보면 朗原君은 老論系 인사들과 긴밀한 관계 를 유지하였던 듯 하며, 이 사이에 시가 향유도 공유하지 않았을까 한다. 『壺谷集』권4 七言律詩에 〈寄題重修水月亭〉－朗原君은 水月亭 주인이었던 礪城尉 宋寅의 외지엽 손으로 水月亭 중수를 주도함－이 있는데 이 가운데 "옛노래 거문고 소리 다시 좇고" (遺曲更從檀板響)라는 구절이 있어서 시가 향유에 관한 사실을 암시하고 있다.

207) 原城十月葉聲殘。客舍三更夜色寒。王事敢論行役遠。旅懷偏惜歲華闌。松江別曲 停杯聽。萍閣留詩秉燭看。公燕欲終吾已醉。兩仙高唱和皆難(〈原城客館設享宴。 醉次板上白洲韻〉, 『壺谷集』권3, 七言律詩)

모다 시단에서 독보였다오

이 늙은이 막 지은 시(詩) 볼 게 없으니
아씨들 소리해도 시큰둥하기만

자태 고와 노래 가락 착착 맞지만
시름 풀랴 아뢴 곡목 늘어지누나

아득한 한 소리 귓속에 들 때
만리 부는 긴 바람 관문을 넘는 듯[208]

(다)
백설가 높은 노래 눈 뒤 들으니
하늘 날린 먼 소리 더욱 또렷해

누 오른 노선생 본디 흥 많고
거문고 친 아씬 이름 그대로

두만강 흘러서 봄물 넘치고
변방 마을엔 저녁연기 펴올라

매화곡 피리 소리 따라 올라서
이 밤에 바람 타고 서울 왔으면[209]

(라)
끊어진 언덕에 등줄기 드리우고

---

208) 旗亭嘗日詠新詞 摠是騷壇獨步詩。壺老漫吟無可取。玉娘齊唱不曾思。應因獻態
成腔速。且爲寬愁奏閫運。怳惚一聲如入耳。長風萬里度關吹(〈次赤谷病臥。使兩
歌妓唱余寄詩。以寬邊愁之〉,『壺谷集』권3, 七言律詩)

209) 白雪高歌雪後成。飛天遠響轉分明。登樓老子元多興。拍板佳人更擅名。豆滿江流
春水漲。藩胡部落夕煙生。依然笛裏梅花曲。一夜隨風到洛城(〈又次雪後聽歌之韻〉,
『壺谷集』권3, 七言律詩)

　　켜켜 쌓인 얼음에 눈 덮힌 골짝

　　험하고 어려운 길 돌궤짝 같고
　　에굽고 지르기는 똑 숫돌 닮아

　　애슬프게 귓것 긴 파람 불고
　　어둑신히 하늘이 반은 갈앉아

　　아직도 임금 노래 전하여지니
　　옛날 그 님이 오르신 때문210)

　(가)를 통해서는 호곡이 「송강가사」의 실질적 향유자임을 확인한다. "송강별곡(松江別曲)"의 정체가 무엇인지 불명하나 강원도 원주 지역이 배경으로 되어있다면 〈관동별곡〉일 가능성을 배제할 수 없다. "잔 멈추고 들으며"는 낯익은 이 노래에 대한 호곡의 경도를 가리킨다. "두 신선 높은 노래"에 화답하려다 백주(白洲)의 시에만 차운하였으나 강원도를 방문하였다면 〈관동별곡〉의 흥취를 재현하고픈 심정을 일으킴이 당연하였을 것이다.

　(나)는 지인(知人)인 김익렴(金益廉)[1622~?]을 위해 지어졌다. 김익렴의 아호(雅號)는 적곡(赤谷)으로 『호곡집(壺谷集)』속에서 가장 수창(酬唱)이 많이 이루어진 상대임을 보아 호곡과의 친밀도를 짐작할 수 있다. (나)는 김익렴이 종성(鍾城) 부사로 나갔던 사실과 관련되어 지어진 것으로 보인다. 적곡 김익렴(赤谷 金益廉)은 종성부사로 일 년여 재임하고 돌아와서 400여 편의 시로 된 「북새록(北塞錄)」을 지어 당대에 횡전

---

210) 絶岸藤垂壁。層氷雪壓谿。險艱齊石櫃。盤折劇靑泥。慘慘鬼長嘯。陰陰天半低。猶傳御製曲。先后昔登躋。(孝宗大王曾有靑石嶺歌曲)[〈靑石嶺。-次東岳石嶺韻〉, 『壺谷集』권12「燕行錄」]

되었던 모양이다.211) 호곡은 여기에 발문(跋文)을 달면서 시편(詩篇) 중에 드러났던 북방의 풍정을 열거하였는데 그 가운데에는 "천명의 무장이 말 타고 활 쏨, 양쪽의 기생이 노래하고 춤춤(千夫之騎射。兩娥之歌舞)" 같은 구절도 있어서 (나)의 시제(詩題)에 보이는 "양쪽의 가기들로 하여금 내가 드린 시를 노래 부르게 하여 변방의 시름을 누그러뜨린다(使兩歌妓唱余寄詩 以寬邊愁之)"는 대목과 연결 지어 보게끔 한다. (나)의 시는 종성에서 병중인 적곡(赤谷)이 서울로 보낸 시에 차운하여 되돌려 보내 변방의 시름을 덜어주려는 의도로 지어졌던 듯하다. 그런데 위의 시제 가운데 "내가 드린 시를 노래 부르게 하여"라는 데에서는 한시를 노래할 수 있는 당대의 가창 관습을 떠올리게 된다. 이미 앞에서 살핀대로 조선조 가창 관습의 체계는 국문시가뿐만 아니라 한시사부(漢詩辭賦)라는 상대항을 설정하여 조직함이 실정에 맞는다.

한편, 「적곡북새록발(赤谷北塞錄跋)」에는 「북새록」의 가치를 고양하는 평가 뒤에 "그 가운데 전통으로 보낸 우리말은 마침 〈백설곡〉에 맞추었으니(적곡의 명편)곁에 끼어듦을 깊이 행운으로 여기지만 그 공교함과 졸렬함을 비교하자면 저절로 눈을 크게 뜨고 얼굴을 붉히게 된다(其中傳筒俚語。時間於白雪之曲。深以附驥爲幸。而較其工拙。誠不覺目刮而面騂)"는 대목이 있어서 壺谷이 지은 〈백설곡〉에 해당하는 시편이 「북새록」에 인용되어 있음을 알게 한다. (다)의 첫 연에 보이는 〈백설가(白雪歌)〉가 이 〈백설곡〉과 관련이 있지 않을까 생각하게 되는데, (다)는 적곡(赤谷)이 종성에 있으면서 호곡의 대제학 취임을 축하하여 보낸 시에 화답하면서212) 같이 보낸 〈설후청가(雪後聽歌)〉라는 시에 화답한 것

---

211) 赤谷翁出爲鍾山守。經年解綬而歸。視篆堇十八朔。所爲詩至四百餘篇。一日投示余。要得跋尾短語(「赤谷北塞錄跋」, 『壺谷集』권16, 跋)

212) 詩題는 〈次赤翁賀余主文之作〉이다. 壺谷이 兩館 대제학을 겸하는 것은 1687년(숙

으로 보인다. (다)의 정조(情調)는 변방에 있는 지인을 자신과 동일시하는 가운데 전체적으로 비창한 분위기를 지닌다. 그런데 이 비창의 분위기를 〈백설가[곡(曲)]〉를 통하여 전하는 작품을 『호곡집』안에서 다시 찾을 수 있어서 이 노래가 호곡에게 미친 큰 영향을 가늠할 수 있게 한다. 『호곡집』 8권의 ≪유숙언이 일이 벌어져 귀양 가는데 문 밖에서 취하여 헤어졌다. 마침 〈백설가〉를 부르는 자가 있기에 시를 지어 번역하였다(柳叔言事赴謫。醉別門外。適有白雪歌者。詩以翻之)≫라는 시제의 한시는 "백설에 돌아 갈 길 잃고, 찬 구름만 골짝마을을 둘러쌌다. 황혼에 시름겨워 홀로 섰으니, 어디 메 매화 넋을 되찾을런고(白雪迷歸路。寒雲擁峽村。黃昏愁獨立。何處返梅魂。)"로 번사되어 있어서 곧바로 "白雪이 ᄌᆞᄌᆞ진 골에 구룸이 머흐레라 / 반가온 梅花ᄂᆞᆫ 어늬 곳이 퓌엿ᄂᆞᆫ고 / 夕陽의 호올노 셔셔 갈 곳 몰나 ᄒᆞ노라[이색(李穡): 『병와가곡집(甁窩歌曲集)』]"를 원사로 하였음을 알게 한다.

(라)는 호곡 자주(壺谷 自註)로 보이는 "효종대왕증유청석령가곡(孝宗大王曾有青石嶺歌曲)"이라는 말을 통하여 효종(孝宗)이 지은 시조를 대상으로 한 것임을 알 수 있다. 아마도 호곡(壺谷)이 청(淸)에 사은겸진주부사(謝恩兼陳奏副使)로 사신 갔던 1666년(현종7)에 지어진 것일 터이다. 청석령(青石嶺)을 지나면서 북벌의 여한을 남기고 돌아간 선왕을 추모하며 노론(老論) 강경파로서의 자신의 정치적 입지가 험한 여로와 같음을 인식한 계기로 지어졌을 것이다. 그런데, 근래 발굴된 호곡의 기행가사 〈장유가(壯遊歌)〉[213]는 호곡이 일본과 중국 사행을 회고하며 지은 작품인데 끝머리 청(淸)에서 돌아오는 길에 "臘月 못 진ᄒᆞ야 客行이 도라오니 / 籠中 脫出ᄒᆞᆫ 새 이도곤 快ᄒᆞᆯ손냐 / 青石嶺 草河谷 風雲이 ᄌᆞ자시

종13년)이다.

213) 임형택, 『옛노래, 옛사람들의 내면 풍경』, 소명출판, 2005,

니 / 先王 御製歌을 읊어보니 嗚咽ᄒ다"라고 노래하고 있어서 (라)와 동일한 계기에서 나온 대목임을 확인하게 된다.

위와 같은 몇 가지 시가 향유 사실을 확인하면서 호곡이 같은 정파 안에서 유지된 송강 추숭의 분위기 속에서 실질적인「송강가사」전승자의 역할을 하였을 뿐만 아니라 당대 시가 향유의 여러 국면에 가담함으로써 새로운 작품의 창작을 이루어내는 바탕을 다지기도 했음을 알 수 있었다. 특히, 사행가사의 초기 작품을 선보임으로써 가사 발전사를 새 단계로 이끌어 갔음을 주목할 만하다.

2) 청주 김성달(靑洲 金盛達)[1642: 인조20〜1696: 숙종22]

김성달(金盛達)은 선원 김상용(仙源 金尙容)의 증손으로서 조부인 김광현(金光炫)이 1639년 서울로부터 이주 은거하였던 홍성 갈산(洪城 葛山)면 오두(鰲頭)리에서 만년을 보내며 향촌 가사 향유의 선례를 보였다. 그의 부친인 김수민(金壽民)[1623: 인조 1〜1672: 현종 13]은 효행으로 알려졌으며, 어릴 적부터 익힌 전주(篆籀)에 능하여. 당시의 많은 당안가액(堂顔家額)이 그의 손을 거쳤다고 한다. 김수민은 1667년 모친 봉양을 위해 덕산(德山) 현감으로 나간 외에는 주로 서울에서 지냈다. 따라서, 그 자제인 김성달도 서울의 안동 김문(安東 金門) 터전인 청풍계(淸楓溪) 인근에서 생장하면서 족제인 농암 김창협(農巖 金昌協)과 어울려 지냈다. 청풍계는 선원 청음(仙源 淸陰) 형제가 창도한 터전으로 많은 문인들, 특히 서인계(西人系) 문인들의 탐방 수창저(酬唱處)가 되기도 하였다. 이곳을 중심으로「송강가사」가 향유되었으리라는 사실은 선원(仙源)과 청음의「송강가사」애호 기록으로 확인되는 바이다. 김성달도 그 영향권 안에서 국문시가에 대한 이해를 키운 듯, 다음과 같은 국문시가 창작 사실이 확인된다.

⑦ 在鄕時。有鰲山曲。在東郡時。有蓬萊曲。以見意。至於超然獨出於世間標榜之外[214]

⑪ 昨夜東風吹雨過 紛紛花發遍山河 可憐春色渾如故 知對何人共笑歌[215]

⑭ 뜰ㄱ의 섯ᄂᆞᆫ 紫荊 처음의 심은 ᄠᅳᆺ은 / 百年花下의 兄弟湛樂 ᄒᆞ랴터니 / 어즈버 生離死別ᄒᆞᆫᄃᆡ 홀로 繁華ᄒᆞ여셰라[216]

⑦를 통해서는 김성달이 강호가사의 관습에 익숙하여 향리를 대상으로 한 작품을 생산해 낼 수 있었음을 알 수 있다. 청풍계의 생장 배경이 강호가사의 관습을 마련해 주었을 터인데 현존 자료로는 청음 김상헌 작(淸陰 金尙憲 作)으로 비정되어 있는 〈운림처사가(雲林處士歌)〉(『해동유요(海東遺謠)』소재)나 문곡 김수항(文谷 金壽恒)이 송강 유허를 탐방하면서 그 후손을 통하여 확인하게 되었던 〈성산별곡〉을 강호가사 향유 관련 사실 안에 넣을 수 있을 것이다. 뒤에 논하겠지만 청음의 〈운림처사가〉는 십이가사로 귀착되는 〈처사가(處士歌)〉 형성 경로의 단초를 연 작품으로 〈면앙정가(俛仰亭歌)〉나 『송강가사』의 유향을 간직하고 있음을 볼 수 있다. 따라서 김성달의 〈오산곡(鰲山曲)〉은 강호가사의 계통 가운데 이루어진 것으로서 『송강가사』 특히 〈성산별곡〉의 영향 안에 있었으리라고 짐작할 수 있다.

---

214) 尹拯, 〈高城郡守金公墓碣銘〉, 『明齋先生遺稿』 卷之四十 墓碣銘.

215) 〈齁歌〉 『安東世稿』(문희순 역주, 『다시 저승에서도 부부가 되리』, 대전광역시 대덕구. 부록 영인본 56면.)

216) 『聯珠錄』(위와 같은 책, 72~73면.) 이 작품은 「北庭紫荊樹種來 二十餘年 兄弟每就其下 游歌以娛矣 比者吾兄弟有存沒聚散之恨 而花自如舊 不勝感愴 遂成一歌 仍倚爲絶句並錄示諸弟」라는 詩題 아래 실려 있다.

김성달이 고성(固城) 군수를 지낸 기간(1694~1696)에 이루어졌다고 하는 〈봉래곡(蓬萊曲)〉은 가명이나 창작 배경 등을 고려하여 〈관동별곡〉의 아작(亞作)으로 추단할 수 있다. 특히, "초연히 세간의 드러내 거는 밖에 홀로 나왔다(超然獨出於世間標榜之外)"는 평에서 이 작품이 지향한 세계를 짐작할 수 있다. 김성달의 천질이 초속(超俗)함을 주변 증언으로 확인할 수 있다.217) 〈봉래곡〉이 부전하므로 상세히 파악할 수는 없으나 관련 증언으로 보건대 인품의 초탈한 경지가 금강산 절경에 깊이 이입된 듯하다. 특히, 중향성(衆香城)의 가을 경관을 노래한 대목이 수발(秀拔)하다는 당대의 평218)이 되풀이됨을 보아 일정한 훤전도를 유지하면서 유통이 이루어 졌었음을 알 수 있다.

ⓒ는 김성달과 부인 연안 이씨(延安 李氏)[옥재(玉齋)]의 수창 시집(酬唱 詩集)인 『안동세고(安東世稿)』에 실려 있는데, 배열 순차로 보아 연안 이씨 사후인 1690~1692년에 지어진 것으로 추정한다.219) "눌 대해 함께 웃고 노래할 줄 아는지?(知對何人共笑歌)"라는 종장 구에서 사별한 부인에 대한 추념을 계기로 지어졌음이 확인된다. 이 작품은 향리의 특정한 공간에서만 유통되었을 것이기 때문에 중앙을 중심으로 간행된 가집들에서 찾을 수 없다. 그러나, "간밤에(어제 밤) 부던 동풍~"류의 초

---

217) 族弟인 金昌協의 〈祭族兄伯兼盛達文〉(『農巖集』 卷29)에 "嗟惟我兄。眞率樂愷。脫略苛細。多可少怪。風流澹蕩。髣髴江左。豈如世士。醒醒拘瑣。"라 했거나 吳道一(1645: 인조23~1703: 숙종29)의 〈金固城伯兼輓〉(『西坡集』 卷6)에서 "懷才每惜官偏屈。爲善還嗟壽未遲"라 한 것 등등.

218) 吳道一의 〈弘濟院。贈別高城使君金伯兼〉(『西坡集』 卷5)에서 "我行燕塞三千里。君領金剛一萬峯。華表柱邊尋鶴影。衆香城外問僊蹤"리 하여 伯兼의 금강산 기행과 자신의 연행을 대비시키면서 衆香城을 언급하였다. 아마도, 이 대목은 〈蓬萊歌〉에 나타난 仙界 동경에 대한 것일 듯하다. 또, 전게 〈金固城伯兼輓〉에서 "詩魂招斷處。衆香秋色爲誰多"라 한 것도 같은 대목과 관련 것으로 보인다.

219) 구지현, 「'安東世稿 附聯珠錄' 소재 작품의 삭가와 시작 시기」(『호연재 김씨의 생애와 문학』, 보고사, 2005.) 참조.

장이 가집 소재 시조에 흔하고 꽃을 통하여 내면을 토로하는 수법도 익숙한 것이기 때문에 작자가 이런 류의 시조를 잘 알고 이를 재창작에 활용할 만큼 시조의 양식 관습에 능통하였음을 가리켜 준다.

이런 양식 체험의 증좌는 김성달의 장남인 김시택(金時澤)에 의해 지어진 ㉡의 시조를 통하여 재확인 된다. ㉡는 김시택 형제자매들의 수창 시집(酬唱 詩集)인 『연주록(聯珠錄)』에 실려 있다. 이 작품은 시제(詩題)에 나타난 대로 여러 가지 사정으로 존몰취산(存沒聚散)의 지경에 처한 형제들을 그리워하는 심정을 먼저 시조로 드러내고 곧 이에 의거하여 절구(絶句)를 지었다고(仍倚爲絶句) 한다. 김시택이 지은 절구[220]를 대하면 그 부친의 〈번가(飜歌)〉를 대하는 느낌이 든다. 노래에 의거하여 절구를 지었다는 말(仍倚爲絶句)이 곧 번사(飜辭)를 가리킬 수 있음은 물론이다. 격발하는 정서를 시조 양식으로 해소하고 침잠된 상태에서 한시로서 재수용하는 관습은 당대에 익숙한 것이었기 대문이다. 김시택이 그 부친을 이어서 시조 양식을 정서 표출의 일차적 수단으로 하고 한시 양식과의 균형을 적절히 유지하고 있는 모습을 통하여 이 시기 사대부들의 국문시가 향유의 정도를 가늠할 수 있었다. 아울러 청풍계에서 오두(鰲頭)까지 중앙의 시가 향유가 지방으로 확산되는 실례를 확인할 수 있었다.

3) 봉곡 송주석(鳳谷 宋疇錫)[1650: 효종1~1692: 숙종18]

봉곡(鳳谷)의 가사 향유는 조부인 우암(尤庵)과의 관련에서 살펴보아야만 한다. 우선, 그가 남긴 가사인 〈북관곡(北關曲)〉이 우암의 덕원 유배 시 배종하면서 지어졌다는 점만 보아도 그러하다. 〈북관곡〉은 그 구

---

220) 庭畔初栽紫荊枝 弟兄湛樂與花期 死別生離蕭索甚 春風花發使人悲.

기(口氣)가 송강의 〈속미인곡〉을 연상케 하니, 먼저 "어와 설운지고 이 행차 무사일고 / 장사 천일애에 가태부 행색인가 / 조주 팔천니에 한니 부 길이런가 / 북관 천니 밖에 어대라고 가시는고 / 평생을 도라보나 지은 죄 없건마는 / 늦게야 어찐 일로 이런 화 만나신고"221)의 대화체로 써 풀어나가려 시작한 점이 유사하다. 대화체의 본령은 자문자답이니 해소될 수 없는 근원적인 문제나 시대의 중대 사항을 문답 구조로써 제 기하고 답변하면서 문제의 본질을 환기함을 목적으로 한다. 후기가사에 들어서면서 대화체를 사용하는 작품들이 빈출하고 개화기까지 가사 양 식의 주요한 담화 방식으로 활용됨을 보면 가사 양식의 본질에 내함 되 어 있는 발화법으로 볼 수 있다.222) 북헌 김춘택(北軒 金春澤)이 〈속미 인곡〉의 대화체를 모의하여 〈별사미인곡(別思美人曲)〉을 지었으며, 그 전에 서포가 〈속미인곡〉을 「송강가사」의 최상으로 평가한 것도 가사 양 식 발화의 본령을 대화체로 보는 바탕에서 나왔다고 할 수 있다.

우암이 송강가사 전승에서 차지하는 몫은 이미 논하였거니와, 〈고산 구곡가(高山九曲歌)〉를 번사함으로써 국문시가 향유에 적극 가담한 사 실을 보태고, 거기에 〈계녀서(戒女書)〉를 국문으로 제작한 사실까지 더 함으로써 최상의 국문시가 향유자로서의 자질은 충분히 확인된다. 봉곡 (鳳谷)의 생애는 우암의 가승적 추수로서 드러나기 때문에 국문시가 향 유의 자질도 그대로 물려받은 것으로 볼 수 있다. 〈속미인곡〉의 모의는 이런 가승적 바탕 위에서 가능하였을 것이다. 거기에다가 다음과 같은 기록을 보면 봉곡은 연행자로서의 자질까지 아우르고 있었다.

---

221) 이 구절이 〈續美人曲〉의 서두인 "뎨 가는 뎌 각시 본 듯도 흔뎌이고 / 텬샹 빅옥경을 엇디흐야 니별(離別)흐고 / 히 다 뎌 져믄 날의 눌을 보라 가시는고"와 거의 같은 분위 기를 지녔을 뿐만 아니라 중간 중간에 〈續美人曲〉의 영향을 받았으리라 여겨지는 구 절들이 나타난다.

222) 김형태, 「대화체 가사 연구」(연세대 박사 논문, 2005.) 참조.

책 읽는 소리의 가락이 활짝 맑아 옥을 바수는 듯하여 매양 달 밝은 밤에 문정공께서 중용과 대학의 서와 송강가사를 읊조리게 하여 듣곤 할 때면 곁에 모신 여러 사람들이 또한 무릎을 치면서 칭상하였다.(讀書音韻暢亮如碎玉 每於月夕文正公命誦庸學序及松江歌詞而聽之 侍傍諸人亦皆擊節稱賞)223)

낭독(朗讀)의 관습이 지배적이었던 시기에는 독서성과 가창 성음의 경계가 불분명하였다. 현전 "송서(誦書)"라는 양식의 발원이 어느 때부터인가는 불분명하지만 기녀들의 특장 곡목에『대학(大學)』이나「출사표(出師表)」등이 들어가 있었던 것을 보면224) 독서 관습에서 비롯된 낭송 방식이 음악의 영역에 편입된 것이 상당한 연조를 지닌 것으로 보인다. 봉곡이『대학(大學)』과『중용(中庸)』의 서문을 낭송한 뒤에「송강가사」를 잇대어 연행할 수 있었던 것도 이런 오래된 관습에 의거하였을 것이다. 선비 사회에서 지속되던 이 관습은 전문 가객의 악곡에 기반하는 연행으로 발전하는 경로와는 다른 방식으로 유지되었을 것이다. 선비들이 시가를 향유하는 방식은 가객이나 기녀로 하여금 노래하게 하여 듣고 즐기는 것과 스스로 또는 흔히 제자배인 연소자들을 시켜 낭송하면서 즐기는 두 가지로 나뉘어 있다. 앞의 방식은 악곡이 선재하는 것이어서 반주 악기와 연주 기량이 요구되는 전문적인 분야에서 이루어진다. 기예를 천시하던 관습에서는 이 전문적인 연행의 분야를 사대부가 직접 담당할 수는 없었다. 그러나, 뒤의 방식에서는 한시사부나 경전까지 대상으로 하기 때문에 문자의 음성적 구현이 가치를 인정받을 수 있었다.

---

223)『鳳谷集』권7, 附錄「行狀」
224) "송서란 글을 읽는 것을 말한다. 그러나, 글방에서 읽는 식과는 달리 멋을 넣어서 읽는다. 그래서 예전에 안동 기생은 ≪대학≫을 읽었고, 함흥 기생은 공명의 〈출사표〉를 잘 읽었으며 영흥 기생은 〈용비어천가〉를 잘 읽었다고 한다."(이창배,『한국가창대계』)

국문시가는 본디 앞의 영역에만 귀속되어 있었지만 시조와 가사의 향유에 사대부들이 관여하면서부터 뒤의 영역과 교섭을 갖게 되었다. 모든 연행 갈래가 지닌 속성으로서 축적된 관습이 먼저 형성되고 이를 이론화하는 규범은 후에 부가되는 현상이 시조 가사에서도 되풀이되었기 때문에 퇴계의 〈도산십이곡(陶山十二曲)〉 제작과 병행한 발문이라든지 「송강가사」의 가치를 제고하는 방안을 모색한 전승의 자취들은 이미 제작된 작품에 대한 변호이거나 그 작품의 가치를 공표하는 선언에 해당되었다.

봉곡은 조부의 행적을 전범으로 삼는 지향 가운데 조부도 그 가치를 애써 선양했던 「송강가사」를 전범으로 삼아 〈북관곡(北關曲)〉을 지을 수 있었다. 노론의 영수였던 우암의 손자라는 특수한 가계적 사실 외에도 낭송에 특별히 조예를 지니고 있었던 자질이 가사 제작의 길로 봉곡을 이끌었다. 후에 강호가사의 대표작이 되는 〈강촌별곡(江村別曲)〉(육당본『청구영언(靑丘永言)』소재)의 선행 이본인 〈상산별곡(商山別曲)〉의 작자로 등장하는 일암 송찬규(逸庵 宋燦奎)[1746~1805]나『봉곡집(鳳谷集)』에 행장을 쓰고, 〈북관곡(北關曲)〉첩에 발문을 썼을 뿐만 아니라 직접, 「송강가사」의 번사를 했던 송근수(宋根洙)[1818: 순조18~1903]는 후손으로서 가계적 전통을 이어 받으면서 자기들 당대에 어울리는 가사 향유 방식을 모색한 점에서 조선들의 진보적인 국문시가 사랑을 이어받았다고 할 수 있다.

4) 귀암 박권(歸菴 朴權)[1658: 효종9~1715: 숙종41]

박권(朴權)은 〈서정별곡(西征別曲)〉을 남김으로써 가사 향유의 족적을 보인다. 〈서정별곡〉은 두 차례의 연행 체험을 바탕으로 지은 기행가사이다. 서두부에서는 유배에서 풀려나 원주 섬강 가에서 전원생활 하던 체험을 서술하고 후반부에는 이역만리에서 고향을 그리워하는 마음을 간절히 그려내면서 본사부에서는 관직 생활의 보람과 연행 과정의 흥취를 대비하면서 전개해 나갔다. 이 본사부는 관인으로서의 책무와 풍류인으로서의 흥취를 교차시켜나가는 〈관서별곡(關西別曲)〉이나 〈관동별곡〉의 기행 과정과 유사하다. 박권(朴權)이 이들 기행가사에 접촉하는 경로는 문집에 드러나는 노론계(老論系) 관련 인사들을 통하여 추정해 볼 수 있지만 명고 임전(鳴皐 任錪)의 외현손으로서 경상도 관찰사 때에 명고(鳴皐)의 문집을 발간하면서 스스로 발문을 쓴 사실로서 확인할 수 있다. 임전(任錪)[1560∼1611]은 행록에 예거한대로 "관직자 중에는 송강 한 사람이 있고 사림 중에는 명고 한 사람이 있다"(在縉紳松江一人 在士林鳴皐一人)225)는 당대의 고평에 해당하는 인물이었다. 『명고집(鳴皐集)』의 편찬을 농암(農巖)이 주도했으며 정호(鄭澔)가 서문을 쓴 내력을 보면 명고(鳴皐)의 노론 내에서의 위상을 알 수 있다. 또한, 행장에 나타난 대로 교유 인물의 범위가 노론의 중심인물 전반226)에 거쳐 있음도 확인된다. 특히 석주(石洲), 동악(東岳) 등 송강 경모자들과의 긴밀한 교우는 명고를 「송강가사」 전승의 중심에 두게 한다. 박권(朴權)도 장암 정호(丈巖 鄭澔), 삼연 김창흡(三淵 金昌翕) 등 노론 중심인물들과 교유한 점에서 외고조인 명고와 같은 정파적 맥락으로 계승됨을 확인할 수 있다. 박권(朴權)이 『명고집』을 발간하는 갑신(甲申)년(1704: 숙종30)

---

225) 徐鳳翎撰述, 『鳴皐先生行錄』제10면.(국립중앙도서관 소장)

226) 현손인 任選이 작성한 행장에 나타난 교유 인물은 다음과 같다. 仙源 金尙容・淸陰 金尙憲・月沙 李廷龜・秋灘 吳允謙・東岳 李安訥・玄洲 趙纘韓・玄谷 趙緯韓・晩谷 崔起男・志范堂 李壽俊・潛窩 李命俊・石洲 權韠・象村 申欽. 또 후배로는 浦渚 趙翼・谿谷 張維・澤堂 李植・遲川 崔鳴吉・畸菴 鄭弘溟, 선배로는 松江과 淸江을 들었다. 이 밖에 호남의 교류 인사로는 孤竹 崔慶昌・玉峰 白光勳・睡隱 姜沆・白湖 林悌・鼓巖 梁千頃・松谷 梁應鼎・海狂 宋濟民 등등을 들었다.(『重刊 鳴皐集』권10, 1833.)

은 장암 정호(丈巖 鄭澔)에 의하여 『송강가사』 관북본이 발간되었다는 해이기도 하다. 송강 추숭의 기운이 발흥하던 시기에 편승하여 『명고집』 발간도 이루어 졌다고 볼 수 있다.

박권은 숙종 37년(1711) 사은부사로 연행하고 돌아 온 이듬해, 한성우윤(漢城右尹)이었을 때에 청(淸)과의 국경 분쟁을 해결하는 접반사(接伴使)가 되어 백두산 정계비를 세우고 돌아와 『북정일기(北征日記)』를 남겼다. 이 기록에 보이는 자주 의식의 발현이 〈서정별곡〉에서 연경에 들어가 청나라 문물을 접하였을 때 보이는 은근한 반감과 멸시로 드러난다. 이는 존명배청(尊明背淸)을 이념으로 하였던 소속 당론의 영향에서 나온 태도일 것이다.

앞서 호곡 남용익(壺谷 南龍翼)의 〈장유가(壯遊歌)〉의 예에서도 본 것처럼 이 시기 기행가사 향유는 사행일기(使行日記)와 사행가사(使行歌辭)의 병존을 바탕으로 이루어졌다. 산문 기록과 가사의 병존을 배경으로 하는 기행가사의 산출과 향유는 한편으로는 보다 사실화된 보고를 꾀하면서 다른 한편으로는 사실을 문학적으로 정화하는 양면적인 의도 아래 이루어졌다. 사실을 평면적으로 나열만 하는 것이 아니라 입체적으로 배열함으로써 회상과 서술, 발전과 서정이 교직되는 구조를 통해 대상을 파악하는 시각을 다면적으로 확대할 수 있었다. 대상에 대한 사실적 접근이 강화되는 방향은 보다 장편화된 보고 기행의 가사로 나가며, 다면적으로 확대되는 시각은 다양한 종류의 가사체를 시험하는 쪽으로 나가게 된다. 서사적 요인이 개입하면서 노래하던 관습이 읽는(읊는) 쪽으로 전환되는 동시에 가사 양식은 커다란 전변을 겪게 되는데 그 발단은 아무래도 기행가사 쪽에서 찾을 수밖에 없다. 그런 점에서 「송강가사」의 전승자들이 〈관동별곡〉을 중심으로 이끌어 갔던 가사 향유의 한 갈래가 서사화, 장편화의 방향으로 전환되는 계기는 가사발전사에서 중요한 의미를 지니게 된다.

5) 18세기 이후의 「송강가사(松江歌辭)」 계승자들

「송강가사」의 전승자들은 전승 초기 송강 추승의 의도로부터 시작된 전승의 경로를 정본 수립으로 이끌어 갔으며, 정본 수립 이후에는 「송강가사」의 전승 영역을 확대해 나가는데 힘썼다. 주로 중앙에서 유통되던 「송강가사」가 지방에까지 알려지게 되었으며 「송강가사」의 예술적 가치를 재창조하려는 시도가 일어났다. 이번 항에서는 이 전승권 확대 및 작품 재창조의 문제를 주로 다루되, 달라지는 가악 풍토에 「송강가사」가 어떻게 적응해 나가는가에 주안점을 두어서 살펴보고자 한다.

(1) 인간의 개성 존중
- 옥소 권섭(玉所 權燮)[1671: 현종12~1759: 영조35]

옥소 권섭(玉所 權燮)의 시가 향유 생애를 집약적으로 드러내 보여주는 자료가 생애 초반에 놓여 있다. 『옥소집(玉所集)』권1의 〈壬戌上元 年十二崔精大(昌大小字)之年十四 踏月而出 廣通橋參夢窩農巖稼齋圃陰崔吳林諸公之筵 笆籬橋參洪萬宗趙泰興之筵 第二橋參中輩之會 水標橋參按隷騶傔之會 各次其會中韻〉라는 시제(詩題)는 12세 때 지은 네 편의 시에 대한 것이다. 대보름의 답교(踏橋) 풍속에 대한 세시기(歲時記)들의 기록도 있거니와 이 시편(詩篇)은 12세의 소년이 당대 풍류객들의 상원 시회(上元 詩會)에 참석하여 당당하게 수창하였다는 이채를 발하고 있다. 첫 수227)는 광통교(廣通橋)에서 벌어진 김창집(金昌集), 김창협(金昌協),

---

227) 一代名流會上元 廣通橋闊月光黐 淋漓筆硯絃歌外 精大文章倣某孫

김창업(金昌業) 형제들의 시연(詩筵)을 대상으로 하였다. 이들 형제들은 청음 김상헌(淸陰 金尙憲)의 증손이며 문곡 김수항(文谷 金壽恒)의 아드님들로서 직접 「송강가사」의 전승과 연계되어 있다고 할 수 있다. 그러나, 여기서는 시가 향유를 드러내는 구절은 "현가(絃歌)"라는 곳뿐이어서 구체적 정황을 포착할 수는 없다. 한 세기쯤 뒤에 벌어지는 같은 청계천 다리 위에서의 음률 풍류사를 통해 그 정황을 재현해 볼 수는 있을 듯하다.

> 당시 거문고를 잘 연주하던 음악가로 김억(金檍)이라는 사람이 있었다. 그 호가 풍무자(風舞子)였는데 교교재(嘐嘐齋)가 붙여준 것이었다. 새로 조율한 양금을 즐기기 위해 이 사람과 함께 담헌(湛軒)의 집에 모였다. 고요한 밤에 음악이 연주되었다. 마침 교교재가 달빛을 받으며 우연히 왔다가 생황과 양금이 번갈아 연주되는 걸 들으셨다. 공은 마음이 몹시 즐거워 책상 위의 구리 쟁반을 두드리며 가락을 맞추어 『시경(詩經)』의 「벌목(伐木)」장을 읊으셨는데 흥취가 도도했다. 잠시 후 공(公)이 일어나 나가더니 한참 있어도 돌아오시지 않았다. 나가서 찾아봤지만 공은 보이지 않았다. 담헌이 아버지께 말했다. "우리가 감히 법도를 잃어 어르신을 가시게 한 모양이구려" 두 분은 함께 달빛을 받으며 공의 댁을 향해 걸었다. 수표교에 이르렀을 때다. 바야흐로 큰 눈이 막 그쳐 달이 더욱 밝았다. 공은 무릎에 거문고 하나를 비낀 채 갓도 쓰지 않고 다리 위에 앉아 달을 바라보고 계신 게 아닌가. 그래서 다들 몹시 기뻐하며 술상과 악기를 그곳으로 옮겨 와 공을 모시고 놀다가 흥이 다한 뒤에야 헤어졌다.[228]

교교재 김용겸(嘐嘐齋 金用謙)[1702: 숙종28~1789: 정조13]은 김창

---

228) 朴宗采(박희병 역주), 『過庭錄』(나의 아버지 박지원), 돌베게, 1998, 37면.

집의 아들로서 그 백부인 농암(農巖), 삼연(三淵)으로 이어오는 가문의
가악 향유에 연계되어 있다. 시경(詩經) 가창의 관습도 그 범위에 있는
것이며 이 가문 안에서는 「송강가사」의 향유는 일상적인 것이었음을 교
교재(嘐嘐齋)의 고조인 선원 김상용(仙源 金尙容)의 사례를 통해 확인한
바 있다. 옥소(玉所)는 백부인 수암 권상하(遂菴 權尙夏)[1641: 인조19~
1721: 경종1]에게 훈도 받은 호서 노론 (湖西 老論)명문의 자제로서 서울
노론 대가문인 육창(六昌) 형제의 시연에 참예한 것인데 이들이 시가 향
유에 있이 공유히는 부분이 있었을 것이며 그 가운데 「송강가사」가 중심
에 놓여있지 않았을까 한다. 뒤에 옥소가 실현하는 여러 가지 시가 양식
은 가승을 통하여 어릴 적부터 익혀온 것으로 볼 수 있다.

둘째 수에서의 "패두홍공역방가(牌頭洪公亦放歌)"라는 구절에서도 홍
만종(洪萬宗)이 이끄는 모임에 기녀들까지 참예하여 노래를 즐기는 흥취
를 엿볼 수는 있으나 현묵자 홍만종(玄默子 洪萬宗)[1643: 인조21~
1725: 영조 원년]의 시가 향유에 관한 구체적인 정황은 다른 자료를 통
해 재현해 볼 수밖에 없다. 진본『청구영언(靑丘永言)』에 실린 동명 정
두경(東溟 鄭斗卿)[1596: 선조30~1673: 현종14]의 두 수 시조229)에는
이 작품들의 생성 과정을 설명하는 홍만종의 발문230)이 부기되어 있다.

---

229) 金樽에 ᄀᆞ득ᄒᆞᆫ 술을 슬커장 거후로고 / 醉흔 後 긴 노래에 즐거오미 그지업다 /
　　어즈버 夕陽이 盡타마라 둘이 조차 오노매//
　　　君平이 旣棄世ᄒᆞ니 世亦棄君平이 / 醉狂은 上之上이오 時事ᄂᆞᆫ 更之更이라 / 다만지
　　淸風明月은 간곳마다 좃닌다//

230) 余髮未燥已嗜詩 猥爲鄭東溟斗卿所獎愛 嘗呼余爲敬亭山 盖相看不厭之意也 曾於戊
　　申間 抱病杜門 一日東溟來問 任休窩有後金栢谷得臣亦繼至皆不期也 余於是設小酌
　　致數三女樂以娛之 酒半溟老乘興擧酌曰 丈夫生世韶華如電 今朝一懽可致萬鍾 休窩
　　卽唫一絶曰 春動寒梅臘酒濃 栢翁溟老兩難逢 樽前錦瑟兼淸唱 醉對終南雪後峰 題擧
　　屬東溟曰 弱者失手 願君以扛鼎力 試於奉匜沃盥也 東溟曰 蘭亭之會 賦者賦 飮者飮
　　今日之樂 亦可以歌者歌 舞者舞 吾請歌之 仍作短歌 揮手大唱 仍破顔微笑 素髮朱顔
　　眞酒中仙也 休窩俾余和之 余忘拙效嚬曰 淸夜開罇琥珀濃 文章三老一時逢 縱橫筆下

무신(戊申)년(1668: 현종9)에 병중의 홍만종을 위문하기 위하여 온 휴와 임유후(休窩 任有後)[1601: 선조34∼1673: 현종14] 백곡 김득신(栢谷 金得臣)[1604: 선조3∼1684: 숙종10] 만주 홍석기(晩洲 洪錫箕)[1606: 선조39∼1680: 숙종6] 등을 위해 홍만종이 베푼 시주(詩酒) 연회를 통해 이 노래가 지어져 즉흥 연행된 것으로 기록되어 있다. 동명(東溟)이 "손을 휘저으며 크게 노래 불렀다(揮手大唱)"는 대목은 앞의 "패두홍공역방가(牌頭洪公亦放歌)"의 정황을 떠올리게 한다. 동명(東溟)의 작품이 취흥(醉興)과 회고(懷古)의 호기(豪氣)를 주제로 하였듯이 현묵자(玄默子)가 상원 시회에서 부른 노래도 호기에 찬 내용이었을 것이다.

한편, 임유후는 홍만종에 의하여 〈목동가(牧童歌)〉의 작자로 비정될 만한 수준 높은 가사 향유자였음을 주목할 필요가 있다. 현전 자료의 작자 비정을 신빙한다면 임유후는 원래 문답합가(問答合歌)였던 〈목동가〉를 문답 별가로 분리해 놓는 기량을 보인 것인데231), 이러한 기량은 오랜 동안의 가사 향유 체험을 통하여 생긴 가사 발전의 향방을 예견하는 창조력이 없다면 발휘될 수 없다. 〈목동가〉는 현묵자(玄默子)의『순오지』평어232)대로 "빼어나게 놀아 스스로 맞추는 지취를 기탁해서 재앙과 복록, 영화와 굴욕의 문호에 초연하니 초사의 남긴 뜻보다도 나은" 작품이다. 동명(東溟)의 단가(短歌)와 성향을 같이 한 장가(長歌)라고 볼 수도 있겠다. 백곡 김득신(栢谷 金得臣)은 그 불기(不羈)의 생애 자체가

千釣力 可倒天臺萬丈峰 諸公皆稱善 洪晚洲錫箕 後至 速倒三杯 携携起栢谷 蹲蹲而舞 東溟顧余曰 人生百年 此樂如何 不恨我不見古人 恨古人之不見我也 君其志之 庶使此 會 傳之不朽 余並疏于左 以觀夫先輩愚意遺辭之處耳 豊山後人 玄默子洪于海識

231) 윤덕진,「가사집 '잡가'의 시가사상 위치」(『열상고전연구』 21집, 2005)에서 〈목동가〉의 이본들을 대조해 본 결과 문답 합가가 먼저 이루어지고 뒤에 문답 별가로 발전하였음을 확인하였다.

232) 牧童歌 休窩任有後所製 公當光海時 無意於進取 作此歌以寄優遊自適之趣 超然於 禍福榮辱之門 出於楚辭之遺意也

이런 성향에 동참할 만하다고 본다. 뿐더러 그는 〈관동별곡〉의 전승에
깊은 관심을 보이며 그 전승 과정에 구체적으로 참여하였음을 확인한
바 있다. 이들 동조자들이 현세 부정적인 성향을 공유하는 데에는 이들
이 당시 소외된 정파인 남인(南人)에 속하였다는 사실이 크게 작용하였
을 것이다.

현묵자 홍만종(玄默子 洪萬宗)은『순오지』(1678)에 당대에 유행하던
14편의 장가에 대한 평어를 실음으로써 17세기 중후반까지의 장가 향유
를 정리하면서 국문시가의 나아갈 방향을 제시하였다. 이 평어의 머리
에 단 서(序)에서 "우리나라 사람들이 지은 가곡은 주로 방언을 사용하
면서 사이에 문자를 섞었지만 모조리 언문 글자로써 오로지 세상에 행하
여 졌다. 대개 방언의 사용이 그 나라의 습속에 있어서 그렇게 하지 않을
수 없기 때문이다. 그 가곡이 비록 중국의 악보와 나란히 견주어도 또한
가히 볼 만하고 가히 들을 만하다"[233]라고 국문시가의 가치를 제고하였
으니 이는 앞서 살핀 것처럼 그의 시가 향유가 구체적인 깊이를 지니고
있기 때문에 가능한 발언일 것이다. 이어서 상촌 신흠(象村 申欽)의 〈서
지봉조천록가사후(書芝峯朝天錄歌詞後)〉의 서두를 인용하였는데 이 문
장도 또한 국문시가의 가치 고양을 내용으로 하고 있어서 현묵자(玄默
子)가 상촌(象村)의 시가관을 계승하는 관련을 추정케 한다.『순오지』의
가사 평어 가운데「송강가사」에 관한 것이『송강별집(松江別集)』권7의
「기술잡록(記述雜錄)」에 보이는 인용 서목 가운데 동일한 내용으로 나타
나는데 이런 인용 관계를 통해「송강가사」의 전승에 현묵자가 관여한
깊이를 추정해 볼 수 있다.

상촌 신흠(象村 申欽)은 송강과 동시대의 교유자이면서 제1세대 전승

233) 我東人所作歌曲 專用方言 間雜文字 率以諺書 專行於世 盖方言之用 在其國俗 不得
不然也 其歌曲 雖不能與中國樂譜比並 亦有可觀而可聽者

자라고 할 수 있는데 현묵자는 그보다 한 세기 뒤의 애호자에 귀속된다. 그러나 현묵자는 송강과는 정파를 달리하기 때문에 전승의 성향을 송강 추숭의 맥락으로 잇고 있지는 않다. 앞의『송강별집』권7의 「기술잡록(記述雜錄)」에 보이는 「송강가사」 관련 기록이『동국악보(東國樂譜)』에서 인용 된 것으로 출처를 밝히고 있는데, 현묵자가 「송강가사」에 관련되는 통로는 특정 정파의 추숭 내지는 경모라는 계기보다는 이런 가집을 통한 가사 애호로 연계되어 있을 것이다. 현묵자는 가집을 통한 가사 향유의 보편화라는 새로운 단계에 처해서 국문시가의 가치를 고양하는 전대 향유자들의 적극적인 향유 자세를 재확인하고 기존의 작품들을 재정리하면서 다음 단계 가사 향유를 예비하는 역할을 충실히 수행하였다고 볼 수 있다.

옥소 권섭(玉所 權燮)은 명망 있는 노론 가문에서 자라나던 어릴 적부터 「송강가사」의 영향권 안에 깊이 들어 있으면서 대보름날의 답교(踏橋) 행차에서 보여주었듯이 정통 사대부의 시회뿐만 아니라 의역(醫譯) 중인 혹은 액예 추겸(掖隸 騶傔)들의 모임에도 참여할 정도의 개방적인 태도로써 국문시가에 대한 폭넓은 관심을 보여주었다. 이러한 옥소(玉所)의 개방적이고 포용적인 자세는 여러 가지 형식을 시험하거나 제한된 범위의 언어권을 벗어나는 창작 실제에서 확인된다. 그는 십육영(十六詠), 육영(六詠), 오장(五章), 사장(四章), 삼장(三章) 등등의 연시조 형식 외에 〈황강구곡가(黃江九曲歌)〉와 같은 구곡가(九曲歌) 계통도 시험하였으며 〈영삼별곡(寧三別曲)〉과 〈도통가(道統歌)〉와 같은 가사도 지어보았다. 물론 이런 형식들이 옥소의 창안은 아니지만 다양한 형식 모색을 통하여 옥소가 추구하고자 한 곳은 기존 관습의 고수에 머무르지 않았다고 본다. 간간이 보이는 파탈한 언어 사용은 옥소가 추구하는 세계가 어디인가를 암시하고 있다.

옥소의 생애는 현세에 개입하지 않는 산림처사적인 자세로 일관되었
거니와 그 가운데 이 같은 개방적인 문학 형식과 일탈적인 언어사용을
실현하였다는 사실은 옥소 이후의 국문시가 발전의 방향과 관련하여 많
은 점을 시사하고 있다고 할 수 있다. 최근에 발굴된 〈번노파가곡십오장
(飜老婆歌曲十五章)〉[234]의 생성 주변을 살펴보면 옥소는 당대 추급 불
허의 고매한 기절(氣節)을 지녔으면서도 기녀(妓女)와 그녀가 추구한 가
곡의 예술적 경지에 대하여 존중하는 자세를 보이길 거리끼지 않았다.
이는 인가이 지닌 개성에 대한 새로운 인식에서 나온 자세일터인데 여기
서 종전과는 다른 문학사상사의 단초를 읽어낼 수 있다.

(2) 당대 가악에 대한 관심
- 농환재 남도진(弄丸齋 南道振)[1674: 현종15~1735: 영조11]

농환재 남도진(弄丸齋 南道振)의 시가 향유를 보여주는 관련 기록은
다음과 같다.

> ㉮ 정축년에 할아버지가 고성군수가 되셨을 때, 아버지께서 금강산에
> 유람하시고 『유산록(遊山錄)』과 가시(歌詩)를 지으셨는데 이를 삼연께
> 보여드리니 연옹이 〈봉래가〉를 읽으시고 "천군백인(千軍百刃)"이라는
> 구절에 이르러서 문득 부채로 안상을 치며 말하기를 "이 노래는 송강의
> 〈관동별곡〉과 다름이 없다" 하시고 또 말하기를 "내가 여러 번 금강산에
> 유람하여 스스로 생각하기를 다니지 않은 데가 없다고 했는데 그대의
> 『유산록』을 보니 내가 못 본 곳이 매우 많다"고 하셨다.[235]

---

234) 장정수, 「옥소 권섭의 시조 한역시 〈飜老婆歌曲十五章〉 및 관련 작품에 관하여」
　　(『어문논총』제44호, 한국문학언어학회, 2006)에서 자료 소개및 해설.
235) 丁丑 王考莅高城郡 先考遊金剛作遊山錄及歌詩 以示三淵 淵翁讀蓬萊歌 至千軍百刃
　　之句 輒以扇打案曰 "此歌無異於松江關東別曲" 且曰 "吾屢遊金剛 自以爲無處不踏 及

㉯ 어느 날 달 밝은 밤에 농환재에 정좌(靜坐)하시고 불초자를 불러 이르시기를 "네가 거문고를 타면 내가 맞추어서 노래하겠다" 하셨다. 내가 우조의 제 일장을 타니 이에 맞추어 〈산인문백설가(山人問白雪歌)〉를 부르셨다. (노래 생략) 이어 우조의 제 이장을 타니 이에 맞추어 〈백설답산인가(白雪答山人歌)〉를 부르셨다. (노래 생략) 이어 평조 제 일장을 타니 노래하셨다. (노래 생략) 이어 평조 제 이장을 타니 노래하셨다. (노래 생략) 이어 음을 바꾸어서 평조계면조로 타니 노래하셨다. (노래 생략) 또 바꾸어서 우조계면조로 타니 노래하셨다. (노래 생략) 모두 스스로 지은 노래 였다. 곡이 끝나서 거문고를 두드리고 모셔 앉았더니 아버님이 거문고를 가져다가 손수 음을 골라 〈보허자〉 곡을 타셨다. 나와 여러 아우는 일어나서 춤을 추었으니 밤이 이미 삼경이 되었다.[236]

㉰ 〈낙은별곡(樂隱別曲)〉을 지으셨더니, 백부가 보시고 탄식하여 말하기를 "그대는 산림에서 독서하여 이름이 나 벼슬함을 찾지 않으니 어찌 세상이 그대로 하여금 독선케 하는 것이겠는가?" 하시고 또 말하기를 "단지 독서로 즐거움을 삼아 산업을 일삼지 않고 또 과장에 나가지 않아 벼슬을 하지 않으니 비록 고결하다고 할지라도 그 때문에 가난하여 천한 것은 어찌할 것인가?" 하시니, 아버님이 말하기를 "빈부와 귀천은 스스로 정한 분수가 있으니 하늘에 맡김만 못합니다" 하시니 백부께서 칭찬하여 탄식하셨다. 또 〈낙은가(樂隱歌)〉 12장을 지어 거문고 가락에 맞추어서 한가로이 거처하는 멋을 노래하셨다.[237]

見君錄 吾所未見者甚多(南肅寬, 「先考行錄」, 『宜寧南氏家乘』)

236) 一日月夜 靜坐丸齋 呼不肖曰 "汝彈琴 吾依而歌" 不肖弄羽調第一章 於是歌 〈山人問白雪歌〉 曰(歌省略) 乃彈 羽調第二章 於是歌 〈白雪答山人歌〉 曰(歌省略) 乃彈平調第一章 歌曰(歌省略) 乃彈平調第二章 歌曰(歌省略) 乃變音而作羽調界面調 歌曰(歌省略) 乃變音而作羽調界面調 歌曰 (歌省略) 皆自製歌也 曲終 椎琴侍坐 先考進琴 手調宮商 作 〈步虛子〉 曲 不肖與諸弟起舞 夜巳三更矣(南肅寬, 「先考行錄」, 癸丑春, 『宜寧南氏家乘』)

237) 作樂隱別曲 伯父見之 歎曰 "君讀書山林 不求聞達 而世豈使君獨善" 又曰 "只以讀書 爲娛 不事産業 又不赴科不爲仕 雖曰高潔 其於貧賤何" 先考曰 "貧富貴賤 自有定分

㉮는 송강의 〈관동별곡〉 관련 기록이다. 농환재(弄丸齋)가 〈관동별곡〉의 아작(亞作)을 지으면서 「송강가사」 전승자로서의 역할을 확인하고 이에 대하여 같은 「송강가사」 전승자인 삼연 김창흡(三淵 金昌翕)이 추인을 한 과정이다. 삼연(三淵)이 「송강가사」 전승 제1세대인 청음 김상헌(淸陰 金尙憲)의 증손으로서 육창(六昌)으로도 불린, 문곡 김수항(文谷 金壽恒)의 여섯 아들 중 셋째라는 사실은 위의 전승 과정 확인에 충실한 방증이 될 수 있다. 남도진(南道振)은 이른 나이인 24세 시에 〈봉래가(蓬萊歌)〉를 시었으므로 일찍부터 가사 향유자로서의 자질을 닦아 나왔다고 할 수 있는데 이 과정에서 송강가사를 접한 자료는 잡히지 않지만 〈봉래가〉가 삼연에게 〈관동별곡〉과 대비된 추인을 받는 문맥으로 보건대 「송강가사」의 전승 범위에 들어 있었다고 봄이 옳을 듯하다. 41세 시에 장암 정호(丈巖 鄭澔)를 뵙고『대학』을 강(講) 받은 사실을 참조하여 이 「송강가사」 전승 사실에 대한 방증을 보충할 수도 있겠다. [238] 한편 농환재(弄丸齋)의 교유 인물로 드러나는[239] 삼환재 채지홍(三患齋 蔡之洪)[1683: 숙종9~1741: 영조17]은 〈문정송강사미인가(聞鄭松江思美人歌)〉와 〈제적료암(題寂廖菴)〉을 통하여 「송강가사」 전승의 주요한 역할을 하고 있음을 본 바 있거니와 이런 이와 농환재(弄丸齋)가 교유하였다면 그 사이에 「송강가사」가 개재하지 않을 수 없었을 것이다.

㉯는 농환재의 시가 향유 정황을 악률과 관련하여 구체적으로 제시하는 자료이다. 아들들과 더불어 즐기는 악률의 한바탕이 악곡의 편제에 따라 정연하게 진행되는 과정을 볼 수 있다. 우조(羽調) 제일장―우조

不如任天" 伯父稱歎 又作樂隱歌十二章 被之琴絃 以叙閑居之趣(윗주와 같은 곳)

238) 이상의 연대기적 사실은 강전섭의 「낙은별곡과 그 작자」(『한국고전문학연구』, 대왕사, 1982)를 참조함.

239) 蔡之洪의『鳳巖集』권1에 詩〈和南仲玉漁隱八詠〉이 있고 권2에 輓詩〈弄丸齋南仲玉挽〉이 있다.

제 이장-평조(平調) 제 일장-평조 제이장-평조 계면조(平調 界面調) -우조 계면조(羽調 界面調)로 진행되는 단가(短歌) 연행의 일반적인 차제에 맞추어 노랫말을 지어내고 거기에다 거문고를 손수 연주할 줄도 아는 농환재의 역량은 악률에 정심한 것임을 알 수 있다. 보통 단가의 노랫말은 연행 현장에서 즉흥적으로 지어진다고 알려져 있는데도 노랫말이 정련된 구조를 유지할 수 있는 것이 이 정도로 악률에 정심한 상태가 전제되었기 때문임을 바로 보여주고 있다.

㉐는 농환재가 〈낙은별곡(樂隱別曲)〉 창작을 통하여 자기 고유의 가사 향유 방식을 확정하는 과정이다. 45세에 부친상을 당하여 삼년을 시묘한 뒤로 과업을 일체 폐하고 산재(山齋)를 농환재라 명명하며 은거자적의 뜻을 굳힌 가운데 지어진 것이 〈낙은별곡〉이다.[240] 이 작품은 전형적인 은일가사의 틀을 지키고 있는데 작품 공간의 지명이 농환재가 은거하였던 용문산(龍門山) 현지의 것임에서 관념적인 산수 공간을 배경으로 하였던 전대의 은일가사와는 성향을 달리한다. 또 『주역(周易)』을 잠심하였던 농환재의 소양을 반영하는 구절도 보임으로써 이 작품이 실사에 기반한 은일가사, 곧 보편화된 개념으로서의 표방적 은일이 아니라 삶의 한 방식으로서 개인적인 차이를 보이는 실제 은일을 다루는 새로운 종류의 은일가사임을 확인케 한다.

한편 이 작품에는 간간이 〈낙빈가〉나 〈강촌별곡〉 등에 쓰이는 강호가사의 관습적인 어구를 내비침으로서 이 작품의 강호가사 계열에서의 위치를 재고하게 한다. 현전하는 〈낙빈가〉나 〈강촌별곡〉의 성립 경로를 살필 내에 이들이 어구를 공유하거나 가명을 교체하는 등 같은 향유권에서의 공존 징후를 보이고 있는데, 〈낙은별곡〉이 창작되던 18세기 전반

---

240) 강전섭, 「낙은별곡과 그 작자」 참조.

은 이들 강호가사가 『고금가곡』(1764)과 같은 가집에 실리기 직전의 향유 상황이 실현되던 시기이다.[241] 농환재가 당시 횡전되던 강호가사의 영향권에 들어가는 경로는 아마도 악률에 해박한 자질을 계기로 형성되었을 것이다. 단가의 악률 차제에 정심한 농환재로서는 단가 체제의 확대형인 연장체뿐만 아니라 장가형(長歌型)인 가사에까지 관심이 확대되는 일이 자연스러웠을 것이기 때문이다. 사대부의 악률에 대한 관심은 철학적 체계를 가진 음악관을 수립하는 데에 그치지 않고 이를 현전 악곡에 대입하여 구체화하는 데까지 진행했음을 사례를 통해 확인할 수 있다. 예컨대, 병와 이형상(瓶窩 李衡祥)[1653: 효종4〜1733: 영조9]의 『악학편고(樂學便考)』를 보면 악률 이론과 실제 작품을 통한 구체화가 병행되었음을 본다. 농환재의 실제 연주나 작사는 이론의 구체화라는 당대 사대부 가악 향유 풍조에 맞추어진 것임을 알 수 있다.

(3) 모험적인 형식 창출
- 옥국재 이운영(玉局齋 李運永)[1722: 경종2〜1794: 정조18]

옥국재 이운영(玉局齋 李運永)은 『언사(諺詞)』(1863년 필사)라는 가사집에 〈착정가(鑿井歌)〉, 〈순창가(淳昌歌)〉, 〈수로조천행선곡(水路朝天行船曲)〉, 〈초혼사(招魂詞)〉, 〈세장가(說場歌)〉, 〈임천별곡(林川別曲)〉 등등 6편의 가사 작자로 나타나 있어서 풍부한 가사 향유의 족적을 확인할 수 있다. 이들 여섯 편의 가사 작품들은 모두 생활 민속을 소재로 하면서 인위적으로 정제되지 않은 소박한 어휘를 드러내 보여서 작자의 가사 향유가 일정한 방향성을 지니고 진행하여 왔음을 추정케 한다. "실

---

241) 윤덕진, 「'古今歌曲'의 장가 체계」(『고전문학연구』제28권, 2005)에서 『古今歌曲』 수록 작품들을 통하여 18세기 중반의 장가 향유상을 재구하여 보았다.

학적"이라든가 "서민적"이라든가 하는 기존의 평가242)도 이 방향성을 가리킨 것인데 이런 사회 사상적인 배경 외에 가사발전 단계에서 필연적으로 당도했던 변화의 원인을 살펴 볼 필요가 있다.

6편 가사에서 대화체를 활용한 것은 이미 송강 〈속미인곡(續美人曲)〉에서 시도 되었던 수법을 확대 적용한 것으로 평가할 수 있다. 그러나 〈속미인곡〉처럼 결국은 주화자에게 모든 발화가 귀속되는 단성적 발화가 아니라 인물 상호 간의 대화가 극적인 구도까지 설정케 하는 입체적인 발화임에서 차이가 보인다. 또한 공문서[소지(所志)] 형식을 가사 내에 끌어 온다거나 민요를 차용한다든가 하는 수법은 가사체의 외연을 최대한 확대하여 당대 율문의 총체를 가사 내에서 구현하려는 형식 모색으로 볼 수 있다. 이는 가사가 자체의 틀을 벗어나 다른 율문 장르 전체와 교섭하는 변화의 단계를 감지한 바탕 위에서 이루어진 것이다. 또한, 이들 가사의 내용이 현실 비판을 지향하는 모험적인 것만큼 형식의 모험이 이루어지고 있음은 작자의 의식이 당대 현실에 안주하지 않고 새로운 방향을 모색하고 있다는 징표이다. 『언사(諺詞)』가 19세기 말까지 지속적으로 읽혀 왔음을243) 보면 이러한 모색에 대하여 독자층이 동조하였다는 것인데, 『언사』를 통하여 문학이 시대를 선도해 나가는 선례를 볼 수 있을 뿐만 아니라 새로운 창작은 늘 새로운 양식의 산출이라는 정의를 가사문학사에서 확인케 된다.

옥국재(玉局齋)의 모험적 문학 정신은 그 근원을 송강으로까지 거스를 수 있다고 본다. 송강은 당대에 사대부가 주도하는 가사 양식에 민요적

---

242) 소재영의 「'諺詞' 연구」(『민족문화연구』제21호, 고려대 민족문화연구소, 1988) 이래 박연호의 「옥국재 가사의 장르적 성격과 그 의미」(『민족문화연구』제33호, 고려대 민족문화연구소, 2000)에 이르기까지 작품 성향을 재단하는 기준이 이 둘로 정리된다.

243) 1863년 필사되기끼지 가문 내에서 선승되다가 외손(洪鼎裕)에 의해 필사되고 다시 본손에게 전달된 경로를 가리킴.

인 정조와 다양한 발화 양식을 대입함으로써 이후에 올 가사 발전을 예
비하였다. 옥국재가 직접 「송강가사」에 관한 언급을 하지는 않았지만 그
가 교유하던 인물들의 「송강가사」 애호 사실을 통하여 옥국재도 「송강
가사」 전승에 자연스럽게 가담하는 경로를 설정할 수 있다.

배와 김상숙(坏窩 金相肅)은 앞서 「송강가사」의 번사자로서 다루었지
만 〈세장가(說場歌)〉에 해당하는 민요도 번사하였다.[244] 이 민요는 오
늘날까지도 전승되는 전승력을 지닌 작품으로서 18세기에 이런 시정 민
요에 대한 선비들의 관심이 확대되어 있었기 때문에 배와(坏窩)와 동시
에 옥국재에 의하여도 포착된 것으로 보인다. 배와가 한역(漢譯)으로써
악부시화(樂府詩化)를 꾀하였다면 옥국재는 본 작품에 자신의 모작(模
作)을 덧붙임으로써 원 양식인 민요와 가사의 접합을 시도하였다고 할
수 있다. 악부시(樂府詩)가 당대 선비들이 민속과 민요를 수용하는 일반
적인 방식이었다고 한다면, 옥국재의 시도는 새로운 가사 양식의 모색
이었다는 점에서 보다 더 시험적이라고 할 수 있다.

한편 옥국재의 친우였던 풍서 이민보(豊墅 李敏輔)[1720: 숙종46∼
1799: 정조23]는 「송강가사」를 전통적인 가사 향유 방식으로 수용하는
모습을 보임으로써 같은 문화권에 속한 옥국재의 「송강가사」 향유를 유
추케 한다. 풍서는 〈나는 가곡을 듣기를 좋아하는데 그 말에는 산과 들
에 살고자하는 멋에 들어맞는 것이 많다. 또한 세속 사람들을 깨쳐 가르
칠 만도 하다. 그 노래가 우리말로 되어 있어서 악부에 전하여지지 않음

---

244) "셰쟝 셰쟝 우셰쟝의 / 강남 져즌 어제 가셔 / 밤 흔 되를 어더다가/ 독안의 너허더니
/ 어려감은 식양쥐가 / 다 까먹고 다만 흐나 남아시니 / 밋 업슨 가마의 / 물 업시
살마니여 / 껍질과 본을낭은 / 누구을 쥬쯔말고 / 너희 외죠 할아버지 / 긔나마 쥬오볼
가" 로 시작되는 〈세쟝가〉 서두의 원사로 추정되는 내용을 "市栗一升 上置於懸架 玄首
騷鼠盡剝食 餘一顆 殼則與父 皮則與母 吾與女肉哺"로 번사하였다.(〈海東俚謠〉『續
日知錄』: 인용은 박연호, 앞의 글에서 함)

을 아까와 하여 그 말을 이리저리 덧붙이어 여덟 장을 이루었다(余愛聽
歌曲 其言多合山居野趣 亦足警世醒俗 惜其方言俚辭 樂府無傳 漫演其語成
八章)〉245)라는 시제(詩題) 아래 여덟 편의 시조를 번사해 놓을 만치 우
리 노래에 대한 사랑이 깊은 처지였다. 또한, 〈전단헌에 누워 노래 소리
를 듣고 물어보니 바로 봉왜이길래 절구 한 수를 쓰다(臥聽轉丹軒歌聲
問是鳳娃也 寫一絶)〉246)라는 시에서는 「송강가사」를 듣는 풍취를 깊이
있게 묘파함으로써 자신이 「송강가사」의 애호자임을 스스로 드러내기도
하였다. 이 시를 꼼꼼히 읽어보면 풍서(豊墅)의 음악 애호가 상당한 깊
이를 가졌음을 알 수 있게 된다. 외식보다는 실질을 숭상하는 예술관에
더불어 노래를 통한 감각의 승화를 전우주적인 데까지 확산해나가는 취
향을 보여주고 있기 때문이다. 이러한 예술관과 취향을 이 시기 선비들
이 공유하고 있었다는 시대적 배경에서 옥국재의 가사 창작을 조명해
볼 수도 있겠다.

(4) 고악(古樂)과 신악(新樂)의 조화
- 강한 황경원(江漢 黃景源)[1709: 숙종35~1787: 정조11]과
이재 황윤석(頤齋 黃胤錫)[1729: 영조5~1791: 정조15]

황경원(黃景源)은 도암 이재(陶菴 李縡)[1680: 숙종6~1746: 영조22]
의 문인(門人)으로서 고아(古雅)한 정악(正樂)을 추구하였다. 〈고금행
(鼓琴行)〉247)을 보면 불타협의 존명론자(尊明論者)인 친우 신소(申韶)[1715:
숙종41~1755: 영조31]가 송문흠(宋文欽)[1710: 숙종36~1752: 영조

---

245) 『豊墅集』권3.
246) 蓬首竹釵裙不完 喉中何得響珠盤 松翁詞曲如增韻 隱隱風簾萬瀑寒 (『豊墅集』권2)
247) 〈申成甫(韶) 抱琴而來。按士行所叙詩譜而彈之。皆中於律。獨魏ば伐檀三章曲譜無
傳。乃倚絃。以詩協之。甚可聽。作鼓琴行。示成甫。兼寄士行。〉(『江漢集』卷之一)

28]이 서술한 시보(詩譜)에 맞추어 거문고를 연주하는 정경을 그리고 있
다. 『시경(詩經)』의 〈녹명(鹿鳴)〉, 〈어리(魚麗)〉, 〈월조(越調)〉, 〈소남
(召南)〉 등을 정해진 성률(聲律)대로 연주하고 시보(詩譜)에 빠진 〈벌단
(伐檀)〉은 현(絃)에 맞추어 노래하고 있다. 이런 정률(定律)의 연주 방식
의 선행태를 궁중에서 찾을 수 있으며248), 정조대에는 『시악화성(詩樂
和聲)』이라는 책을 간행하여 정리하기도 했다. 철저한 주자주의자(朱子
主義者)를 표방했던 도암(陶菴)의 문도(門徒)들로서는 가악도 주자주의
에 입각한 격률(格律)을 지녀야만 했을 것이다.

특히, 신소(申韶)는 철저한 비타협의 자세로 일관하여 불우한 삶을 마
쳤음을 볼 수 있다.

원령(元靈) [이인상(李麟祥, 1710: 숙종36~1760: 영조36)]의 정사(精
舍)가 한양 백련봉(白蓮峰) 아래에 있었다. 성보(成甫)가 일찍이 밤에 사
행(士行)[송문흠(宋文欽)]과 더불어 원령의 정사에서 마실 때에 성보가
술이 취하면 제갈무후(諸葛武侯)의 〈출사표(出師表)〉를 노래 불렀는데
슬피 느껴 눈물을 흘리지 않은 적이 없었다. 어찌 그 마음이 장차 그 꾀
를 펼치고 그 용맹을 일으켜 천하를 위하여 잔적을 치기를 무후(武侯)가
위(魏)를 친 것과 같이 하려 한 것이 아니겠는가? 그러나, 천하가 오랑캐
습속을 따른 지 오래되어 비록 군대를 내어도 회복할 수가 없으니, 이에
슬프게 무후의 표(表)를 노래하여 불평함을 펼치고자 한 것이 아니겠는
가?249)

---

248)『조선왕조실록』 태종 2년 6월5일(정사) 〈國王讌使臣樂〉조, 『조선왕조실록』 중종 32
년 3월10일(기축)조 등등에 〈鹿鳴〉〈皇皇者華〉〈四牡〉 등의 연행에 관한 기록이 있음.
249) 元靈精舍。在漢都白蓮峰下。成甫嘗夜與士行。飲酒於元靈精舍。成甫酒酣。歌諸
葛武侯出師表。未嘗不感慨泣下。豈其心 欲將有以宣其智而奮其勇。爲天下討殘
賊。如武侯之伐魏者邪。抑天下左衽已久。雖出師不可恢復。故悲歌武侯之表。以
伸不平者邪。(〈申成甫韶哀辭〉,『江漢集』권22)

　황경원(黃景源)이 쓴 신소(申韶)의 애사(哀辭)를 보면, 자신들의 이상
이 실현되지 못하는 현실을 개탄하는 모습이 드러나면서 그 괴리로 말미
암아 희생된 벗에 대한 애도가 절절히 다가온다. 그러나, 이들이 전혀
단속(斷俗)의 자세를 취한 것만이 아님은 다른 기록을 통하여 확인된다.
(宋文欽)은 당대의 고사(高士)로 평판이 있었지만, 당대의 풍류객(風流
客)인 심용(沈鏞)[1711~1788]과 교유하고 있음을 볼 수 있다. 곧, 『역천
집(櫟泉集)』의 연보(年譜)에 "壬午 先生 五十八歲 四月 與再從姪志淵 入華
陽洞 仍遊俗離山 沈公鏞 金公聖休來會"라는 기사가 있으며 같은 책 3권
에는 〈約沈大仲(鏞) 與諸少友會松亭 泛月下塗湖 拈韻共賦)〉라는 시가 있
어서 교유 사실이 확인된다. 심용(沈鏞)이 당대의 가객과 가기들의 후원
자로 활동한 사실이 확인되거니와 심용의 내방(來訪) 동반자로 나오는
김성휴(金聖休)는 (宋文欽)의 친처남으로서 젊어서부터 가객에게 노래
를 배우면서 정신적으로 교감을 나누기도 했던 사실이 있다.250) 한편,
황경원(黃景源)들의 스승인 도암 이재(陶菴 李縡)에 관하여는 현전 십이
가사 곡목인 〈죽지사〉에 도암(陶菴)의 과체시(科體詩)가 올려져있다든지,
광대들과의 접촉이 간접적으로 전달된다든지 하는 것251)으로 보아 역시 당
대의 속악에 대하여 노출되어 있었음을 알 수 있다.

　이처럼 새로운 악조에 대하여 완화된 자세를 보이는 것은 이재 황윤석
(頤齋 黃胤錫)에게 가서 더 구체적으로 드러난다. 황윤석(黃胤錫)은 호남
실학의 거두로 꼽히는 이로서 악률에도 관심이 깊었던 듯, 문집인 『이재
유고(頤齋遺藁)』에서 여러 군데 가악과 관련된 기사가 보인다. 특히, 영
조 42년(1766) 상릉 잠봉(莊陵 參奉)에 제수된 무렵 지어진 것으로 보이

250) 뒤에 나올 졸론, 「김성휴 필고의 시가사적 의미」(『한국시가연구』18집, 한국시가학
　　회, 2005.) 참조.
251) 앞 주 35) 참조.

는 〈청령포화전배(淸泠浦和前輩)〉의 병후서(幷後序)는 〈사미인곡〉과 관련된 내용을 담고 있다.

> 이날 나루가로 드나드는데 내가 〈미인사(美人詞)〉를 불렀다. 내가 이 노래를 하지 않은지 거의 이십 년이나 되었는데 여기 와서는 먼저 소리를 내어 시작했다. 최참봉 및 함께 배 탄 이들이 모두 슬퍼하며 즐거워하지 않았다. 그리하여, 앞에 분들의 시 "江頭誰唱美人詞。正是孤舟月落時。惆悵戀君無限意。世間惟有女娘知"를 기억해 내었다. 어떤 이는 이것을 이동악 안눌(李東岳 安訥)이 지었다고 하나, 그러나, 김용계 지남(金龍溪 止男)[1559(명종14)~1631(인조9)]이 이미 이 노래를 여랑(女娘)에게 얻어 번사하여 후세에 전하였다고 한다. 그러나, 지금 영월의 노래하는 아이들이 반드시 이 노래를 전해서 부르지 못하였을 뿐이리라. 우연히 듣기로는, 무인년[1758]에 홍상서 상한(洪尙書 象漢)[1701(숙종27)~1769(영조45)]이 능 아래 역사를 감독하고 관소로 돌아와 쉬는데 이 노래를 하는 자가 있는지라 문득, 소매로 눈물을 닦고 울적하게 말하기를, "노래 부르지 마라. 이에 성음(聲音)이 사람을 느끼게 함이 깊은 줄 알겠다"고 했다.252)

위의 기사는 「송강가사」 전승에 대한 새로운 견해를 보여주고 있다. 특히, 〈사미인곡〉을 영월 지역과 관련하여 이해하는 시각이 돋보인다. 단종의 비운에 겹쳐 들릴 때에 〈사미인곡〉의 정조가 극대화되며, 사람으로 하여금 차마 들을 수 없는 지경에까지 이르게 함을 지적하여 노래

---

252) 是日浦上出入。余爲唱美人詞。余之不爲此殆過二十歲矣。至是率口而發。崔參奉及同舟人皆愀狀不樂。因記前輩詩江頭誰唱美人詞。正是孤舟月落時。惆悵戀君無限意。世間惟有女娘知。或曰此李東岳安訥所作也。抑金龍溪止男旣得此詞於女娘。翻以傳諸後世。而今越中謳兒未必傳而唱之耳。偶聞戊寅洪尙書象漢祇役陵下。退休舘所。有歌此者。輒掩袂濟狀曰無以唱也。乃知聲音之感人深矣。遂次詞字韻。竝記洪台事以示來者云。(〈淸泠浦和前輩幷後序〉,『頤齋遺藁』권3)

의 전승 양태가 조건에 따라 변화함을 보여 주었다. 이재(頤齋)는 이 노래의 생성지인 호남 출신으로서 소년 시절부터 이 노래를 불러왔기에 노래의 내용과 전승 조건에 대한 이해가 깊음을 보여주고 있다.

가악에 대한 이재(頤齋)의 견식은 매우 높은 것으로 드러난다. 『이재유고(頤齋遺藁)』권3의 〈고금(古琴)〉이란 시는 소위 "성박재(成朴材)"253)로 알려진 거문고를 김용겸(金用謙)을 통하여 친견하고 연주까지 들은 감상을 토로한 것이다. 거문고에 대한 이재의 관심은 『양금신보(梁琴新譜)』의 사본을 얻고서 붙인 발문254)을 통하여도 볼 수 있거니와, 이러한 정악에 대한 관심뿐만 아니라 여항의 노래들에 대하여도 관심을 유지하였던 데에서 이재의 실제를 존중하는 자세를 볼 수 있다. 『이재유고』권12의 「발농아노인김홍언(시성)송성요[跋聾啞老人金洪彦(始聲)訟聲謠]」에서는 180구에 달하는 국문가사를 얻어서 이를 낭송해 보면서 작품의 가치를 평가하는 모습을 보이고 있다. 말미에 "우리 두 늙은 신하가 또한 백성들을 따라서 이 노래를 부르며 즐긴다면 또한 하나의 쾌사가 아니겠는가?"(吾二老臣者亦隨衆歌此而侑之. 不亦一快矣哉) 한 데에서는 가악을 하나의 추상적인 체계로만 이해하지 않고 실제로 노래하고 즐기려는 자세를 보여주고 있기도 하다. 이런 자세는 그 시기 사대부들이 변해가는 가악 풍토에 대하여 갖는 완화된 태도에 맞추어진 것이기도 하면서 당대의 전진적인 사조인 낙론(洛論)의 대표적 학자 미호 김원행(渼湖金元行)의 문인(門人)으로서 취해진 유연한 예술 이해에서 비롯된 것이기도 하다.

---

253) 이 거문고는 사육신인 成三問 집의 오동으로 몸통을 만들고 朴彭年 집의 밤나무로 배판을 댄 것으로 당대의 가악에 소양 있는 이들의 관심거리였던 듯, 成海應의 『硏經齋全集』권3의 〈詠琴〉의 并序에도 그 내력이 기술되어 있다.
254) 「梁琴新譜寫本跋」, 『頤齋續稿』(국립중앙도서관 소장) 권4.

6) 〈미인곡(美人曲)〉의 굴절
- 유배가사의 확장과 상사연정(相思戀情)가사의 전환

송강의 〈미인곡〉은 그 연원을 상사연정(相思戀情)의 노래에 두었을 것으로 생각된다. 연정(戀情)의 대상인 미인(美人)이 임금이기 때문에 충신연주(忠臣戀主)로 전환해서 표면에는 연주(戀主)를 내세우면서 이면에는 연정을 유지하는 중층적인 주제 구조를 갖게 되었다. 이 구조가 절대 왕권의 사회 구조와 부합되는 점이 〈미인곡〉의 지속을 유지케 한 관건이었다. 연주와 연정의 의미 관련은 연정이 표층화되면서 다른 양상을 띠우게 된다. 세속적인 가악(歌樂)의 내용이 상사연정을 위주로 하는 시가사의 변화는 이면에 숨어 있던 여성 화자를 밖으로 나오게 하였고 이에 따라 표면의 충신(忠臣) 화자는 다른 목소리를 찾아야 했다. 충신연주(忠臣戀主)의 직서가 필요하게 되었고 작품 공간에는 연애 사실과 구별되는 군신간의 실제 사실이 대입되어야 했다.

유배가사는 매계 조위(梅溪 曺偉)[1454: 단종2~1503: 연산군9]의 〈만분가(萬憤歌)〉 혹은 인재 홍섬(忍齋 洪暹)[1504: 연산군10~1585: 선조18]의 〈원분가(冤憤歌)〉를 출발로 하지만 유배가 작품 제작 계기가 되는 외적인 영향 외에 작품 내부에 구체적으로 들어와 있는 유배 사실은 제한되어 있었다. 이 단계에서는 원분(冤憤)의 토로라는 직서말고는 송강의 〈미인곡〉과 구별되는 점이 별로 없었다. 다만, 송강에서 여성 화자를 내세운 점만이 매계(梅溪)나 인재(忍齋)의 직접 내는 목소리가 덮여 있는 점과 차이가 있다.

앞서 송강 〈미인곡〉이 전승 재창작되는 과정을 북헌 김춘택(北軒 金春澤)의 〈별사미인곡(別思美人曲)〉을 통하여 살펴보면서 "별사(別詞)"의 이유가 정치적 상황의 악화에 있다는 북헌(北軒)의 토로를 들은 바 있다.

숙종 대 이후 노소(老少) 분쟁으로 격화되는 상황은 연산조의 잇단 사화에 못지않은 모습으로 드러났고 이에 대한 가사 향유자들의 대응은 〈미인곡〉의 굴절로 귀결하였다. 북헌 김춘택의 〈별사미인곡〉(1706~1711)은 작가가 표방한대로 송강을 전범으로 하는 재창작으로서 발화 기법이나 어휘 사용에서 송강의 양(兩) 〈미인곡〉을 많이 따르고 있다.

반면, 소론(少論)의 소장 과격파로서 경종의 등극을 계기로 노론 출척(老論 黜陟)에 앞장섰다가 1725년 영조의 등극을 계기로 노론에 의해 추자도로 귀양 보내졌던 이진유(李眞儒)[1669: 현종10~1730: 영조6]의 〈속사미인곡(續思人曲)〉을 보면, 제목은 〈미인곡〉을 계승했으되 내용에 있어서는 〈만분가(萬憤歌)〉(혹은 〈원분가(冤憤歌)〉)류를 따르고 있음을 볼 수 있다. 연주(戀主) 정감의 표출에 주력하여 여성 화자를 통한 발화 효과의 극대화를 노린 송강 〈미인곡〉과 다르게 현실 정황의 보고를 통하여 원분을 전달하는 의도를 달성하는 〈속사미인곡〉의 발화 방식은 〈만분가〉(혹은 〈원분가〉) 류로 회귀했다고도 볼 수 있다. 인물 형상을 통한 극적 구도에서 사실 보고를 통한 서술 구도로 전환한 요인은 시가사의 변동 못지않게 정치적 상황의 변화에 말미암았을 것이다. 〈속사미인곡〉의 작자는 해소 불능의 정치적 상황을 연산조의 혼정과 유사한 강도로 의식한 듯하다.

그러나, 〈미인곡〉을 표방하고 있는 한은 현실에 대한 비판이 아니라 천총(天聰)의 돌이킴을 희구함에 최종의 의도를 두어야 한다. 소론의 대표적인 집안으로서 이진유에 연루된 정치적 재앙이 미치면서 지어진 원교 이광사(圓嶠 李匡師)[1705: 숙종31~1777: 정조1]의 〈무인입춘축성가(戊寅立春祝聖歌)〉와 그 아들 연려실 이긍익(燃藜室 李肯翊)[1736: 영조12~1806: 순조6]의 〈죽창가(竹窓歌)〉에서는 〈미인곡〉 본래의 우회적인 발화 양상을 크게 회복하고 있음을 본다. 이들 부자의 작품들은 작중에 드러난 사실들로 보아 영조 31년(1755) 유배 생활이 시작되면서 이배(移配)와 나국(拿鞠)의 조의(朝議)가 번복 되는 어간에 지어진 것으로 보인다. 특히, 연려실(燃藜室)의 〈죽창가〉는 부친의 유배지에 배종한 아들의 처지로서 어떤 은전이 베풀어진 사실을 계기로 지어진 듯, 전편에 감읍(感泣)하는 분위기가 넘치고 있다. 이들의 작품은 이진유의 〈속사미인곡〉(188구)[255] 보다 훨씬 짧아지는 모습을 보이는데, 이는 서정적 강도를 높이기 위한 방안인 동시에 원래의 〈미인곡〉에 회귀한다는 자세의 표명이기도 하다.

이처럼 〈미인곡〉은 충신연주(忠臣戀主) 주제 범위에서 원래 형식을 지속하거나 장형으로 굴절하는 두 방향을 택하게 되는데 장형의 방향이 극대화되는 사례는 〈만언사(萬言詞)〉를 통해 볼 수 있다. 〈만언사〉는 유배의 정황을 사실적으로 묘사하고 있을 뿐만 아니라 유배 사실을 작품 내의 시간으로 재구성하여 대상화함으로써 원분 토로의 본래 의도를 벗어나 있다. 〈미인곡〉의 작중 청자가 오로지 임금뿐이던 데에서 동류의 대화 상대자로 넓혀간 것을 〈별사미인곡(別思美人曲)〉 같은 데서 볼 수 있었거니와 〈만언사〉의 경우는 이 범위가 훨씬 늘어난 것을 볼 수 있다. 서두의 "어와 벗님네야 이 내 말씀 들어보소"는 대중적 교화나 포교를 의도하는 교훈가사나 종교가사에 흔히 쓰이는 발어사로서 작중 청자를 불특정한 다수로 설정하였다는 사실을 알려준다. 전달의 범위가 넓어졌다는 것은 곧 향유층의 다변화와 관련된다.

〈만언사〉 내의 여러 특징들은 이 작품이 다양한 성향의 독자들을 대

---

255) 이 작품이 실린 필사본『歌詞』는 圓嶠 李匡師 집안에서 발굴되었다고 한다. [이병기, 「별사미인곡과 속사미인곡에 대하여」, 『국어국문학』제15권, 1956)] 栗谷 〈樂志歌〉(313구)〈關東別曲〉(148구)〈漁父辭〉(9장)에 이어 〈續思美人曲〉(188구)〈戊寅立春祝聖歌〉(72장)〈竹窓歌〉(70장)〈樂貧歌〉(후반부 망실) 등등이 실려 있다. 오늘 날의 행에 해당하는 단위를 구나 장으로 하고 모두 권점으로 구별 표시해 놓았다.

상으로 하고 있음을 알려준다. 반복법, 열거법, 대구법 등등의 단순한
수사 기교는 민요나 판소리와 같은 대중적 갈래에서 유용하게 쓰이는
기법으로서 무거운 현실 문제를 거리를 두고 바라보게 하는 효과를 수반
한다.[256] 또한, 이 작품이 서언, 후기 등에 해당하는 대목을 추가함으로
써 서사 구조를 작품 외로 확대하는 모습은 이웃 갈래인 소설과의 교섭
상을 암시하고 있다. 마치 작자 자신의 술회인 듯이 꾸밈으로써 서사적
진실에 대한 신뢰를 던지는 방식은 간간이 작중 화자의 개입을 통하여
사실 전개의 신빙성을 확인하는 소설의 기법과 상통한다. 실제로 이 작
품이 뒤에『청년회심곡』이라는 소설로 변개 유통되는 사실도 있거니와
다양한 시점(視點)을 대입하여 발화의 다양성을 얻으려는 시도는 화자
가 고정된 시점에 서 있는 가사의 일반적인 발화 방식을 넘어서는 것이
라고 할 수 있다.

　　장형화 내지 장편화를 통한 〈미인곡〉의 굴절은 기행가사와 같은 가사
양식 내의 발전태와 관련을 가지거나 극대화 되어 소설과 같은 다른 갈
래와의 교섭을 가지는 쪽으로 진행되는 것을 보았다. 이번에는 〈미인
곡〉의 이면 주제였던 상사연정(相思戀情)을 통한 굴절을 살펴볼 차례이
다. 〈미인곡〉이 본디 발상의 연원을 상사연정의 노래들에 두고 있거니
와 충신연주(忠臣戀主) 주제에 의한 양식의 재창조는 당시 사회 구조의
특징과 부합되어 특히 사대부 계층의 전반적인 호응을 얻을 수 있었다.
가악(歌樂)의 세속화에 영향 받아 이면에 잠재했던 상사연정 주제가 부
상되면서 또 다른 양식의 발견을 필요로 하였고 〈춘면곡(春眠曲)〉, 〈상
시별곡(相思別曲)〉류의 가창가사(歌唱歌詞)가 이에 해당한다고 볼 수 있
다. 이들 가창가사는 그 생성의 조건을 반드시 〈미인곡〉에 연계하고 있

---

256) 윤성현, 「동양문고본 만언사 연구」,『열상고전연구』제21집, 2005, 231면.

는 것은 아니어서 지방 민요나 시정(市井) 풍류와 같은 다른 조건을 필요로 한다. 곧 그들은 〈미인곡〉의 발전태라기 보다는 그 자체로 이끌어온 다른 흐름 속에 생성된 노래로 봄이 합당하다.

『지봉유설(芝峯類說)』의 문장부 가사조(文章部 歌詞條)에서 언급한 「고별리곡(古別離曲)」을 고려가요 〈가시리〉로 보는 견해도 있지만 가사조(歌詞條)에서 예거한 작품들이 단일 작품이라기보다는 그 작품이 속한 유형을 대표한다는 점을 참조하면 「고별리곡」도 상사연정(相思戀情)의 노래 일반을 지칭하는 것으로 볼 수 있다. 충신연주(忠臣戀主) 주제에 가리어 잠복했던 이들 노래들이 시가사의 변동을 타서 재흥한 것이 세속적인 주제와 곡태의 가창가사(歌唱歌詞)라고 볼 수 있다. 따라서, 양반 사대부들이 〈미인곡〉과 별개의 상사연정 가사에 관심을 가지는 것을 시가사의 자연스러운 흐름을 따르는 것으로 볼 필요가 있다. 다만, 18세기 이후에는 양반 사대부들이 상사연정 가사의 작자로 직접 나선다는 일이 전대와는 구별되는 사항이라고 할 수 있다.

민우룡(閔雨龍)[1732~1801]은 1772년부터 1778년까지 이어진 제주 기생 애월(愛月)과의 애정 실사를 계기로 지어진 〈금루사(金縷辭)〉에서 양반 신분에 넘쳐 보이는 직정적인 애정 토로를 감행함으로써 상사연정(相思戀情) 가사의 새로운 국면을 열어 보였다. 남성화자 상사연정 가사의 등장을 〈춘면곡(春眠曲)〉과 같은 애정 주제 가창가사(歌唱歌詞)가 성행하는 새로운 풍류문화의 영향에 의한 것으로 볼 수 있다.[257] 민우룡의 〈금루사(金縷辭)〉는 따라서 개인의 취향에 이끌렸다기보다는 남성도 적극적인 애정 토로에 가담하기 시작한 당대의 사대부 풍류문화의 실상을 작품에 반영하면서 애정 주제로 편향되는 시가사의 흐름을 따른 것으

---

257) 안혜진, 「〈金縷辭〉 연구」(『이화어문논집』 21집, 2003, 이화어문학회)에서 이 같이 정리하였음.

로 볼 수 있다.

〈춘면곡〉은 대표적인 애정 주제의 가창가사로서 지방에서 생성되어 중앙으로 유입되기까지 급속한 전파를 야기할 만큼 당시의 시가 향유층의 요구에 부응하는 작품이었다. 이 작품의 작자로서 강진(康津)의 진사 이희징(進士 李義徵)[1587~?] 또는 나이단(羅以端)[숙종대]258) 혹은 교리 나학천(校理 羅學川)[1658: 효종9~1731: 영조7]259) 등등의 양반 사대부가 예거된다는 점은 이 작품의 생성 향유 공간이 주로 사대부 사회 안에 마련되어 있었음을 암시한다. 〈춘면곡〉 외에 〈상사별곡〉의 관련 기록에서도 18세기 이전 사대부 향유 사실을 확인할 수 있다.

석북 신광수(石北 申光洙)가 1764년 금오랑(金吾郎)으로 제주에 파견되면서 지은 「탐라록(耽羅錄)」의 〈증녹벽제자월섬(贈綠壁弟子月蟾)〉에서는 "교방에서 춤 배우는 어린 기생들 / 언니 따라 전별차로 나루에 나가 / 정자에 해지는데 〈상사곡〉 불러 / 내일 아침 되기 전에 벌써 애끊겨(蘇小家中學舞娘。隨孃送客到橫塘。津亭落日相思曲。不待明朝已斷腸)" 이라 하여 기생들이 전별연에서 〈상사곡(相思曲)〉을 부르는 정황이 묘사되어 있는데, 자주(自註)로 "섬기시창상사별곡(蟾妓時唱相思別曲)"이라 하여 〈상사별곡〉의 존재에 대하여 확인시켜 주고 있다. 이 노래가 뒤에 「십이가사(十二歌詞)」로 정착되는 〈상사별곡〉과 동종인가는 확언할 수 없지만, 석북(石北) 보다 앞선 노계(蘆溪)의 가집에서 〈상사곡〉을 찾을 수 있고 노계의 이 작품이 연주지사(戀主之辭)와 애정 속가의 중간 단계쯤에 놓일 수 있다고 한다면, 석북이 제주에서 들은 〈상사별곡〉을 그에 연결시켜 볼 수 있는, 사대부 취향을 아직 유지하고 있는 전 단계의 〈상사별곡〉으로 볼 수도 있을 것이다.

---

258) 강전섭, 「傳羅以端作 ‘春眠曲’에 대하여」, 『고시가연구』 제5집.

259) 洪翰周, 『智水拈筆』(栖碧外史海外蒐佚本 13, 아세아문화사 영인,) 284면.

구강(具康)[1759: 영조33~1832: 순조32]의 〈수미인곡〉[260]은 가명으로 보아서는 「송강가사」의 영향을 입은 듯하고 실제로 "미성헌납(微誠獻納)"과 같은 주지(主旨)에 있어 일치하는 모습도 보이지만, 어투에 있어서는 전아(典雅)한 분위기를 벗어나 있음을 보게 된다. 송강의 경우에는 오로지 재회를 기약하는 데에 집약되어 있던 정서가 이별 상실의 실태를 호소하는 쪽으로 옮겨가 있다. 사용 어구에 있어서도 일상적인 차원으로의 전환이 일어났음을 보는데, "보고지고 님의 얼굴" "듯고지고 님의 소릭" "흘너흘너 눈물되야 첩의 눈의 소ᄉ난다" 같은 직정 토로의 구절들은 〈상사별곡〉 이래의 세속적인 상사연정(相思戀情) 가사에 흔히 보이는 것들이다. 구강(具康)이 암행어사 체험을 바탕으로 지은 〈북새곡(北塞曲)〉 같은 데서 보여준 사실 전달 치중의 서술 성향이 이어진 것으로 볼 수도 있겠지만 동시대의 가악 판도 변화에 부응한 것으로 봄이 가사 향유에 관해서는 더 실질적인 시각이 될 수 있다.

〈상사별곡〉에 관하여는 특이한 변이가 눈에 띄는데, 바로 이세보(李世輔)[1832~1895]의 〈상사별곡〉이다. 422수의 시조시가 실린 가집의 뒤에 첨록된 사정이 말해주듯, 이 〈상사별곡〉은 가사집에 실렸던 전단계의 상사연정 가사들과는 성향을 달리할 것이 미리 짐작되었다. 이세보의 시조 가운데에는 애정주제 시조가 100여 수 넘게 지어졌으며, 그 가운데에는 기녀들의 정서를 직접 반영한 여성화자형이 많을 뿐 아니라 기녀들의 실제 생활상을 그대로 옮겨다 놓은 작품도 적지 않다. 이 사실은 왕실 종친인 사대부 이세보 자신이 기방의 풍류문화에 익숙한 풍류랑이었다는 점 외에도 조선 말기의 사대부 풍류의 성격이 변모했음을 알려주고 있다. 이 변모된 성격은 근대적인, 향락으로서의 풍류[261] 또는 19

---

260) 사료 및 관련 서지는 박요순, 『한국고전문학신자료연구』(한남대학교출판부, 1992)를 이용함.

세기 통속적 대중시조들과 맥이 통하는 "고립된 개인의 정서"[262]로 파악된다. 이세보의 〈상사별곡〉은 위와 같은 새로운 창작 조건 속에서 지어지면서 상사연정 가사의 새로운 국면을 열었다. 이제 상사연정 가사는 도덕적 주제에 이끌리거나 정치적 정황을 반영하여 화자와 작자가 관련되어 있는 문맥을 불식하고 연정(戀情) 그 자체에 몰입하는 변모를 보이기 시작한다. 뚜렷한 작자성을 지닌 사대부 이세보가 이 변모 과정에 앞장 서 있다는 사실은 앞으로 전개될 상사연정 가사의 발전만이 아니라 근대적인 정서 발현이 새 양식을 찾아가는 여정에도 크게 영향을 드리울 것이다.

〈사미인곡〉의 실질적인 최종 이본이라고 볼 수 있는 "평생(平生)에 허랑(虛浪)하야 시주(詩酒)를 일삼드니"[『가집(歌集)』(一): 1930년대]로 시작되는 〈사미인곡〉의 화자는 기방 언저리에서 풍류에 젖은 일생을 보내는 모습으로 드러난다. 그는 합환과 결별의 고비를 무수히 겪은 뒤에 담담한 어조로 풍류사(風流事)를 회상하고 있다. 그는 기방 언저리를 오가던 많은 풍류랑들을 대변하고 있다. 환락의 최후는 고적(孤寂)이라는 사실이 전해지면서 교훈의 의미가 덧붙기도 하는 이 〈사미인곡〉은 가사 세속화의 방향이 세태 반영의 측면에서 이루어진 것으로 볼 수 있다. 19세기 말 이후 잡가의 외형을 빌기도 하는 식으로 범사회적으로 성행하는 상사연정 가사는 어구공유가 빈번한 수많은 동류이종(同類異種)의 작품을 양산하는데, 이들의 생산 공간은 기방 언저리일 것으로 추측된다. 기녀들 스스로 연행을 위한 신작품 생산에 참여했을 것이며, 기방의 풍류

---

261) 이동연, 「이세보와 기녀 등장 시조를 통해본 19세기 사대부의 풍류 양상」, 『한국고전연구』제9집, 한국고전연구학회, 2003, 31면.

262) 정흥모, 「이세보 애성시조의 특징과 유통양상」, 『어문연구』제23권, 한국어문교육연구회, 1995, 12면.

문화에 익숙한 양반들, 또는 새로이 기방 풍류문화에 가담하는 중인 이
하 계층이 상사연정주제를 쉽게 채택하여 기녀들로부터 전달 받은 화법
을 자신들의 작품에 적용한 것으로 보인다. 이 변화는 가사 담당층의 재
편에 크게 작용하였을 것이며 가사 향유권의 확산에도 영향을 주었을
것이다. 현전하는 규방가사 가운데 드러나는 상사연정 가사계의 작품들
은 이 영향이 규방에까지 미쳤음을 말해주고 있다.

3. 여성의 가사 향유

여성의 가사 창작은 집안의 어른으로서 자손의 영달을 축원하는 의도
로부터 시작되었다. 중종 23년(1528) 농암 이현보(聾巖 李賢輔)가 동부
승지를 제수하고 근친하러 오는 맞이를 위해 농암(聾巖)의 모친 안동 권
씨(安東 權氏)가 여종들에게 가르쳐 부르게 했다는 〈선반가(宣飯歌)〉를
처음 보이는 여성 가사로서 들 수 있다.263) 〈선반가〉는 똑같은 구조의
3행을 병렬한 단순한 구조를 하고 있지만 행의 내부에 4음보를 확보함
으로써 이를 확대하여 가사체로 나아갈 수 있는 잠재태를 지녔다. 연행
현장의 실제 청자인 농암(聾巖)을 작중 화자로 설정하고 실제 작자는 목
소리를 감추게 된 것은 여성이 자발적으로 작가로 나설 수 없는 당대의
사정을 반영하고 있다. 농암의 모친은 어려서 부모를 잃고 오라버니에
게 길러지면서 관원들의 풍습을 잘 알게 되었으며,264) 자신의 아들이

---

263) 明年春 又以同副承旨 受由來覲 慈氏聞余行期 以諺語作歌 敎其婢兒曰 待承旨來而
歌之 歌曰 먹디도 됴홀샤 승정원 션반야. 노디도 됴홀샤 대명뎐 기슬갸. 가디됴 됴홀
샤 부모 다힛 길히야.(『聾巖集』권3, 「雜著」 〈愛日堂戲歡錄〉)

264) 盖慈氏早孤 養于外叔文節公家 知承旨貴顯 且記其當時內間常語 至今政院官員 朝
夕供餉 稱爲宣飯是已(윗주와 같은 곳)

국문시가를 애호한다는 사실을 참고하여 자신의 기쁨을 아들의 목소리를 통하여 표출할 수 있었다. 아마도 여성이 작가(作歌)하는 사례가 희한했던 듯, 당시의 감사가 잔치를 베풀고 시를 지어 기념했다고 한다.

농암 모친이 비록 본격적인 단계의 가사 작자가 되는 데에는 못 미쳤을지라도, 시가 형식의 본질을 체득하였으며 담화 방식이나 연행 정황과 같은 당대의 시가 향유 관습에 익숙하였다는 사실은 다음 단계의 본격적인 여성 작가의 출현을 예비하는 사항으로 특기할 만하다. 여성 작가들은 우선 남성들의 향유 관습을 수용한 뒤에 그를 모의하는 예비 단계를 거친 뒤에야 비로소 본격적인 작자로 나서게 된 듯하다. 여성들이 남성들도 즐기는 시가를 향유한 기록이 흔하지는 않다. 한백겸(韓百謙)의 모친 평산 신씨(平山 申氏)[1532: 중종27～1608: 선조41]가 수석(壽席)에서 반드시 〈감군은(感君恩)〉을 부르게 하여 들었다는 예를 통해 보면[265] 〈감군은〉은 본디 남성들에 의해 향유 전승되던 것인데 남성적 권위에 대등한 위상에 달한 노부인이 이를 향유할 권한을 갖게 된 것으로 볼 수 있다. 그러나, 시가의 향유 능력이 일시에 이루어질 수 없다는 사실을 감안하면 노부인은 젊어서부터 가내 남성 향유의 간접 참여를 통하여 이 악곡에 익숙하여 왔다고 해야겠다.

여성 자신이 작자로 직접 나서는 단계는 〈규원가(閨怨歌)〉나 〈봉선화가(鳳仙花歌)〉에 의하여 마련된다. 작자로 선정되는 허난설헌(許蘭雪軒)은 이들 두 작품의 주제에 상통하는 한시사부(漢詩辭賦)를 지었기 때문에 작자로 선정되었다고 볼 수 있다. 이 작자 선정의 문맥을 세심히 살피면 당대 여성가사의 향유상을 밝힐 단서가 찾아질 듯하다. 먼저, 〈규원가〉는 허난설헌(許蘭雪軒)이 지은 〈소년행(少年行)〉과 주제상의 공통점

---

265) 주 4) 참조.

을 지니고 있는데, 〈소년행〉이 또 당 최호(唐 崔灝)의 〈대규인답경박소
년(代閨人答輕薄少年)〉과 연계됨으로써 한시사부(漢詩辭賦)의 영향권
안에서 가사 작품이 생성된 경로를 산정해 볼 수 있게 한다. 한시사부와
국문가사가 장가(長歌)의 체계 내에서 공존하는 모습을 보이는『고금가
곡(古今歌曲)』(1764)은 〈규원가〉와 더불어서 〈대규인답경박소년〉을 싣
고 있다.『고금가곡』에는 이 밖에도 허난설헌(許蘭雪軒)과 관련된 과체
시(科體詩)인 〈여랑요란송추천(女娘撩亂送秋千)〉[허균(許筠) 작]이 실려
있는데 이 작품이 또한 허난설헌에 의해 보정된 시화266)가 있음으로써
한시사부－과체시(科體詩)－국문가사의 공존 체계 가운데 여성의 장가
향유가 이루어졌을 가능성을 시사하고 있다. 그리고, 이러한 체계야말
로 남성들이 전유하였던 장가 향유 체계였음을 참조하면, 여성들은 여
성적인 주제를 취택함으로써 남성의 전유 영역에 틈입하게 되었고 이를
계기로 독자적인 발화의 기회를 갖게 되었다고 할 수 있다. 〈규원가〉에
보이는 남성 적대적인 발화는 천재적이나 불우한 작가의 특수한 개성뿐
만이 아니라 가사의 영역에서 비로소 발언권을 갖게 된 여성 계층의 자
기 확인이 반영된 것으로 볼 수도 있다.

여성들이 남성의 전유물이었던 가사의 향유권을 온전히 자기화하는
과정은 규방가사의 작품군이 이루어지기까지 다기한 경로를 밟아 나간
다. 여성의 가사 향유를 크게 신장하는 계기는 제문(祭文)의 영역에서
마련되었다. 제문은 열(烈) 덕목과 관련되어서 일찍이 여성들에게 개방
되었다. 회재 이언적(晦齋 李彦迪)[1491: 성종22～1553:명종8]이 모부

---

266) 任相元,『郊居鎖篇』권2에서 門前還有斷腸人 白馬半拖黃金鞭"을 許蘭雪軒에 의한
보정으로 보는 시화가 실려 있는데, 이 구절과 비슷한 대목을 許蘭雪軒의 〈少年行〉에
서 볼 수 있고, 또 〈少年行〉 대목의 연원을『古今歌曲』에도 실려 있는 崔顥의 〈代閨人
答輕薄少年〉에서 찾을 수 있다.

인(母夫人)을 위하여 지었다는 제문은 문집에 실린 한문본(漢文本)이 원본이고 필사로 유통되었던 한글제문은 그의 번역본이라고 보는 것이 일반적인 견해이다. 한문본은 실제의 추도를 위한 실용의 의도에서 지어졌고, 한글본은 원문의 효 주제를 제문가사(祭文歌辭) 양식으로 재수용하는 문학적인 의도에서 유통되었다고 본다. 남성이 제문가사의 초두를 떼어주었다는 사실은 의미하는 바가 크다. 근래에 수차례 발굴된 아내를 추모하는 한글 제문들은 여성을 위한 글쓰기의 영역이 한글이라는 매개를 통하여 확장되는 모습을 보여준다. 남존여비의 당대 관습에 어울리지 않아 보이는 "망부사(望婦辭)"267)들은 여성이 제문 수용자로서 양식 내의 영역을 확보하고 있었음을 알려주고 있다.

여성들이 실제 한글 제문을 지어 사용했던 사례는 「전의이씨유문(全義李氏遺文)」의 제문에서 먼저 찾을 수 있다.268) 전의 이씨(全義 李氏)[1723: 경종3~1748: 영조24]는 시문으로 이름이 높던 학옹 이응신(鶴翁 李應臣)의 누이로서 남편 곽내용(郭乃鎔)이 독질로 죽자 일년 뒤에 제문과 〈절명사(絶命辭)〉를 지어 남기고 자진하였다. 이 제문은 격식의 테두리에서 미망인로서의 회한을 한껏 드러내었다. 장문의 면면한 수식은 작자의 그치지 않는 애통함을 그려낸 것인데, 명문장가의 후예로서 지닌 문예적 기량이 제문 양식 내에서 발현되는 경로를 제대로 찾은 것이기도 하다. 이 기량은 고인 추도라는 실용의 목적을 충족하는 범위를 넘어 실제 청자와 작중 청자가 일치하는 정황 가운데 작중 화자로서의 토로를 마음껏 할 수 있는 새로운 양식을 필요로 하였다. 〈절명사(絶命

---

267) 『인현왕후전』에 보이는 숙종의 閔后 제문을 당대 사회 실상의 반영으로 보아도 좋을 것이다.

268) 자료와 작자 사항은 김동규, 『제문가사연구』(효성여대박사논문, 1991)와 나정순, 「전의이씨 제문과 〈질명사〉의 상관성 고찰」(나성순 외, 『규방가사의 작품세계와 미학』, 역락, 2002)를 참조함.

辭)〉는 이 필요에 부응하여 지어진 것이다. 가사와 산문 사이에서 규정이 어려워 보이는 〈절명사〉의 외형은 새로운 양식 추구의 흔적으로 볼수 있다. 본디 한문(漢文) 양식이었던 제문이 여성 향유층에 의하여 한글제문－제문가사(祭文歌辭)로 옮겨가는 과정 가운데, 아직 양식적 정착이 이루어지지 않은 단계에서는 규정이 어려운 어중간한 형태로 나타나기도 했던 것이다. 뒤에 규방가사의 주요 유형으로 자리 잡아 많은 이종 작품을 산출하는 단계에 이르러서야 비로소 제문가사의 양식적 정착이 이루어지는 것이라고 볼 수 있다.

가사 향유에 가담하면서 이루어지기 시작한 여성들의 가사 창작은 제문가사 외에 송양가사(頌揚歌辭)나 기행가사(紀行歌辭)에서도 있었다. 연안 이씨(延安 李氏)[1737: 영조13~1815: 순조15]는 58세인 정조 18년(1794) 큰 아들과 종질(從姪)이 연이어 과거에 급제한 가문의 경사를 칭양하는 〈쌍벽가(雙璧歌)〉를 지었다. 오래 기다린 끝의 영화를 해석하는 기본적인 시각은 물러나서는 수신하며 출사해서는 도(道)를 실현하는 유가적 규범에 입각하여 있다. 미출사(未出仕)의 기간을 강호은둔으로 설정하여 역대 은사들의 행적을 전범으로 삼았는데, 여기 관련된 표현 어구가 강호가사의 관례를 따르고 있어 주의를 끈다. "삼순구식은 너를 이른 말슴이요 / 십년일관인들 어느 친척 보닛더니"의 삼순구식(三旬九食)과 십년일관(十年一冠)은 강호은둔의 빈한한 상태를 지시하는 관용어로서 "三旬九食을 먹으나 못 먹으나 / 十年一冠을 쓰거나 못 쓰거나"(〈낙빈가〉) 식의 표현을 강호가사 작품 가운데 자주 볼 수 있다. 〈쌍벽가〉에서는 지나간 미출사(未出仕) 기간의 불우함을 현재의 영화와 대비시키려는 의도로서 이런 구절이 채택되었는데 〈낙빈가〉의 체념과는 의도상 대비되지만 대구 구조의 두 행 사이에 이 구절을 배열한 방식은 같아서 연안 이씨(延安 李氏)의 강호가사 수용을 추정케 한다. 강호가사 수용을 확인시켜 주는 구절은 이 외에도 "디셰도 됴커니와 풍경이 더욱 됴히"269)에도 보인다. 강호은둔의 주제를 전범이 되는 고인(古人)을 통하여 확인하는 것이 강호가사의 대표적인 소주제의 하나인데 〈쌍벽가〉의 "신야의 부열(傅說)이요 위빈(渭濱)의 여상(呂尙)이라"와 같은 대목은 여기에 해당한다. 〈쌍벽가〉는 불우했던 과거와 영화로운 현재를 대비하는 주제가 단조로워 지는 것을 막기 위한 방편으로 강호가사의 관습 어구들을 차용하였다. 궁핍한 과거의 어둠은 은둔의 고결함으로 채색되고 현재와 장래의 밝은 영화로움을 받혀 주는 바탕으로 역할하였다. 이런 효과적인 수사의 기량은 강호가사의 향유를 통하여 체득된 것이었다.

연안 이씨의 가사 향유를 통한 관습의 체득은 기행가사(紀行歌辭)를 통하여도 확인되는데 아들의 부임 행차에 동반한 기쁨을 노래한 〈부여노정기〉(1804) 가운데 〈관동별곡(關東別曲)〉이 수용되어 있음을 본다. 뚜렷하게 〈관동별곡〉으로부터 옮겨온 모습을 보이는 구절들은270) 작품 전개의 주요한 계기처인 새로운 단락의 서두나 결구에 놓여 있음으로써 〈부여노정기〉가 전개 방식에서 〈관동별곡〉을 모의하고 있음을 알게 한다. 이 모의는 단순한 떼어오기가 아니라 기행가사(紀行歌辭)의 유형적 관습을 체득한 연안 이씨의 창작 과정상 일어난 당연한 일로서 일종의 창의적 모방에 속한다고 할 수 있다. 연안 이씨의 두 편 가사에 대한 관련 사항을 살피면서 18세기 후반에 이른 여성가사 향유의 양태가 단순하게 남성의 전유물을 물려받는 데에서 나아가 여성가사의 독자적인 범위를 형성하고 있는 것으로 드러남을 보았다. 여성들은 여러 유형의 기존 가사를 항유하는 가운데 창의적인 모방의 단계로 나아가, 작품 전개 방

---

269) 地勢도 됴커니와 風景이 그지 업다(〈樂貧歌〉)

270) 김수경, 「〈부어노정기〉 — 최초의 기행 소재 규방가사—」, (김수경 외, 『규방가사의 작품세계와 미학』, 역락, 2002.) 113면에 유사 어구들을 배열하였다.

식과 같은 큰 틀에서는 기존의 체제를 따르되 세부적인 어구에서는 작중 정황에 따른 변개를 꾀하고 있다. 이 변개의 방향은 물론 여성적인 취향에 이끌리겠지만 아직은 유가적 세계관의 범주 내에서 미미한 표징만을 드러낼 뿐이었다. 여성들이 보다 적극적인 자기 세계 구축에 나서는 것은 여성 가사 창작이 흥왕을 이루는 다음 단계를 기다려야 했다.

현전하는 여성 가사의 대종을 이루는 유형 가운데 남성 가사 향유로부터 여성 가사 향유가 독립해 나오는 과정을 잘 보여주는 유형은 〈화전가(花煎歌)〉류라고 할 수 있다. 1746년에 지어진 안동 권씨(安東 權氏)의 〈반조화전가(反嘲花煎歌)〉는 안동 권씨의 육촌 홍원당이라는 남성이 지은 〈조화전가(嘲花煎歌)〉에 대응하여 지어졌다고 한다.271) 현전하는 최초의 〈화전가〉 류 작품 생성에 남성이 관여했다는 사실은 많은 것을 시사한다. 화전노리 자체가 남성들에 의해 먼저 시작되었다는 사실이 가리키듯 처음은 남성가사의 "모방적 수용"272)에 의지하여 여성 〈화전가〉가 지어졌음을 알려 준다. 이 사항은 〈반조화전가(反嘲花煎歌)〉의 어투가 한문 투식구에 주로 의존하는 구투임에서 확인되기도 한다. 19세기 후반부터 지금까지 전승되어 온 〈화전가〉 군은 대개 4음 4보격의 단순한 틀 속에 구체적인 놀이의 정상이 평이한 언어로 풀어져 있는데 반해, 19세기 후반 이전의 산물로 추정되는 구형 〈화전가〉류는 놀이의 구체적 전개보다는 놀이를 추상화한 순차 제시에 그치고 대신 전체 놀이 과정을 개념화하여 파악하고 있다. 이런 추상적인 개념화의 방식은 강호 공간에서의 놀이를 전고(典故)와 결부 시켜 개념화하는 강호가사의 수법과

271) 이동연, 「화전가로서의 〈반조화전가〉」, 『규방가사의 작품세계와 미학』, 역락, 2002, 11면.

272) 서영숙, 「여성가사에 투영된 작가와 독자의 관계-화전가를 중심으로」(『고전문학연구』제6집, 1991)에서 여성 가사가 이루어지는 단계를 남성가사와의 관계를 기준으로 "모방적 수용"과 "창의적 수용"의 둘로 나누어 보았다.

유사한데, 이 점에서 남성가사와의 관련을 다시 짚어 볼 수 있다. 한문투(漢文套)의 고풍스런 표현도 결국 이런 남성가사와의 관련 속에서 형성된 것으로 볼 수 있다.273)

한편, 남성이 지은 가사에 대응하여 〈반조화전가〉가 지어진 사실은 〈화전가〉의 창작이 놀이의 여흥으로서 이루어졌다기보다는 하나의 문화적 담론 체제로서 대화와 토의 과정의 축적 속에 이루어졌음을 알려주고 있다.274) 주로, 남성적 지배 담론과의 겨룸에 의하여 조정되어 나오는 〈화전가〉의 여성 담론을 남성이 주도하였던 가사 양식 내에서 여성의 독자적인 영역을 확보해 가는 모습으로 볼 수 있다. 구투를 벗어나 민요에 근접하거나 서민적 세계와의 유착을 보여주는 모습은 여성의 독자 영역을 구축하기 위한 전략적 모색으로 이해된다. 오늘날 가사라는 양식의 마지막 보루를 지키고 있는 여성가사의 실체는 이런 가사발전사 위의 전략적 모색으로써 이루어진 소득이라고 할 수 있다.

4. 현실 인식의 심화

현실의 모순을 노정하는 일련의 작품들에 대하여 "현실비판가사"라는 유형명이 부여 되어 있다. 〈갑민가(甲民歌)〉·〈합강정가(合江亭歌)〉·〈거창가(居昌歌)〉 등등 주로 조선 후기 정치의 폐해를 계기로 삼은 가사들은 대상에 접근하는 방식이 이전의 향반(鄕班)들이 지은 현실 문제를 다룬 가사들과도 달리서 직접 고발을 일삼고 있나. 〈갑민가〉는 갑산 고

273) 윤덕진, 「여성가사집 '가사'(소창문고 소장)의 문학사적 의미」, (『열상고전연구』제14집) 215~216면에서 〈화전별곡〉을 대상으로 이 문제를 다루었다.
274) 권순회, 「화전가류 가사의 창작및 소통 맥락에 대한 재검토」(『어문논집』53집)에서 이 문제에 대한 기존 성과를 정리하여 화전가류 독법에 대한 지남을 제시하였다.

을의 학정을 세세한 조목을 들어, 〈합강정가〉는 관장의 선유(船遊)가 호화로움을 드러내어 백성의 참상을 대비시키며, 〈거창가〉는 시정(施政)의 폐단을 혁파하려는 의지를 선동적으로 제시하면서 현실 문제의 우회적인 접근을 거부하고 직접 문제의 핵심에 부딪는다. 현실비판가사의 이러한 대상 접근 방식은 근본적으로 시대적 분위기의 악화에 기인하는 것이겠으며, 가사 양식의 발전과 관련시켜 볼 때에는 향유층이 서민들로까지 확대되면서 일어난 주제의 심화 현상으로 파악된다.

가사 양식 내에서 현실 문제를 취급하는 것은 일찍이 「고공문답가(雇工問答歌)」나 「목동문답가(牧童問答歌)」 등의 대화체 가사에서 비롯되었다. 〈고공가(雇工歌)〉는 선조 어제(宣祖 御製)를 은폐하기 위한 방략으로 허전(許㙉)이라는 작가를 내세우기도 했으나, 답가(答歌)의 작자가 재상 이원익(李元翼)이라는 사실에서 방증되는 것처럼 허전은 단지 전승전략을 위한 일시적 작가이거나 혹은 대작(代作)의 임무를 수행한 정도로 파악함이 온당하겠다. 「고공문답가」의 성립과 관련된 주요한 사실은 문가(問歌)가 답가(答歌)를 예상하면서 지어졌다는 관계의 문제이다. 선조(宣祖)는 토지 문제라는 당대의 중대 사안을 해소하기 위한 방안으로 문가를 사용하였으며 이런 선조의 의도를 알아차린 이원익의 화답가(和答歌)가 〈고공답주인가(雇工答主人歌)〉가 되었다. 문답의 표면에 드러나는 나무람과 그에 대한 응수로서의 환책(還責)은 농정(農政)문제의 중대성을 상대방에게 환기시키기 위한 수사적 장치이며 이런 우회적인 방안을 통해 첨예한 의견 대립이 조섭되리라는 예측을 할 수 있는 두 작가는 가사의 현실적 기능을 깊이 이해하고 있는 노련한 가사 향유자라고 할 수 있다.[275]

---

275) 윤덕진, 「가사집 '잡가'의 시가사상 위치」, 『열상고전연구』 21집, 2005, 183면.

가사의 담화 방식으로 볼 때에「목동문답가(牧童問答歌)」가 여타의 강호가사와 차이 나는 점은 일방적인 자기주장의 언사가 아니라 문제를 제기하고 그 반응을 예상하는 관계 속에서 이루어지는 대화 구조에 의지하고 있다는 것이다. 강호지향(江湖志向)의 의취만을 표백하려 한다면 대화 구조를 의식하지 않아도 될 것이다. 설령, 작중 청자가 설정되어 있다고 하더라도 그는 작자의 분신일 따름, 강호가사의 문면에 등장하는 담화 행위자들은 모두 작자에 동조하고 있다. 대화 구조의 경우 이 동조적인 관계는 깨트려지고 대개의 경우 화자와 청자는 적대적인 관계 속에 놓인다. 그리고, 대화의 전개 가운데 적대적 관계를 해소해 나간다는 점에서 일방적 자기 언사보다 동적인 구조를 하고 있다.

「목동문답가」는 세속의 영화를 긍정하는 문자(問者)와 이를 부정하는 답자(答者)인 목동(牧童)의 대화로 나누어져 있다. 문자는 역대 인물의 전고를 나열하면서 자기주장을 전개해 나간다. 그의 어조는 목동의 삶의 방식에 대한 몰이해로 이끌어져서 결국은 의문으로 맺어진다. 반면, 목동의 답가는 강한 부정의 언사로 시작되면서 세상의 봉록(奉祿)이란 희생되는 소에 지나지 않는다는 극단적인 비유로 이끌어진다. 일반적으로 강호가사 담화의 배면에 출퇴(出退)의 사회적 관습을 인정하는 여유가 있었다면「목동문답가」는 철저히 은둔 퇴거만을 인정하고 있다는 점에서 작품을 이끄는 의식이 크게 차이 나고 있음을 본다. 『순오지(旬五志)』의 평어[276]에서 광해군 시대를 창작 배경으로 설정한 것은 강한 부정적 언사와 극단적인 비유로 이루어진「목동문답가」의 작품 세계와 관련하여 이루어졌을 터이나. 소선 전기 강호가사나 〈미인곡〉의 주제적 지향이 출사(出仕)에 무게가 실려 있었다면「목동문답가」는 은둔 퇴거

---

276) 牧童歌 休窩任有後所製 公當光海時 無意於進取 作此歌以寄優遊自適之趣 超然於禍福榮辱之門 出於楚辭之遺意也

에 더 비중을 두었다. 이는 정치 현실이 당색(黨色) 집권으로 굳어갔던 데에 연유했을 것이다.

이미 조선 후기 이전에 문답, 또는 대화 구조가 현실 문제를 깊이 인식하기 위한 방안으로서 가사 양식 내에서 활용되었음을 확인하면서, 조선 후기의 현실비판가사에서는 전대보다 더 심화된 방안이 모색되었다는 전제를 검토해 보기로 한다. 〈갑민가(甲民歌)〉의 경우, 작품 내에 두 명의 화자가 설정되어 있어 송강 〈속미인곡〉에서 활용 했던 방안이 재연되었으리라는 추측을 가져오게도 한다. 이 작품의 생성과 밀접한 관련을 지닌 청성 성대중(靑城 成大中)은 「송강가사」의 고급 향유자이기도 함이 확인되므로 대화체와 같은 눈에 띄는 방안이 그를 통해 채택되는 경로는 얼마든지 설정 가능하다. 다만, 대화의 양상이 두 작품 사이에 차이가 있음은 반드시 짚고 넘어가야 할 것이다.

〈속미인곡〉의 두 화자는 비록 처지는 다르지만 적강(謫降)한[임금에게 내쳐진] 신세가 동일하므로 이들 사이에는 어떤 논쟁적 관계가 성립되지 않는다. 이들은 천상에 복귀하고자(총애를 회복하고자)하는 희망을 공유하면서 서로의 처지를 동정한다. 님을 뫼시던 정황을 각기 회상하면서 잠간 쟁총(爭寵)적인 국면이 비추기는 하지만 함께 복귀(회복)를 지향하는 둘의 언사는 상호 동조적인 관계에 있다. 그러나, 총애 회복의 희망이 난망하므로 "각시님 돌이야 크니와 구즌 비나 되쇼셔"라는 체념적인 언사로 상대방을 위무하기도 한다. 이 위무의 내실은 악화된 정세를 관망하는 공통된 시각이다. 서인(西人)의 대표적 당인으로서 기울어가는 당세를 다른 당인들에게 호소하는 것이 이 결사의 현실적 내용이다.

북헌 김춘택(北軒 金春澤)은 송강을 이어 〈별사미인곡(別思美人曲)〉을 지었음을 표방하면서도 "그 (노래)말은 송옹(松翁)에 비해 더욱 완곡하고 그 가락은 松翁에 비해 더욱 고뇌스러우니 곧 천한 신하가 오늘날 만난 재앙이 그러한 것이다"[277]라 하여 작중 정황이 달라져 있음을 명확히 하였다. 〈별사미인곡〉의 달라진 정황은 북헌(北軒) 자신의 실사에 기반 했다. 시세를 얻었음에도 임금을 향한 충심을 다하지 못하는 상대당 사람을 비유한 총애 입은 여인과, 시세가 불리함에도 충심을 지키는 자신을 비유한 출척(黜斥)당한 여인의 대조적인 처지를 제시함으로써 임금이 자신의 충심을 헤아리게 되고 총애를 되돌리기를 희망하는 것이 이 작품의 주내용이다.[278] 〈속미인곡〉의 두 화자는 총애 회복의 희망을 공유하는 동조적인 관계에 있었다. 〈별사미인곡〉에도 비슷한 성격의 두 화자가 나타나지만 이들의 목표는 천총(天聰)에 들리도록 목소리를 합치는 데 그치는 것이 아니라 적대적인 관계에 있는 상대 인물을 비판하여 그를 출척하는 데까지 미쳐 있다.

비판의 목소리가 합쳐졌다는 점에서 〈별사미인곡〉의 언사는 〈속미인곡〉과는 다른 단계로 진전하여 있다. 이 진전의 일차적 동인이 실사(實事)의 적극적인 반영이라는 점에서 〈별사미인곡〉은 보다 심화된 현실 인식을 보여주었다고 할 수 있다. 비판은 상대의 반론을 예상하고 수행된다. 〈별사미인곡〉의 두 화자는 이 반론을 예상하는 동조자들이다. 상대의 존재는 용모파기로만 드러나 있지만 그와의 관계가 적대적임은 쉽게 알 수 있다. 의복 치레로 비유되어 있는 총애(寵愛)[불충(不忠)]－출척(黜斥)[충성(忠誠)]의 대비는 바로 당시 정치 정황을 속내용으로 하고 있다. 〈별사미인곡〉의 작중 세계는 숙종 대의 당쟁 현실을 일정하게 반영하고 있다.

현실 반영의 심도에 따라 작중 화자 및 등장인물의 구도가 변화하는 모습은 〈갑민가(甲民歌)〉에 이르러 뚜렷하게 드러났다. 현실비판가사의

---

277) 앞 주 166) 참조
278) 이 책 98면 참조.

단초를 끄는 〈갑민가〉는 그 형성 동기와 관련한 사실이 가사발전사에서 중요한 의미를 지닌다. 우선 이 작품은 작자 주변의 정보를 부대하고 있는데279) 이 정보가 상당히 신뢰를 주는 것이기 때문에 이를 바탕으로 작품 형성의 경로를 추적해 볼 수 있다. 청성 성대중(靑城 成大中)[1732: 영조8~1809: 순조9]은 송강 〈미인곡〉의 최고 번사자(飜辭者)인 배와 김상숙(坯窩 金相肅)의 행장280)을 써서 배와(坯窩)와의 친분도를 알려줄 뿐 아니라 「서배와소역사미인곡후(書坯窩所譯思美人曲後)」281)까지 남김으로써, 「송강가사」의 주요한 향유자에 올랐던 이이다. 그 아드님 연경재 성해응(研經齋 成海應)[1760: 영조36~1839: 헌종5]도 〈근제배와김공번사미인곡(謹題坯窩金公翻思美人曲)〉으로 〈미인곡〉 번사의 의의를 체득하였음을 알려줄 뿐만 아니라, 문체를 바꾼 〈사미인곡〉의 번사를 시도하기까지 하여 「송강가사」 향유를 가승하였음을 확인할 수 있다.

청성(靑城)과 연경재(研經齋), 두 대에 거친 「송강가사」 향유는 번사를 중심으로 충신연주(忠臣戀主) 주제 수용에 주력하였다. 이들의 수용 방향은 당대의 악부시(樂府詩) 향유와 관련되어 있다. 악부시는 당대의 민속과 민요를 제제로 삼으면서 현실에 대한 일정한 관심을 작품 내에 끌어들인다는 점에서 현실비판가사와 담론적 층위를 공유한다고 볼 수 있다. 악부시의 전통은 오래이지만 특히 조선 후기의 현실 모순을 노정하는 수단으로 채택됨으로써 당대 현실에 대한 인식 심화라는 동시대적 명제를 현실비판가사와 나누어 갖게 되었다. 청성이 직접 현실 문제를 다룬 악부시를 보여주고 있지는 않지만 『청성잡기(靑城雜記)』의 몇 군데 기사를 통하여 현실비판적 담론의 가능성을 추출할 수 있다. 서얼 출신

---

279) "右靑城公莅北靑時甲山民所作詞"라는 『海東歌曲』의 말미 부기를 가리킴.

280) 「坯窩 金公行狀」, 『靑城集』권9.

281) 『靑城集』권8.

으로서 현실의 모순을 생래적으로 담지할 수밖에 없었던 청성은 인과론적 논리에 의하여 현실을 해석하는 모습을 보여준다.

> 봉산의 소경 유운태(劉雲泰)가 나의 운명을 점치고는 말하였다.
> "운수가 좋습니다. 봄바람처럼 온화한 얼굴이요, 비단 같이 고운 마음씨이니 관직 생활을 할 적에 사람을 많이 살릴 것입니다."
> 나는 이 말을 듣고 나서부터 늘 사람 살리기를 내 일로 삼았는지라 살인 옥사가 내 덕에 다시 조사되어 억울한 누명이 밝혀진 경우가 많았다. 그렇지만 희천에서 죄수 두 명을 죽였고 경주에서도 그러하였으니, 모두 삼성추국(三省推鞫)을 당할 강상죄(綱常罪)를 범한 자들이었다. 법으로는 용서 없이 사형시킬 죄이지만 막상 처벌할 때에는 소경 유운태가 한 말을 생각하지 않은 적이 없었다.[282]

백성을 살리는 관장으로서의 책무를 자신의 운명과 결부시켜 강조하였는데 여러 군데의 기사[283]에 드러나는 살인에 연유한 뒷 재앙은 이 주제를 구체화 한 것으로 볼 수 있다. 백성을 죽이면 반드시 뒷 재앙이 따른다는 논리는 당대의 횡포한 관리들을 경계한 것이기도 하다. 〈갑민가(甲民歌)〉는 문면에 두 사람의 화자를 등장 시켜 대화를 나누게 하고 있다. 이 화자들은 〈미인곡〉의 경우와는 다르게 작자나 동조자를 대리하고 있지 않다. 〈미인곡〉의 경우, 화자는 작자의 정치적인 입장을 대변하고 있다. 이들은 작가의 현실 존재가 투영된 작품 내적 공간의 허상인 셈이다. 반면, 〈갑민가〉의 중심 화자인 갑산민(甲山民)은 숨어 있는 작

---

282) 成大中(김종태외 옮김), 『국역 청성잡기』, 민족문화추진회, 2006, 237면.

283) "속임수로 12명을 사형시킨 홍계희" "이보혁 집안에 내린 응보" 등은 靑城이 견문한 실사에 바탕하였고, "무고한 죽음은 하늘이 갚아준다"는 고사를 인거한 것인데 고사 인거는 주로 당대의 정쟁 현실을 빗댄 것으로 보인다. 자료는 위의 책 「성언(醒言)」 편에서 이용하였다.

자의 조정에 의하여 행위하는 극적 인물의 형상을 하고 있다. 갑산민의
언사는 북청(北靑)으로 넘어가는 고개 마루라는 극적 공간 내에서 펼쳐
지는 극적 대사로 규정할 수 있다. 이 대사는 현실과의 연계를 필요로
하지 않는 의미체로서 유리된 극적 공간에서 상대자에게만 전달됨으로
써 이루어지는 극적 효과를 노리고 있다.284)

　『청성잡기(靑城雜記)』가 보고체 문장으로 사회의 모순을 제시하고 있
다면 〈갑민가〉는 이를 극적으로 형상화한 상태에 해당한다. 보고자인
청성이 극적 구도의 설정자로 전환될 수 있는 요인을 찾아낼 수 있다면
숨은 작가의 정체를 드러낼 수 있을 것이다. 당대의 주도 담론 표출과
관련된 사정을 헤아리건대 청성, 또는 청성과 관련 있는 인물이 숨은 작
가일 가능성은 충분하다. 우선, 청성의 교유 인물이기도 한 연암 박지원
(燕巖 朴趾源)의 〈양반(兩班)〉을 보면, 18세기 조선 양반 사회의 축도라
고 할 수 있는 강원도 오지 정선을 극적 공간으로 하면서 양반 매매라는
극적 상황을 설정하여 당대 사회의 모순을 극명하게 드러내 보여주는
극적 구도가 설정되어 있다. 현실 비판을 의도하는 악부시(樂府詩)에서
도 백성들의 고초를 극대화하여 제시하는 방식을 택하고 극대화된 정황
을 보여주는 방안으로 대화체를 사용하였던 것을 보면 극적 담화 방식이
현실 비판 담론 내에서 주도적이었음을 알 수 있다.285)

---

284) 성무경은 〈갑민가〉의 대화체를 "의사극적진술방식"으로 규정하고 "작자가 곧 화자
　　(서술자)로 노출되는 것을 피하여, 정작 전하고자 하는 목표(실제 청자: 관료)는 딴
　　사람이면서도 의도적으로 '생원'과 '갑산민'이라는 텍스트 내부의 인물을 설정해 '보여
　　주기'를 꾀한 것"으로 설명하였다.(성무경, 『가사의 시학과 장르 실현』, 보고사,
　　2000, 39면.)
285) 김형태는 〈갑민가〉의 대화체를 "연설방식의 대화체"로 규정하고 개화기에 성행했던
　　연설문의 선구적 흔적으로 파악하였다.(김형태, 「〈갑민가〉의 이본 및 대화체 형식
　　연구」, 『열상고전연구』제18집, 2003.) 개화기의 강화된 현실 인식의 반영체가 연설문
　　이듯이 조선 후기의 심화된 현실 인식의 반영체가 현실비판가사라는 점에서 동의할

청성의 북청부사(北青府使) 재위(1792년)라는 실사에 바탕을 둔 〈갑
민가〉 말미 부기는 작품 안에서 "그디 쏘흔 니 말 듯소 투관소식(他官消
息) 드러보게 / 북텽부亽(北青府使) 뉘실런고 셩명(姓名)은 즘간 이저잇
니 "로 이끌어지며 선정을 치하하는 대목으로 전환되어 있다. 이 대목이
본인에 의해 이루어진 것으로 볼 수 없기 때문에 청성 작자설이 물러서
야 하지만, 이 작품이 청성과 관련하여 이루어졌다는 사실은 계속 남아
있다. 〈갑민가〉는 두 종류의 이본을 보유하고 있는데, 『청성잡기(青城雜
記)』 말미에 놓인 것과 『해동가곡(海東歌曲)』 말미에 놓인 두 가지가 내
용은 대동소이하지만 놓인 환경에 따라 성격이 달리 규정된다. 『청성잡
기』는 「췌언(揣言)」, 「질언(質言)」, 「성언(醒言)」의 세 부분으로 나누어
져 있다. 현실 인식이 심화된 모습은 「성언」 부분에서 가장 잘 드러나며
이 가운데는 소재 상으로 〈갑민가〉와 연계되는 이야기들도 있다. 「성언」
의 그런 이야기들은 동시대의 야담이나 소설과 담론 체계를 공유하면서
가사로 전이될 수 있는 가능성을 내포하고 있다. 〈갑민가〉는 동시대 문
인들의 청성 관련 기록들[286]을 사이에 두고 『청성잡기』의 말미에 붙어
있다. 문인들의 기록은 청성을 칭상하는 내용이어서 〈갑민가〉는 말미에
무연관하게 고립되어 보인다. 그러나, 『청성잡기』 전체가 한 사람의 단
아한 필체로 적혀 있으므로 말미에 붙어 있는 사실에 의미를 부여하게
되는데, 청성 자신 혹은 그 후손으로 필사자를 추정할 수 있게 된다. 청
성 자신이 필사자라면 곧 〈갑민가〉의 작자를 겸하게 되므로 이를 피하

만하다. 개화기의 가사 가운데에도 "연설방식이 대화체"를 사용한 경우가 있음을 보면
개화기라는 같은 현실 조건하에서 계몽 의도의 같은 담론 구조를 채택하면서 연설문과
가사로 양식 분화가 이루어진 것이 조선후기의 현실 비판 담론이 『青城雜記』와 〈甲民
歌〉로 양식 분화된 경우와 유사하다고 할 수 있다.

286) 「陳奏文」(沈象奎) 「陳奏文改本」(金魯敬) 「皇明遺民列傳序」(金履永) 「醇齋記」(李
奎象) 「菊頌」(金相肅) 등등이다.

여 후손을 필사자로 선정한다면 〈갑민가〉는 청성을 기리는 동시대 문인들의 청성 칭양 문맥과 통하게 된다.

한편, 『해동가곡(海東歌曲)』은 「송강가사」를 방종현본이나 관서본(關西本)과 같은 편차로 실은 뒤에 〈별사미인곡(別思美人曲)〉을 덧붙인 다음 〈갑민가〉를 싣고 있다. 이러한 작품 수록 순서는 그 자체로 의미를 지닌다고 생각되는데, 이 가집의 편찬자는 「송강가사」 전승자의 맥락에서 〈갑민가〉를 수용하고 있다는 점이 요체이다. 〈별사미인곡〉은 송강 〈미인곡〉의 계승선 상에서 지어졌으니 「송강가사」를 일정한 수록 체계에 의하여 수용하는 편찬자가 〈별사미인곡〉을 수용함은 특별히 설명을 요하는 일은 아니다. 단, 〈별사미인곡〉과 〈갑민가〉의 수용 관련이 뚜렷하지 않은데, 성대중(成大中)의 「송강가사」 향유 사실을 통해 이 문제가 해소될 수 있다. 뿐더러, 대화체의 사용을 통한 현실 인식의 심화 과정은 이들 두 작품이 같은 시대적 담론 구조 내에서 계승되는 관계임을 드러내고 있기도 하다. 앞서 보았듯이 「송강가사」의 동일한 전승 방식은 같은 정파적 지향에 의하여 견지되었다. 성대중의 노론(老論) 계열 인사들과의 친밀도를 기반으로 「송강가사」의 체계적 전승과 대화체라는 수사 기법을 통한 현실 인식의 심화라는 기법상의 계승 문제를 논할 수도 있을 것이다. 여기서 『해동가곡(海東歌曲)』 소재 〈갑민가〉 말미의 성대중 관련 부기를 다시 주목하게 된다.

유일 필사본인 『해동가곡』의 편찬자는 투식판을 사용한 용지에 정사한 점으로 드러나듯 상당한 학식과 재력을 지닌 집안의 인물로 추정된다.[287] 「송강가사」의 편찬이 주로 관찬에 의한 것과는 대조적으로 18세기 이후의 가사집 편찬은 역량 있는 향유자에 의한 개인 편찬의 성향으

---

287) 김형태, 앞의 논문, 261면.

로 변화함을 볼 수 있다. 이 문제는 가사 향유층의 변화와 관련하여 검토함을 필요로 한다. 일단, 「송강가사」를 일정한 수록 체계에 의하여 재수록한 것을 기준으로 검토해 보면, 뚜렷하게 드러나는 가집의 대표적인 예가 『고금가곡(古今歌曲)』이다. 『고금가곡』의 편찬 연대를 1764년으로 잡아본다고 할 때, 〈갑민가〉 창작 추정 연대인 1792년과는 상거가 멀지 않다. 거기에다 이 두 가집에는 생성 배경에 성대중과 관련되는 공통점이 들어 있기도 하다. 성대중은 세거지를 포천으로 하고 있는데, 『고금가곡』이 포천의 영평현 금수정(永平縣 金水亭) 부근을 가집 생성의 배경으로 하고 있다. 금수정(金水亭)은 본디 양사언(楊士彦)의 처가인 안동 김씨(安東 金氏)의 별업이었다가 뒤에 양사언의 소유가 되었으며 명필인 양사언의 「금수정석각(金水亭石刻)」[288]으로 명승의 소문을 끼치게 된다. 이 석각(石刻)이 「풍악석각(楓岳石刻)」과 함께 『고금가곡』 말미에 놓여 있음으로써 『고금가곡』의 편찬자가 금수정을 중심으로 하는 문화 향유권에 속한 인사라는 사실을 확인하게 된다. 영평현(永平縣)이 서울에서 북관(北關)이나 금강산에 가는 길목이기 때문에 이곳의 금수정을 찾는 인사들이 시를 남기는 것이 관례화되었다.[289] 금수정이 문곡 김수증(文谷 金壽增)으로부터 농암(農巖)과 삼연(三淵) 등에 이르기까지 청음(淸陰) 일가와 관련을 가지면서부터는 주로 노론계(老論系) 인사들을 중심으로 더욱 많은 문사들의 탐방이 이루어지고 많은 시를 남긴다.[290]

---

288) 綠綺琴 伯牙心 鍾子始知音 一鼓復一吟 冷冷虛籟起遙岑 江月娟娟江水深(〈贈琴翁〉 『蓬萊詩集』)

289) 思菴 朴淳, 漢陰 李德馨, 樂全堂 申翊聖 등이 남긴 시기 『永平邑誌』『永平郡邑誌』 『永平郡誌』『東國輿地誌』 등에 전하고 東州 李敏求는 『東州集』에 「金水亭詩序」와 「金水亭八詠」을 남겼다. [홍순석, 「포천군 금수정 암각문에 대하여」(『한국학논집』제 2집, 강남대 한국학연구소, 1994)를 참조함.]

290) 洪世泰, 〈送李大來往鐵原轉向永牛白鷺洲〉(『柳下集』卷之五), 崔錫恒, 〈金水亭〉(『損窩先生遺稿』卷之四), 趙泰億, 〈寒食日在抱川墓舍。與鄭希僑察上人。訪金水亭〉(『

　금강산으로 가는 길목에 위치한 특성 때문에 빈번하였던 내방은 성대
중 시기에도 지속되었던 듯하다. 〈원자재와 조문원이 금강산 유람을 함
에 우리 집에 들러 갔다. 함께 영평 백로주에 들어가 이백의 운을 쓰
다〉291)라는 시제(詩題)를 보면 금강산 유람의 경로 중 들러 가는 명승지
로서 영평(永平)의 백로주(白鷺洲) 일대가 알려져 있었음을 볼 수 있다.
이 명승 유람의 경로는 이미 양봉래(楊蓬萊) 대에서도 관례화되어 있었
던 것으로서 농암 대에서는 특히 빈번히 실현되었으며 성대중은『고금
가곡』의 편찬자와 함께 이 관례의 후대 계승자가 된다. 이 계승의 맥락
에서 볼 때, 청성과『고금가곡』의 편찬자는 다시 한번 기맥을 통하게
되는데, 청음가(淸陰家)와의 관련에 있어서 그러하다.『고금가곡』상권
에는 한시사부(漢詩辭賦)와 국문가사를 실어 놓았는데 이 중에 〈와념소
유언(臥念小游言)〉은 삼연 김창흡(三淵 金昌翕)이 지은 과체시(科體詩)
로서 세속의 공명을 부인하는 내용으로 되어 있고,『시경(詩經)』시를
언해한 뒤에 다시 시조시로 풀이한 체제의 〈풍아별곡(風雅別曲)〉[권익
륭(權益隆)] 발문을 역시 삼연(三淵)이 쓰고 있다.『고금가곡』의 하권 뒷
부분에 있는 자작시를 통해 엿보듯이『고금가곡』의 편찬자가 인생의 말
년에 현세에 대하여 지니는 회의가 수록 작품 전체를 관류하는 편찬 방
향이 될 수 있다. 또한 현세의 속악(俗樂)을 부정하고 고악(古樂)의 이상
을 동경하는 자세도 이 편찬 방향과 합치하는 것으로 볼 수 있다. 삼연
김창흡의 부각을 이 관점에서 본다면, 편찬자는 바로 앞 세대의 선배로
서 삼연에 대한 경모 내지는 친연감을 지닌 것으로 볼 수 있다. 청성이
지은 많은 삼연 추화시(三淵 追和詩)292)를 이 경모와 친연감의 맥락에서

　　謙齋集』卷之十七), 申靖夏, 〈金水亭得伯溫〉(『恕菴集』卷之四) 등등.

291) 〈元子才[元重擧: 1719~1790] 曁趙文源 作金剛之遊 歷宿弊廬 與入永平白鷺洲 用
　　李白韻〉(『靑城集』권1)

파악할 수 있다.

「송강가사」 정전의 계승자이면서 노론(老論)의 정신적 지주인 삼연의 후계자라는 공통점을 통해『고금가곡』의 편찬자와 청성 성대중(靑城 成大中)이 같은 시대적 기맥에 놓여 있음을 본 뒤에 그들의 시가 향유가 일정한 방향성을 지녔음을 확인할 차례이다. 이는 청성의 교유 인물을 통해 가능한 일이다. 우선 청성은 〈교교재김공(용겸)조상각팔경[嘐嘐齋 金公(用謙)朝爽閣八景]〉을 통해 청음가(淸陰家)와의 유대를 보여주고 있다. 이 유대는 〈교교재김공만(嘐嘐齋金公挽)〉에서 재확인 된다. 교교재가 연암(燕巖) 및 그 종유자들과 밀접한 관련을 가지며 청성이 이 관련에 포함됨은 물론이다.293) 이 관련의 결과는 앞서 현실비판 담론을 논의하면서 연암 「양반」과 〈갑민가〉가 공유하는 담론 층위로서 확인된 바 있다. 한편, 청성은 특별히 배와 김상숙(坯窩 金相肅)과 긴밀한 사이로 파악되는데294) 이는 청음가(淸陰家)와의 관련 외에 「송강가사」 전승의 관점에서 중요한 사실이다. 배와(坯窩)가 「송강가사」 번사의 최정점에 위치하여 가장 세련된 번사 양식으로 초사(楚辭)를 택하고 적확한 번사의 창출에 고심한 최상의 「송강가사」 전승자라면 청성 또한 배와의 이해자로서 같은 차원의 「송강가사」 향유자가 될 수 있기 때문이다.

---

292)『靑城集』권1의 〈解纜詞用三淵金先生韻〉〈竹西樓與閔大胤用三淵韻〉〈泛舟用三淵韻〉〈縣齋用三淵韻〉 권2의 〈筆洞寓舍憶徽之用三淵韻〉 등등을 보면 빈번한 추화가 이루어짐을 보면 三淵의 영향력이 컸음을 알 수 있다.

293) 〈七夕後二日 會朱溪 京山 炯菴 李士文 白永叔(東脩) 柳原明 玉流生 雅娛竟日 燕巖 朴美仲(趾源)後至 逼昏乃散〉(『靑城集』권2) 〈秘省雨中 會燕巖 太湖 靑莊(炯菴一號) 古芸 柳惠甫(得恭) 貞蕤 朴在先(齊家) 玉流 疊前韻〉(같은 책, 권3) 등을 통해 교유의 양상을 알 수 있다. 또, 「記柳春塢樂會」(靑城集』권6)을 보면 洪大容, 洪景性, 李漢鎭, 金憶, 兪學中 들이 벌인 樂會에 嘐嘐齋가 참석하였던 傳聞 사실을 기술하고 있다.

294) 〈入洞陰 敬呈主令金坯窩(相肅)〉(『靑城集』권2)을 비롯한 많은 수창시를 거쳐 「聞坯窩喪訃志哀」(같은 책, 권3)에 이르기까지 두 사람이 지기로서 나눈 우의를 볼 수 있다.

청성은 악률에 대하여 깊은 관심을 가지고 벗들과 기악(妓樂)을 나누었을 뿐만 아니라 재예 있는 기녀를 깊이 이해하고 아껴 주었음을 알 수 있다.[295] 그의 벗 가운데 악률을 매개로 한 지기는 여럿 있으나 가장 이해가 깊은 사이는 경산 이한진(京山 李漢鎭)[1732: 영조8~1814:순조 14 이후]과 이루어졌던 듯하다. 경산(京山)은 진본과는 다른 계열의 『청구영언(靑丘永言)』을 편찬하였는데 여기에 다른 가집에는 나타나지 않는 김용겸(金用謙), 김홍도(金弘道), 민성천(閔成川), 송용세(宋龍世), 반치(半痴) 등의 작가들이 등장한다. 이들을 우계 성혼(牛溪 成渾), 율곡 이이(栗谷 李珥)로부터 청음 김상헌(淸陰 金尙憲), 삼연 김창흡(三淵 金昌翕), 농암 김창협(農巖 金昌協)으로 이어져 내려오는 "악하풍류(岳下風流)"에 연계시킴으로써 경산 이한진(京山 李漢鎭)의 음악 애호의 연원을 소급해 볼 수 있으며 경산의 지기인 청성 성대중(靑城 成大中) 또한 "악하풍류"의 후계자로 편입할 수 있게 된다.[296]

경산이나 "악하풍류" 구성원의 행적에서 일반적으로 드러나는 성향은 현세 회피적인 부정적 시각이다. 이런 시각이 정치적 불운과 연결된 것이기 때문에 이들이 지향하는 이상적인 음악관도 현세 부정의 시각에서 파악할 수 있다. 현실과 관련되는 이러한 맥락에서 볼 때에 〈미인곡〉 이래 현실비판 가사에까지 이어지는 결핍과 회복, 또는 원만과 동경이라는 주제적 편향을 동질적인 것으로 파악할 수 있다. 현실에서 이루어

---

295) 〈朝陽樓月夜 與南時韞玉 聽妓樂〉(『靑城集』권1) 이나 〈雪月夜 金濟翁(壽民)來宿 彈九孔琴 白石亦至 韻同賦〉(『靑城集』권4) 등에서 벗들과 음악을 즐기는 모습을 볼 수 있고 〈高沙堡 遇江界老妓巫雲書贈〉(『靑城集』권3)에서는 "讀罷孫吳謾引巵 壯心虛負勒燕碑 白頭偶過臨江戍 聞聽雲婆詠出師"라 하여 재예 있는 기녀를 특기하고 있다. 이 기녀가 〈出師表〉를 특장 곡목으로 하고 있음이 주목된다.

296) 김종화, 「이한진 편 '청구영언' 연구」, 『19세기 시가문학의 탐구』, 집문당, 1995. 참조함.

질 수 없는 이상을 예술을 통하여 보상받으려는 욕구가 각기 다른 예술적 양식들로 표출된 것이라고 볼 수 있다. 우리말로 이루어진 가사는 그 전달의 경로가 가장 직접적이기 때문에 현실비판과 같은 민감한 주제를 다룰 경우 작자 문제를 호도하지 않을 수 없었을 것이다. 〈갑민가(甲民歌)〉 단계에서 작중 사실로 은폐되어 버린 작자의 문제는 〈합강정가(合江亭歌)〉나 〈거창가(居昌歌)〉 단계에서는 작품 밖으로 나오게 된다. 작자는 일정한 현실적 근거를 지닌 존재로 선정되거나 작품 당대의 공론을 형상화한 모습으로 드러나게 된다. 〈합강정가〉의 작자로 지목되는 위백규(魏伯圭)나 〈거창가〉의 작자로 선정되는 거창민(居昌民)이 각기 그런 모습의 대표적인 사례가 되거니와 〈갑민가〉 단계와 구별되는 현실비판 담론의 새로운 층위는 가사 양식 내의 담론이 풍부하게 분화되는 과정을 통하여 재검토되어야 할 것이므로 다음 장의 과제로 넘긴다.

IV. 가사 양식의 다기화

　여러 가지 양식적 조건을 충족한 다음 그 외연을 넓혀나가는 가사는 담당층의 확대, 주제의 다양화, 형식의 다변화 등등 여러 방식으로 양식적 책무를 수행해 나갔다. 이 장에서는 조선 후기에 들어 가사 양식이 다기화되는 경로를 추적함으로써 가사 발전사를 입체적으로 조망하는 계기를 찾아보고자 한다. 만일 이 의도를 성공적으로 수행할 수 있다면 가사의 양식적 본질을 재검토하는 기회도 함께 가질 수 있을 것이다.

1. 조선 후기 담론 구조의 다변화

1) 현실 비판과 실용적 담론

　앞서 잠깐 논의 하였듯이 가사 양식 내에서의 현실비판 담론은 일정한 양식적 무늬를 띄우며 드러났다. 대화체라는 수사적 기법이 이 무늬의 주조를 이루고 있는데 이는 가사가 본질적으로 지닌 극적 특성의 수사적 실현이라고도 할 수 있다. 이번에는 이 문제를 수사적 차원이 아닌 내용의 문제로서 다루어 보고자 한다. 현실비판 담론은 집단적 공론화를 목표로 하기 때문에 이를 가사 양식 내에 수용한 경우에도 발화의 양상은 집단적인 것으로 드러난다. 집단적 발화는 반복을 통한 고무 선동을 꾀한다. 〈합강정가(合江亭歌)〉가 각 지역에서 반복되어 재생산되는 과정 자체가 현실비판 담론의 공론화에 해당한다고 볼 수 있다. 현실 비판 가사의 현실적인 효용은 집단 발화의 본질을 실현함으로써 획득된다. 집단행동에 기여할 수 있는 정도의 위력도 이 집단적 발화의 효용을 통하여 얻어진다. 민란이나 종교운동에서 가사가 유력한 도구로 사용되었던 것은 집단적 발화의 본질을 잘 터득한 유능한 가사 향유자에 의해서 가능하였다.

현실비판 가사의 집단적 발화 방식은 그 소원을 두 군데에 두고 있다. 한 줄기는 〈미인곡〉에서 내려오는 것으로 중앙의 관직으로부터 출척(黜陟)된 상태의 작자가 대리 화자를 등장시켜서 하소연하다가 등장 인물간의 대화 양상으로 발전시킨 것이다. 대화 당사자들이 동조자의 관계에 있음으로써 집단적인 의사를 표명하게 되고 대체적으로 그 내용은 자기 정파의 상대 정파에 대한 결백의 주장이었다. 그러나, 현실의 모순이 단순히 정파적인 지향에 의한 단계를 넘어서 복잡한 양태를 띠우게 되면서 〈미인곡〉의 비유적인 수사가 현실의 원관념과 거리를 가지게 되고, 보다 구체적으로 대상에 접근할 필요가 생겼다. 〈갑민가(甲民歌)〉와 같은 보다 극적으로 심화된 대화 방식이 활용되거나 유배가사에서 유배의 실제 체험을 상세히 묘사하는 것은 이 필요에 부응하였다고 할 수 있다.

조선후기 정치 현실의 폐해에 대한 비판은 사회적 공론이 되어 있었고 왕정 중심 체제 하에서 비판의 화살은 관리들에게 겨누어져 있었다. 시적 주화자와 작자가 일치하는 구조 가운데 이루어지는 악부시(樂府詩)에서의 고발이 목민관으로서의 책무를 반성, 독려하는 교훈적 의도로써 행해졌다면 가사에서는 시적 화자가 다수의 서민으로 대치됨으로써 비판의 화살이 직접 해당 관리에게 겨누어 지게끔 발화 구조가 바뀌었다. 악부시가 공론화된 실제의 사회적 담론과 기대 층위를 같이 한다면 가사는 사회 현실을 작품화함으로써 담론의 기대 층위를 극대화 하였다. 사회 현실의 직접적 고발을 통하여 독자를 각성케 한다는 의도로 지어진 점에서는 악부시와 현실비판가사를 같은 종류의 발화체로 볼 수도 있다. 예를 들면, 이계 홍양호(耳溪 洪良浩)[1724: 경종4~1802: 순조2]의 「삭방풍요(朔方風謠)」와 휴휴자 구강(休休子 具康)[1757~1832]의 〈북새곡(北塞曲)〉은 그 전언 내용에서 별다른 큰 차이가 없다. 다만, 대상이 관념적으로 제시되는 악부시와 달리 가사에서는 구체적인 대상 접근을 통하여 서민의 민요저 발성이 직접 개입한 것으로 보인다. 지식인의 성찰적인 목소리의 단조로움을 넘어선 서민의 목소리는 현실 고통의 직접적 담지자로서의 구체성을 우선적으로 확보한 위에 집단적 발화라는 무게를 실음으로써 고발의 강도를 높힐 수 있었다.

〈합강정가(合江亭歌)〉의 서두 "求景가세 求景가세 合江亭에 求景가세"는 집단적 발화임을 암시하는 권유형일 뿐만 아니라 민요의 전형적인 행 형식을 빌려 옴으로써 이 작품의 의식적 기반이 서민적인 데 있음을 알려주고 있다. 한편, 〈거창가(居昌歌)〉는 오랜 기간 동안 축적되어온 노래들의 집산물임을 여러 면으로 드러내고 있다. 우선 전반부의 〈한양가(漢陽歌)〉 대목은 이 작품의 생성 배경이 기존 가사의 향유상에 잇닿아 있음을 알려주고 있다. 〈한양가〉가 왕정을 칭송하는 송양가사(頌揚歌辭)의 면모를 지니기도 했지만 민폐를 고발하는 전주(前奏)로서 채택된 데에는 다른 의도가 잠재해 있는 것으로 보인다. 왕정 체제에서의 보호막으로서 설치되기도 했겠지만 왕조의 정통성을 강조하고 역대에 이룩해온 한양(漢陽)의 문물을 찬양하는, 긍정적·상향적 분위기와 거창부(居昌府)의 부정적이고 비참한 분위기를 대조함으로써 처참한 실상을 부각시키는 수법을 쓴 것으로 봄이297) 더 설득력이 있다. 작자의 의도에 따라 기존의 가사 작품을 차용해 오는 수완은 상당한 단계의 가사 향유를 전제로 한다. 서민들의 현실 의식이 고양되는 만큼 가사 양식에 대한 수용 수준도 맞추어졌다고도 할 수 있다.

〈거창가(居昌歌)〉의 이본 가운데에는 〈정읍민란시위항청요(井邑民亂時委巷聽謠)〉라고 작중 공간이 이동된 것이 보인다. 이는 〈거창가〉의 전국적 전파가 이루어진 단계의 산물로 보인다. 작중 공간이 불특정한 것은 〈합강정가(合江亭歌)〉의 경우에도 마찬가지이다. 현실 비판 담론의 개진이 가능한 곳이면 어떤 가사 향유권에서도 받아들일 만큼 현실비판 가사의 효용이 요청되는 단계의 현상으로 파악된다. 이 단계에서 다른 이본에 비해 수록 경로가 뚜렷하여 일정한 범위의 가사 향유상을 구체적으로 지시해 줄 수 있는『존재전서(存齋全書)』본이나 일명『삼족당가첩(三足堂歌帖)』본은 다른 각도에서 조명해 볼 필요가 있다. 일차적으로는 장흥이라는 지역까지 전파 범위가 확대된 경우로 판정하면서 개인작과 함께 수록했다는 점을 재고해야 한다.『존재전서』나『삼족당가첩』에 들어 있는 작품 가운데 존재 위백규(存齋 魏伯圭)의 작으로 선정된 것은 〈자회가(自悔歌)〉, 〈권학가(勸學歌)〉 2편이다. 이들은 모두 교훈가사의 유형에 속하는 작품으로서 교훈가사 유형의 관습적인 어구를 보임으로써 선행 작품의 영향 아래 지어진 것임을 확인케 한다. 〈자회가(自悔歌)〉의 경우는 〈서왕가(西往歌)〉나 〈회심곡(回心曲)〉의 주제 전개 방식을 빌어오면서 불교가사투의 관용구를 드러내 보여서 작자가 불교가사도 일정 수준으로 향유하고 있었음을 알게 한다.

『삼족당가첩』은 위백규(魏伯圭) 작이나 위세보(魏世寶) 작처럼 가문 전승된 작품 외에 장흥과 인근 영암 지역에서 생성 유통된 다른 이들의 작품[298])을 싣고 있음으로써 중앙을 거치지 않은 가사의 지역적 유통과

---

297) 조규익,『거창가』, 월인, 2000, 28번.

298) 李商啓의 〈草堂曲〉과 〈人日歌〉, 朴履和의 〈萬古歌〉, 盧明善의 〈天風歌〉 등등.『三

전승이 가능한 단계를 반영하고 있는 가사집임을 알려주고 있다. 『삼족당가첩(三足堂歌帖)』의 성격을 기반으로 〈합강정가(合江亭歌)〉의 수록 경로를 유추해 본다면 〈정읍민란시위항청요(井邑民亂時委巷聽謠)〉처럼 다른 지역에서도 유통될 수 있는 원가가 장흥 지역으로 유입되면서 작중 지명과 같은 가변 요소가 변개되었다고 할 수 있다. 〈합강정가〉에서 전반적으로 사용되는 한문 관용구는 "時維九月 念三日에 / 吉日인가 佳節인가"나 "飲酒流連 좋을시고 / 秋事方劇 顧念하랴"처럼 민요의 2음보로 율독될 수 있는 단순한 가라 위에 얹혀 있음으로써 사유의 중층 구조를 드러내 보이고 있다. 한문 관용구가 지배 계층인 사대부 지식인의 의식에 연계되어 있는 것이라면 민요적 율조는 서민들에게 관련되는 사항이기 때문이다. 이러한 표현 체계의 중층 구조는 현실 비판가사의 향유층이 사대부 지식인과 일반 서민으로 이원화 되어 있던 조건을 반영한 것이다. 그리고, 이 표현 체계는 현실비판가사의 유통이 활발해지면서 관용화 되었다.

최근 발굴된 〈임계탄(壬癸嘆)〉[299]은 331행의 장편으로서 현실비판가사의 여러 특징을 구유하고 있는 가운데 사대부 지식인의 손에 이루어진 것으로 보이면서도 현실에 대한 구체적인 인식이 이루어지고 있어 한 단계 발전된 단계의 산물임을 알려주고 있다. 세밀한 묘사를 통하여 백성들의 참상을 고발하는 강도를 높였을 뿐만 아니라 세계의 모순을 파지하는 적극성에서도 진일보하여 민란시의 선동 가사에 근접하는 인상을 주고 있다. 특히, 이 작품의 발굴지인 장흥과 관련하여 전기 〈합강정가(合江亭歌)〉와 관련한 현실비판가사의 지역적 유통상을 제시할 수 있게

足堂歌帖』에 관한 서지 사항은 이종출, 『한국고시가연구』(태학사, 1989)의 416면에서 빌어옴.

299) 임형택, 『옛노래, 옛사람들의 내면 풍경』, 소명출판, 2005.

한다. 〈임계탄〉의 화자는 고발자, 각성자, 선동자의 책무를 일관되게 수행함으로써 현실비판가사의 본령을 극대화할 수 있었다. 이는 악부시(樂府詩)의 각성자서부터 〈갑민가(甲民歌)〉의 고발자를 거친 가사 양식 내에서의 현실비판 담론 발전의 최종적 귀착이라고 할 수 있다. 현실비판가사의 남은 진전 경로는 종교운동을 통한 고무 선동이라고 할 수 있으며, 더 나아가 개화가사의 집단적 정념 표출 수단으로까지 이어진다고 볼 수 있다. 1930년대의 가집인 『악부(樂府)』에까지 전하는 〈합강정가〉는 이 진전 경로의 소원(溯源)으로서 현실비판가사의 원형적 담론 구조를 확인케 한다.

현실비판은 현실에 대한 인식의 심화를 전제로 한다. 종래 관념의 우위를 기준으로 하였던 시각이 교정되어 대상을 구체적으로 바라보는 데에서부터 변화는 시작되었다. 구체적인 대상 접근은 문학 담론에서만 요청되는 것이 아니라 현실의 모든 부면-생활 그 자체로부터 사상과 제도에까지 확대 되었다. 외래 문물의 압도적인 충격에 대응하여 지어진 사행가사(使行歌辭)는 세계를 재구성하는 세계관의 확장을 바탕에 깔고 있었다. 세계의 재구성은 부분들에 대한 재인식을 요구하였고, 종래의 관념적인 세계 인식은 크게 수정되어야 했다. 부딪는 것이 곧 실재라는 인식이 대두하면서 언어의 영역에도 대상을 직접 지시하는 어휘 사용이 요청되었다. 대상과의 거리가 밀착된 우리말에 대한 관심이 급증하면서 우리말의 사용이 율문적 조건에 크게 제한되던 단계에서 "유운산문(有韻散文)"인 가사의 역할이 확장될 수밖에 없었다. 18세기 이후의 기록물들이 사행일기-사행가사(使行日記-使行歌辭), 또는 기행문-기행가사, 제문-제문가사(祭文-祭文歌辭) 등으로 중층적 양식분화를 띠고 나타나는 것이 당시 언어 사용의 실태를 잘 가리켜 준다. 이를테면, 가사의 교술성이 극대화되는 발전사적 시점에서 실용적인 언어 사용에 부응하여 색다른 가사 유형들이 만들어 진 것이다.

실용적인 언어 사용은 생활 그 자체를 작품 속에 끌어들이는 역할을 하였다. 역사와 풍물에 대한 관심이나 산업에 대한 관심이 투영된 〈한양 가(漢陽歌)〉, 〈만고가(萬古歌)〉, 〈농가월령가(農家月令歌)〉 등이 이에 해당하는데 이들이 모두 장편을 지향한다는 점을 특기할 만하다. 서술 의 양적 확대인 장편화는 부분의 구체성을 확보하기 위한 방안이다. 하 나의 관념으로 대표되고 나머지 부분의 구체성은 숨어버리는 사유에 대 하여 부분의 조합에 의해 전체를 파악하는 사유는 그 경험적 파악을 허 용하는 여유를 필요로 하였고, 장편화는 그 사유 방식에 대한 양식적 부 응이라고 할 수 있다. 서술의 장편화는 이웃하는 율문 실현인 소설 양식 과 공동 영역을 가지게 되고 실제로 이 두 양식 사이를 오가는 공동 담론 이 형성되기도 하였다. 〈노처녀가(老處女歌)〉처럼 주로 사회 풍속과 관 련된 담론에는 당대 사회를 바라보는 새로운 문학 향유층인 서민의 일정 한 시각이 투영되어 있었다. 서민적 사유란 당대의 사회 현상을 현상적 측면에서 바라보고자 하는 시각을 기반으로 세계의 의미를 변화 속에서 읽어내고자 하는 지향 전반을 가리킨다. 그리고, 그 의미 천착은 세계의 순간적 회귀 가운데 이루어지는 노래의 감흥보다는 낱낱의 사물을 열거 하여 그 차등의 만화경을 읽어내는 데에서 찾아질 수 있었다. 가사의 장 편화는 이러한 세계 인식의 변화를 반영한 것이다.

2) 교훈 담론의 층위 변화

가사가 본질적으로 교훈의 전달을 의도한다는 점은 가사발전사를 통 하여 확인된다. 양식 발생기의 불교 관련 가사들은 불교의 진리를 전달하는 방편으로 활용되었다. 불교의 진리가 전달되는 층위는 한문 불경(漢文 佛經)과 게송(偈頌)이 속한 전문적인 데에서부터 구호 염불(口號 念佛)과 같은 대중적인 데에까지 미쳐 있다. 이미 신라 시대로부터 이 두 층위가 병존했음이 확인된다. 후자가 주로 구전적인 방식에 의존했기 때문에 자료가 보존되지 못한 채 고려시대에 이르러 승려들의 불교한시(佛敎漢詩) 가운데 우리말 원사를 번사한 것으로 보이는 변형 양식이 보임으로써 가사가 속한 전달 층위를 확인하게 된다. 이 두 층위를 그대로 유교의 영역에 옮겨온 것이 성리학 관련 논변류(論辯類)의 문장 및 도학시(道學詩)로 된 전문적인 층위와 교훈시조 및 가사로 이루어진 대중적인 층위이다.300)

교훈시조는 주세붕(周世鵬)의 〈오륜가(五倫歌)〉가 앞서지만 아직 권위적 화자가 담론을 주도하여 일방적 전달의 단계에 머물러 있으며, 송강 〈훈민가(訓民歌)〉로부터 직접적으로 강제하는 형식을 취하지 않고 백성들끼리 일상을 통하여 외우고 노래하여 청유하는 형식을 취하고 있다.301) 이는 『경민편언해(警民篇諺解)』를 재발간하면서 부록에 송강 〈훈민가〉를 첨부한 이후원(李厚源)[1598: 선조31~1660: 현종1]에 의하여도 확인되는 바이다. 이후원은 효종 9년 무술(戊戌)[1658] 12월 25일 정해(丁亥)에 올린 차자302)에서 『경민편언해』를 발간한 경위를 아뢰며 "그때 우연히 선묘조(宣廟朝)의 상신 정철(相臣 鄭澈)이 지은 훈민가(訓民歌) 속에 첨부해 기록된 것을 얻었으므로 시골 부녀자들로 하여금 이를 늘상 암송하게 함으로써 감발(感發)되고 징계되는 바가 있게 하려고

300) 불교와 유교 관련 문학 양식의 두 가지 층위가 시대에 따라 전이되는 모습은 조동일, 『한국문학통사』의 예시에 힘입었음.
301) 권두환, 「송강의 '훈민가'에 대하여」, 『진단학보』 42호, 164면.
302) 『국역 조선왕조실록』 효종 9년 무술(1658, 순치 15) 12월 25일(정해).

하였습니다"라고 하여 송강 〈훈민가〉의 원의도가 백성들 스스로 깨침에 두어져 있음을 명시하였다.

가사에 있어서도 발생기 불교가사로부터 친근한 비유와 일상적인 어투를 사용하여 청자 쪽으로 기운 담화를 사용하고 있음이 드러난다. 유교와 관련된 교훈가사는 퇴계(退溪)나 남명(南冥) 또는 율곡(栗谷)이나 화담(花潭) 등등을 작자로 비정하는 전승 전략을 통하여 전승 되었는데 이러한 작자 비정도 유교 이념의 보편화라는 추세와 관련되어 이루어진 것으로 본다. 이념의 보편화는 두 가지 방향으로 이루어졌는데 일상에서의 실현과 이념 체계의 대중화가 그 두 방향이다. 유교 윤리의 전달자인 작중 화자가 현실적 명망을 지닌 유학 대가로서 설정되었다는 사실 자체에 보편화 과정이 반영되어 있다. 따라서, 유학 대가들이 이념 수립에 골몰하던 16세기 당대는 유교 교훈가사의 본격적인 발생 전승시기로 적절하지 못하고 이념의 보편화를 추구하던 17, 18세기가 이 시기로 적합하다는 견해를 경청할 만하다.

전란 후 사회의 변동 기미에 대하여 정책적인 억제 방식을 쓴 것은 잘 알려진 사실이다. 유교 이념의 보편화는 이 정책의 방향과 맞물려 있다. 유교 교훈가사의 발생과 전승은 이런 사회적 분위기 가운데 이루어졌다. 이 시기 유교 교훈가사에 대한 구체적인 자료를 검증함으로써 이 사실을 확인 할 수 있다.

첫째 자료는 사대부들에 의하여 지어진 교훈가사에 관한 것이다. 시기적으로 앞 선 대상은 곽시징(郭始徵)의 교훈가사이다. 경한재 곽시징 (景寒齋 郭始徵)[1644: 인조22~1713: 숙종39]은 동춘당 송준길(同春堂 宋浚吉)과 우암 송시열(尤庵 宋時烈)의 문하에서 수학하여 연잉군(延礽 君)[영조]의 사부(師傅)를 지낸 학덕이 있는 이였다. 동춘당과 우암이 가사 향유자로서 지닌 자질은 「송강가사」와 관련하여 확인했던 바이다. 곽시징(郭始徵) 자신에 관한 기록에도 국문시가 작자로서의 자질을 드러내는 부분이 확연하다. 우선 그는 전대 사대부 시가의 전통을 계승하여 발전시켰다. 한원진(韓元震)이 찬(撰)한 「경한재선생행장(景寒齋先生行狀)」에 보면 "드디어 退溪선생의 〈도산육곡가(陶山六曲歌)〉와 율곡(栗谷)선생의 〈석담구곡가(石潭九曲歌)〉를 취하여, 모아서 한편을 만들어 관동(冠童)으로 하여금 읊조리게 하고 또 스스로 노래를 만들어 어울리게 하여 이름하기를 〈경한감흥시가(景寒感興詩歌)〉라 하였다"303)라는 구절이 있어서 당대의 대표적인 시가 작품을 재편하고 나아가 재창작할 수 있는 기량을 갖추었음을 알려주고 있다. 한편, 필사본 〈권선징악가(勸善懲惡歌)〉에 있는 서문에는 다음과 같은 대목이 있다.

> 이예 두어 쟝 노릭를 지어 일음하여 가로되 션을 권ᄒ고 악을 딩계ᄒᆫ 노릭라 ᄒ여 방곡에 돌녀 뵈여 힌여곰 가영흠을 숨나니 아ᄂᆫ 자는 아지 못ᄒᆫ 즈를 붉키 가르치고 어진 즈ᄂᆞᆫ 어지지 못흔 즈를 붉키 ᄀ르쳐 노릭ᄒ며 외오며 부르며 화답ᄒ여 기음 ᄆᆞᄂᆞᆫ 메나리와 나무 뷔ᄂᆞᆫ 노래를 딕흔 즉 그날로 쓰고 샤힝ᄒᆞᄂᆞᆫ ᄉᆞ이에 그 노릭 가운딕 닐은 바 뜻으로 더부러 반다시 우합ᄒ여 씌다를 밧자 잇슬 거시니(故玆綴數章蕪詞 名之曰 勸善懲惡歌 輪示坊曲 俾爲歌詠之資 知者明諭於不知 賢者明諭於不肖 歌之誦之唱之和之 代之以鋤謠牧笛 則於其日用行事之間 其與歌詞中云云之意 必有所脗合而覺悟者)304)

위 인용문대로 〈권선징악가〉의 의도는 일상생활 가운데 실현될 수 있는 진리를 노래를 통하여 전달하ᄂᆞᆫ 것이다. "기음 ᄆᆞᄂᆞᆫ 메나리와 나무

---

303) 遂取退溪先生陶山六曲歌栗谷先生石潭九曲歌 輯爲一編 使冠童諷詠之 又自製詩歌 而和之 名之曰景寒感興詩歌(강전섭, 「傳郭師傅의 五倫歌에 대하여」, 『한국시가문학연구』, 대왕사, 1986, 136면에서 재인용)

304) 규장각 소장 〈권선징악가〉(박연호, 『교훈가사연구』, 다운샘, 2003, 98면에서 재인용)

뷔는 노래(鋤謠牧笛)"는 백성들의 일상에 흔한 노래들인데 이를 대신한 다는 말은 〈권선징악가〉의 향유자가 백성이어야 한다는 생각을 드러낸 것이다. 노랫말의 내용이 실현되는 담론의 층위가 일상에 있으며 노래의 향유자가 속한 계층이 하층에 있음은 전대의 〈권선지로가(勸善指路歌)〉 따위의 담론 층위가 이념에 놓여 있으며 향유자가 양반 사대부였던 데에 서 탈피한 것으로 보인다. 이는 흔들리는 사회 기강을 바로 세우기 위한 현실적 요청에 따른 것이기도 하지만 그만큼 가사의 향유 조건이 변동된 사실을 반영하고 있기도 하다. 향유 조건의 변화는 구체적으로 향유층의 지각 변동으로 드러나는데 교훈가사 내의 이런 변동을 하층 서리였던 배 이도(裵爾度)의 〈훈가이담(訓家俚談)〉을 통하여 확인할 수 있다.

배이도는 몰락한 양반의 후예로서 담헌 홍대용(湛軒 洪大容)[1731:영 조7~1783: 정조7] 집의 식객 노릇을 한 덕으로 뒤에 〈훈가이담〉이 담 헌(湛軒)의 감식을 거치게 된다. 『담헌집(湛軒集)』에 실린 「제배첨정훈 가사(題裵僉正訓家辭)」에 그 과정이 담겨있다.

　　배옹(裵翁)은 우리 집에서 옛날부터 여관(旅館)으로 정하고 다니던 사 람인데 젊을 때부터 종군(從軍)하여 병사(兵事)를 습득하였다. 내가 때 로 따라가서 진법(陣法)은 물어 보았으나 일찍이 문자(文字)와 사곡(詞 曲)에 대해서는 서로 이야기하지 않았으니, 그의 단점이라 여겼기 때문 이었다. 그런데 지금 그가 지은 훈가사(訓家辭) 15편을 보니 곡조와 음 률이 격(格)에 맞아서 악부(樂府)에 실어 노래하고 읊조리는 자료로 삼 더라도 넉넉하겠다. 또 그 취지가 순박·솔직하고 문장 구사가 정성스 럽다. 대개 떳떳한 윤리와 진실한 공부와 인재를 양성하는 방법이 대략 갖추어져 있어 읽는 자로 하여금 충효·자애의 마음이 절로 우러나게끔 되었다. 실지로 항간의 부녀자·어린이로 하여금 싫증 안 나게 전해 외 도록 할 경우 흥미를 일으키고 감동을 주는 점에 있어서 저 뜻이 깊은 시율(詩律)보다 나을는지 모른다고 생각한다. 그러나 사람이 미천하고 말이 속되어 역사의 기록에 들지 못하는 것이 애석하다. 옹(翁)은 이러한 문식(文識)을 가졌으면서도 평소에 남을 대해서는 아는 체하기를 즐거워하지 않았으니, 그 어짊을 더욱 알 수 있다. 옹의 조상은 영남(嶺南) 사족(士族)으로서 근세에 객지로 떠돌아다니다가 살던 곳을 잃어버리고 주천(酒泉)의 이족(吏族)으로 되었다. 그러나 그는 집에 있어서 행실도 있고 가법도 있었으니, 이 훈사(訓辭)는 곧 그가 몸소 실천하여 스스로 체득한 말들이요, 학식 많고 글 잘하는 선비의 미칠 바가 아니다. 후세에 보는 자가 있다면 반드시 나의 말을 지나치다고 하지 않을 것이다.305)

담헌 홍대용(湛軒 洪大容)은 앞서 본바 있듯이 교교재 김용겸(嘐嘐齋 金用謙)에게 창도되었던 연암 박지원(燕巖 朴趾源) 부류의 가악(歌樂) 향유 집단에서 이론적 선도자 역할을 했던 이로 이 이가 가사에 대하여 감식하였다면 향유 조건을 적확히 파악한 바탕에서 그리하였을 것이다. 위 인문에서 "곡조와 음률이 격(格)에 맞아서 악부(樂府)에 실어 노래하고 읊조리는 자료로 삼더라도 넉넉하겠다(操律中格 足以被管絃資吟誦)"라는 대목을 통하여 가사의 향유 방식에 대한 조예를 엿볼 수 있다. 이 대목은 전대의 가사 향유에 대한 견해와는 다소 차이가 나는데 "우리나라의 가사는 방언을 섞어 써서 중국의 악부와는 견줄 수가 없으니(我國歌詞雜以方言 故不能與中朝樂府比並)"306)에서는 향유 방식의 기준을 중

---

305) 裵翁吾家舊館人也 少從軍習兵事 余時從閒陣 未嘗以文字詞曲相謀 意其所短也 今見其訓家辭十五篇 操律中格 足以被管絃資吟誦 又其用意質直 造語淳愨 凡彛倫實地作人之謨範略備 讀之令人油然有忠孝子諒之心‧ 果使委巷婦孺傳誦而不厭焉 則吾知其興發箴感 或勝於葩藻之奧雅也 惜乎 人微而語俚 無以自達於太史之朶也 翁有文識如此 平日不肯向人沾沾然 則其賢益可知也 翁之先 嶺左士族 近世流落失其所 爲酒泉之吏族 惟其家居 有行有法 卽此訓辭 乃其躬行自得之語 非多學能言之士所可企及 後有見之者 宜不以余言爲過也(『湛軒集』內集 卷4「題裵斂正訓家辭」: 역문은 민족문화추진회 고전국역총서를 따름)

국의 악부(樂府)에 두고 있지만 이 시기에 와서는 우리 가사 자체의 향유 방식을 존중하는 쪽으로 변화가 생겼음을 볼 수 있다. 이러한 가악관(歌樂觀)의 변모는 담헌(湛軒)의 「대동풍요서(大東風謠序)」에 잘 드러나고 있다. "오직 그 입에서 나오는 대로 노래가 이뤄진다 하더라도 말이 마음에서 우러나오고, 혹 곡조에 알맞게 되지 못했다 하더라도 천진(天眞)이 드러나면 초동(樵童)과 농부(農夫)의 노래라 할지라도 또한 자연에서 나온 것이니, 말은 비록 옛 것이나 그 천기(天機)를 깎아 없앤 사대부로시 이것저것 주어모아 애써 지은 것보다는 도리어 나을 것이다"307)와 같은 대목은 서포 김만중(西浦 金萬重)이 「송강가사」를 칭양했던 자세와 동일한 것으로 서포(西浦)에서 담헌까지 「송강가사」 전승이 이루어지는 경로에 대한 단서로 삼을 수도 있다.308)

〈훈가이담(訓家俚談)〉의 계층 하향적 전파를 가능케 한 요인을 역시 이 천진(天眞) 내지 천기(天機)에서 찾고 있거니와, 이처럼 자연(自然)의 진(眞)을 추구하는 가악관(歌樂觀)은 다음 단계의 가사 발전에 하나의 사조적 중심으로서 기능하였다. 신분적・경제적 몰락 속에서 가문 유지라는 현실적 목표를 달성하기 위한 수단으로서 지어진309) 교훈가사 내에서 일어난 향유 조건의 변화나 향유 계층의 지각 변동은 유학의 대가로 상정되는 권위적인 화자(작자)에서 몰락한 양반 내지 중인 서민 이하로 담론 주체의 변화가 일어남으로 드러났다. 같은 내용의 교훈이지만

---

306) 앞 주 1) 참조.

307) 惟其信口成腔而言出衷曲 不容安排 而天眞呈露 則樵歌農謳 亦出於自然者 反復勝於士大夫之點竄敲推 言則古昔而適足以斲喪其天機也(『湛軒集』內集 卷3「大東風謠序」: 역문은 민족문화추진회 고전국역총서를 따름)

308) 湛軒이 渼湖 金元行(1702: 숙종28～1772: 영조48)의 문인이라는 사실을 「松江歌辭」 전승의 계보에 추가 등재하는 단서로 삼을 수도 있다. 渼湖 金元行은 農巖 金昌協의 손자이며 陶菴 李縡의 문인이다.

309) 박연호, 「19세기 오륜가사 연구」, 『19세기 시가문학의 탐구』, 집문당, 1995, 384면.

받아들이는 시각에 변동이 일어났다. 한편으로는 〈권선징악가(勸善懲惡歌)〉류의 기존 작품에 대한 담론 층위 변동에 따른 재수용을 모색하면서, 다른 한편 작중 공간을 극화하거나 현실을 보다 적극적으로 반영하는 쪽의 창작을 통하여 향유 계층의 보편화를 이루어 냈다.

1930년대에 편찬된 가집 『악부(樂府)』에는 〈권선징악가〉를 서문 및 한문 원문과 더불어 그대로 싣고 있는데 이 시기까지 원작 상태의 수용이 가능하다는 사실을 알려준다고 볼 수도 있지만, 『악부』의 전체 가악(歌樂) 구도가 잡가 단계의 변모가 일어난 가운데의 재수용 결과임을 먼저 고려해야 할 것이다. 이 시기의 교훈담론은 즉각적인 실천에 연계될 수 없는 한계를 지니고 있었기 때문이다. 『악부』의 독자들은 교훈 담론으로서가 아니라 1930년대의 다양한 가악 편제를 가능케 한 요인의 하나로서 〈권선징악가〉를 수용하였을 것이다. 한편 연작가사인 『초당문답가(草堂問答歌)』는 전체 지향은 교훈가사의 유형 내에 있으면서도 〈우부가(愚夫歌)〉나 〈용부가(庸婦歌)〉와 같은 극적 희화화된 작품에서는 작중 공간에 현저한 변화를 보이고 있다. 이 변화는 주로 향유 계층의 변동에 기인한다고 볼 수 있다. 서민 취향의 달라진 생활상을 반영하고 있다는 것은 독자층을 의식한 결과로 보아야 하기 때문이다.

3) 강호한정(江湖閑情)에서 시정유흥(市井遊興)으로

소선소 가사의 귀착점은 두 갈래로 나뉜다. 독서 관습의 주요 방식인 음영 낭송(吟詠 朗誦)에 의지하면서 점진적으로 독서물로 전환하였던 쪽은 개화기 언론 매체상에 계몽담론을 실은 작품들로 남았으며 노래로서 즐겼던 쪽은 가창가사(歌唱歌詞)로 남았다. 전자는 교훈 주제와 관련하

여 논의될 수 있으며 후자는 조선 후기 유흥문화의 증대와 관련한 논의
를 필요로 한다. 여기서 유흥문화 전반에 거친 검토는 유보하고 노래의
향유와 관련된 사실들을 중심으로 유흥성이 증대되는 현상과 그 원인을
짚어보고자 한다.

우선, 노래의 향유층이 하향계층화 되면서 노래의 성격에 일어난 변
화를 볼 수 있다. 종래에는 양반들의 연회에서 가자(歌者)들에 의해 불
리던 것이 시정(市井)의 기방이나 색주가 등으로 연행 장소를 옮겨가면
서 청중의 기호에 부합하는 쪽으로 성격이 변화된 것으로 보인다. 양반
들이 즐기던 가사는 주로 강호한정(江湖閑情)을 주제로 하는 작품이었음
을 현존하는 이본들의 상태로 확인할 수 있다. 면앙정 송순(俛仰亭 宋純)
의 〈면앙정가(俛仰亭歌)〉나 송강 정철(松江 鄭澈)의 〈성산별곡(星山別
曲)〉, 〈관동별곡(關東別曲)〉처럼 단일 작자가 명시된 것이 중앙이나 지
방의 일정한 향유 공간을 조건으로 하였다면, 이외에 〈강촌별곡(江村別
曲)〉, 〈낙빈가(樂貧歌)〉처럼 다수 작자로 혼동이 되어있는 경우는 전국
적으로 향유권이 확산된 단계를 반영하고 있다고 할 수 있다. 전자가 중
앙의 관료문인들을 중심으로 향유된 사실을 가리킨다면 후자는 지방 향
반(鄕班)으로까지 향유층이 확대된 사실의 반영이라고 할 수 있다.

양반 사회 내에서의 향유권 확산이 다른 계층에까지 파급된 경로는
쉽게 포착되지는 않는다. 다만, 가자(歌者)들의 신분이 주로 하층에 속
하므로 이들에 의하여 양반의 향유물이 전달되었으리라고 추측해 볼 수
는 있다. 이런 가운데 양반들의 향유물 속에서 하층 지향적인 요인을 읽
는 일은 경로 포착에 긴요하다고 볼 수 있다. 양반 가창가사(歌唱歌詞)
가운데 가장 유래가 오래며 널리 불린 〈어부사(漁父詞)〉를 보면, 16세기
에 농암(聾巖)과 퇴계(退溪)에 의하여 산정(刪訂)된 이후 연행 환경의 변
화에 따라 여러 단계의 변모를 겪는다. 18세기에 선유락(船遊樂)으로서

공적인 연회에서 연행되다가 19세기에 들어서는 도시 중간 계층의 유흥 현장에서 새로운 종류의 노래들과 섞여 불리어지면서 점차 대중화의 길을 밟고 있다.310)

〈어부사〉가 연행 조건에 따른 성격의 변모를 보이면서도 노랫말 자체는 일부를 제외하고는 원형을 유지하였다면, 〈처사가(處士歌)〉는 단계별 변모를 노랫말 자체에 반영한 사례로 파악된다. 〈처사가〉는 후에 십이가사(十二歌詞)의 한 곡목으로 확정되어 서민들까지 애창하였음이 확인되는데 강호한정(江湖閑情) 주제를 담고 있어서 양반 취향에서 비롯되었음을 간파할 수 있다. 현전하는 십이가사의 〈처사가〉는 "天生我才 쓸듸업서 世上功名을 下直하고 養閑守命하야 雲林處士 되오리라"311)로 시작하는 16행짜리인데 이와 비슷한 길이와 내용의 동일본 〈처사가〉가 『남훈태평가(南薰太平歌)』(16행)와 육당본 『청구영언(靑丘永言)』(14행) 그리고 『남원고사(南原古詞)』(16행)에 보이기 시작함으로써 19세기 후반서부터 활발히 불렸음을 알 수 있다. 이 단형 〈처사가〉는 『가곡원류(歌曲源流)』를 거쳐 1930년 대 편찬의 『악부(樂府)』까지 실려 있어서 명백한 현전 경로를 보여준다.

한편, 위의 『악부』에는 〈운림처사가(雲林處士歌)〉(31행)312)라는 이종의 〈처사가〉가 실려 있는데 같은 작품이 1821년 편찬 추정의 『잡가(雜歌)』313)에도 들어있어서 〈처사가〉의 계통이 두 가지로 나뉘어서 전승해

---

310) 이상원, 「조선후기 〈어부사〉 전승 연구」, 『19세기 시가문학의 탐구』, 집문당, 1995, 203~212면. 참조

311) 『歌曲源流』(국립국악원 소장본)

312) 天地玄黃 合긴後에 日月盈昃 되어셰라 / 兩間受命ᄒ여 雲林處士 되어셰라 / 九升葛布 몸에입고 三節竹杖 손에 쥐고 / 落照江湖 景조흔듸 芒鞋緩步 드러가니 / 寂寂松關 닷다ᄂᆞᆫ듸 廖廖杏園 기픗ᄂᆞᆫ다 / 景槪茂陵 조흡시고 山林草色 푸르럿다 (이하 생략)

313) 〈處士歌〉로 제명되어 있고 내용은 약간의 자구 변동 외에 대동소이하다.

내려왔음을 알게 한다. 여기에 더하여 『남원고사(南原古詞)』의 첫날 밤 장면에서 이도령과 춘향이 서로 노래를 주고받을 때, 춘향이 거문고 병창으로 부르는 가사314)가 19세기 전반으로 성립 시기가 추정되는 『해동유요(海東遺謠)』315)에 〈운림처사가〉(139행)316)라는 가명으로 실려 있음을 보게 된다. 『해동유요』는 가명에 잇대어 작자를 표기하는 체제를 하고 있는데, 〈운림처사가〉의 작자를 청음 김상헌(清陰 金尙憲)[1570: 선조3~1652: 효종3]으로 내세우고 있다. 이 〈운림처사가〉는 중간 부분에 상당한 양이 세사에의 집착을 나무라는 교훈 주제로 이어지고 있어서 여타 〈처사가〉들이 주로 강호한정(江湖閑情)으로 일관하는 것과는 차이를 보인다. 17세기 후반 이전에 이루어진 것으로 보이는 〈목동가(牧童歌)〉 같은 데에서도 속세인들을 상대 화자로 하는 문답 구조를 통해 교훈적 의도를 드러내는 것을 보면, 청음(清陰)의 〈운림처사가(雲林處士歌)〉는 축약형의 가창가사(歌唱歌詞)로 옮겨 가기 이전에 이루어진 양반 취향의 강호가사로 파악된다. 〈처사가〉 계통에서 『해동유요(海東遺謠)』 본 〈운림처사가〉가 차지하는 위치를 점검하면서 자연스럽게 청음 작자설을 확인하게 되었다. 이 작품 안에는 또한 〈면앙정가(俛仰亭歌)〉나 「송강가사」에서 따온 구절이 뜨임으로써317) 「송강가사」 전승자로서 청음(清

---

314) 인간이 쇼쇄커늘 세스를 쓰리치고 / 홍진망 쒸여나셔 정쳐업슨 이닌 몸이 / 산이야 구름이야 쳔니만니 드러가니 / 천회벽계와 만쳡운산은 가지록 식롭고나 / 층암절벽의 구분 늙은 댱숑 / 청풍에 흥을 겨워 날 보고 우즑우즑 / 구룡소 늙은 룡이 여의쥬를 엇노라고 / 구뷔를 반만 닉여 벽파슈를 뒤치는 듯 / 현어표도는 구름의 연흐엿고 / 녹림홍화는 춘풍의 분별 잇고 조화의 교퇴 겨워 / 간틱마다 구십소광 즈랑ᄒᆞ니 / 운림만경 즐거오미 긔지업다 (이하 생략)

315) 『海東遺謠』의 표지 제목 부기에 "庚寅仲春望前始役"이라고 부기되어 있는데 수록된 「송강가사」가 관서본 체제를 따르고 있으므로 19세기 이후로 편찬 연대를 잡아야하며 수록 작품 가운데 애정가요, 가창가사의 앞선 시기 이본에 해당되는 작품들이 있는 것으로 보아 1830년을 편찬 시기로 봄이 적절하다고 생각한다.

316) 『南原古詞』에는 축약하여 76행까지 실려 있으나 『海東遺謠』에는 전편이 실려 있다.

陰)의 존재를 확인시켜 주고 있기도 하다.

　양반 취향의 두 가사가 이동해 간 경로를 더듬어 보면서 그 방향이 결국은 새로운 연행 조건에 의한 노랫말의 변개로 정리될 수 있음을 알 수 있었다. 이제부터는 그 새로운 연행 조건을 구체적으로 점검해 볼 차례이다. 새로운 연행 조건은 새로운 연행 담당자들과 그들을 애호하는 청중들에 의하여 형성되고 새로운 연행 방식 내지 악곡으로 귀결된다. 앞서 조선 전기의 양반들에게 귀속된 상태로 활동하였던 가인(歌人)[가객(歌客)]들에 관하여 살펴본 바 있다. 그들은 양반들을 청중으로 하면서 양반 취향에 맞는 연행 조건을 유지해야 했다. 예술인으로서 독립적인 자격을 드러내 보이는 경우는 조선 전기의 기록에는 아주 드물게 보이고 그것을 후기의 변화에 대한 조짐으로 읽을 수는 있다. 이에 비하여 17세기 이후의 기록에 보이는 가인(가객)들은 개성을 지닌 예술인으로서의 면모를 두드러지게 보여주기 시작한다.

　먼저, 특장 곡목에 대한 명성을 예술가적 전문성으로 풀이할 수 있다. 〈어부사(漁父詞)〉의 경우를 보면 고려말 조선초의 공부(孔俯)나 김자순(金子恂) 등은 양반 관료로서 명창의 성예를 유지하였으나, 17세기의 동춘당 송준길(同春堂 宋浚吉)[1606: 선조39～1672: 현종13]이 애고하였던 홍주석(洪柱錫)의 경우는 〈어부사〉를 특장 곡목으로 하면서 〈관동별곡(關東別曲)〉 같은 동시대의 다른 노래도 알고 있는 예술가적 전문성을 지니고 있음을 볼 수 있다.318) 18세기 이후에 이러한 예인의 면모를 보

---

317) 無情ᄒ 歲月은 물흐르듯 ᄒᄂ次의(〈思美人曲〉: 무심ᄒ 세월은 믈 흐르듯 ᄒᄂ고아)
　　山中의 蓂莢업셔 節가ᄂ줄 모르더니(〈星山別曲〉: 산듕의 칰녁업서 ᄉ시를 모르더니)
　　푸르거든 희지마나 희거든 붉지마나(〈俛仰亭歌〉: 넙써든 기노라 프료거든 희지 마니)
　　꽃픠쟈 새닙나쟈 綠陰이 어릐엿고(〈思美人曲〉: 꽃디고 새닙나니 녹음이 질렷ᄂ듸)
　　잡거니 밀거니 醉토록 먹으면셔(〈星山別曲〉: 잡거니 밀기니 슬ᄏ징 거후로니)
318) 앞의 주 54) 참조.

여주는 사실은 더 빈번해진다. 석북 신광수(石北 申光洙)[1712:숙종38~
1775: 영조51]는 진사(進士) 응시 과체시(科體詩)인 〈관산융마(關山戎
馬)〉가 당시에 가창되기 시작하여 평양 기루에까지 전파된 것으로 유명
하거니와 진사 유가(進士 遊街) 때에 연행을 담당했던 원창(遠昌)이라는
가객에게 부채에 써서 준 시에 예인(藝人) 우대의 뜻과 더불어 당시의
가창관습에 대한 깊은 이해를 담고 있다.

> 도홍선 장단 치며 한삼 휘날려, 우조 영산은 듣기 드문 소리.
> 헤어질 때 춘면가 한곡 더 하곤, 꽃 지는 강 건너 돌아 간다네.
> (桃紅扇打汗衫飛 羽調靈山當世稀 臨別春眠更一曲 落花時節渡江歸)[319]

유가(遊街) 연행에 대한 사례로 써서 준 시(詩)로서 특장 곡목인 우조
영산(羽調 靈山)을 들어서 예인(藝人)에 대한 이해와 우대를 표시하였다.
당시에 이미 잘 부르는 사람이 없어진 정격 가곡으로서의 우조 영산[320]
을 부르고 들음으로써 석북(石北)과 원창(遠昌) 두 사람의 우의가 세속
적인 차원과는 격을 달리함을 표시하였다. 두 사람이 함께 추구하였던
정신적 교류는 이미 세상에 아는 이 없는 이상적인 예술 형식으로서 확
인되었던 셈이다. 우조 영산에 대하여 〈춘면가(春眠歌)〉는 애상적이라
기보다는 처창한 분위기를 지닌 곡으로서 두 사람의 우의를 가로막는
세속적인 장벽에 대한 인상을 집약시켜 놓았다. 결구의 "낙화시절(落花
時節)"은 두보(杜甫) 〈강남봉이구년(江南逢李龜年)〉의 한 대목을 연상케
하면서 난리의 표랑 중에 20여년 만에 두보와 만난 가객 이구년(歌客
李龜年)에게 원창을 대비하여 놓았다. 강 건너 돌아가는 원창은 만날 기

---

319) 「題遠昌扇」『石北集』권4.
320) 羽調는 가곡과 관련해서는 궁중 정악곡에서 파생된 정격풍으로 이해함이 온당하다
   고 한다.

약이 묘연하였던 것이다.321)

　양반의 귀속적인 존재로 활동하였던 가객(歌客)들이 달라진 가악 판도에 의하여 겪는 변화를 보다 더 잘 보여주는 자료가 또 있다.

　　　〈雲橋酒店遇歌者李東鎭聽舊曲有感〉322)
　　　賣酒欲酹平原墓　皷琴欲招雍門魂
　　　繫馬雲橋南畔店　靑楓白荻炕江昏
　　　胡姬當壚慵數錢　滌器者誰疑文園
　　　晧首一飮盡一斗　醉半輒發歌永言
　　　憶昔携君遊方外　我亦少年氣軒軒
　　　月明風淸雷氏院　花開水流龜李村
　　　時時太平多行樂　季季歌舞誇君恩
　　　萬事歸來同蔇落　西湖幾處留酒痕
　　　短衣懸鶉不掩腰　風神幻脫長身存
　　　相對愀然理舊曲　前聲初澁後聲呑
　　　竹枝詞中梨園譜　暗塵飄樑晴帘飜
　　　吳郞楚客悄無語　聽之移時淚盈樽
　　　君不見
　　　老大嫁作商人婦　門前車馬不復喧

---

321) 趙秀三(1762: 영조38〜1849: 헌종15)의 『松南雜識』권10「音樂類」靈山조에서는
　　 "뒤에 창부가 내원에 들어가 타령을 하니 임금이 부채를 가져다 시를 보곤 곧 첫
　　 벼슬에 제수하였다고 하더라(後唱夫入內苑打詠 而御取扇覽之 卽除初仕云)"라는 후
　　 문이 첨기되어 있다.
322) 『향토연구』(충남향토연구회 간) 제17집에 이 자품이 실린 필고의 영인이 실렸으며
　　 제18집에는 필고의 내역을 정리해 놓았다.(김영한 선생) 앞장이 결실된 채로 〈士元奉
　　 謝〉라는 서찰이 있고 이하 칠언율시 15수, 칠언절구 4수, 오언율시 7수, 오언절구
　　 2수 등 28수의 한시로 이루어진 것이 그 필고의 총내역이다. 필자는 자료 조사 끝에
　　 이 필고의 주인을 金聖休(1710~1779)로 비정하였다.(졸론, 「심성휴 필고의 시가사적
　　 의미」, 『한국시가연구』 18집, 한국시가학회, 2005.)

毋寧此髮爲僧尼 琴兒坡仚具荒原

湖中之景人中景 沙雁叫酸霜撲裩

詞終未忍哭相和 題詩土壁爲鳴寃

술을 팔아 평원군(平原君)의 묘에 따르고자 하고, 거문고 연주하여 옹문주(雍門周)323)의 혼을 부르고자 하네.

운교(雲橋)의 남쪽 끝 주점에 말을 매자니, 푸른 단풍 흰 비름에 가을 강은 저물었네

주막 아가씨 술집에 앉아 게으르게 돈을 세는데, 그릇 씻는 사람은 누구인가, 사마상여(司馬相如)인 듯하네.324)

흰머리로 한꺼번에 한 말 술을 다 마시고, 반쯤 취하자 문득 길게 노래를 내어 뽑네.

그대와 함께 세속 밖에서 놀던 옛 일 생각해보니, 나 역시 소년으로 기운이 활달했었지.

달 밝고 바람 맑은 뇌씨(雷氏)325)의 정원, 꽃 피고 물 흐르는 이귀년(李龜年)326)의 마을.

그 때는 태평 시절 행락도 많았고, 해마다 춤추고 노래하며 임금의 은혜를 자랑했지.

모든 일은 돌아가 영락(零落)하게 되었으니, 서호(西湖)의 몇 곳이나 술 마신 흔적 남았는가.

짧은 옷에 누더기로 허리조차 못 가리고, 풍채와 정신은 바뀌고 큰 키만 남아 있네.

서로 마주해 서글프게 옛 곡조 연주하니, 먼저 소리는 뻑뻑하고 나중

---

323) 雍門周: 전국 시대 齊나라의 雍門 사람. 이름은 周. 거문고를 매우 잘 탔는데, 그가 연주하는 거문고 소리를 듣고 孟嘗君이 감동하여 눈물을 흘렸다.

324) 사마상여가 과부였던 卓文君을 만나 함께 臨邛으로 가서 술장사를 하며 생계를 꾸릴 때 손수 쇠코잠방이를 입고 머슴들과 함께 허드렛일을 하면서 술잔을 씻은 고사를 빗대었다.

325) 거문고를 잘 만든 唐나라의 雷威를 가리키는 듯.

326) 두보의 '江南逢李龜年'에 등장하는 주인공으로 노래를 잘 불렀다.

소리는 목 넘어가네.

〈죽지사(竹枝詞)〉 중에 이원(梨園)의 악보 노래하니, 어두운 먼지 들보에 날리고327) 주막 깃발은 펄럭이네.

오나라 사내와 초나라 나그네가 슬퍼 말을 못하고, 듣기만 한참 하다 눈물이 술잔에 가득.

그대는 보지 못했나,

늙어서 장사꾼 아내 된 것을,328) 수레와 말 다시는 문 앞에 시끄럽지 않네.

차라리 머리 깎고 중이나 될 것을, 금아(琴兒)329)와 파선(坡仙)330)도 모두 거친 들판에 묻혔으니.

호중(湖中)의 광경과 사람 중의 광경을 보니, 모래밭 기러기 슬피 울고 서리는 잠방이에 내리네.

노래 끝나자 서로 곡하기를 참지 못하고, 흙벽 위에 시를 쓰고 울면서 원통해하네.

〈後叙〉

東鎭善歌, 名於湖右, 余少時學焉. 後不知所終, 意謂死而無聞. 日前行過雲山橋, 甚渴下馬入店, 則東鎭在耳. 皓首弊褐, 非復舊容. 盖依家, 直口腹資於賣酒身世. 可憐爲之一歎, 遂與之倒一巵, 命之歌, 歌不成曲. 余又和一調, 啞不成聲. 相對悽悒, 幾將落淚. 豈意四十季之間, 人事互變, 殆不復記其爲何狀人, 其爲慨惋矣. 但東鎭之昔豪而今憊而已. 臨別以禿筆揮灑此作於店壁, 使後來觀者, 知東鎭之初非常人, 而詩則便是前套, 何足貴也.

(동진은 노래를 잘하여 湖右(湖西) 지방에 유명하였고 나는 어렸을 때 그에게 배웠다. 후에 생을 어떻게 마쳤는지 알지 못하고 죽어서 소식이

---

327) 노랫소리가 아름다워 사람을 감동시키는 것을 말한다.
328) 白居易의 '琵琶行' 중에 "門前冷落車馬稀 老大嫁作商人婦"라는 구절이 나온다.
329) 未詳. 거문고 연주가로 볼 수 있음.
330) 蘇東坡에 비유한 인물. 작가와 교유가 있었던 듯함.

들리지 않은 것으로 생각하였다. 일전에 운산교[331]를 지나가다가 몹시 목이 말라 말에서 내려 주점에 들어가니 바로 동진이 있었다. 흰 머리에다 떨어진 옷으로 옛날의 모습이라고는 남아 있지 않았다. 그 집에 의지해서 다만 술을 팔아, 먹고 사는 것을 해결하는 신세인 듯했다. 가련하여 한번 탄식을 하고 마침내 더불어서 술 한 잔을 들이켠 다음 노래 한 곡 부르기를 청하니 노래가 제대로 곡을 이루지 못했다. 나도 한 곡조 화답을 하였는데 웅얼웅얼거리며 소리를 이루지 못했다. 서로 마주하여 서글퍼하면서 거의 눈물을 떨어뜨릴 뻔하였다. 40년 사이에 인사가 서로 변하여 그가 어떤 사람이었는지 거의 기억을 못하고 슬퍼하기만 할 줄을 어찌 생각이나 하였겠는가. 다만 동진은 옛날에는 호걸스러웠으나 지금에 와서 고달픈 상황에 처했을 뿐이다. 헤어지기에 이르러 몽당붓으로 주점의 벽에다 이 작품을 휘둘러 써서 나중에 와서 보는 사람들로 하여금 동진이 처음에는 범상한 사람이 아니었다는 것을 알게 하노라. 시는 곧 예전의 투식이니 어찌 족히 귀하게 여길 것 있겠는가.)

위 인용에서 이 논저의 주지와 관련하여 특기할 만한 점은 다음의 몇 가지로 요약된다. 첫째, 18세기 초반 출생의 양반인 김성휴(金聖休)[1710~1779]와 가객 이동진(李東鎭)의 관계-양반이 가객(歌客)에게 노래를 배웠으며 노래를 공유하면서 정신적인 유대가 형성되었다는 사실- 이 관계는 양반에게 종속적인 관계를 가졌던 전대의 가객과는 다른 위치에서 이루어졌다고 본다. 이동진은 가객으로서 독자적인 활동을 하던 나머지 양반의 비호를 벗어나 떠돌이 신세가 되기도 했던 것이며, 40년 뒤의 해후에서 확인될 만큼 깊은 정신적인 유대가 가능한 것도 양반에 대한 가객의 영향력이 컸다는 반증이 된다. 둘째, 두 사람이 주점에서

---

331) 雲山橋의 지리적 위치는 이 작품과 관련하여 安東 一直縣으로 밝힐만 하다. [輿地勝覽 권24. 安東驛院 참조]

연행하는 곡목에 관한 사항-젊은 시절 함께 불렀던 〈맹상군가(孟嘗君歌)〉나 〈진국명산(鎭國名山)〉과 같은 短歌, 〈죽지사(竹枝詞)〉와 같은 가창가사(歌唱歌詞) 또는 가창 한시사부(歌唱 漢詩辭賦)인 〈비파행(琵琶行)〉 등을 40년 뒤인 18세기 후반에 다시 부르며 이를 듣는 주점의 고객들에게 감동을 줄 수 있었다-은 18세기의 가악 판도가 단가(短歌)나 가창가사(歌唱歌詞) 중심으로 바뀌어 있었다는 증거가 된다. 아울러 두 사람의 공연에 대한 청중 역할을 맡은 주점의 고객들이 노래에 깊이 감동하는 장면을 통해서는 이 시기의 가악(歌樂)이 일정한 공연물로서의 성격을 구비하기 시작한 사실을 알 수 있다.

　조선 전기의 가악은 궁중이나 사대부의 연회와 같은 폐쇄적인 연행공간에서 이루어져서 연행조건이 미리 결정된 일방적인 통로로 유통되었다면, 조선 후기에는 점차 시정(市井)으로 연행공간이 이동하면서 청중들이 연행조건 형성에 적극 가담하는 개방적인 연행 구조가 마련되었다. 가객(歌客)들도 청중들의 반응을 유의하게 되면서 일방적인 연행 공급자가 아니라 수요를 예상하는 흥행에 관심을 가지게 되었다. 이런 변화속에서 가객의 독자적인 지위가 확보되었고 그 대가로 청중의 요구를 반영하는 악곡의 개편이 따르게 되었다. 단가(短歌)를 우리나라 성악곡의 역사가 서정노래에서 극가(劇歌)[판소리]로 바뀌는 길목에 등장한 노래로 보는 견해332)는 공연예술 형태로 변이해나가는 가악(歌樂)의 성격을 잘 파악한 것이라고 할 수 있다.

　청중들의 요구가 반영된 측면은 몇 가지로 나타났다. 첫째, 악곡의 박절이 빨라졌다. 양반문인들이 우려한 "번음촉절(繁音促節)" 현상은 악곡 전반에 영향을 미친 듯 지적된 사례가 빈번하다. 양반문인들은 고악관

---

332) 백대웅, 『다시 보는 판소리』, 도서출판 어울림, 1996, 109면.

(古樂觀)을 견지하면서 새로운 음악사조에 비판적인 자세를 취하였다. 그러나. 이미 만연된 유행은 회피할 수가 없어서 관풍찰속(觀風察俗)의 명분을 유지할 수 있는 악부시(樂府詩)를 통하여 수용하는 우회적인 자세를 보이기도 했다. 둘째는 주제의 변동이다. 전대의 가악 주제가 교훈이나 풍류와 같은 양반 취향의 관념적인 데에 머물렀다면 시정(市井)의 삶을 직접 반영하는 적극적인 주제 확대가 이 시기의 풍조였다. 특히, 애정 주제가 중심에 놓이는 구도 변화는 마침내 상사연정(相思戀情) 주제의 가창기사(歌唱歌詞)들을 가악의 주류로 삼는 단계에까지 이르게 하였다. 십이가사(十二歌詞)의 곡목 가운데 〈상사별곡(相思別曲)〉, 〈춘면곡(春眠曲)〉, 〈황계사(黃鷄詞)〉 등이 상사연정(相思戀情) 주제로 대유행하던 노래들이며, 〈어부사(漁父詞)〉나 〈처사가(處士歌)〉처럼 양반 취향을 보존하는 일부 곡목을 제외하곤 십이가사 전곡이 상사연정(相思戀情)이나 취락(醉樂) 주제의 유흥적인 성향을 지니게 되었다. 기방 풍류 성행 등의 사회 풍속이 미친 영향도 있었겠지만 가악의 자연스러운 발전 단계가 이른 회피할 수 없는 최종 국면이기도 하였다. 이 국면이 시가사에서 차지하는 비중이 심대하기에 다음 절에서 그 경로와 귀착점에 대한 구체적인 접근을 해보고자 한다.

2. 조선 후기 가사 향유의 새로운 조건들

1) 가창가사(歌唱歌詞)의 흥성과 다른 시가 갈래에 대한 영향

조선 전기 사대부들이 향유하였던 가사의 연행 조건에 대한 자료는 영성한 편이다. 그 가운데, 악조 표시가 되어 있는 양사언(楊士彦) 자필 첩의 〈서호별곡(西湖別曲)〉(1592년 이전)은 이채를 발한다. 이 악조 표시가 불규칙하여 일관되게 파악되지는 않지만 적어도 삼강팔엽(三腔八葉)이라는 가창 규격 안에서 이루어진 것은 틀림이 없어 보인다. 삼강팔엽의 체제는 〈용비어천가(龍飛御天歌)〉의 연행 악곡인 〈치화평(致和平)〉이나 고려 〈처용가(處容歌)〉, 〈봉황음(鳳凰吟)〉 등 악장(樂章) 계열의 가악서부터 유지되던 것으로 〈서호별곡〉의 악조 표시는 이 체제를 가사라는 양식에 맞추어 재배열한 결과로 보인다. 그리고, 가사의 실제 연행은 거문고 반주의 병창 형태였으리라는 점은 사대부들의 거문고 애호 사실과 관련된 자료를 통하여 확인된다.

이처럼 선재하는 악곡이 정해져 있으며 악기 연주에 부수하는 형태로 남아 있는 노랫말은 자체의 질서보다는 악곡이나 악기의 체제를 준수해야하기 때문에 〈서호별곡〉 단계의 가사들에서 보이는 불규칙한 율격이 불가피했던 것으로 보인다. 이런 관점으로 후대의 「십이가사(十二歌詞)」에 남은 노랫말들을 살펴보면 4음4보격의 규칙을 준행하는 형태가 크게 대비되는데, 이를 노랫말 자체의 질서를 존중하는 새로운 단계의 산물로 파악해 볼 수 있다. 예를 들어 〈처사가(處士歌)〉는 17세기 청음 김상헌(淸陰 金尙憲)의 〈운림처사가(雲林處士歌)〉로부터 19세기 『잡가(雜歌)』의 〈운림처사가〉 및 〈처사가〉를 거쳐 『가곡원류(歌曲源流)』의 〈처사가〉(현행 「십이가사(十二歌詞)」 〈처사가〉와 동일함)로 귀착하는 발전 경로가 있는데 이 경로를 불규칙 율격에서 규칙 율격으로 옮아간 것으로 요약할 수 있다. 이 규칙 율격은 단순화된 악곡의 산물이겠으며 단순화의 의도는 칭중에 내한 배려를 기반으로 한다고 볼 수 있다.[333]

---

333) 백대웅, 앞의 책 110~119면(3. 장단구조로 본 우리 노래의 역사)에서 어려운 불규칙 장단에서 쉬운 규칙 장단으로 변이한 것이 가곡에서 가사나 판소리로 양식이 교체되는 경로임을 설명하였다.

조선 후기 시정(市井) 유흥문화의 발달로 연행공간이 폐쇄적인 데에서 개방적인 데에로 이동하면서 청중들이 연행에 적극 가담하는 변화가 수반되었는데 이처럼 달라진 연행 조건 내에서는 연행자들의 자세가 바뀌어야 했다. 특장 곡목의 연행자가 알려졌다는 사실은 명망에 의한 인기가 존재했다는 사실의 반증이며, 인기를 유지하기 위한 방법은 청중의 요구에 부응하는 외에 달리 없기 때문이다. 관념적인 음악관에 기반한 불규칙한 장단의 악곡은 이미 배제되고 대중에게 쉽게 전달되는 규칙적인 장단의 새로운 양식이 요청되었다. 규칙 장단의 단순함에서 오는 권태를 극복하기 위한 방안이 실제 생활과 관련된 내용의 취택이라는 설명은 악곡 구조만을 가지고 논할 때에는 설득력이 있다. 판소리와 같은 경우에는 극적 요소를 강화함으로써 단순함의 문제를 해결하려 했다는 설명도 청중의 문제를 염두에 둘 때 수긍할 수 있는 견해이다.[334]

〈춘면곡(春眠曲)〉, 〈처사가(處士歌)〉, 〈황계가(黃鷄歌)〉 등에서부터는 가객(歌客)과 관련된 기사가 빈번한데 그 만큼 당시에 유행되었음을 알려주고 있다. 한편, 홍한주(洪翰周)[1798: 정조22~1868: 고종5]의 『지수염필(智水拈筆)』(1862)「국조가곡(國朝歌曲)」조에서는 성현들이 이루어 놓은 중국의 아악(雅樂)을 전범으로 제시한 다음 "후세에 예법이 허물어지고 음악이 무너짐에 이르러서 가무(歌舞)의 절도가 드디어 막혔다. 이른바 유행하여 돌아다니는 가곡(歌曲)이란 탕자와 기녀배가 교방(敎坊)에서 따라 익히는 음란하고 치우친 소리에 지나지 않는다. 그러므로 군자는 부끄러워하여 하지 않는 것인데 오늘날에는 선비들이 더불어 염정시를 지어주어서 인정하고 있으니, 물건을 희롱하여 뜻을 손상함을 그 어찌 기꺼이 여겨, 소리를 끌어 노래하여 배우나 광대의 늘어서서 통

---

334) 백대웅, 앞의 책 같은 부분에서의 설명.

하는 일을 한단 말인가?"335)라고 사대부들까지 유행하는 노래에 참여함을 개탄하고 있다. 그러면서도 "마음이 가는 곳과 소리 기운이 나오는 곳에 문득 치미는 것이 있어서 노래를 짓는 것은 또한 자연의 이치이다"336) 라 하여 노래의 본질을 긍정하고 우리나라 역대의 시가를 열거하였다. 전현명류(前賢名流)들이 지은 가곡들을 앞세워 그 가치를 확인하고 〈춘면곡(春眠曲)〉과 우조계면(羽調界面), 농편(弄篇), 우락(羽落), 계락(界落)까지 정악의 악조로 인정하였으나 〈길군악〉, 〈매화타령(梅花打令)〉, 〈황계가(黃鷄歌)〉, 〈백구사(白鷗詞)〉에 이르러서는 "무식한 탕자의 요망하고 음란함에서 나온 것일 뿐"337)이라는 부정적인 평가를 내렸다.

홍한주(洪翰周)는 연천 홍석주(淵泉 洪奭周)와 재종형제 사이로서 문장의 도를 중시하는 정통적인 사대부 문인의 식견으로써 음악을 평가하고 있다. 아악(雅樂)의 정조(正調)가 추구하는 이상이며 여기에 어긋나는 세속의 변조(變調)는 배척의 대상이 되었다. 홍한주(洪翰周)의 개탄은 변조의 세속적인 가악(歌樂)이 만연하는 세태에 대한 것인 만큼 변조의 유행 물결은 거스르기 힘든 상황이었음을 토로하고 있는 셈이다. 특히 지적의 대상이 된 〈길군악〉, 〈매화타령(梅花打令)〉, 〈황계가(黃鷄歌)〉, 〈백구사(白鷗詞)〉는 뒤에 「십이가사(十二歌詞)」의 주요 곡목으로 자리 잡으며, 주로 상사연정(相思戀情)을 주제로 해서 19세기 말쯤에는 시정가악(市井歌樂)의 주류를 이루게 되는 파생적인 상사연정 가사의 원류가 되었다. 이처럼 한번 개방적인 방향을 튼 이후는 다른 시가 갈래로

---

335) 至於後世禮壞樂崩 歌舞之節遂廢 所謂流轉歌曲 不過蕩子伎女輩敎坊沿習淫僻之聲
故君子恥而不爲 今則儒者幷與小詩而歸之 翫物喪志其肯引聲發歌爲優伶排達之事乎
(栖碧外史海外蒐佚本 13, 아세아문화사 영인, 284면.)

336) 然心之所適 聲氣所發 輒有激而作歌 亦曰自然之理也(위와 같은 곳)

337) 至如 〈行路軍樂歌〉〈梅花歌〉〈黃鷄歌〉〈白鷗歌〉 及時調裸聲 皆出於無識蕩了妖淫
而已(위와 같은 곳)

파생되어 나가는 역동성이 강화되기 마련이었고, 판소리나 잡가(雜歌)로 옮겨가는 추세는 유행과 인기의 몰이 속에 걷잡을 수 없었던 것으로 보인다. 이 방향은 19세기 이후의 가악 판도 변화에 주류로 자리 잡는 것이지만, 그렇다고 해서 사회 전반적으로 이 방향만이 주도하고 있었던 것은 아니며 양반 사대부들이 고악관(古樂觀)을 견지하는 반대 방향도 남아 있었다. 다음 항에서는 18세기 이후의 주요한 가악 향유자로서 사대부 문인들을 점검함으로써 이 보수적인 반대 방향을 드러내 보고자 한다.

2) 사대부 문인들의 달라진 가사 향유

앞서 「송강가사(松江歌辭)」의 전승과 관련하여 18세기까지의 문인들이 가사를 향유하는 모습을 점검해 본 바 있다. 「송강가사」의 정본이 수립되고 난 18세기 이후부터는 보다 예술적인 고양을 꾀하여 배와 김상숙(坏窩 金相肅)처럼 미려한 초사체(楚辭體)를 택하여 번사 작업을 하기도 하였다. 이 작업은 정본의 테두리 안에서 이루어진 반면에 다른 「송강가사」 전승자는 양식적 모험을 통하여 가사의 영역을 넓히는 방식으로 보다 적극적인 전승에 가담하였다. 옥국재 이운영(玉局齋 李運永)의 시정(市井) 민요나 극 양식을 도입한 모색은 새로운 시가 양식의 도래를 예고하는 것이었으며, 옥소 권섭(玉所 權燮)의 다양한 형식 실험도 새로운 정신을 담아낼 그릇을 찾는 도정이었다. 이러한 사대부 문인들의 폭 넓은 가사 향유는 음악에 대한 견해가 변화한 데에서 비롯된 것이다. 이미, 서포 김만중(西浦 金萬重)의 자국시가(自國詩歌) 옹호 선언에서 밝힌 것처럼 천진한 본성을 최상의 가치로 인식하는 사유 위에서 관념적인 체계의 아악(雅樂)뿐만 아니라 사람의 본성을 자연스럽게 유로한 시정의 노래들도 나름의 가치를 지니고 있다는 음악관의 변화가 사대부들의 가사 향유에도 영향을 끼쳤다.

이처럼 개신된 음악관을 새롭게 체계화하려는 노력은 실천적인 학문을 중시하는 풍조 속에서 모색되었다. 사대부들의 가악(歌樂) 수용은 우선 유가적 가악관(歌樂觀)에 의거했기 때문에 개신의 정도가 파격적이지는 못하지만 당대의 가악 사조 변천을 민간 풍속의 시찰이라는 의도로 주목하면서 일정하게 입장을 표명하고 있다. 그 구체적인 사례를 먼저, 병와 이형상(瓶窩 李衡祥)[1653: 효종4~1733: 영조9]에게서 볼 수 있다. 병와(瓶窩)의 가악관(歌樂觀)은 〈어부사〉의 전승 개작인 〈창부사(傖父詞)〉의 제작 동기를 밝힌 〈성고구곡병서(城皐九曲幷序)〉에 잘 드러나 있다.

> 나는 평소 음률을 아지 못하나 시속의 음란하고 시끄러운 노래를 들으면 실로 마음이 악해지고 몸이 게을러져서 혹시 관청의 기악을 만나면 또한 귀를 가리고 듣지 않았다. 때로 이속들을 불러 〈關雎〉・〈葛覃〉・〈卷耳〉・〈鵲巢〉・〈采蘋〉・〈黍苗〉・〈鹿鳴〉・〈四牡〉・〈魚麗〉・〈南有嘉魚〉・〈南山有臺〉・〈皇皇者華〉 등등의 열두 시를 읊게 하여 들어왔더니, 이제 두루마리 가운데 〈漁父詞〉・〈陶山六曲〉을 얻어서 합록하여 한 책을 만들었다. 이는 모두 아시에 일찍이 암송하였으나 이제 잊어버린 것으로서 오랜 뜻과 남은 운율이 곧장 기뻐하여 싫증나지 않아 매우 즐길 만한 것이다.[338]

시송(詩頌)의 아악(雅樂)과 시속의 음란하고 시끄러운 노래의 경계를 짓는 것이 전대로부터 이어오던 사대부 취향의 〈어부사(漁父詞)〉・〈도

---

[338] 余素不解音律 於時俗淫哇之唱 實意惡而肢懈 或值公府妓樂 又欲掩耳不聞 時招吏輩 諷關雎・葛覃・卷耳・鵲巢・采蘋・黍苗・鹿鳴・四牡・魚麗・南有嘉魚・南山有臺・皇皇者華等十二詩而聽之 今於卷帙中得漁父詞・陶山六曲 合錄爲一冊 是皆兒時所嘗誦而今忘者 古意餘韻 直亹亹忘倦 甚可樂也 [瓶窩 李衡祥,〈城皐九曲幷序〉] 인용은 권영철, 『병와 이형상 연구』(한국연구원, 1978) 168면에서 함.

산육곡(陶山六曲)〉따위이다. 〈어부사〉의 집구시적 특성을 살려 개작한 것이 〈창부사(傖父詞)〉이지만 악조는 그대로 유지함을 시어 배열에서 알 수 있다. 병와(甁窩)의 가악관(歌樂觀)이 고악(古樂)의 계승을 주지로 함을 보여주는 대목이다. 이런 가악관에서는 악부(樂府) 등재 여부를 가악(歌樂) 가치 평가의 기준으로 삼는다. 「금속행용가곡(今俗行用歌曲)」[339]이라 이름 하여 당대의 우리 가곡(歌曲)을 한역했을 때에도 강호한정(江湖閑情)이나 충신연주(忠臣戀主) 주제인 평조(平調)와 우조(羽調), 계면조(界面調)의 가곡에 이어 〈장진주사(將進酒辭)〉·〈맹상군가(孟嘗君歌)〉와 사설시조형의 두 작품까지만을 수용하였다. 관청의 기악(妓樂)에까지 침투한 새로운 가악은 배제한 고악 중심의 완고한 가악관(歌樂觀)을 견지하지만, 위의 인용 문맥으로 보아 새로운 가악 사조의 변천은 무시할 수 없는 세력으로 파급되고 있음을 확인할 수 있다.

새로운 가악 사조에 대한 비판이 사대부들이 지닌 고악 중심의 가악관에서 나오는 일반적인 현상이라고 한다면, 신사조를 풍속 시찰의 관점에서 주시하고 이를 적극적인 관심으로 수용하고자 하는 성향도 일부 사대부 문인들 사이에서는 의당한 것으로 받아들여졌다. 이런 자세는 가악의 시대적 변천을 당연한 것으로 여기는 생각에서 나온 것이겠으며, 중국과 구별되는 우리 가악의 지역적인 특수성을 긍정했던 전대의 사고를 발전시킨 것으로 볼 수 있다. 각 지역에 유통되고 있는 노래들을 악부시화(樂府詩化) 하면서 그 노래의 생성 배경이나 향유 관습들을 언급한 기록들을 점검하면서 새로운 가악 사조에 대응한 모습을 살펴볼 수 있을 것이다.

먼저, 〈등악양루탄관산융마(登岳陽樓歎關山戎馬)〉라는 과체시(科體詩)

---

339) 『芝嶺錄』권6, 『甁窩全書』제8권, 792~793면(정신문화연구원 간 영인본)

가 성창된 것으로 널리 알려진 석북 신광수(石北 申光洙)의 가악 향유
이력을 더듬어 이 사례를 들어 본다. 〈관산융마(關山戎馬)〉가 바로 그
시기에 노래로 널리 불렸음은 『석북집(石北集)』 자체의 관련 기록으로
입증된다. 제6권의 「여강록(驪江錄)」하(1761)의 〈송주청부사홍시랑성
원부연(送奏請副使洪侍郎聖源赴燕)〉에 추증(追贈)한 삼절(三絶) 가운데
셋째 시에 "애처롭기 옥과 같은 모란의 노래 소리 / 마흔 네 고을 기생
중에 우두머리라 / 달 밝은 대동강 가 밤이면 / 〈관산융마〉 한곡 듣던
흥취 좋았지(聲如哀玉牧丹歌 四十三州冠綺羅 明月大同江上夜 關山一曲聽
如何)"라고 회상하며 그 자주(自註)에 "모란이 나의 〈관산융마〉를 잘 불
러서 이른 것이다(丹妓 善歌余關山戎馬 故云)"이라 하였다. 그 뒤 모란
(牧丹)이 서울의 이원(梨園)에 올라와 있다는 말을 듣고 수증한 삼절(三
絶) 시(聞浿妓牧丹。肆樂梨園。戲寄三首) 중 제 일절(一絶)에 "머리 센
명기 서울에 와서 / 고운 소리 온 성 사람 놀래킨다 / 연광정 위에 듣던
〈관산융마〉를 / 오늘밤 무슨 인연 다시 듣는가?(頭白名姬入漢京 淸歌能使
萬人驚 練光亭上關山曲 今夜何因聽舊聲)"의 자주(自註)에 "내가 관서에 놀
때에 매양 물가 누정과 그림 배 사이에 모란을 데불었는데, 밝은 등불과
달 아래 모란이 문득 나의 〈관산융마〉 옛시를 노래하면 소리가 지나는 구
름까지 미쳤다(余之西游 每携牧丹於湖樓畵舫間 燈前月下 丹妓輒唱余關山
戎馬舊詩 響遏行雲)"이라 하였다.[340] 위 기록들로 보아 〈관산융마(關山戎
馬)〉가 석북(石北) 당시에 바로 불렸음을 알 수 있으며 이는 한시사부(漢
詩辭賦)를 가창하던 관습이 일반화 되어 있었음을 가리키기도 한다.

석북이 가객(歌客)이나 사기(歌妓)를 친근히 하고 그들의 처지에 깊이
공감하였음은 앞서 언급한 원창(遠昌)과의 관련에서도 드러났거니와,

---

340) 앞의 주 30) 참조.

이 사실들은 석북(石北)의 가악(歌樂)에 대한 이해가 깊었음을 알려주고 있다. 석북의 가악에 대한 애호는 그 연조가 오래인 듯, 1731년(영조 7년)경 지어진 〈한벽당십이곡(寒碧堂十二曲)〉에서는 전주에서의 풍류 완상이 취흥과 가무(歌舞) 악곡을 차제로 배열한 상태로 그려져 있다. 이 가운데 전주의 기녀들이 습악(習樂)하는 모습을 그린 제4수에서 "제창완산신별곡(齊唱完山新別曲)"이라는 구절이 보임으로써 새로운 지역의 악곡에 대한 관심을 보이고 있다. 또한 1764년 금오랑(金吾郞)으로 제주에 파견되면서 지은 「탐라록(耽羅錄)」의 〈증록벽제자월섬(贈綠璧弟子月蟾)〉에서는 "교방에서 춤 배우는 어린 기생들 / 언니 따라 전별차로 나루에 나가 / 정자에 해지는 데 〈상사곡〉 불러 / 내일 아침 되기 전에 벌써 애끊겨(蘇小家中學舞娘。隨孃送客到橫塘。津亭落日相思曲。不待明朝已斷腸)"라 해서 기녀들이 부르는 상사연정(相思戀情)의 노래에 관심을 가지기도 하였다.341)

이 같은 양반 문인들의 가악(歌樂)에 대한 폭 넓은 관심이 지속되면서 주제의 세속화, 향유 계층의 하향 확대, 아속(雅俗) 품격의 혼효, 나아가 가악 종류의 혼재와 같은 다음 단계의 가악 발전 단계로 옮겨간다고 할 수 있다. 또 다른 사대부 문인의 가악 향유 사례를 통하여 이 방향으로의 진행을 재확인 할 수 있다. 강이천(姜彝天)[1768: 영조44~1801: 순조1]은 조선 후기의 대표적인 문인 화가였던 강세황(姜世晃)[1713: 숙종39~

---

341) 이 시에는 "蟾妓時唱相思別曲"이라는 자주가 붙어 있음으로써 〈相思別曲〉의 존재에 대하여 확인시켜 주고 있다. 이 노래가 뒤에 「十二歌詞」로 정착되는 〈相思別曲〉과 동종인가는 확언할 수 없지만, 石北보다 앞선 蘆溪의 가집에서 〈相思曲〉을 찾을 수 있고 蘆溪의 이 작품이 戀主之辭와 애정 속가의 중간 단계쯤에 놓일 수 있다고 한다면 石北이 제주에서 들은 〈相思別曲〉을 그에 연결시켜 볼 수 있는, 사대부 취향을 아직 유지하고 있는 전 단계의 〈相思別曲〉으로 볼 수 있을 것이다.(노계의 〈相思曲〉에 관하여는 앞의 주 120번 관련 내용 참조)

1791: 정조15]의 손자로서 어려서부터 문재(文才)를 보이는 가운데 특히 도시화된 한양(漢陽)의 민속 풍정에 깊은 관심을 가져 관련 시편들을 남겼다. 이 가운데 〈남성관희자(南城觀戲子)〉는 10세 때 거리에서 본 탈춤을 소재로 한 것으로 어린 눈에 비친 신기한 풍정을 경이를 주조(主調)로 형상화 한 것이다. 따라서 연행 과정을 여유를 갖고 그려내지는 못했지만 그 신기함에 대한 경이를 통해 당대 문화 현상의 급격한 변환에 대응하는 양반 문인들의 일반적인 의식을 읽을 수는 있다.

『중암고(重菴稿)』(규장각 소장)에서 본격적인 도시 유흥에 관련된 가악 향유의 모습을 찾을 수 있는 작품은 「한경사(漢京詞)」이다. 이 작품은 총 106편의 칠언 한시(七言 漢詩)로 되어 있는데 한양(漢陽)의 풍물과 인정세태를 세밀히 그려내어 당시의 습속을 파악하기에 좋은 자료가 된다. 이 작품은 한시(漢詩) 한편마다 개별 장면을 그려내면서 몇 편씩 묶이어 하나의 정황을 만들어내는 입체적인 구성을 하고 있다. 이런 구성 방법은 단편으로 집약하여 서정적 강도를 높이는 종래의 기법으로는 해결되지 않는 복잡화한 도시 풍정 묘사를 위하여 동원되었다고 할 수 있다. 이 가운데 많은 부분을 기방과 기녀의 습속을 그리는 데 할애하고 있는데, 이는 작자가 도시화의 내면에 접혀 들어간 변해가는 풍습을 그리고자 하는 욕구에서 비롯되었을 것이다. 작자는 왕을 정점으로 하는 당대의 고문숭상(古文崇尙) 풍조를 벗어나, 도에 의해 단일하게 규정되기보다는 개별적인 독자성을 확보하기 시작하는 세계상을 그림으로써 구체성에 입각한 세계 파지를 드러내고, 통합된 집단 질서에서 일탈한 개인의 자유를 추구하고 있음을 보여주고 있다. 그러므로, 변해가는 가악 풍조에 대하여 깊은 관심을 표명하는 것은 이 작자의 태도에서 볼 때에 자연스럽게 이어진 노정이라고 할 수 있다. 관련된 한 대목을 들어 보면:

유하주 가득 찬 잔, 노래 소리 감돌고
봄비 오는 주점에 저녁까지 날 궂어
줄곧 눈길로 아리따운 짓 하나
무리 속 뉘게인지 아리송해
流霞滿酌匝歌聲
春雨旗亭晚未晴
驀地眉波爲阿那
衆中輪款不分明[342)]

　주점에서 기녀의 노래에 매혹된 손님들의 부칠 데 없는 심정을 그려
내었다. 장소는 시정(市井)에 놓여 있으며 그 손님들은 계층적 구분에
크게 구애 받지 않았을 것이다. 기녀의 노래는 양반으로 청중이 한정되
었던 단계와는 다른, 품격의 제한을 받지 않는 것이어야 했을 것이다.
다음의 시는 직접 그런 노래의 곡목을 제시함으로써 더욱 구체적으로
가악 풍조의 변화상을 보여주고 있다.

찬 옥 같은 얼굴이 본디 맑아서
기루에 들면서 바로 머리 얹었다
잔치 자리에 풍류 소리 일 때면
제일 먼저 〈춘면곡〉 첫 가락을 부른다
氷玉容顔本絶淸
靑樓曾是上頭迎
華筵琴篴無端逐
先唱春眠第一聲[343)]

여기 노래 부르는 기녀는 손님의 환심을 삼으로써 전두(纏頭)의 댓가를 치러야하는 처지를 운명으로 받아들이고 애상적인 가락의 〈춘면곡(春眠曲)〉을 택하여 손님의 기대에 부응하려고 한다. 〈춘면곡〉이 불리는 정황은 대체로 시정(市井)의 주점에서 이런 저런 신분의 손님들이 섞여 있는 청중을 대상으로 하는 것이다. 그만큼 이 노래의 품격이 맞추어서 세속화되어 있어야 하고 혹은 그 품격에 맞추어진 인기도를 유지하고 있어야 했을 터이다. 앞서 〈운교주점우가자이동진청구곡유감(雲橋酒店遇歌者李東鎭聽舊曲有感)〉(1760년 무렵)에서 가객 이동진(李東鎭)과 사대부 김성휴(金聖休)가 해후하는 주점에서 벌어진 가악(歌樂) 공연 장면을 본 바 있거니와, 그 때에도 택해진 곡목들이 가창가사(歌唱歌詞) 계열로 정리할 수 있는 것이었다. 18세기 들어서서 일어난 가악 연행의 달라진 조건들은 양반 문인의 회연(會宴)이나 파적을 위한 아정한 품격의 폐쇄성보다는 열려진 공간에서 필요한 유흥적 성격이 강화된 개방성을 추구하였다. 이 개방성을 긍정하고 가치를 부여하는 작업이 이 시기의 사대부들에 의하여 이루어졌는데『중암고(重菴稿)』에서도 같은 견해를 확인할 수 있다.

그 이른바 가사라는 것에 영검한 임금과 어지미쁜 신하, 빼어난 선비의 훌륭한 문장으로 지은 것이 많고, 나머지에 또 어리석은 백성들이 천기에 촉발된 것이 반을 차지한다. 그 기뻐하여 북돋워진 기미와 울적하여 실의한 말에 담긴 생각하여 바라는 마음과 기리고 비는 소원이 죽고 사는 기쁨과 근심을 기꺼이 비워 내거나 음일과 방탕을 찔러 가르치는 경시에 이른 늦한 것늘이 때때로 풍아와 악부의 격식에 한눈에 들어맞아 가히 오늘날의 전례와 규칙을 밝힐만해서 뒷사람들을 권면하고 경계함에 자료가 된다. 대저 상고도 아니요, 초나라도 아니요, 한 이후도 아니면서 그 스스로 우리 동방의 시가 됨을 보려할진대 이를 버리고는

가히 찾을 수가 없을 것이다.[344]

서포 김만중(西浦 金萬重)의 자국시가 옹호 선언의 맥을 잇고 있는 생각이다. 이제, 사대부들이 수립한 새로운 가악관(歌樂觀)의 이념은 구체적인 실현만을 남겨놓은 단계에 이르렀다고 할 수 있다. 아마도, 가사집의 편찬이라는 중요한 단계는 이 세속가악(世俗歌樂) 긍정의 이념을 통하여 이루어졌을 것이다. 그러나, 사대부들이 직접 관여한 가사집 편찬에 관한 자료가 부족하여 이 문제에 대하여는 우회적인 접근이 필요하다. 다음 장에서는, 드물게 남아 있는 가사집 서발문에 담긴 생각을 검토해 본다든가, 가사집 수록 작품의 상태를 점검하고 가사집들 사이에 놓인 이본간 관계를 따짐으로써 이 문제를 해결해 보고자 한다.

3) 가사집의 편찬

가집(歌集)은 몇 가지의 기능을 가지고 있다. 우선은 연행 대본으로서 연행자의 연행에 대한 지침서가 된다. 다음과 같은 경우가 이에 해당된다.

마침 이 달 초사일에 신의 처사촌 정회(鄭晦)가 술을 가지고 와 신의 집 위 남산 기슭에 올라가 봄맞이 놀이를 하자고 했습니다. 신의 동내에 은개(銀介)라는 아이가 있는데, 가사(歌詞)를 잘 불렀습니다. 그 아이를 불러 노래를 부르도록 하였는데, 그 아이는 먼저 『모시(毛詩)』 공강의 「백주(栢舟)」 편을 부르고 또 「녹명(鹿鳴)」의 여러 편을 불렀습니다. 모

---

344) 其所謂歌辭者 多有聖神之主 忠賢之輔 曠達之士 鴻藻之所撰定 餘又愚夫愚婦 天機之所觸發者 半之 其歡欣鼓舞之機 憂愁佗傺之語 思望之懷 頌祝之願 及若怡曠於死生欣戚之中 刺諷於淫佚放蕩之境者 往往目中於風雅樂府之規矩 可以昭當今之典則 資後人之勸戒 夫不爲上古 不爲楚 不爲漢以後 欲觀其自爲我東之詩者 舍是而無可求矣 (「歌舞議」: 규장각 소장 『重菴稿』)

두 대강의 요지를 알고서 음송(吟誦)한 것이지 그날 그 자리에서 가르쳐 부른 것이 아니었습니다.…(중략)…이 시가 비록 취중에 나왔지만 어찌 무슨 뜻이 있어서 지었겠습니까?「백주」는 그 아이가 늘 부르던 것으로 그 아이의 집에 이들 시편(詩篇)과 고금(古今)의 가사로 된 책이 한 권 있는데, 모두 그 아이의 주인 이승형(李升亨)이 오륙년 전부터 노래를 가르쳐온 것이니 그를 조사해 보시면 아실 것입니다 345)

유몽인(柳夢寅)[1559: 명종14~1623: 인조1]이 취중에 지은 시가 고변되었을 때에 변명하여 올린 글인데, 밑줄 친 대목을 통하여 늘상 연행되는 곡목들을 정리해 놓은 가집(歌集)이 있었고 이를 대본으로 가기(歌妓)에게 노래를 가르치기도 했음을 알 수 있다. 주인인 이승형(李升亨)이 은개(銀介)에게 가르친 것은『시경(詩經)』의 시편(詩篇)이나 고금 가사(古今 歌詞)의 뜻풀이가 아니었을까 한다. 그래서 "모두 대강의 요지를 알고서 吟誦한 것"(皆兼誦大旨) 이라는 말이 나온 것으로 보인다. 이 가집(歌集)의 편찬자인 사대부 문인 이승형(李升亨)은 훈고 주석적인 자세로 정본을 지향했으리라 짐작할 수 있다.

가집의 또 다른 기능은 구전 연행되던 작품을 기록으로 정착시켜서 정본화하는 데에 있다. 이미「송강가사(松江歌辭)」의 정본화 과정을 본 바 있거니와 다음과 같은 경우도 비슷한 사례로 들 수 있다.

〈사제곡〉을 어떻게 지으신고 하니, 지난 신해년에 증조부이신 한음 상공이 박노계 인노와 더불어 술회한 노래이다. 세대가 이미 멀어 이

---

345) 適於今月初四日 臣之妻四寸鄭晦 持酒賞春于臣之家上南山麓 臣之洞內有少女銀介者 能唱歌詞 招之使唱 其兒首唱毛詩共姜栢舟篇 又唱鹿鳴諸篇 皆兼誦大旨 非其日席上創教而唱之也 … 此作雖出於醉中, 豈是有意而作 栢舟則渠所常唱。渠家有此等詩篇及古今歌詞一卷 皆主人李升亨, 自五六年所敎唱者 考其冊, 則可知。(『광해군일기』10년 4월 8일조 吏曹參判 유몽인啓)

노래가 전하지 않아 후대에 지워져 없어질까 저허하여 혼자 일찍이 마음에 느꺼운 지가 오래이었다. 불초손 윤문이 올해 경오년 봄에 영천군수로 제수 받았으니 노계공은 곧 이 땅 사람이라 그 노래가 이제까지도 흘러 전하고 그 자손이 또한 아직 살아 있었다. 공사에 여가 난 달 밝은 밤에 그 손자 진선에게 명하여 노래하게 하여 들으면 황홀하니 마치 용진의 산수 사이에 뫼시고 노는 듯하니 슬픈 감회가 더욱 격해져 느꺼운 눈물이 절로 떨어졌다. 〈누항사〉와 단가 넉 장을 아울러서 전각장에게 맡겨서 널리 전하기를 꾀하니 때는 이해의 삼월 삼짓날이다.

    [『사제곡첩(莎堤曲帖)』(1690년, 이덕형(李德馨)의 증손 이윤문(李允文) 편찬) 발문]346)

    밑줄 친 부분이 이 가집(歌集) 발간의 동기이다. 후대에 전달할 수 있는 정본을 확립해 놓는 것을 「노계가사(蘆溪歌辭)」 전승자로서의 책무로 삼았음을 볼 수 있다. 이렇게 확립된 정본 가집은 유동적인 변개 도정에 있는 작품을 확정시키면서 전승과 관련된 부대 사항들을 정리해 놓는 역할을 수행하기도 한다. 작자나 가명 비정은 정본 확정의 일차적인 작업이며 이본 선택의 방향을 지시하기도 한다. 한편, 표기 방식에 반영된 율격적 특징은 형식에 대한 전승자의 인식을 표시하면서 연행 방식을 직접적으로 반영하기도 한다. 이처럼 가집의 또 한 가지 기능은 수록 작품이 전승되면서 관여하였던 양식적 관습이나 연행의 관습을 정리하여 놓는 데에 놓여 있다.

---

346) 「莎堤曲」何爲而作也 昔在辛亥(광해3:1611)春 曾祖考漢陰相公 與朴蘆溪仁老述懷 之曲也 世代旣遠 此曲無傳 恐其泯沒於後 竊嘗慨然於心者稔矣 不肖孫允文 是歲庚午 (숙종16:1690)春 除永川郡守 公卽玆土人也 其曲尙今流傳 其孫亦且生存 公餘月夕 以 其孫進善命歌而聽之 怳若後生卯陪杖屨於龍津山水之間 愴懷益激 感淚自零 並與陋 巷及短歌四章 而付諸剞劂氏 以圖廣傳焉 時是年三月三日也 [李允文(1646-1717), 「莎 堤曲跋」(『蘆溪集』卷3)]

가집의 이런 기능들이 가사 양식에 관여한 사실들을 정리하여 보면, 대체로 가사 발전 전기에는 연행 대본이나 정본 확립을 주 편찬 목적으로 삼다가 후기에 들어서는 보다 더 양식 관습이나 연행 관습을 반영하는 쪽으로 기운다고 할 수 있다. 이는 전기보다 후기에 작자나 향유층이 다변화되면서 작품의 종류가 확대되는 데 연유한다고 볼 수 있다. 그런 면에서 가사 발전 전기와 후기의 경계에서 나타난 가사집에 주의하면서 편찬 방향의 변모 요인을 짚어보는 일이 필요하다. 양식에 관한 인식이 반영되면서 작품의 전승 내용을 정리하고 양식의 관습을 고려한 가사집은 홍만종(洪萬宗)[1643~1725] 편찬 추정의 『동국악보(東國樂譜)』에서 비롯된 것으로 나타난다.

『동국악보』는 현존하지 않지만 관련 기록으로 보아서 실존의 가능성을 충분히 예측할 수 있다.『동국악보』의 서명이 구체적으로 드러나는 것은 1894년 발간의 『송강별집(松江別集)』권7의 「기술잡록(記述雜錄)」에서인데, 「기옹소록(畸翁所錄)」에 이어 『송자대전(宋子大全)』, 『백사일기(白沙日記)』, 『아아록(我我錄)』, 『금호집(錦湖集)』 등 제가의 문집과 여타 문건에 나타난 송강 관련 기사를 취합하여 놓았다. 「기술잡록」의 마지막 부분을 「송강가사(松江歌辭)」 관련 기사로 채웠는데『동국악보』를 필두로 『동춘별집(同春別集)』, 『북헌집(北軒集)』 등의 가사 관련 기사와 〈훈민가(訓民歌)〉 관련의 「한상익모계(韓相翼謩啓)」를 덧붙였다. 『동국악보』 인용 기사인 가사 평어(評語)는 〈관동별곡(關東別曲)〉, 〈사미인곡(思美人曲)〉, 〈속미인곡(續美人曲)〉, 〈장진주사(將進酒辭)〉에 관한 것뿐인데 〈성산별곡(星山別曲)〉이 빠신 이 제제는 관서본(關西本)[1768] 이전의 것이다. 또한, 진본 『청구영언(靑丘永言)』(1728)에 위의 〈장진주사(將進酒辭)〉 평어가 반복되며 아울러 〈맹상군가(孟嘗君歌)〉의 평어를 싣고 있는데 이들을 홍만종(洪萬宗)[1643~1725]의 『순오지

(旬五志)』(1678)에서 찾을 수 있음으로써 홍만종을 『동국악보』의 편찬자로 추정하게 된다.347) 『순오지』의 가사 평어는 자국시가(自國詩歌) 옹호의 입장을 밝힌 서문348)에 이어 "세상에 드러나게 성히 유행하는 (表表盛行於世者)" 가사 14편에 대한 약평을 달았다. 작자의 비정과 작품의 특징을 지적한 안목이 가사에 정통함을 보여주고 있어서 최고의 시가 향유자로서의 면모를 전해준다.

뚜렷한 가악관(歌樂觀)에 의거한 일정한 편찬 방향을 지닌 가사집이 이미 17세기 중반 이후부터 성립하였음을 보았거니와 이런 가사집은 18세기로 계속 이어진다. 가곡 가집(歌曲 歌集)인 『청구영언(靑丘永言)』[진본(珍本)]의 후반부에 「만횡청류(蔓橫淸類)」에 앞서 실린 〈장진주사(將進酒辭)〉와 〈맹상군가(孟嘗君歌)〉를 통하여 가사류의 시가가 지속적으로 향유되었음을 보거니와 한시사부(漢詩辭賦)와 국문가사까지 포괄한 장가(長歌) 체계를 구유하고 있는 『고금가곡(古今歌曲)』(1764)은 특히 18세기의 가사 향유에 관한 중요한 정보를 담고 있다. 하권의 시조 작품들(『고금가곡』 하권에 단가(短歌)로 분류되어 있다.)을 20개의 주제 항목으로 분류함으로써 시조 향유의 전문성을 보이고 있듯이 편찬자349)는 장가 부분

---

347) 강전섭, 「동국악보에 대하여」(『한국고전문학연구』, 대왕사, 1982)에서 洪萬宗 저작의 서지 사항을 정밀히 검토하여 이 같이 정리하였다. 이 견해를 인정한다면 『東國樂譜』의 편찬 시기는 『旬五志』(1678) 이전이 되어야 한다.

348) 앞 주 233) 부분 참조.

349) 흔히, "一壑松溪一里煙月"이라는 卷首의 낙관 때문에 "松溪煙月翁"이라는 호로 불리나 함께 찍힌 병 모양의 낙관이나 "孝家"라는 음각인의 밑에 이 낙관이 온 것으로 보아 瓶印에 해당하는 것이 본호이고 나머지 둘은 지역과 관련된 별호일 가능성도 있다.(公州에 孝家里가 있었음) 또 말미 자작 시조의 내용을 통하여 북변 체험을 지닌 武官이라는 추정을 하기도 한다. 그러나, 文官으로서도 북변 시찰과 같은 임무를 부여받은 사례가 있고 이 경우 "長劍"이란 자신의 직무와 관련된 상징으로 이해할 수 있다. 이취 있는 낙관을 사용할 줄 아는 문식이 높은 사대부로 판정하는 것이 실상에 부합한다고 하겠다.

에 대하여도 한시사부와 국문가사 그리고 과체시(科體詩)까지 포함한 당대의 가창(歌唱) 가능한 장가 전반을 포괄함으로써 폭넓은 가악관(歌樂觀)을 지니고 있음을 보여주고 있다. 그리고, 〈춘면곡(春眠曲)〉이나 〈규원가(閨怨歌)〉와 같은 애정 주제의 신작품(新作品)도 수용하고 있는 것을 보면, 사설시조형의 장가까지만 수용하였던 병와 이형상(瓶窩 李衡祥)[1653: 효종4〜1733: 영조9]의 「금속행용가곡(今俗行用歌曲)이나 『청구영언(靑丘永言)』(진본(珍本): 1728)의 단계를 지난 새로운 가악관에 의한 것으로 보인다.

이제까지 보아온 바에 의하면, 〈춘면곡〉〈상사별곡(相思別曲)〉과 같은 가창가사(歌唱歌詞)가 성행하면서부터 가악(歌樂) 판도에 큰 변화가 일어났다. 애정을 주제로 한 주제의 세속화는 사대부 시조에서 조짐350)을 보이다가 사설시조를 통하여 크게 증폭되었는데, 그 때까지는 정악(正樂)의 범주 내에서 일어난 제한적인 상태를 유지하다가, 민속악의 범주로 이동하는 가창가사 단계에 들어서면서 무제한적인 반복 생산을 유발하게 된다. 사설시조까지의 화자는 점잖은 체모를 유지한 채, 대상과 어느 정도 거리를 두고 그 애정 사건이 특별한 일회성의 것임을 표명한다. 반면, 가창가사의 화자는 애정에 침윤되어 전생애를 거기에 걸고 그 실패에 최대한의 애상을 부여한다. 이런 작품 내적 변화에 맞추어, 외적인 조건에서도 변화가 따르는데 가창가사의 연행 공간이 개방적인 시정(市井)으로 이동하고 계층의 구분이 없어진 청중들 사이에는 분출하는 정서에 호응하는 격렬한 반응이 나타나게 된다. 가악(歌樂) 애호가 이상

---

350) 松江의 연군 주제 시조가 발상의 근원을 세속의 애정에 두고 있으며, 이 사실은 松江 다음 대의 淸陰 金尙憲이나 仙源 金尙容과 같은 「松江歌辭」 애호자들의 애정 주제 시조로 확인된다. 이런 흐름에서는 李鼎輔와 같은 사설시조의 파격도 부자연스럽기만 한 것은 아니다.

에 부합하는 관념적인 차원을 떠나 현실적 욕구와 취향을 충족시키려는 쪽으로 성격이 바뀌고, 이 대중적인 인기를 바탕으로 가객(歌客)들의 독립적인 지위가 마련되었다고 할 수 있다.

가사집의 다음 단계는 바로 이런 변화 국면이 반영된 모습으로 드러난다. 19세기를 넘어서면서 나타나는 가사집들에 실린 곡목들을 보면 이전의 양반 사대부 취향 위주의 편성을 벗어나 시정에서 유행하는 작품들을 수록하는 새로운 성향을 보여주고 있다. 이 변화는 우선 가곡(歌曲) 위주의 가집이었던『청구영언(靑丘詠言)』의 이본 파생 과정에서 드러나고 있음을 볼 수 있다. 현재, 남아 있는『청구영언』의 이본은 크게 두 가지 계통으로 분류되는데, 첫 단계에서는 김천택(金天澤)이 편찬한『청구영언』(珍本: 1728)으로 귀결하는, 사대부 취향 중심의 가곡만 실은 가집(歌集)이 성립한다. 여기서는 만횡청(蔓橫淸)으로 대분류된 사설시조형의 가곡과 더불어〈장진주사(將進酒辭)〉나〈맹상군가(孟嘗君歌)〉와 같은 가곡 계통의 악곡까지만을 수록하고 있다. 두 번째 단계는『청구영언(靑丘詠言)』(가람본 2: 규장각 소장)이나『청구영언』(육당본)처럼 가곡의 뒤에 가사를 첨록하고 있는 모습으로 드러난다. 이들은 가집의 체제나 수록 작가들의 면모를 기준으로 하여 대체로 19세기 전반 이후의 산물로 평가된다.

가람본과 육당본에 실린 가사들의 명단을 대조해 보면 양쪽에 함께 실린 작품은〈어부사(漁父詞)〉,〈상사별곡(相思別曲)〉,〈춘면곡(春眠曲)〉,〈낙빈가(樂貧歌)〉,〈권주가(勸酒歌)〉 등등이다.〈어부사〉가 16세기의 정본 수립 이후 특정 작가의 개사 이외에는 변동이 없는 고정적 전승을 유지해 왔다는 사실을 참조하면 나머지 작품들에서 새로운 성향을 가늠해야 한다.〈상사별곡〉과〈춘면곡〉은 시정화(市井化)된 가창가사(歌唱歌詞)로서 이 노래들의 광범위한 확산적 유통과 관련한 자료가 풍부하여 여러 논의가 진작에 있어 왔다. 이들은 모두 애정을 주제로 하여 청중의 기호에 부합하였고, 인기도를 유지하면서 대표적인 연창자(演唱者)를 산출하여 대중적 호응에 맞추어진 연행 조건을 갖추어 나갔다. 가람본에 실린 작품들은 52행(〈상사별곡〉)과 60행(〈춘면곡〉)으로서 육당본의 16행(〈상사별곡〉) 13행(〈춘면곡〉)보다 길게 나타나 있다. 길이가 줄어드는 것이 시가 형식의 발전 경로와 반드시 일치하지는 않지만 적어도 가창가사의 경우에는 연행의 편이를 위한 축약이 후행 작품에서의 일반화된 방향이었던 것으로 보인다.

〈낙빈가(樂貧歌)〉는 〈강촌별곡(江村別曲)〉이라는 원텍스트가 〈강촌만조가(江村晩釣歌)〉[이양오(李養吾): 1737~1811] 〈상산별곡(商山別曲)〉[송찬규(宋燦奎): 1746~1805] 등등으로 가명의 변화를 겪는 가운데 〈처사가(處士歌)〉와 같은 강호한정(江湖閑情) 주제의 새로운 작품과 착종되면서 이종 텍스트로 전이하는 경로를 간직한 작품이다. 중간에 사대부들에 의한 텍스트 내지 가명 변개의 과정을 거쳐 끝내는 〈어부사(漁夫詞)〉(『장편가집(長篇歌集)』: 19세기 후반)라는 일반화된 가명으로 귀착하는 경로351)는 사대부 사회의 제한된 향유 범위를 벗어나 시정의 가창가사(歌唱歌詞)로 변이하는 모습을 잘 보여주고 있다. 이처럼 사대부 중심의 가사 향유 범위가 시정으로 확산되기 시작하는 모습을 잘 보여주는 가사집이 『잡가(雜歌)』(1821)이다.

『잡가』에는 총 18편의 가사(전편이 실린 경우)가 실려 있는데 대부분 양반 사대부 취향의 작품들이어서 사대부 중심의 가사 향유 방식을 견지하고 있는 편찬자에 의해 이루어진 것임을 알 수 있다. 이 사실은 수록 작품들을 다른 이본들과 대조하면서 드러나는 훈고 주석적인 정본 지향

---

351) 이에 대한 구체적인 경로 제시는 윤덕진, 「가사집 『잡가』의 시가사상 위치」(『열상고전연구』제21집, 2005) 191~195면에서 볼 수 있음.

의 자세로써 확인된다. 또한, 『잡가』 가운데에는 이미 본 바와 같이 〈낙빈가(樂貧歌)〉나 〈처사가(處士歌)〉 등이 텍스트 변이하는 경로가 담겨 있어서 가사 향유 조건이 달라지는 면모를 반영하고 있기도 하다. 특히, 말미에 실린 〈호남곡(湖南曲)〉은 19세기 이후 가사집에서 발견되기 시작하는 여타 지명 제재(題材) 가사들과는 다른 조건 속에서 생성된 작품임을 알 수 있는데, 편찬자는 18세기 초반 서울 지역에서 생성된 〈재송여승가(再送女僧歌)〉의 후반부 13구를 〈호남곡〉과 합철하는 실수를 범함으로써 이들 새로운 조건 속에서 생성된 작품들에게 익숙하지 못함을 보여주고 있다. 〈재송여승가〉와 〈호남곡〉은 각기 애정 주제와 어희 형식에 의지함으로써 시가 향유 조건이 보다 세속화 또는 유흥 지향적이 되는 성향과 관련되어 있다.

가사집 『기사총록(奇詞總錄)』(1823)[352]은 『청구영언(靑丘永言)』계통의 이본 파생 과정에서 지적한 〈상사별곡(相思別曲)〉, 〈춘면곡(春眠曲)〉, 〈낙빈가(樂貧歌)〉, 〈권주가(勸酒歌)〉 등등을 모두 싣고 있을 뿐만 아니라 『청구영언(靑丘詠言)』(가람본 2)에만 보였던 〈명당가(明堂歌)〉, 〈계유사(誡喩詞)〉 외에도 〈음창가〉, 〈노처녀가〉, 〈십태가〉, 〈청누가〉, 〈일빈쥬가〉, 〈장긔가〉 등등의 유흥 지향의 성격이 다분한 작품들을 다수 수록함으로써 보다 적극적으로 세속화의 성향을 반영하고 있음을 알려준다. 〈명당가〉와 〈계유사〉, 〈음창가〉는 각기 『남원고사(南原古詞)』, 『계우사』, 『추풍감별곡』이라는 소설들과 관련되는 작품들이다. 〈명당가〉는 『남원고사』(1860년대)의 "춘향집 장원(墻園) 사설"에 인용되어 있고,

---

352) 이 성립 연대는 『南薰太平歌』(1863)와의 이본 대조 결과에 의해 추정하였다. 18세기 가창가사가 연계되어 있다고 할 수 있는 〈相思別曲〉 〈春眠曲〉 〈勸酒歌〉 등의 작품에서 『奇詞總錄』이 보다 고형에 가까운 면모를 유지하고 있다고 판단하였기 때문이다. (윤덕진, 「가사집 '奇詞總錄'의 성격 규명」, 『열상고전연구』제12집, 1999. 참조)

〈계유사〉는 실전 판소리 〈무숙이타령〉(〈왈자타령〉)의 기록 정착본으로 보이는 『게우사』의 가사화된 작품이며, 〈음창가〉는 『추풍감별곡』의 에 필로그에 인용되어 있다.

1934년에 이루어진 정악·민속악 총합의 가집 『악부(樂府)』에 실린 〈명당가〉는 서두에 다음과 같은 복지(卜地) 대목이 덧붙어 있다.

　빅두산이 혈믹되여 경승지지 되엿셰라 / 현무산이 쥬작 되고 좌청룡 우빅호가 역역히 슴겨셰라 / 뒤헤는 화운니 다긔봉허고 압헤는 츈슈만 〈틱이라

이 대목이 「성조신가(成造神歌)」, 〈황졔푸리〉의 〈명당가〉가 들어가 있는 부분에는 살아 있음으로써 〈명당가〉가 원래 무가(巫歌)에서 파생 되었으리라는 추정을 가능케 한다. 무가로부터 일반적인 유흥을 위한 노래로 다시 판소리의 한 대목으로 유전하는 이 노래의 경로에 19세기 가사 발전이 압축되어 있다고 할 수 있다. 〈명당가〉의 이와 같은 발전 경로를 뒤밟는 작품이 〈십태가(十駄歌)〉이다. 〈십태가〉는 『남원고사(南原古詞)』에 "황성의 허됴벽산월이오 진입창오운이라 ᄒ던 니틔백으로 흔 짝 치고"처럼 "~으로 흔 짝 치고 ~으로 흔 짝 치고 ~으로 웃짐 쳐셔 ~으로 말 물녀라(둥뎡)"의 구조를 한 단위로 하는 12개 악단의 되 풀이로 나타나 있다. 또 『악부(樂府)』(1934년)에도 〈짝타령〉이라는 제 하에 같은 노래가 실려 있는 것을 보면, 시기적으로 앞서는 『기사총록(奇詞總錄)』의 〈십태가〉를 부연 확대하여 판소리에 차용하다가 다른 판 소리 단가(短歌) 또는 잡가(雜歌)처럼 별개의 노래로서 행세하게 되었다 고 보인다.

원래의 노래가 판소리를 통히여 새로운 구조로 변하고 판소리의 유행

에 힘입어 별개의 노래로 독립해 나오는 과정을 잘 보여주는 것은 〈소춘
향가(小春香歌)〉나 〈십장가〉, 〈제비가〉와 같은 뒤에 「십이잡가(十二雜
歌)」로 귀착되는 노래들이다. 1863년 편찬의 『남훈태평가(南薰太平歌)』
의 시조 작품 200여 수의 말미에 실린 〈쇼춘향가〉, 〈미화가〉, 〈빅구
사〉("잡가편"으로 분류함) 등은 뒤에 「십이가사(十二歌詞)」나 「십이잡가」
의 곡목으로 편입되는 작품으로 〈백구사(白鷗詞)〉가 「십이가사」에서 품
격이 떨어지는 축으로 품평되듯, 시정의 개방적인 향유에 영향 받아 격
조 상의 변동이 일어나면서 생겨났던 것으로 여겨진다. 한편, 『남훈태평
가』의 〈춘면곡〉, 〈상사별곡〉, 〈쳐사가〉, 〈어부사〉("가사편"으로 분류
함) 등을 『기사총록(奇詞總錄)』에 실린 작품들과 대조해보면 모두 시행
수가 줄어들어 있어서 후행 이본의 자취를 남기고 있다. 후행본으로 가
면서 길이가 축약되는 현상은 이미 『청구영언(靑丘永言)』 가람본과 육당
본 사이에서도 확인 되었거니와, 이 현상은 가창(歌唱)의 편의를 위한
절구(截句)나 서정적 압축을 강화하기 위한 축어(縮語) 등 일반적으로
시를 가창화(歌唱化)하면서 나타나는 현상으로 파악된다. 따라서 『기사
총록(奇詞總錄)』(1823)에서 『남훈태평가(南薰太平歌)』(1863)로 옮겨 가
는 경로는 가창가사(歌唱歌詞)의 성행이라는 변화로 설명할 수 있다.

　가사 〈계유사(誡喩詞)〉가 판소리계 소설 〈게우사〉와 가지는 관련은
현재까지의 연구 결과를 참조하여 가사와 판소리, 두 갈래 사이의 발생
순차를 따라 다음과 같은 몇 가지 방식으로 나누어 논의할 수 있다. 첫
째, 가사 〈계유사〉가 먼저 생성되고 이것의 확장형으로 판소리 〈무숙이
타령〉이 뒤따랐다고 보는 견해. 둘째, 판소리 〈무숙이타령〉이 앞서고
그것의 축약형으로 가사 〈계유사〉가 뒤따랐다고 보는 견해. 셋째, 두 갈
래의 작품이 동시에 형성되어 각기 발전해 나갔다는 견해. 위 세 가지
견해를 정리하기 위하여 〈계유사〉와 〈게우사〉(또는 〈무숙이타령〉)에

관한 서지를 대입해 본다. 가사 〈계유사〉는 『청구영언(靑丘詠言)』(가람본 2)이나 『기사총록(奇詞總錄)』(1823)에 나타나는 본을 선행본으로 볼 수 있고, 이후 『해동유요(海東遺謠)』 『장편가집(長篇歌集)』 등 19세기 후반 성립 추정의 가사집에서 후행본이 이어지다가 『악부(樂府)』(1934)에도 실려 있다. 우선, 이들의 전체 행수를 대조해보면, 『청구영언』: 175, 『기사총록』: 183, 『장편가집』: 183, 『해동유요』: 165, 『악부』: 167로 후행본으로 갈수록 축약의 양태를 보이고 있다. 그러나, 이들 후행본이 부분적 탈락으로 문맥 불통 현상까지 이르지 않는 것은 소설이나 판소리에 관계없이 이어진 가사 〈계유사〉 자체의 전승이 실재했음을 알려주고 있다. 이 전승이 가능한 범위는 물론 가사라는 양식 내에 있었을 것이고, 선행본들 사이에서 문맥 소통을 위해 부연되었던 부분들도 가사 양식의 원만한 향유를 위한 것이었으리라고 본다.

이처럼 같은 작품을 토대로 한 판소리나 소설이 성립된 후에도 가사가 지속되었다는 사실은 이들 세 양식의 관련이 중심 담론을 매개로 이루어진 것이지 양식 간의 소통에 의거한 것이 아니라는 사실을 시사한다. 희화화된 인물을 통하여 사회의 중심 문제를 다루면서 교훈적인 의도를 첨가하는 방식이 뒤에 〈우부가(愚夫歌)〉, 〈용부가(庸婦歌)〉류의 작품에서 되풀이되는 현상이 이 사실을 뒷받침해 줄 수 있다. 대상과의 비판적 거리를 유지하기 위한 굴절된 인물 재현을 통하여 강력한 의견을 제시하는 풍자의 수법은 이후 개화기 가사에까지 이어짐을 볼 수 있다. 그동안 이 방식이 가사 외의 다른 양식에서도 반복된다는 것은 단일한 담론이 여러 개의 양식을 통해 표출될 수 있다는 가능성을 확인시켜 줄 따름이다.

여기서 양식간의 차별을 통하여 영향의 방향을 규정하는 문제를 고려해 볼 필요는 있다. 예컨대, 판소리나 소설이 인물 형상 창조와 서사성 구현에 적합한 역동적인 양식으로서 가사의 정태적인 특질과는 구별되기에 문학사의 진전이 가사로부터 판소리, 소설로 나아가야하는 당위성을 인정할 수 있다. 그러나, 이 문제가 반드시 가사의 양식적 선행으로 귀착되어야 하는 것은 아니다. 이는 이미, 세 양식이 같은 기간 동안 공존해 나온 사실을 통해 확인된 바이다. 다만, 이들 세 양식의 향유 방식을 규정하는 율문이라는 조건만은 재고할 필요가 있다. 가창(歌唱)과 낭송(朗誦)이라는 두 방식을 공존케 하는 요인으로서 대체로 4음보격으로 표상되는 율문의 정체는 판소리와 소설의 복합적인 율조 가운데에서도 항상 중심에 자리 잡고 있기 때문이다. 가사는 바로 이 4음보격을 근간으로 양식을 유지해 왔으며, 이 역사를 통하여 4음보격이 실현되는 자리이면 양식적 제한을 넘어 어디에나 가담할 수 있는 신축성도 갖추게 된, 4음보격의 대표적인 실현태가 된 것이다. 가사 〈계유사(誡喩詞)〉가 판소리 〈무숙이타령〉이나 소설 〈게우사〉로 확대되는 경로는 따라서 4음보격의 지속과 변형에 준거한다고 보아도 무방할 것이다.

〈음창가〉는 뒤에 〈추풍감별곡(秋風感別曲)〉으로 개명되어 『고금기사(古今奇詞)』(1866)[353] 『장편가집(長篇歌集)』등에 실리다가 『악부(樂府)』(1934)에 정착되며, 한편 오늘날까지도 전창되는 서도소리의 곡목으로서 명맥을 유지하고 있다. 〈음창가〉라는 가명이 『기사총록(奇詞總錄)』에만 보임으로써 기방의 세속적 별칭을 환기시킨 이 가명이 선행본에 해당함을 알 수 있다. 〈음창가〉는 같은 가집에 실린 〈춘면곡〉과 시행을 공유하는 부분이 있는데 이 부분이 원래 〈규원가(閨怨歌)〉(〈원부사(怨婦辭)〉)에서 옮겨온 것임을 확인하면서 이들 애정 주제 관련 작품들이 시정에서 기방까지 유통 범위를 넓혀온 경로를 추정해 볼 수 있게 한다.

---

353) 가사 33편을 수록한 가사집. 여기에 〈추풍감별곡〉이 들어 있다고 한다.(고정옥·김삼불 수해, 『가사집』, 평양 국립출판사, 1955. / 여강, 1991 영인, 587면.) 여기 실린 〈추풍감별곡〉은 1928년에 평양 권번에서 출간한 『歌曲寶鑑』본으로 총 193행이다.

『장편가집(長篇歌集)』에 실린 〈추풍감별곡〉은 134행으로『기사총록』본 (157행)보다 20행 이상 줄어들어 있지만 소설 〈추풍감별곡〉[354]이나 『악부』에 실린 본은 190∼191행으로서 늘어나 있는데 그 늘어난 부분들을 상사연정(相思戀情) 주제의 다른 가사들에서 차용한 것을 보아 이 작품이 기방과 같은 유흥 공간을 중심으로 유통 되면서 주변의 다른 가사와 어구 교섭을 일으켜 왔음을 알 수 있다.

이상과 같이 19세기에 들어서면서 증대된 가사집 편찬이 어떻게 가사 향유 조건을 변동시켰는가에 초점을 맞추어 정리하면서 가사집 편찬이 가사 발전에서 가지는 의미를 다음과 같이 정리해 볼 수 있게 되었다. 첫째, 연행의 대본 역할이나 구전의 기록 정착화를 위한 가사집 편찬은 16세기서부터 있어 왔지만, 구체적인 향유 관습과 관련된 사항을 반영하는 본격적인 가사집 편찬은 홍만종(洪萬宗)[1643∼1725] 편찬 추정의 『동국악보(東國樂譜)』로부터 비롯되었다고 할 수 있다. 둘째, 『동국악보』 이전이 사대부 가사 향유의 한정된 작품을 실었다면 그 이후는 주제의 세속화, 향유 계층의 하향 다변화 등의 조건 변화에 따르는 다양한 종류의 작품들을 싣고 있다. 『순오지(旬五志)』의 가사 평어에서 거론된 작품을 기준으로 한다면 〈원부사(怨婦辭)〉, 〈유민탄(流民嘆)〉처럼 애정 주제 이거나 현실에의 관심이 증폭된 경우가 이 변화에 따르는 것으로 볼 수 있다.

셋째, 가창가사(歌唱歌詞)의 성행이 가사 향유 양태를 급격히 변모시킨 사실을 확인할 수 있다. 인기도가 높은 가창가사 작품이 성행하면서 청중의 빈응을 의식하는 유동 구소가 마련되고 여기에 인기 가인(歌人)이 선정되고 그들이 전문가로서 독자적인 위치를 확보하게 되었다. 이

---

354) 인천대학 민족문회연구소에서 영인한 『구활사본 고소설전집』 제32권에 실린 세창서 관본.

러한 유통 구조에 맞추어진 곡목으로 향유 대상을 집중하는 취향의 변동
이 뒤따르며 자연히 세속적이고 유흥적인 성격으로 가악(歌樂)의 내용
이 이동하여 갔다. 이러한 변화는 이미 17세기 전반서부터 기미를 보이
지만 가사집 가운데 이런 변화를 수용한 예들은 19세기 초반서부터 나타
난다. 18세기 전반서부터 19세기 중반에 거쳐 있는 『청구영언(靑丘永言)』
의 이본 분화 과정 가운데 이 변화를 담고 있는 작품들이 배열되어 있음
을 확인할 수 있었고, 가사집에 따라 20여곡 미만의 불균정한 단위로
묶이는 작품수가 뒤에 「십이가사(十二歌詞)」나 「십이잡가(十二雜歌)」로
확정되는 것으로 볼 수 있다.

넷째, 판소리나 소설과의 교섭을 통한 가사의 영역 신장이 가사 발전
에 미치는 영향을 확인할 수 있다. 이들 율문 서사 양식들이 향유되는
방식을 가사와 공유하면서 이루어지기 시작한 교섭은 판소리나 소설 가
운데 가사를 차용한다거나 혹은 소설을 가사화하여 개별 작품으로 성립
시킨다든가 하는 식으로 활발하게 일어나고 있다. 이들 양식 간의 선후
순차는 시가사의 기술에서 절대 조건이 되지는 못하고, 다만 가사가 율
문의 중심에 있으면서 이들 율문 양식을 이끌어가는 관계를 규명함이
긴요하다는 사실을 알 수 있었다.

3. 가사 양식의 행로

1) 판소리의 생성과 가사의 굴절

조선조의 율문 양식을 대표하는 두 가지를 시조와 가사로 볼 때에 전
자는 "단가(短歌)"라는 당대적 명칭이 가리키듯 짧되 노래하기 적절한

특질을, 후자는 "장가(長歌)"라는 명칭이 말해 주 듯 길면서도 노래할 수 있는 특질을 드러내고 있다. 노래, 곧 가창(歌唱)이라는 조건이 대표적인 두 가지 노래를 제한하고 있거니와 전자에 있어서는 가집의 악조 표시라는 기준이 말해 주듯 명확한 연행의 조건이 제시되기 마련이었지만, 후자에 있어서는 연행의 조건이 불균정하여 가사집 내에서 찾을 수 있는 징표는 귀글로 띄어 놓은 율격 표지[355]와 비점 표시[356]로 구분한 고저 장단의 기미일 뿐이다.

양사언(楊士彦) 자필 첩책의 〈서호별곡(西湖別曲)〉에 보이는 악조 표시를 통하여 16세기 이전 단계에서는 거문고를 수반한 악곡의 노랫말로서 가사가 존재했던 모습을 보기도 하였고, 17세기 이후에도 이런 식의 향유가 이어졌던 것을 확인할 수 있지만 양반 사대부 사회내의 제한된 향유 범위에서 일어난 일일 뿐이었다. 가사가 이러한 계층적 제한을 넘어서서 시정의 열린 공간에서 향유되는 것은 사대부들에게 예속되어 연행의 직분을 수행하던 가인들이 자립적인 자세로 전환하는 계기에서 말미암았다고 할 수 있다. 사대부 문인들과 취향의 수준을 대등하게 유지한다든가 나아가 사대부들에게 노래를 직접 가르치기도 하는 사실에서 이런 전환이 야기되었을 것이다.

이들 가인들이 양반사회의 인력권을 벗어나 자유롭게 활동할 수 있는 공간은 활발한 물산 유통이 어우러진 시정이었고, 한번 시정의 문턱을 넘어선 다음에는 가악(歌樂)의 범위를 정악(正樂)과 민속악(民俗樂)의 구분이 없는 경지로 밀고나가 예단할 수 없는 취향과 격조가 착종되는

---

355) 특히, 결사에서 "아모타" "두어라" 등등의 감탄사를 다른 시행(구)과 동일한 단위로 취급하여 따로 구분하여 표기한 것은 결사가 가지는 특별한 성격을 연행 시에도 반영하여야 한다는 지시로 받아들일 수 있다.

356) 주로 붉고 푸른 색으로 내비시켰는데 두 색의 교체가 고저장단과 관련된 것으로 생각된다.

상태에 당도하였다. 이 상태는 유가적 세계관에 선점된 가악관(歌樂觀)에 의지하여 고정된 규격을 준수해야하는 전대의 사대부 가악 향유와는 확연히 구별되는 것이었다. 정악－민속악(正樂－民俗樂), 양반－서민(兩班－庶民), 풍류연석－시정공연(風流宴席－市井公演)으로 양분되는 구도는 아니었지만 적어도 경계를 무너뜨린 향유가 이루어진 것만은 틀림없어 보인다. 이 상태를 지칭하는 당대적 명칭이 "잡가(雜歌)"가 아니었을까 한다.

이 "잡기현상"은 판소리의 생성, 지방 민요의 중앙 유입 등을 계기로 하여 뚜렷한 방향을 택하게 되는데 이 변화의 한 가운데에 자리 잡은 것이 가창가사(歌唱歌詞)였다. 가사의 4음보격이란 단순한 문자의 조합에 의한 타율적 법식으로서 뿐만이 아니라 악절 단위에 가장 잘 대응하는 자율적인 구조로서 볼 필요가 있다. 특히 우리 음악의 악절 단위가 3·2·3 / 3·2·3이나 5·8·8 / 5·8 따위로 양분되는 관계로 이에 대입하는 노랫말이 우수적 구조를 가지는 사실을 확인할 필요가 있다. 가창가사(歌唱歌詞)는 여러 시기에 거친 다양한 양식의 노래들을 대상 곡목으로 하기 때문에 일률적으로 형식 규정을 할 수는 없지만 특히 조선 후기에 생성된 것으로 보이는 노래들에서 4음 4보격이 우세하다는 사실은 가창가사와 관련시켜 설명할 방도가 있다. 예를 들어, 〈처사가(處士歌)〉의 "天生我才 쓸씌업셔 世上功名 下直ᄒᆞ고"[『청구영언(靑丘永言)』육당본]처럼 정연한 율격 구조는 이 작품과 동종의 선행 이본인 〈운림처사가(雲林處士歌)〉357)에서는 아직 드러나지 않던 것인데 이 차이

357) 인간이 쇼쇄커늘 셰스롤 뿌리치고 / 홍진망 쀠여나셔 정처업슨 이ᄂᆡ 몸이 / 산이야 구름이야 쳔니만니 드러가니 / 천회벽계와 만쳡운산은 가지록 식롭고나 / 층암절벽의 구분 늙은 댱송 / 청풍에 흥을 겨워 날 보고 우즑우즑 / 구룡소 늙은 룡이 여의쥬룰 엇노라고 / 구뷔룰 반만 너여 벽파슈룰 뒤치는 듯/ 현익표도ᄂᆞᆫ 구름의 연ᄒᆞ엿고 / 녹림홍화ᄂᆞᆫ 츈풍의 분별 잇고 조화의 교틱 겨워 / 간딕마다 구십소광 ᄌᆞ랑ᄒᆞ니 / 운림

를 연행 조건, 곧 악곡의 성격이 다름에서 나온 것으로 볼 수 있다.

그런데 이러한 정연한 율격이 판소리 단가를 일관하는 사실에서 가창가사와 판소리와의 관련을 재고해 보게 된다. 판소리 단가를 "영산(靈山)"이라 지칭하면서 판소리 내에서의 위치를 "선성(先聲)"으로 규정하였던 「관우희(觀優戲)」(1843)를 기준으로 가까운 시기의 자료를 검토해 보면 다음과 같은 사실이 포착된다.

> 도홍선 장단 치며 한삼 휘날려, 우조 영산은 듣기 드문 소리.
> 헤어질 때 춘면가 한곡 더 하곤, 꽃 지는 강 건너 돌아간다네.
> (桃紅扇打汗衫飛 羽調靈山當世稀 臨別春眠更一曲 落花時節渡江歸)358)

앞서 읽었던, 석북 신광수(石北 申光洙)가 진사시(進士試) 합격(1750) 후 유가(遊街)를 계기로 지은 시이다. 두 노래가 원창(遠昌)이라는 전문 가인에 의하여 불린 것을 볼 수 있는데, 〈춘면곡(春眠曲)〉은 당시에 유행하기 시작한 새로운 노래이며 〈우조영산(羽調靈山)〉은 부르는 이가 드물어진 옛 노래이다. 「관우희(觀優戲)」의 "영산(靈山)"이 단가(短歌), 곧 판소리 허두가이며 그 가운데 〈진국명산(鎭國名山)〉과 같은 현전하는 작품을 확인할 수 있다는 견해359)를 참조해 볼 때 〈우조영산(羽調靈山)〉은 아직 가곡투를 지키는 초기의 가창가사였을 가능성이 있다. 늦어도 『가곡원류(歌曲源流)』 당대의 체제를 보존하고 있는 현행 가곡(歌曲)을 보더라도 가곡은 기본적으로 우조(羽調) 중심의 악곡이며 계면조(界面調)는 극히 특수한 대목에서만 허용되고 있다. 또, 유만공(柳晩恭)[1793: 정조17~1869: 고종6]의 「세시풍요(歲時風謠)」(1843) 원석(元

만경 즐거오미 긔지업다(『海東遺謠』)
358) 「題遠昌扇」, 『石北集』권4. 앞주 277) 참조.
359) 이혜구, 「靈山과 短歌」, 『국어국문학』제22권, 1960.

夕)조에 "고조춘면금불창(古調春眠今不唱)"이라는 대목이 나오는 것으로
보아 원창(遠昌)이 부른 〈춘면곡(春眠曲)〉은 고조(古調)로서 〈우조영산〉
의 격조에 과히 떨어지지 않으면서 가곡의 영역에 가까이 있었던 것으로
보인다. 1764년에 편찬된 사대부 취향의 가집인 『고금가곡(古今歌曲)』
에 뒤에 〈낙빈가(樂貧歌)〉로 가명(歌名) 이동이 일어나기 전의 〈강촌별
곡(江村別曲)〉과 더불어 축약 변동되기 이전의 〈춘면곡(春眠曲)〉(56행)
이 실려 있는 사실을 환기하면 고조(古調)의 〈춘면곡〉이란 육당본 『청구
영언(靑丘永言)』(19세기 중반 이후)에 실려 있는, 13행으로 축약된 "금
조(今調)" 〈춘면곡〉으로 바뀌기 이전의 원래 노래였음을 알 수 있다.

가창가사(歌唱歌詞)가 판소리의 생성이라는 가악 판도상의 커다란 변
화 속에서 허두가(虛頭歌)로서의 역할을 수행하기 이전의 모습이 가곡
(歌曲)의 영역에 가까웠으며, 홍만종(洪萬宗)[1643~1725] 편찬 추정의
『동국악보(東國樂譜)』에 여러 편의 가사가 실려 있는 사실에서 짐작할
수 있듯이 편사(編詞)[한바탕]의 방식으로 연행되었으리라고 추측할 수
있다. 최종적으로 「십이가사(十二歌詞)」로 정착되기까지 20여개 미만의
단위를 유지하면서 편사의 조건을 지켜온 데에서 보는 것처럼 가창가사
는 판소리와의 관련을 유지하는 한편 자신의 영역을 지속적으로 구축하
여 갔다고 할 수 있다. 결국 「십이가사(十二歌詞)」로 귀착되어 현전하는
가창가사의 다종다양한 곡목 조합의 이면에는 20개 미만의 단위를 유지
하면서 한 바탕을 형성해 왔던 전문 가인의 곡목 선택이 청중의 취향에
따라 변동하는 세태가 고스란히 담겨 있다고 할 수 있다.

여기서 가사와 판소리와의 관련이 다만 허두가(虛頭歌)를 제공하는 선
에서 그치는 것이냐, 아니면 그 이상의 상호 교섭—예컨대 가사의 확대
형이 판소리가 되거나 그 반대로 판소리의 축약이 가사가 되는 등—이
있었던 것이냐를 논의하는 데에는 한계가 있지만, 다음과 같은 사실을

제시하면서 적어도 가사가 판소리 생성에 중요한 기초의 역할을 수행했을 가능성을 남겨 둘 수는 있을 듯하다. 판소리의 우조(羽調) 성음이 〈우조영산(羽調靈山)〉과 같은 가창가사(歌唱歌詞)에 연원을 둘 수도 있다는 사실에 대한 근거 자료는 희박하지만 판소리 관련 〈관극시(觀劇詩)〉를 쓴 신위(申緯)[1769: 영조45~1845: 헌종11]가 애고하는 광대가 가사에 가까운 창법을 지녔다는 다음의 증언은 앞의 원창(遠昌) 관련 시와 연계하여 이 문제의 해결 단초가 되어줄 듯하다.

> 고수관, 송흥록, 모흥갑, 김용운 네 명의 창을 들어보니 고수관은 나이 팔십인데도 창을 잘 했고, 김용운은 그 조가 가사에 가까웠다. 그래서 자하 선생이 칭찬했던 듯하다. 염계달의 창을 마지막으로 들어보았는데 다른 네 명에 비해 손색이 없었다. 대개 이들 다섯명은 모두 한 때 이름을 날렸던 명창인데, 민간에서는 모흥갑의 창을 제일로 친다.360)

이유원(李裕元)[1814~1888]은 『가오고략(嘉梧藁略)』(1871)의 「속악십육가사(俗樂十六歌詞)」조에 〈초한가(楚漢歌)〉, 〈용저가(舂杵歌)〉, 〈어부사(漁父詞)〉, 〈장진주(將進酒)〉, 〈처사가(處士歌)〉, 〈탄금사(彈琴詞)〉, 〈춘면곡(春眠曲)〉, 〈관동별곡(關東別曲)〉, 〈매화사(梅花詞)〉, 〈백구사(白鷗詞)〉, 〈황계사(黃鷄詞)〉, 〈도고악(道鼓樂)〉, 〈명산사(名山詞)〉, 〈상사별곡(相思別曲)〉, 〈권주가(勸酒歌)〉, 〈십이월가(十二月歌)〉 등등의 가창가사(歌唱歌詞)에 대한 인상적인 시평(詩評)을 달아 놓았다. 이들을 『청구영언(靑丘永言)』 육당본 부기의 가사들과 대조해 보면 〈강촌별곡(江村

---

360) 余聽高宋牟金四唱 而高八十能唱 金則調近歌詞 故老霞似稱之 而廉唱最後聽之 不讓四人也 蓋此五人者 俱有名於一時 而俗以牟唱爲優云(李裕元, 『林下筆記』, 성대대동문화연구원 영인, 734면. ─정출헌, 「판소리 담당층의 변화에 따른 19세기 판소리사와 중고제의 소멸」, 『민족문화연구』제31집, 287면에서 재인용함)

別曲)〉, 〈환산별곡(還山別曲)〉, 〈낙빈가(樂貧歌)〉, 〈양양가(襄陽歌)〉 등
등이 빠지고 〈초한가(楚漢歌)〉, 〈용저가(舂杵歌)〉, 〈탄금사(彈琴詞)〉, 〈명
산사(名山詞)〉 등등이 새로이 첨가된 것을 볼 수 있다. 빠진 작품들이
대체로 사대부 취향의 강호가사 들이고 첨가된 작품들은 지방 민요[〈초
한가(楚漢歌)〉: 서도소리]나 새로이 유행하는 취락(醉樂) 주제의 작품
(〈탄금사〉, 〈명산사〉)들인 점을 보면 가창가사(歌唱歌詞)의 영역이 변동
을 일으킨 사실을 확인할 수 있다. 그리고, 이 변동의 한 요인이 판소리
의 생성과 관련되어 있다는 사실[〈명산사(名山詞)〉의 경우 판소리 허두
가(虛頭歌)의 〈진국명산(鎭國名山)〉으로 파악된다]에서 위의 김용운 관
련 자료를 가창가사가 판소리화 되는 경로의 지침으로 삼게 된다.

가곡(歌曲) 및 시조, 가사와 판소리와의 직접적인 관련을 음악의 시대
성에서 찾는 다음과 같은 견해는 위와 같은 자료에 대한 음악학적 보완
을 가능케 한다.

> 18세기의 우리나라 음악상황에서 볼 때, 판소리는 가곡 → 시조 → 가
> 사 → 영산의 예와 같이, 불규칙 장단이 빨라지면서 규칙 장단으로 변해
> 가는 18세기의 "시대성"과 이야기를 사실적으로 표현하기 위해서 다양
> 한 장단이 필요했던 "당위성" 그리고 기존음악의 특징들을 직감적으로
> 파악하고 변용할 수 있었던 누군가의 "음악성", 이 세 가지 요소가 어우
> 러져서 일구어낸 결과로 보아야 할 것이다. [361)]

가곡·시조처럼 불규칙 장단을 고수하던 것으로부터 가사·잡가처럼
규칙 장단으로 전환하던 18세기 음악의 시대성으로부터 판소리의 발생
을 찾을 수 있다면, 김용운이야말로 판소리사의 초기적 한 전형을 보여

---

361) 백대웅, 『다시보는 판소리』, 어울림, 1996, 123면.

주는 명창이라고 할 수 있다.362) 아울러 앞의 원창(遠唱)과 관련시켜 이
해한다면 가사에 기반하여 이루어진 판소리 창조(唱調)일 김용운의 가
사조(歌詞調)는 가사 명창이 활동하던 시기를 지나 새로운 양식에 대응
해야 하는 단계에서 이루어진 가사의 변용태에 해당하는 것일 터이다.

2) 율문과 산문의 경계

시가는 율문에 의하여 규정되는 형식을 지닌다. 그런데 이 규정 내에
서 비율문이어야 하는 산문이 율문이거나 율문적 성향을 지님으로써 일
어나는 당착을 설명하는 방도가 일찍이 모색되었다. 고정옥은 가사에
있어서 4·4 조의 개입이 민요의 영향으로 이루어지면서 악곡의 제한
아래 3·4조가 지배적이던 율격적 범위를 벗어나게 된다고 보았다. 그
리고 이 율격적 일탈의 지향이 산문화에 맞추어진 것이 소설 더 나아가
창곡(唱曲)[판소리]으로 귀결한다고 하였다. 그는 "어디까지나 낭독(朗
讀)되는 것을 전제로 해서만 생각할 수 있는 중세기소설의 기본운율이
대중적 토대 위에 선 가창가사(歌唱歌辭)와, 정통가사에서 파생했으면
서도 언문문학(諺文文學)의 주된 향유자였던 부녀자들이 개척한 내방가
사(內房歌辭)와, 유구한 전통을 가진 서민계급의 문학인 민요와의 공통
운율인 4음(四音)의 중첩일 것은 의당한 일이다"라고 하면서 산문·운
문을 포괄하는 광범위한 영역에 거쳐 있는 가사의 특성을 "중세기의 산
문문학"이라고 규정하였다.363)

이 규정의 기지에는 세계문학사의 일반적인 발전 경로에 대한 시각이
깔려있다. 중세인들의 세계 인식은 보편 종교에 의지하면서 자연 친화

---

362) 정출헌, 앞의 논문, 306면.
363) 고정옥, 「국문학의 형태」: 우리어문학회 『국문학개론』, 일성당서점, 1949, 18~22면.

적인 성격이 강하기 때문에 대상을 서정적 통합의 단계에서 파악하면서 본격적인 산문의 사용에 미치지 못하였으며, 세계문학사에서 중세의 산문이 일반적으로 율문의 형식을 띠는 원인이 이러한 미분화된 세계인식의 단계에 공통적으로 처하였기 때문이라는 것이다. 고정옥은 이 단계를 귀족문학이 지배하는 시기로 판정하였다. 산문다운 산문, 곧 비율문의 산문이 적용되는 단계는 근대인의 복잡다단한 생활상이 반영되는 때에 실현된다는 것이다. 그러나, 고정옥의 이러한 시각은 확대 심화된 지속적인 논의에는 이어지지 못하고 다만, 가사의 개념 규정을 "중세기의 수필문학"[364]으로 보정하는 쪽으로 이어졌다. 뒤에 이 논의는 "시가로서의 가사"와 "수필로서의 가사"로 가사를 나누어 보는 절충안[365]으로 발전하기도 하였다.

한편, 근래에 이루어진 업적으로서 장르 이행을 통하여 이 문제를 해명하는 방식을 들 수 있다. 판소리의 소설화나 가사의 소설화 같은 견해가 이 방식의 대표적인 것으로 들 수 있다. 그러나 이 견해는 판소리나 가사와 관련이 없는 소설까지를 포괄하기에는 시야가 제한되어 있어서 대안을 필요로 한다. 여기서 향유의 문제와 관련된 접근이 요청된다. 낭송 독서의 관습에 의하여 양식이 규정되는 모습을 밝히는 일은 문학사의 구체적인 국면 속에서 이루어지며 서로 얽히어 있는 여러 양식을 포괄적으로 다룰 수 있기 때문에 율문-비율문의 상충하는 관계를 다루기에 적합하다고 할 수 있다. 산문일지라도 낭송되면서 율문의 범주에 들게 된다는 사실은 율문-비율문의 관계가 어떤 정해진 하나의 조건에 의한 것이 아니라 여러 다른 조건에 따라 서로 넘나들 수 있는 융통성 있는 관계임을 알려준다. 일부 가사집에 한문 문장이 들어 있는 것은 문학 형

---

364) 이능우, 『입문을 위한 국문학개론』, 국어국문학회, 1955, 116~119면.
365) 장덕순, 『국문학통론』, 신구문화사, 1966, 181~182면.

식의 범주에 대한 이러한 융통성 있는 견해에 의한 것으로 파악된다.

"4음보격 행의 무한한 중첩"이라는 원론적 규정에 의하건대 가사는 분량이나 그 배분에 대한 어떤 규제도 벗어나 있기 때문에 단일한 양식으로 포용되지 아니한다. 가사, 또는 가사체가 걸쳐있는 양식을 예거하건대, 4음보격행이라는 기본 자질을 공유하는 시조로부터 노래이면서도 이야기의 자질을 내포하기 때문에 산문의 권역 내에 머물러 있는 판소리에 이르는 시가 장르와 낭송이라는 향유 관습을 공유하는 소설과 같은 산문 장르에 미쳐 있다. 시조는 특히 악곡적 조건이 겹쳐 있어서 가사의 인근에서 공존한다. 우선, 조선 중기에 가곡의 대엽조(大葉調)가 가사의 가창(歌唱)에 적용된 사실이 확인되며, 조선 후기에는 국악계의 증언대로 가창가사(歌唱歌詞)에서 시조창(時調唱)이 유래한 사실이 엄존한다.[366]

판소리와 가사의 관련은 신재효 창본(申在孝 唱本)의 단가(短歌)들이 가사체인 데에서 단적으로 드러나거니와, 송만재(宋萬載) 〈관우희(觀優戲)〉의 〈영산선성(靈山先聲)〉이라는 허두가(虛頭歌) 관련 대목에 〈관동별곡(關東別曲)〉과 같은 가사가 나타나 있어서 이 관련을 더욱 뚜렷하게 해주고 있다. 〈장끼타령〉 같은 작품은 소설로 이행된 뒤에도 가사의 외양을 유지하고 있어서 혹시 그 모습이 판소리로서의 원모습은 아닐까하는 의구심까지 들거니와, 이 밖에도 판소리 창본(唱本)의 주요 대목마다 드러나는 가사체의 윤곽은 판소리와 가사의 관련이 깊은 데까지 미쳐 있어서 이의 규명이 두 양식의 본질적인 곳까지 이르지 않고는 어려울 것을 시사하고 있다. 소설 가운데에는 가사와 같은 줄거리를 가진 이른바 가사형 소설이 있어서 가사가 소설로 이행히는 과정을 일러주거니와 〈추풍감별곡〉같은 작품은 서사(序辭)[프롤로그]나 결사(結辭)[에필로그]

---

366) 이병기 「시조의 발생과 가곡과의 구분」, 『진단학보』 제1호, 1934, 58면.

를 가사로 대신하고 있기도 하여 두 양식의 상보적인 관계를 알려주기도 한다. 한편, 소설집 말미에 가사를 합철한 제책 방식을 통하여는 낭송 독서의 관습 내에서 두 양식이 통용되는 현장을 유추해 볼 수도 있다.

이처럼 가사가 여러 양식과 자유롭게 교섭할 수 있는 요인은 무엇보다도 그 형식의 무규약적인 데에 기인한다고 볼 수 있다. "우리말로 구성지게 써진 문학적 작품들이면 몰아쳐 붙였던 당시의 한 관례"367) 같은 지적은 이 사실을 요약하여 지적한 것이라고 본다. 제문이나 편지글 같은 비문학적인 영역에까지 가사체의 영향이 미쳐있어서 가사의 무규약적인 특성이 문학-비문학의 경계를 허물고 적용되는 상황을 볼 수 있다. "우리말 진술방식의 가능한 모든 유형"368)은 이 초경계의 경지를 가리킨다.

문체 분류에 의하여 시와 문으로 대별되는 문장은 양대 하위 항목에 여러 가지 관습적인 문체를 지닌다. 이들은 서로 이웃해 있으면서도 절대 다른 영역을 침범할 수 없는 강한 규약에 매어 있다. 만일, 상소문을 써야할 자리에 산수유람기나 벗에게 주는 서간의 문체를 썼다면 커다란 대가를 치러야 했을 것이다. 이런 극단적인 예가 아니라도 사회 규범에 의하여 제한되는 문장의 사용은 매우 엄격했던 것을 실례를 통하여 얼마든지 검증할 수 있다. 서정시의 예술적 경지를 인사 평가의 기준으로까지 삼았을 만큼 시를 중요시했던 시기에 있어서 비율문은 엄정한 공적 효용을 가지는 비문학의 영역에 대한 표지가 되었다. 그러나 이 엄정한 경계도 일단 낭송의 영향 하에서는 무용했던 것이 그 시기 독서 관습의 실상이기도 했다.

일단 낭송되는 순간 고금의 명문장은 삼엄한 규범의 산물이 아니라

---

367) 이능우, 『가사문학론』, 일지사, 1977, 106면.
368) 김병국, 『한국고전문학의 비평적 이해』, 서울대출판부, 1996, 168면.

즉흥적 흔상의 대상이 되었던 것이다. 기록으로 고정되었던 체계가 낭송의 유동적 체계로 전환되는 것이 이 변화의 본질이다. 따라서, 율문의 율격은 시작의 규범이기에 앞서 문자 기록을 문학예술의 원천인 구비적 전승의 세계로 환원하는 기재로 작용하였음을 알 수 있다. 시조나 가사의 이본들 사이에 개재하는 수많은 차이는 기록문학의 관점에서는 원본 일탈의 오류가 되지만 구비전승의 관점이 적용되면 적극적인 원본 재생산의 능력으로 바뀐다. 이런 점에서 애국계몽기의 같은 유형 작품들의 대량 재생산에 대하여 작품 이면의 사상적 열정에 관한 접근과 별도로 전통적인 향유 관습과 관련된 모색도 필요하다고 할 수 있다.

3) 잠복 장르로서의 가사

4음보격의 정체를 근간으로 양식의 벽을 넘나들어온 가사의 역정을 살펴보면서 그가 밟아온 길이 끝내 어디에 당도하였으며 거기서 머물러 있는 것인가?—아니면, 그 그치지 않는 걸음을 지속하고 있는 것인가? 하는 의문을 가지게 되었다. 가사의 연원과 맥락을 다루는 지금까지의 논의 과정이 대개 19세기 말 잡가 이전의 단계까지만 당도하고 그 이후 애국계몽기의 가사까지는 빈칸으로 남겨 놓은 이유는 이 책의 주제를 집중화하기 위한 방침에 있기도 하지만, 잡가 이후의 문제는 지금까지 지속되는 당대성을 갖기 때문에 발생기서부터 논의해온 앞의 맥락과는 분리시킬 필요가 있기 때문이기도 하다. 이 당대성의 문제는 별개의 작업으로 하는 것이 효과적이라고 생각하며, 더군다나 가사의 맥락을 여기에 결부시키는 것은 단연히 유보를 필요로 한다고 본다. 그럼에도 불구하고 잡가와 계몽기 가사에 지속되는 통서를 언급하려고 하는 것은 그 단계에서도 확연한 가사 지속태의 윤곽과 그 가운데 포착될 가사의 본질을 드러내고자 하는 욕구 때문이다.

가사의 갈래적 속성이 서정─서사─극을 아우르는 특징에 관하여는 여러 번 지적이 있어왔거니와, 그 논의의 큰 방향은 복합적(혹은, 혼합적) 성향의 파악으로 요약할 수 있다. 또는 가사를 포함한 갈래의 명칭으로서 중간 갈래라는 대안이 제시되기도 하였다. 먼저, 복합적 성향에 관한 지적의 사례를 한 가지 들어보자.

> "임·병 양란 이전의 전기 가사는 작품에 따라 그 세 가지 장르 성격
> (서정·서사·교술) 가운데 어느 하나를 중심적 정신(SPIRIT)으로 삼고
> 다른 둘을 보조적 장치로서 포용하는 장르적 지향을 보였다. …… 이러
> 한 장르의 복합성은 각 지향 간의 불균형으로 인한 견고한 응집력의 결
> 핍으로 언젠가 그 융합의 상태가 깨어지게 될 속성을 처음부터 안고 있
> 었다고 볼 수 있다. 그리하여 임·병 양란 이후 사회의 전면적 개편이
> 요구되면서 가사 장르는 세 가지 극단화의 방향으로 장르적 변모를 겪
> 게 된다. 하나는 서정성의 극대화 방향이고 둘은 서사성의 극대화 방향
> 이며 셋은 교술성의 극대화 방향이다."[369]

가사는 본질적으로 중심적 장르 지향과 거기에 포용되는 보조적 장르 지향이 융합되는 장르적 복합성을 지니는데, 전기 가사에서는 이 응집력이 잘 유지되다가 후기 가사에서는 그것이 깨어져서 중심 성향에 의한 극단화가 일어나는데, 이 변모의 동인은 사회의 급격한 변동이라는 것이 위 논지의 요점이다.[370] 가사가 이처럼 장르적 복합성을 지니고 그 극단화의 방향을 밟게 되는 변모는 가사가 본래적으로 지니고 있는 장르

---

369) 김학성, 「가사의 장르 성격 재론」, 『국문학의 탐구』, 성대출판부, 1987, 130면.
370) 위의 책, 138면.

적 개방성에 의해 가속화되는 면이 있다. 4음4보를 기반으로 하는 율격 장치의 손쉬움과 낯익음으로 하여 가사는 모든 계층에 쉽게 다가갈 수 있었고 나아가 그 소재나 주제에 있어서 폭 넓은 영역을 포용할 수 있게 되었다.[371]

위와 같은 견해는 장르가 엄밀하게 구획지어진 고정된 틀이 아니라 장르 상호 간에 서로 겹쳐지는 부분이 있는 신축성이 있는 개념이어야 하며, 공시적이며 동시에 통시적인 장르 좌표 위에서 활발하게 유동하는 장르 운동의 실상을 읽어냄이 이상적인 장르론의 목표이어야 함을 인식하고 있는 바탕에서 나온 것이다.

한편, 장르적 복합성이라는 개념을 가사라는 장르종이 작품으로 실현되는 단계에서 다양한 말하기의 방식을 채택한다는 의미로 수용할 수 있다. 다양한 말하기 방식이란 특정한 정황에 해당하는 단일한 말하기의 방식―서정·서사·극 등―을 넘어서고 있다는 것이며, 이는 곧 다종다양한 화자가 공존하는 총체적 말하기의 방식―이른바 다성악적인 말하기―을 가리키는 것이다. 여기서, 장단의 창을 포괄하며 거기에 산문적인 말하기까지 가세하는 판소리의 존재는 이 다양한 말하기 방식의 총집으로서의 가사가 그 본질의 귀결을 어디에 둘 것인가에 대한 중요한 시사점이 된다고 본다. "(우리말의) 모든 진술 방식의 백과사전적 총체가 판소리 장르였을지도 모른다"[372]는 지적이나 "판소리는 속요와 시창(詩唱)과 재담 등이 자유자재로 서사적 바탕에 삽입됨으로써 서정적 또는 희곡적 양식과의 장르적 혼종 현상을 빚고 있다"[373]는 지적은 이를 획인시켜준다고 할 수 있다.

---

371) 위의 책 121면.
372) 김병국, 앞의 책, 168면.
373) 위와 같은 책, 172면.

이번에는 갈래의 단일화를 위한 방안으로서 교술장르설을 살펴보고자 한다. 서정·서사·희곡·교술의 사분법 체계를 설정하여 교술장르류에는 산문으로는 기록·수필·전기 등이 있고 율문으로 된 것은 모두 가사라는 주장이다.[374] 교술은 이른바, "비전환표현체계"에 해당하는 것인데, 비전환 표현이 작품 외적 현실이 그대로 작품내적 현실인 양태를 가리킨다면 전환·비전환은 문학과 비문학을 가르는 경계가 된다.[375] 교술은 문학의 범주가 문장, 곧 인간의 문자행위 전반을 포괄하는 거시적인 것일 때의 문학관을 이해하기 위하여 필요한 방안이라 하겠다.

결국, 교술은 문학과 비문학의 경계가 뚜렷하지 않던 옛 문장관 내에서 이 경계를 넘나들 수 있는 가상적인 방안이라 하겠는데, 그렇다면 교술을 여타 장르류들과 동일한 층위에 놓는 것이 합당한가라는 의문이 제기될 수 있다. 교술을 교훈을 전달하려는 의도 정도의 의미로 제한하여 놓는다면 다른 담화의 방식인 서정·서사·희곡과 같은 층위에 놓을 수 있겠지만, 범위를 확대하여 비문학 일반을 포괄하는 개념으로 사용한다면 장르류의 층위에 놓을 것이 아니라 전환·비전환 같은 표현 양태의 층위에서 놓고 대조해야 합당할 듯하다. 또, 비전환 표현이란 과연 일상의 실제 담화와 어떤 차이가 있는 것인가라는 의문이 뒤따르는데, 이에 대하여는 어떤 이론적 모색보다도 실제 문학 작품에서 드러나는 여러 가지 문학적인 발화 양태—전문(傳聞), 회상, 독백 등의 화법뿐만 아니라 율격, 플롯 등의 문학적 장치까지 포괄한—를 볼 때에 일상적인 담화와는 현저하게 구분되는 특징을 지니고 있다는 사실에서 철저한 의미의 비전환 표현이란 결국 일상적 담화와 동일한 것이 된다는 데에 귀

---

374) 조동일, 「가사의 장르규정」, 『한국문학의 갈래 이론』, 집문당, 1992, 77면.
375) 김병국, 「쟝르론적 관심과 가사의 문학성」, 『고전시가론』, 새문사, 1984. 465~469면 참조.

결하게 된다. 교술이 이처럼 문학과 비문학 사이의 경계에 걸쳐 있는 규정키 어려운 개념이라고 할 때, 여기서 잠깐 서정・서사・희곡・교술의 사분법 체계에 귀속되지 않는 부류들의 집합을 중간・혼합적 갈래로 상정하는 방안을 검토하여 그 개념을 대조해 볼 필요가 있다.

중간・혼합 갈래에 대한 설명은 다음과 같이 요약할 수 있다. 서정・서사・교술・희곡의 큰 갈래의 좌표 공간 위에 역사적 갈래들이 존재하며 시대의 흐름에 따라 발생・확장・수축・전이・쇠퇴의 운동을 계속한다는 것인데, 갈래 형성의 요건이 매우 느슨하기 때문에 둘 또는 그 이상의 좌표점 사이에 완만하게 펼쳐져 있는 역사적 갈래들이 발견되는데 가사나 사부(辭賦)가 그러한 것들이다.376) 큰 갈래의 체계는 다양한 역사적 갈래들을 파악하기 위해 구성된 개념틀로서 큰 갈래들의 전형적・중심적 속성을 집약할 수 있지만, 실제의 역사적 갈래들은 이들 중 어떤 하나에 충실히 부합하기도 하고 다소 벗어나기도 하며 때로는 큰 갈래들 사이의 중간적 위치 어딘가에 놓일 수도 있다.377) 여기서 중간적 위치라고 하는 것도 하나의 좌표 상의 자리이기 때문에 큰 갈래의 개념 틀과 일정한 관련을 가질 수밖에 없고, 만약 전혀 무관한 상태를 가리켜 중간적이라고 했다면 그것은 이미 좌표 공간 밖에 존재하거나 혹은 그 좌표의 체계가 중간적 위치를 허용하지 않는 것이 될 것이다. 또, 혼합 갈래라는 대안도 기본적으로 모든 역사적 장르에 복합적인 장르 성향이 내재하고 있다는 사실을 감안한다면, 이 혼합이라는 규범도 중간적 위치를 좌표 공간에 붙들어 매어두려는 방안에 지나지 않는가라는 의문도 가져볼 수 있다.

중간이 그 어느 것도 아님을 가리킨다면 혼합은 그 모든 것일 수 있음

---

376) 김흥규, 『한국문학의 이해』, 민음사, 1986, 34면.
377) 김흥규, 위의 책, 33면.

을 가리킨다. 중간과 혼합은 결코 결합될 수 없는 대극인데 그 둘을 포괄할 수 있다고 한다면 그는 오로지 전체이거나 혹은 무일 따름이다. 전체나 무는 좌표 공간에 그려질 수가 없다. 이들을 표상하는 좌표는 결코 평면상에 존재할 수가 없다. 예를 들어 가사의 장르적 성향이 서정이면서 동시에 교술인 것을 일정한 장르 좌표 공간의 어느 점에 고정시킬 수가 없다. 이 상태를 중간이라고 할진대 중간의 좌표점은 서정과 교술의 한 가운데 있는 것이 아니라 그 아무 쪽에도 없는 것이다. 이 상태를 혼합이라고 할진대 그 좌표점은 한 군데에 고정되어 있는 것이 아니라 둘 사이를 내왕하는 운동의 상태를 표시해야만 한다. 이 표시는 평면상에서는 불가능하다.

여기서 문득 가사나 사부의 성격을 규정하는 관례적인 개념을 떠올리게 되는데 이를테면 "가사는 문필(산문)이면서 동시에 시가(운문)이다" 혹은 "사부(辭賦)는 유운산문(有韻散文)이다" 같은 것들이다. 이 규정 속에는 서로 대립되는 명제가 공존하고 있음을 보게 되는데, 이는 각각의 명제에 해당하는 실질이 다르기 때문일 것이다. 운문은 형식(FORM)을 가리키고 산문은 그 형식의 기반이 되는 내용(정신: SPIRIT)을 가리킨다. 결국 가사나 사부(辭賦)는 산문적인 내용을 운문적인 형식으로 표출하는 양식이 되는 셈인데 이런 양식적 특질은 서사시에서도 확인되는 바이다. 다만 가사나 사부는 서사시와 다른 발생의 역사적 배경을 가지고 그 형태상의 다른 면모를 보이게 되는 것이다.

서사시의 전통에 익숙하지 못한 우리로서는 서사시와 그에서 파생되는 여타 장르와의 관련을 파악함이 쉽지 않은 일이다. 그래서 동양의 시적 전범으로서 운문과 산문의 미분화 상태인 "고시(古詩)"를 상정하는 방안과 관련된 다음과 같은 말에 귀를 기울여 보기로 한다.

"하물며 옛시라는 것은 아름다운 문장을 구로 잘라서 압운한 것이 보기 좋은 것으로서, 뜻이 이미 뛰어나고 여유로우며 말도 따라서 절로 맞아 구석에 묶임에 이르지 않을 수 있다. 그런즉. 시와 문이 또한 한 테두리인 것이다.(況古詩者 如以美文句斷押韻者佳矣 意旣優閑 語亦自在 得不至局束也 然則詩與文 亦一揆歟)"378)

옛 문인들이 일반적으로 가르키는 "고시(古詩)"의 의미는 『시경(詩經)』이나 『초사(楚辭)』에 전하는 작품처럼 인간의 손상되지 않은 질박한 본성[이것에 해당하는 개념이 "고(古)"이다]이 드러나 있는 경지의 시이다. 인간의 꾸밈없는 자연스러운 본성이 발로되었기 때문에 그 의상(意想)이 저절로 우아하고 여유로우며 말이 그에 따라 구차함이 없게 되는 것이다. 말하자면 인간의 언어 행위가 모두 시가 되는 이상적인 경지가 이루어진다는 것인데, 이렇게 되면 굳이 운문(詩)과 산문(文)의 구별을 둘 필요가 없어진다. 시문(詩文)이 일치된 상태는 인간의 언어가 형식에 의하여 굴절되지 않은 이상경으로서 이규보(李奎報)의 입장에서 볼 때는 천기(天氣)가 손상되지 않고 인간의 문장을 통해 발현되었을 경우이었다.

이와 관련하여 조선 후기의 문인인 西浦 金萬重(인조15: 1637～숙종 18: 1692)의 발언에 귀를 기울여 본다.

이제 우리나라의 시문은 그 말을 버리고 다른 나라의 말을 본받으니, 설령 십분 닮았다고 해도 앵무새가 사람 말을 하는 것일 따름이오, 여항 사이의 나무꾼 아이와 물 깃는 아낙이 에야디야 하면서 서로 화답하는 것이 비록 비리히디곤 하나 만약 참과 거짓을 논할진댄 곧 학사대부의 이른바 시부라는 것과 같은 날에 논할 수 없는 것이다. 하물며 이 세 별곡은 천기가 자발하여 이속의 비리함이 없으니 예부터 우리나라의 참

378) 李奎報, 「論詩中微旨略言」, 『東國李相國集』권22.

문장은 오직 이 세 편뿐이다. 그러나, 이 세 편을 가지고 논한다면 〈속
미인곡〉이 더욱 높고 〈관동별곡〉과 〈사미인곡〉은 아직 한자어를 빌어
다 그 빛깔을 꾸민 것일 따름이다.[379]

가사가 도달할 수 있는 최상의 경지를 인간의 성정이 꾸밈없이 토로되
어 있는 〈속미인곡(續美人曲)〉의 예에다 비겼는데, 주지하는 대로 〈속
미인곡〉은 한문 투식구를 거의 사용하지 않고 마치 여염의 두 여인이
하염없이 속내를 주거니 받거니 하는 것처럼 대화체를 사용하여 작품을
꾸려 나갔다. "고시(古詩)"를 모든 문장의 전범으로 삼는 것은 서포(西
浦)도 같은 입장이었기에 "동방(東方)의 이소(離騷)"라는 말을 했겠는데,
이 말에는 충신연주지사(忠臣戀主之詞)로서의 내용적인 면을 겨냥한 뜻
이 크게 들어있지만, 또 한편 우리말로 지어진 가사도 문장의 최상의 경
지에 도달할 수 있다는 뜻도 들어있다. 서포(西浦)는 「송강가사(松江歌
辭)」를 한시(漢詩)로 번사하기도 했으니 가사에 대한 애호가 어느 정도
인가는 쉽게 알 수 있고, 또 가사를 손쉽게 한시문(漢詩文)과 같은 반열
에 올려놓기도 했으니 가사의 본질을 꿰뚫어 보았음 직하다. 그가 보았
던 가사의 본질이 고시에 잇닿아 있는 것이라면 시문이 일치되어서 말이
곧 문장이 되는 경지가 가사에서도 이루어지고 있다는 말이 된다. 그렇
다면 "산문이면서 동시에 운문"이라는 역설적 명제가 실은 고시의 손상
되지 않은 전체상을 지향하는 가사의 본질을 지시하는 것임을 알 수 있
게 된다.

여기서 중간·혼합 갈래라는 장르 좌표 상에 부재하는 개념은 가사라

---

379) 今我國詩文 捨其言而學他國之言 設令十分相似 只是鸚鵡之人言 而閭巷間樵童汲婦
咿啞而相和者 雖曰鄙俚 若論眞贗 則固不可與學士大夫所謂詩賦者同日而論 況此三
別曲者 有天機之自發 而無夷俗之鄙俚 自古左海眞文章 只此三篇 然就此二篇而論之
則後美人尤高 關東前美人 猶借文字語 以飾其色耳(金萬重, 『西浦漫筆』)

는 역사적 장르의 실질에 관련되는 것이 아니라 그 장르의 이상적 모형과 관련되는 개념이라는 생각을 해볼 수 있다. 장르의 이상은 천재적인 작가에 의하여 실현되기도 하지만 애초에 그 장르에 내재하고 있었던 것이라고 보아서, 가사 장르에 내재하고 있었던 중간적이고 혼합적인 성향, 곧 어느 특정 장르에 귀속되지 않으면서 다양한 말하기의 방식을 채택하는 장르의 잠재력을 가사의 이상으로 삼을 수 있다.

가사의 장르 잠재력이 극대화되는 단계는 모든 종류의 노래들이 계층 구별 없이 향유되는 잡가에 들어서 마련된다. 가사가 잡가에 참여하는 모습은 단지 가사형 잡가로 확산되는데 국한되지 아니하고 시가의 전 종류에서 유지되는 율격체를 견인하는 주도적인 역할을 수행하는 것으로 드러난다. 노래들 사이의 경계가 허물어졌을 때, 산문과 구별되는 영역을 가르는 기준이 되는 것이 노랫말[가사(歌詞)]이라는 본령인데, 바로 이 본령의 실체가 가사라고 할 수 있다. 앞서 예거한대로 4음보격행의 실현은 시조, 판소리, 민요 등등 전 종류의 시가에서 이루어지며, 송서(誦書)라는 소설 낭송 양식에까지 이어진다. 이 기세는 개화기의 가사에까지 파급되는데, 이질적인 문화의 충격에 의하여 굴절되기까지 율문의 중심에 서린 세력이었다. 현대시의 자유율에 의한 율격의 세력 교체는 가사의 이상이 좌절되는 순간이었고, 가사는 시가 장르 체계의 표층에서 자취를 감추고 잠복하게 된다.

V. 나오는 말

　가사라는 문학 양식이 어떠한 경로를 통하여 형성되었으며 작가, 작품을 통한 양식의 구현은 어떤 양태로 전개되었는가를 살펴서 가사의 본질을 짚어보려는 시도는 결국 이 양식이 비약하고 굴절하는 몇 고비의 국면을 나누어 기술하는 사적(史的)인 성격을 띠게 되었다. 진정한 의미의 문학사가 기존의 작품과 작가를 고정적인 체계로 분류하는 방안을 넘어서 창작과 향유의 당대적 정황에서 현재적 의미를 찾는 데에서만 기술될 수 있다고 한다면, 이 책의 시도도 가사문학사의 기술을 위한 기반으로서 작은 역할을 할 수도 있을 것이다.

　가사(체)의 발생은 어떤 선행 형태를 대체하는 단일한 경로로 이루어졌다기보다는 여러 경로의 복합적인 작용에 의하여 이루어진 것으로 보인다. 불교계의 장가(長歌) 연행이나 한시사부(漢詩辭賦)의 현토를 통한 가사화(歌詞化) 등등이 그 대표적인 경로이다. 여기에 대엽조(大葉調)를 기반으로 하는 새로운 가창(歌唱) 방식 등이 개재하면서 본격적인 가창물(歌唱物)로 발전해 나간 것이 발생기의 대체적인 경로이다. 음영낭송(吟詠朗誦)과 대악가창(帶樂歌唱)은 발생기서부터 연행 조건에 따라 상보적으로 관련하여 왔는데 조선 전기의 낭만적인 예술 취향이 강화되었을 때에는 악곡(樂曲)의 음미를 목표로 하는 가창(歌唱)을 채택하고, 후기의 보고 문학적인 사실 성향이 강화되었을 때에는 음영(吟詠)을 통한 독서를 모색하였다. 그러면서도, 가사는 노랫말[가사(歌詞)]이라는 본의에 충실하게도 늘 노래로서의 존재태를 유지하여 왔고 그 최종적인 양태는 「십이가사(十二歌詞)」로 통칭되는 가창가사(歌唱歌詞)로 남게 되었다. 그 사이에 양반－가객(歌客)으로 유지되던 향유 조건이 가객－양반으로 위상 전도되는 과정을 밟으며 가객들이 속한 계층인 중서인(中庶人) 향유층이 확대되면서 가사의 성격도 다변화되어 왔다. 주제적 담론이 관념적인데에서 현실의 구체적인 쪽으로 이동되면서 표현 어법이 자연히 변화를 일으켜 일인칭의 단순 발화에서 다수의 대화체로 일단 전환한 뒤로는 다양한 화법을 동원하기 시작하였다.

제한이 없는 양식적 조건 때문에 가사의 변동은 문학의 전 갈래에 거쳐서 일어나는 광범위한 양상을 띠었다. 제문, 서간 등의 일상적인 비문학 양식과 접근하던 가사의 영역은 후기로 넘어가면서 소설, 판소리 등의 서사 갈래와 교섭해서 역동적인 양식 산출의 계기를 마련하는 중심에 자리 잡았다. 이른바 율문 서사의 번성은 가창(歌唱), 또는 낭송(朗誦)의 조건을 충족하던 가사의 양식적 관습을 통하여 마련된 것일 터이며, 실제로 판소리의 형성 발전에 있어서는 가사가 일정하게 영향을 미친 흔적이 남아 있기도 하다.

가사가 이처럼 조선조의 전 기간을 거쳐 전체 문학 양식에 관련을 가지며 활발한 양식적 생명을 유지할 수 있었던 것은 성립 발전기에 주요한 계기를 마련할 수 있었기 때문이다. 이 기간에 놓여 있는 거내한 근원으로서 「송강가사(松江歌辭)」는 가사의 본질과 관련된 여러 가지 문제를 제시 해결하면서 새로운 양식을 산출하고 그 대표작들을 통하여 후대의 가사 작사들에게 전범을 제시함으로써 가사문학사의 한 지표가 되었다.

송강(松江) 자신이 서인(西人)의 대표적 당인이었기 때문에, 당색(黨色)이 절대 조건인 시대에서 서인을 중심으로 한 「송강가사」 전승은 당연한 일인지도 모른다. 그러나, 당색을 넘어선 향유가 이미 당대에 이루어졌을 뿐만 아니라 향촌(鄕村)에서의 가사 향유라는 다른 조건이 설정되는 단계에서는 정치적 제한을 넘어선 보편적인 차원의 「송강가사」 향유가 이루어졌다.

영남의 유교문화권 안에서 생산된 「노계가사(蘆溪歌辭)」에 「송강가사」의 유향이 끼쳐 있는 것을 정치적 제한을 넘어선 보편적인 향유의 한 사례로 들 수 있거니와, 「노계가사」에는 서민적 취향의 강화라는 발전사적 방향을 수용한 면도 보임으로써 노계의 가사 향유가 단순히 양반 취향을 순종한 것이 아니라 앞으로 닥칠 양반—서민의 향유층 대비를 완충하려는 전진적인 자세로 이루어졌음을 알 수 있었다. 이 자세는 다른 향반(鄕班) 작가들에게도 동일하게 나타나는 것으로 다양한 주제와 다변화된 화법의 동원에 의해 가사의 영역이 확대되는데 기여하였다.

「송강가사」 영향권의 확대는 단순히 「송강가사」를 복제 모방하는데 그치지 않고 새로운 유형과 향유 방식을 계발하는 적극적인 방향으로 진행되었다. 특히, 18세기 이후의 「송강가사」 계승자들은 인간개성을 존중하여 가인(歌人)을 대등한 정신 차원에서 대접한다든가, 당대 가악(歌樂)에 대하여 깊은 관심을 가지고 수용한다든가, 그를 기반으로 고악(古樂)과 신악(新樂)의 조화를 모색한다든가 하는 가운데 마침내는 모험적인 양식 실험까지 감행하는 정도의 진취성을 보여주고 있다. 그들은 변해가는 가악 판도를 도외시 하지 않고 그 가운데 새로운 활로를 열어 가고자 하였는데 이는 민요적 정서나 발상을 적극 수용하였던 송강의 정신이 계승된 것으로도 보인다.

새로운 가악 판도를 주도한 것은 시정(市井)의 유흥에 부응한 애정 주제의 가창가사(歌唱歌詞)들이었다. 이들이 시정에서 성행하였을 뿐만 아니라 해당 곡목에 대한 유명 가자(有名 歌者)의 인기(人氣)가 성립하면서 이들 노래의 원활한 유통을 위하여 대중적 취향을 반영하지 않을 수 없는 조건이 요청되었다. 이미 기예와 관련된 독립자존의 면모를 보일 때부터 예견되었던 가객(歌客)들의 사회적인 위치 변화가 일어났으며 이 변화는 가악(歌樂) 풍류를 개인적인 성향의 근대적인 면모로 바꾸는 전초의 역할을 하였다. 기방과 같은 새로운 풍류 문화에 익숙한 양반들이 기방 언저리에서 통용되던 상사연정(相思戀情) 가사에 침윤되어 자신들이 그런 가사의 화자가 되는 전도는 가악 판도의 전환을 상징적으로 보여주는 사실이라고 할 만하다.

조선 후기 가사 향유의 새로운 조건은 가사집의 왕성한 편찬이라는 사실로 귀결하였다. 일실된 『동국악보(東國樂譜)』로부터 비롯된 듯한 가사집은 편찬 당대의 향유 조건을 충실히 반영하면서 애호 작품들의 이본 보존 구실을 수행하였다. 연행의 현장성을 중시한 관습에 말미암은 가사 작품의 유동적 전승은 가명의 변화, 관용어구의 공용화, 작자성의 동요와 같은 사실로 귀착되면서 많은 이본을 양산하게 되었다. 가사집의 문자성 결여는 바로 가사 전승의 구비성에 대한 반영이었다.

이와 같이 조선조의 장가(長歌), 가사가 걸어온 길을 되돌아보면서 그 발생기에서부터 잔존 쇠퇴기에 이르기까지 어떤 고정된 실체로 규정되지 아니하는 모습들을 대하게 되었다. 노래-읊기의 연행 방식, 장편-단편의 분량, 양반-서민-여성의 향유 계층 등등 가사의 향유에 관련된 조건은 한 단계라도 고정되었던 적이 없어 보인다. 이 유동적인 실상이야말로 가사의 본령이라고 할 수 있겠는데, 그동안 가사연구자들이 이리저리 시도하였던 가사의 개념 규정이 어느 한 국면을 집중하여 다룬 것이거나 주변에서 범박하게 짚어보는데 그칠 수밖에 없었음도 피할 수 없는 결과로 보인다. 가사는 어느 한 방식으로 규정되는 갈래라기보다는 어떤 갈래와도 교섭하여 새로운 양식을 산출할 수 있는 잠복적 성향을 지닌 갈래로 판단 보류함이 적정한 방안이 될지도 모르겠다.

가창가사(歌唱歌詞)로 정리되고 남은 가사의 나머지 부분들이 도착해 있는 지점을 보면, 소설의 율문 낭송 방식에 연행 관습의 흔적을 끼치고, 판소리 단가(短歌)[허두가(虛頭歌)]를 중심으로 4음보격 시행 형성 방식을 제공해서 완전한 산문 서술로 넘어가는 고비를 막고 있으며, 모든 전통적 시가 양식의 종착점이며 새로운 양식 모색의 전투장인 잡가 현상의 한 가운데 동원되어 시가의 본령을 지켰으며, 산문 정신을 담보하는 근대 전환기의 국면에서 교술적 성향을 발휘하여 계몽 교화에 적절한 담화 방식으로 활용된 이력을 보이고 있다. 가사가 본래부터 지녀온 활발한 운동성은 여러 가지 양식이 잡연하게 혼재된 상황에서 본의를 발휘하여 왔기 때문에 지금도 율문 형식의 중심에 잠재되어 있다고 볼 수 있다.

1. 자료

1) 문집및 총서류(작자명 가나다순: 별도 표시가 없는 문집은 한국고전번역원의 문집총간)

姜彝天, 『重菴稿』(규장각 소장)

姜 沆, 『睡隱集』

權 近, 『陽村先生文集』

權 韠, 『石洲別集』

金得臣, 『栢谷先祖文集』 冊五

金萬重, 『西浦漫筆』.

金盛達, 『安東世稿』(문희순 역주, 『다시 저승에서도 부부가 되리』, 대전광역시 대덕
　　　　구: 부록 영인본)

金聖鐸, 『霽山先生文集』

金壽恒, 『文谷集』

金時習, 『梅月堂詩集』

金麟厚, 『河西全集』續編

金昌翕, 『三淵集』

金春澤, 『北軒居士集』

南肅寬, 「先考行錄」, 『宜寧南氏家乘』

南龍翼, 『壺谷集』

朴思浩 『心田稿(一)』(민족문화추진회 고전국역총서)

朴長遠, 『久堂先生集』

朴宗采(박희병 역주), 『過庭錄』(나의 아버지 박지원), 돌베게, 1998.

白光勳, 『玉峯詩集 下』

徐鳳翎撰述, 『鳴皐先生行錄』(국립중앙도서관 소상)

成大中(김종태외 옮김), 『국역 청성잡기』, 민족문화추진회, 2006.

成大中, 『靑城集』

成海應, 『研經齋全集』

宋 純, 『俛仰集』

宋疇錫, 『鳳谷集』

宋浚吉, 『同春堂集』

申　緯, 『警修堂集』

申靖夏, 『恕菴集』

申　欽, 『국역 상촌선생집』제22권, 민족문화추진회, 1994.

沈守慶, 『遣閑雜錄』

楊士彦, 『蓬萊詩集』

吳道一, 『西坡集』

李奎報, 『東國李相國集』

李敏輔, 『豊墅集』

李　選, 『芝湖集』

李晬光, 『芝峯類說』

李　植, 『澤堂集』

李安訥, 『東岳先生續集』

李　瀷, 『星湖僿說』

李齊賢, 『益齋亂藁』

李賢輔, 『聾巖先生年譜』

李衡祥, 『芝嶺錄』권6, 『甁窩全書』제8권(정신문화연구원 간 영인본)

李　滉, 『退溪集』

任　錪, 『鳴皐集』

任天常, 『郊居鎖編』上

林亨秀, 『錦湖遺稿』

鄭經世, 『愚伏先生文集』

丁克仁, 『不憂軒集』

鄭道傳, 『三峰集』

鄭　澈, 『抱翁先生文集』

鄭惟吉, 『林塘遺稿』

鄭　澈, 『松江別集追錄』

鄭　澈, 『松江續集』

趙秀三, 『松南雜識』

趙緯韓, 『玄谷集』

趙泰億, 『謙齋集』

周世鵬, 『武陵雜稿 附錄』

周世鵬, 『武陵雜稿』

蔡之洪, 『鳳巖集』

崔慶昌, 『孤竹遺稿』

崔錫恒, 『損窩先生遺稿』

許　筠, 『惺所覆瓿藁』(민족문화추진회 국역본)

洪大容, 『湛軒集』

洪萬宗, 『旬五志』

洪世泰, 『柳下集』

洪翰周, 『智水拈筆』(栖碧外史海外蒐佚本 13, 아세아문화사 영인)

黃景源, 『江漢集』

黃胤錫, 『頤齋續稿』(국립중앙도서관 소장)

黃胤錫, 『頤齋遺藁』

黃廷彧, 『芝川集』

『續東文選』

2) 가사집 및 기타 작품집

『歌曲源流』(國立國樂院本)

『歌詞』(규장각 소장: 가람古 811.05-G21)

『歌集(二)』(태학사 영인)

『古今歌曲』(성무경·윤덕진 교주본, 보고사, 2007)

『南原古詞』(김동욱 등 교주본, 삼영사)

『南薰太平歌』(『연세어문학』수록 영인본)

『蘆溪歌辭』(『盧溪集』수록)

『甁窩歌曲集』(김용찬 교주본, 보고사)

『松江歌辭』(성균관대학교 대동문화연구원 간, 『松江全集』수록 영인본)

『시뎐위풍위국삼상』(규장각 소장: 가람古 895.11-Si28)

「申在孝 판소리 창본」(민중서관)

『雅樂正音』(강전섭 소장)

임기중 편, 『역대가사문학진집』제 13권, 여강출판사.

『인현왕후전』(정은임 교주본, 이회, 2004)

『長篇歌集』(규장각 소장: 가람古 811.05-J257)

『雜歌』(『열상고전연구』제9집 수록 영인본)

『적벽부』(성무경 소장)

『靑丘永言』(六堂本)

『靑丘詠言』(규장각 소장: 가람古 811.05-G415c)

『海東歌謠』(一石本)

『海東遺謠』

고정옥·김삼불 주해, 『가사집』, 평양 국립출판사, 1955(여강출판사, 1991 영인)

김석배 편, 『庚午本 '蘆溪歌集'』, 구미문화원, 2006.

이상보, 『17세기 가사선집』

이상보, 『18세기 가사선집』

임형택, 『옛노래, 옛사람들의 내면 풍경』 소명출판, 2005.

3) 역사서류

『국역 조선왕조실록』(Web version)

李奎象: 민족문학사연구소 한문학분과 옮김, 『幷世才彦錄』: 『18세기 조선인물지』, 창
　　　작과 비평사.

2. 논저(저자 가나다순)

강명관, 「조선 전기 사대부의 음악 향유의 제 양상」, 『조선시대 문학예술의 생성 공간』,
　　　소명출판, 1999.

강전섭, 「동국악보에 대하여」, 『국어국문학』제54호, 1971.

강전섭, 「동국악보에 대하여」, 『한국고전문학연구』, 대왕사, 1982.

강전섭, 「洋谷 陳復昌의 <歷代歌> 모색」, 『한국고전시가연구』, 경인문화사, 1995.

강전섭, 「傅羅以端作 '春眠曲'에 대하여」, 『고시가연구』제5집.

강전섭, 「傅郭師傅의 五倫歌에 대하여」, 『한국시가문학연구』, 대왕사, 1986.

강전섭의 「낙은별곡과 그 작자」, 『한국고전문학연구』, 대왕사, 1982.

고미숙, 「한국 '근대계몽기 시가의 이념과 형식」, 『대동문화연구』제33집.

고정옥, 「국문학의 형태」: 우리어문학회『국문학개론』, 일성당서점, 1949.

구지현, 「'安東世稿 附聯珠錄' 소재 작품의 작가와 시작 시기」, 『호연재 김씨의 생애

와 문학』, 보고사, 2005.

권두환, 「송강의 '훈민가'에 대하여」, 『진단학보』 42호.

권순회, 「화전가류 가사의 창작및 소통 맥락에 대한 재검토」, 『어문논집』53집.

권영철, 『병와 이형상 연구』, 한국연구원, 1978.

김병국, 「쟝르론적 관심과 가사의 문학성」, 『고전시가론』, 새문사, 1984.

김병국, 『한국고전문학의 비평적 이해』, 서울대출판부, 1996.

김사엽, 『정송강연구』, 계몽사, 1950.

김신중, 「소상팔경가의 관습시적 성격」, 『고시가연구』제5집.

김용섭, 「선조조 고공가의 농정사적 의의」, 『학술원논문집』 인문·사회과학편 제42
집, 2003.

김윤식, 「정치와 문학」, 『한국문학사논고』, 법문사, 1973.

김종화, 「이한진 편 '청구영언' 연구」, 『19세기 시가문학의 탐구』, 집문당, 1995.

김창원, 「김득연의 국문시가」, 『어문논집』 41집, 고려대 국어국문학회, 2000.

김학성, 「가사의 장르 성격 재론」, 『국문학의 탐구』, 성균관대 출판부, 1987.

김학성, 「가사의 정체성과 담론」, 『한국고전시가의 정체성』, 성균관대학교 대동문화
연구원, 2002.

김해명, 「구장의 리듬 유형 연구」, 『중어중문학』제29집.

김형태, 『대화체 가사 연구』, 연세대 박사 논문, 2005.

김흥규, 『한국문학의 이해』, 민음사, 1986.

나정순 외, 『규방가사의 작품세계와 미학』, 역락, 2002.

류재일, 「이제현의 작품을 수용한 '남원고사'의 '쇼상팔경' 연구」, 『연민학지』제2집,
연민학회, 1994.

박연호, 「옥국재 가사의 장르적 성격과 그 의미」, 『민족문화연구』제33호, 고려대 민
족문화연구소, 2000.

박연호, 『교훈가사연구』, 다운샘, 2003.

박연호, 「19세기 오류가사 연구」, 『19세기 시가문학의 탐구』, 집문당, 1995.

박영주, 『송강평전』, 중앙 M&B, 1999.

박요순, 『한국고전문학신자료연구』, 한남대학교출판부, 1992.

박준규, 『호남시단의 연구』, 전남대 출판부, 1998.

백대웅, 『다시 보는 판소리』, 도서출판 어울림, 1996.

사재동, 「<원앙서왕가>의 실상과 위상」, 『한국문학유통사의 연구 I』, 중앙인문사,

1999.

서영숙, 「여성가사에 투영된 작가와 독자의 관계-화전가를 중심으로」, 『고전문학연구』제6집, 1991.

성무경, 『가사의 시학과 장르 실현』, 보고사, 2000.

성호경, 『한국시가의 형식』, 새문사, 1999.

소재영, 「'諺詞' 연구」, 『민족문화연구』제21호, 고려대 민족문화연구소, 1988.

송방송, 『한국음악통사』 일조각, 1984.

신영명, 「보수적 이상주의의 계승과 파탄-김득연의 강호시가 연구」, 『논문집』18집, 상지대학교, 1997.

안혜진, 「<金縷辭>연구」, 『이화어문논집』 21집, 이화어문학회, 2003.

양태순, 「고려시대의 악과 악장」, 『고려가요의 음악적 연구』, 이회문화사, 1997.

양태순, 「정과정(진작)의 연구」, 『고려가요의 음악적 연구』, 이회문화사, 1997.

윤덕진, 「'고금가곡'의 장가 체계」, 『고전문학연구』제28권, 2005.

윤덕진, 「가사집 '奇詞總錄'의 성격 규명」, 『열상고전연구』제12집, 1999.

윤덕진, 「가사집 '집가'의 시가사 상 위치」, 『열상고전연구』 21집, 2005.

윤덕진, 「金聖休 筆稿의 시가사적 의미」, 『한국시가연구』제18집, 2005.

윤덕진, 「여성가사집 '가사'(소창문고 소장)의 문학사적 의미」, 『열상고전연구』제14집.

윤덕진, 『선석 신계영 연구』, 국학자료원, 2002.

윤성현, 「동양문고본 만언사 연구」, 『열상고전연구』제21집, 2005.

이가원, 「석북문학연구」, 『동방학지』제4집, 1959.

이능우, 『가사문학론』, 일지사, 1977.

이능우, 『입문을 위한 국문학개론』, 국어국문학회,1955.

이동연, 「이세보와 기녀 등장 시조를 통해본 19세기 사대부의 풍류 양상」, 『한국고전연구』제9집, 한국고전연구학회, 2003.

이동환, 「조선후기 천기론의 개념 및 미학이념과 그 문예·사조사적 연관」, 『한국한문학연구』제28집.

이병기, 「별사미인곡과 속사미인곡에 대하여」, 『국어국문학』제15권, 1956.

이병기, 「시조의 발생과 가곡과의 구분」, 『진단학보』제1호, 1934.

이상보, 「16세기말-17세기초 사회 동향과 김득연의 시조」, 『어문논집』 31집. 고려대 국어국문학회, 1992.

이상원, 「17세기 시가사의 시각」, 『조선시대 시가사의 구도와 시각』, 보고사, 2004.

이상원, 「사족층의 분화와 정훈의 시가」, 『조선시대 시가사의 구도와 시각』, 보고사, 2004.

이상원, 「조선후기 <高山九曲歌> 수용 양상과 그 의미」, 『고전문학연구』제24집.

이상원, 「조선후기 <어부사> 전승 연구」, 『19세기 시가문학의 탐구』, 집문당, 1995.

이상주, 『담헌 이하곤 문학의 연구』, 이화문화출판사.

이종출, 『한국고시가연구』, 태학사, 1989.

이혜구, 「靈山과 短歌」, 『국어국문학』제22권, 1960.

임형택, 「16세기 光·羅州 지역의 사림층과 송순의 시세계」, 『한국문학사의 논리와 체계』, 창작과 비평사, 2002.

장사훈, 「십이가사의 음악적 특징」, 『한국전통음악의 연구』, 보진재, 1975.

장정수, 「옥소 권섭의 시조 한역시 <飜老婆歌曲十五章> 및 관련 작품에 관하여」, 『어문논총』제44호, 한국문학언어학회, 2006.

전통예술원 편, 『조선후기문집의 음악사료』, 민속원, 2002.

정민, 『목릉문단과 석주 권필』, 태학사, 1999.

정익섭, 『호남가단연구』, 진명문화사, 1975.

정인보, 「國學人物論」, 『담원 정인보전집』2, 연세대 출판부, 1983.

정출헌, 「판소리 담당층의 변화에 따른 19세기 판소리사와 중고제의 소멸」, 『민족문화연구』제31집.

정홍모, 「이세보 애정시조의 특징과 유통양상」, 『어문연구』제23권, 한국어문교육연구회, 1995.

조규익, 『거창가』, 월인, 2000.

조동일, 「가사의 장르규정」, 『한국문학의 갈래 이론』, 집문당, 1992.

최규수, 『송강 정철 시가의 수용사적 탐색』, 월인, 2002.

허경진, 『樂人列傳』, 한길사, 2005.

홍순석, 「포천군 금수정 암각문에 대하여」, 『한국학논집』제2집, 강남대 한국학연구소, 1994.

찾아보기

■ 저자 윤덕진

연세대학교 인문예술대학 국어국문학전공 교수.
문학박사(1989, 연세대학교).
『가사 읽기』(1999), 『선석 신계영 연구』(2002) 등의 저서와
「강촌별곡의 전승과정 연구」(1991), 「고금가곡의 장가체계」(2005) 등의 논문을 써왔음.

조선조 長歌 가사의 연원과 맥락

초판 1쇄 발행   2008년 7월 31일

저   자 윤덕진
발행인 김흥국
발행처 도서출판 보고사
주   소 서울시 성북구 보문동 7가 11번지 2층
등   록 6-0429(1990.12)
전   화 922-5120~1(편집부) / 922-2246(영업부)
팩   스 922-6990
메   일 kanapub3@chol.com
정   가 16,000원
ISBN   978-89-8433-521-9 (93810)

www.bogosabooks.co.kr

* 잘못된 책은 바꾸어 드립니다.